La Gardienne des Mensonges

Library Jumpers 2

L'auteur

Brenda Drake est la cadette d'une famille de militaires. Ballotée d'un bout à l'autre des États-Unis, elle garde un souvenir ému des contes traditionnels de sa grand-mère irlandaise, qui lui ont donné le goût de raconter des histoires. Lorsqu'elle n'écrit pas, elle hante les librairies, les bibliothèques et les coins calmes où elle peut s'installer tranquillement avec un livre.

Brenda Drake

La Gardienne des Mensonges

Library Jumpers 2

Traduit de l'anglais (États-Unis)
par Diane Durocher

LUMEN

Titre original : *Library Jumpers book 2 – Guardian of Secrets*

Édition originale : Entangled Publishing

Design de la couverture : Anna Crosswell, Cover Couture
Design intérieur : Toni Kerr

Pour ceux qui n'ont pas peur de se jeter
à corps perdu dans une histoire d'amour.
Et pour Rich, l'homme que j'aime,
qui a fait le grand saut avec moi.

Chapitre 1

S'il était possible de se noyer dans l'ennui, je respirais mes dernières bouffées d'oxygène avant de succomber.

Adossée contre un arbre, j'ai ramené les genoux contre ma poitrine. Notre voisine, une frêle jeune fille, a déboulé en trombe sous le porche de notre nouvelle maison sur Pine Orchard Road pour tendre un plateau à Pop. Ils ont échangé quelques civilités, puis elle a fait demi-tour pour dévaler les quelques marches de notre perron. Sa peau pâle et sa chevelure d'ébène lui donnaient des airs de Blanche-Neige. Les contours de son visage blafard formaient un cœur : cheveux implantés en « V » sur son front d'un côté, menton pointu de l'autre.

Moi qui, quelque temps plus tôt, m'étais retrouvée transportée en un clin d'œil par l'intermédiaire d'une porte-livre depuis Boston jusqu'à Paris – oui, vous avez bien lu, j'ai plongé dans un bouquin qui m'a emportée de l'autre côté de la terre, c'est une longue histoire –, j'aurais sans doute dû goûter avec plaisir ces quelques moments de répit. Après tout, ma vie avait été complètement bouleversée. Devenir une Sentinelle – un chevalier doté de pouvoirs magiques, pour faire court – et affronter des créatures mystérieuses, c'est plutôt sympa… dans un jeu vidéo. Mais ma réalité n'était pas virtuelle et, dans la vraie vie, j'avais souvent assisté à des morts violentes.

Dont on ne revient pas.

Je me demandais sans cesse si Conemar et sa troupe de Chimères passées à l'ennemi cesseraient enfin, un jour ou l'autre, de nous chercher un peu partout. À en croire le professeur Attwood – oncle Philip pour moi, désormais – je n'avais plus rien à craindre, toute menace était écartée. Pour être honnête, j'en doutais.

D'ailleurs, j'avais reçu du Conseil des mages l'ordre de me terrer à l'abri, en compagnie de ma famille et de mes amis. Nous avions certes vaincu Conemar, mais certains de ses disciples pouvaient encore chercher à se venger. Dans le monde des Chimères, mieux valait éviter d'avoir sa tête mise à prix…

J'ai jeté un coup d'œil au tout nouveau smartphone que Pop m'avait acheté pour me permettre de joindre en visioconférence tous ceux qui étaient restés là-bas, à Boston. Il s'agissait surtout de ma meilleure amie Afton, en l'occurrence, puisque le portable néandertalien de ma grand-mère, Nana, ne possédait pas ce genre de fonctionnalités. Le nom d'Afton se trouvait dans la liste des contacts récents : j'ai effleuré l'écran et attendu qu'elle décroche.

Coincée depuis deux semaines dans un petit patelin du nom de Branford au fin fond du Connecticut, loin d'Arik – nous étions désormais officiellement ensemble – et des autres Sentinelles, je commençais à trouver le temps long. Mon autre meilleur ami, Nick (qui était aussi, je venais de le découvrir, mon cousin) avait emménagé quatre jours plus tôt dans la même rue que moi avec ses parents. Malheureusement, je ne le voyais qu'en de trop rares occasions. Il était entre autres occupé à aider ses parents à préparer l'ouverture prochaine de leur restaurant.

Le visage d'Afton est enfin apparu à l'écran. Elle se filmait un peu en contre-plongée : ses grands yeux noisette en paraissaient exorbités.

— Gia, ma chérie, tu sais bien que je t'adore, mais là, c'est la troisième fois que tu m'appelles… en moins d'une heure !

Le téléphone m'a signalé un autre coup de fil, que j'ai décidé d'ignorer. J'avais vraiment besoin d'un peu de temps avec ma meilleure amie.

— Je suis au boulot, a-t-elle continué. Je ne peux pas papoter maintenant. Mais je te promets de te rappeler en sortant, d'accord ?

— O.K… Pardon, je… C'est juste que tu me manques.

J'ai fait un grand signe à Pop qui descendait la rue dans sa Volvo. Mais, les yeux fixés sur la route, il ne m'a pas remarquée. Afton a regardé derrière elle, à droite puis à gauche, avant de se rapprocher de son portable.

— Tu me manques aussi. Pourquoi tu ne passes pas plus de temps avec Nick ?

— Parce que Deidre est toujours collée à lui. Ils ne se quittent plus d'une semelle. C'est à vomir ! (Je me suis interrompue en voyant se crisper le visage de mon amie.) Oh… Désolée ! Ce n'était pas…

— Ne t'en fais pas, ça va.

Les gargouillis d'une machine à café, hors champ, couvraient presque complètement sa voix. Mais je connaissais par cœur ce sourire forcé et ces yeux tristes : elle mentait.

— J'ai eu ma chance. Il a préféré une autre fille, c'est la vie ! Et si tu allais au cinéma ?

— J'en reviens tout juste. Je crois que je suis officiellement en train de vivre le samedi le plus interminable depuis l'invention du samedi.

— Ah, un client... Il faut que je te laisse, à tout à l'heure !

L'écran s'est éteint : elle avait raccroché. J'ai fait de même avant de relever la tête.

Notre jeune voisine, qui longeait la route pour rentrer chez elle, n'allait pas tarder à passer à ma hauteur. Elle ne m'avait pas remarquée à l'aller, et j'espérais qu'il en irait de même au retour. Sa demeure était encore plus grande que la nôtre, qui faisait pourtant près de trois cents mètres carrés. Nous vivions tout au bout d'une rue tranquille plantée d'un panneau de guingois, dans une maison victorienne à la vaste façade grise couronnée d'une tourelle qui pointait vers le ciel. L'endroit avait besoin d'une sérieuse rénovation, d'ailleurs.

La jeune fille m'a aperçue, toute cachée que j'étais à l'ombre de mon arbre. Elle s'est arrêtée d'un seul coup.

Ne viens pas par ici. Pas par ici... Et bien sûr, la voilà !

Elle s'est avancée avec des précautions infinies, comme si son poids plume risquait d'abîmer le gazon bruni. Quelques secondes plus tard, elle se penchait vers moi.

— Salut Deidre ! a-t-elle entonné d'une voix flûtée. Tu as eu mon SMS ?

Elle me prenait pour ma prétendue jumelle. Passer mes journées avec mon changelin, c'était comme de se balader en permanence avec un miroir en pied. Quand je me suis redressée, piquée au vif, le tapis de feuilles mortes a crissé sous mes pieds.

— Deidre, c'est ma sœur ! Moi, c'est Gia.

— Mais oui, c'est vrai… Elle m'a dit qu'elle avait une jumelle. Vous êtes absolument identiques !

Grand sens de l'observation ! ai-je pensé, acerbe.

— Je m'appelle Emily… Emily Proctor. J'habite juste à côté.

— Je sais. Je t'ai vue passer avec ton père, hier.

Soudain, son sourire s'est évanoui et elle a abaissé son regard sur ses mains.

— C'est mon oncle. Mes parents ne sont plus de ce monde. On habite dans l'ancienne maison de mes grands-parents.

— Je suis désolée, ai-je maladroitement balbutié.

Elle a relevé la tête. Le soleil faisait briller les larmes qui emplissaient ses yeux d'un bleu délavé.

— Merci. Depuis quelques années déjà… Enfin, tu sais…

Perdre un parent laisse toujours une vive blessure, qu'importe l'âge que vous aviez et le temps qui s'est écoulé depuis. La plaie ne se referme jamais vraiment : les émotions peuvent vous submerger n'importe quand, surtout au moment le plus inopportun – comme cet après-midi-là.

— Je comprends, ai-je murmuré. Ma mère est morte lorsque j'avais quatre ans.

Ses lèvres ont de nouveau dessiné un sourire.

— Maintenant, c'est à mon tour d'être désolée. Cette phrase sonne creux, tu ne trouves pas ? Je n'ai jamais su quoi dire dans ces cas-là.

J'avais hâte de changer de sujet.

— Comment as-tu rencontré Deidre ?

— On est ensemble en cours de biologie.

— Ah, oui…

Un bruit sourd de moteur a couvert mes paroles. La poubelle à deux roues de Nick a déboulé dans un nuage de fumée noire. Je me suis bouché le nez pour m'épargner la puanteur de l'huile carbonisée.

Quand j'ai aperçu mon plus vieil ami, mon cœur a bondi, mais je me suis forcée à feindre l'indifférence. Nous étions censés prétendre que nous venions à peine de nous rencontrer.

Nick avait acheté sa moto contre l'avis de ses parents. Pétris de regrets de lui avoir caché toute sa vie son adoption et l'identité de son véritable père – l'Antéchrist en personne, nul autre que Conemar –, ils avaient préféré fermer les yeux sur ses velléités de rébellion.

Deidre est descendue prestement de l'engin avant de retirer son casque noir et violet. Emily et moi en sommes restées bouche bée. Ma « jumelle » avait abandonné sa longue chevelure châtain clair : ses cheveux étaient désormais courts, blonds et surmontés d'une frange asymétrique couleur lavande qui lui cachait un œil.

— Deidre ! s'est écriée Emily. J'adore ta nouvelle coupe. C'est vraiment… très étudié !

Nick s'est approché à son tour :

— J'appelle ça le style « motarde chic » !

Je me suis détournée pour lever les yeux au ciel sans être vue. Le pauvre garçon était trop amoureux pour remarquer le manège de Deidre. Elle n'avait de toute évidence qu'un seul but : me ressembler le moins possible. Et comment le lui reprocher ? C'était un changelin, un être uniquement conçu dans le but de servir à un autre de doublure – pas facile à digérer comme nouvelle…

— Ça te va très bien ! me suis-je écriée avec tout l'enthousiasme dont j'étais capable.

La même scène se rejouait à chaque fois : je faisais tout mon possible pour me lier d'amitié avec Deidre, qui ignorait mes efforts avec application. Nous étions forcées de partager une chambre, parfois avec un peu d'embarras et souvent dans un silence pesant. J'étais la seule à parler – elle se contentait de réponses lapidaires. Pop et Carrig mettaient un temps fou à rénover les autres pièces de la maison, et à ce rythme j'allais me retrouver coincée avec elle plusieurs mois encore…

Nick, un sourcil levé bien haut, m'a jeté un regard lourd de sens. Il savait parfaitement que je faisais semblant.

— Quoi de neuf ? ai-je continué avec un grand sourire.

— Pas grand-chose, a-t-il répondu. Je suis juste venu déposer Deidre.

L'intéressée était en train de se recoiffer face au rétroviseur de la moto.

— Vous avez un rendez-vous, Nick, Pop et toi, a-t-elle précisé.

— Ah bon ? Il vient juste de partir pourtant… Pourquoi ne pas m'avoir emmenée avec lui ?

Elle contemplait son reflet, les sourcils froncés.

— Il t'a cherchée sans succès. Il avait un colis à déposer d'urgence à la poste avant sa fermeture. Nick va t'emmener le rejoindre. Moi, je vais rester avec toi, Emily ! Si tu n'as rien d'autre à faire, bien sûr… Ça te dirait d'aller faire du shopping ?

— Avec plaisir ! a répondu notre voisine, radieuse.

— Hors de question que je monte là-dessus ! ai-je rétorqué, le doigt pointé vers le tas de ferraille.

Nick a tapoté la selle de sa bécane.

— Elle ne ressemble à rien, c'est vrai, mais je t'assure qu'elle file comme le vent !

J'ai regardé l'engin avec méfiance.

— Certes, mais est-ce qu'elle est sans danger ? Je préfère encore marcher.

Deidre n'a pas laissé passer l'occasion de me lancer un défi :

— Tu as peur de quoi ? Je suis bien montée dessus, moi !

Comme je n'étais pas du genre à me dégonfler, j'ai attrapé et enfilé son casque.

— Si tu nous envoies dans le décor, je t'achève ! ai-je averti Nick en m'installant sur la selle.

— À tout à l'heure, Deidre ! a-t-il susurré avant de lui planter un baiser sur la bouche. Bye, Emily…

— Salut ! C'était sympa de discuter avec toi, Gia ! a répondu notre voisine, qui me regardait d'un air étrange.

A-t-elle remarqué que je levais les yeux au ciel ? Ou vu les regards échangés entre Nick et moi ?

Le tout nouveau motard a fait s'emballer le moteur de son engin et démarré presque sans me laisser le temps de me cramponner à lui.

— Où va-t-on ? ai-je crié par-dessus ce vacarme assourdissant.

Il a tourné la tête sur le côté pour me répondre :

— À la bibliothèque ! Une nouvelle employée est arrivée vendredi… Elle a été placée là par le Conseil pour surveiller la porte-livre.

La perspective d'entrer de nouveau dans une bibliothèque me mettait un peu mal à l'aise. Ces lieux de savoir avaient longtemps représenté une précieuse échappatoire à mes yeux mais, désormais, ils étaient surtout une porte ouverte sur mes pires cauchemars. Bref, sur le monde des Chimères.

Nick a pris le premier virage à toute vitesse dans un grand crissement de pneus, et je l'ai serré plus fort.

— Vas-y mollo, quand même ! a-t-il grommelé. Tu veux me casser une côte ou quoi ?

— Tu vas arrêter de te plaindre ? Quelle mauviette…

Nous avions l'habitude de nous chambrer sans merci. En guise de représailles, il a donc pris le tournant d'après encore plus vite. Faisant vrombir le moteur, il a complètement lâché les chevaux dans la ligne droite suivante, avec pour seule intention de me terroriser. Je me suis crispée de plus belle : il n'a pu savourer son succès qu'avec une grimace de douleur.

Ce qui ne l'a pas empêché de continuer ses cascades dans le dernier virage. Notre épopée s'est achevée devant la bibliothèque James Blackstone Memorial, où Nick a trouvé une place libre pour se garer. À deux pas de la place centrale de la ville, l'édifice de marbre blanc, flanqué de quatre colonnes qui supportaient un étage proéminant dont l'ombre retombait sur l'entrée, avait des airs de bâtiment étatique. Il me rappelait certaines des illustrations contenues dans les livres d'architecture grecque d'Afton.

J'ai tendu mon casque à Nick pour qu'il le range avec le sien sous le siège.

— Mais tu es un fou furieux ! Tu as failli nous tuer !

— Au contraire, j'avais la situation bien en main, a-t-il répondu en rabattant l'assise.

— Pauvre type !

— Peut-être, mais tu m'aimes quand même !

Et Nick de rire comme un bossu. Un sourire idiot a fleuri sur mon visage. Il avait raison, bien sûr, mais jamais je n'aurais accepté de le reconnaître. Nous étions comme frère et sœur. Et les chichis, ce n'était pas notre truc. Je me suis raclée la gorge.

— Je suis contente qu'on puisse enfin passer un peu de temps ensemble.

— Moi aussi…

Pop garait justement sa voiture un peu plus loin sur le parking. Il n'a pas tardé à nous rejoindre sur le perron de la bibliothèque. Derrière de grandes portes en bronze, nous avons découvert une rotonde aux murs de marbre rose rehaussés de boiseries vernies. Ébahie, j'ai levé les yeux vers la coupole, ornée de huit panneaux peints où figuraient des scènes historiques. En dessous, le balcon du premier étage était cerné d'arcades entre lesquelles des portraits en médaillon de personnages illustres nous toisaient.

Un courant d'air à donner la chair de poule m'a soudain enveloppée. Inquiète, j'ai tenté sans réfléchir d'empoigner mon épée. Bien sûr, ma main n'a rencontré que le vide. Nous n'étions pas en mission, mais simplement là pour faire la connaissance de la bibliothécaire assignée par oncle Philip à la surveillance du portail local vers le monde des Chimères.

— N'est-ce pas magnifique ?

Une jeune femme, dont les lunettes cerclées de noir s'accordaient à merveille avec ses cheveux épais et raides, était apparue à côté de moi. Elle a repris :

— Les fresques décrivent les divers procédés de fabrication du livre à travers les âges, et les portraits sont ceux d'écrivains célèbres. Harriet Beecher Stowe, Nathaniel Hawthorne, Ralph Waldo Emerson…

Elle ponctuait son énumération de gestes désignant chacun des médaillons concernés.

— Vous êtes Kayla Bagley ? l'a interrompue Pop.

— Oh, pas du tout, désolée… Je m'appelle Maira, je suis bénévole ici. Madame Bagley vient de nous rejoindre pour remplacer une de nos bibliothécaires. Mais peut-être devrais-je vous adresser à quelqu'un de plus expérimenté qu'elle ? (Elle s'est reprise aussitôt, comme si ses mots avaient dépassé sa pensée :) Je veux dire, comme elle n'est pas encore habituée au fonctionnement des lieux…

— Je crois qu'ils ont compris, Maira, est intervenue derrière nous une voix d'une extrême douceur. Tu peux retourner à tes occupations, je m'occupe de nos visiteurs.

— Bien sûr ! a murmuré la bénévole.

Mme Bagley était une femme rousse entre trente et quarante ans, plus petite que je ne l'imaginais. Sa chevelure couleur abricot était relevée en chignon et sa chemise blanche toute simple, assortie à un pantalon gris ample et à des chaussures confortables, ne dénotait pas une grande obsession des apparences. Pop, lui-même adepte d'un style décontracté, n'a pas semblé s'en formaliser du tout : il a aussitôt arboré le sourire maladroit qu'il réservait en général aux personnes qui lui plaisaient.

Oups, je ne veux pas voir ça ! ai-je pensé. J'ai fixé avec application les fresques de la coupole, un peu gênée pour Pop.

— Ravie de vous avoir rencontrés ! nous a soufflé Maira avant de s'éclipser.

— Monsieur Kearns, j'imagine ? a demandé la nouvelle arrivante. Et tu dois être Gianna… Le professeur Attwood vous a si bien décrits que je n'ai aucun mal à vous reconnaître !

— Appelez-moi Gia.

— Et moi Brian ! a enchaîné Pop avec un enthousiasme suspect.

— Et moi Kayla, dans ce cas.

Elle lui a décoché un sourire éclatant en appliquant sur sa bouche un peu de baume hydratant. Pas de doute : ils flirtaient sans vergogne, juste sous nos yeux.

Nick s'est présenté à son tour, avant de m'asséner une série de petits coups de coude assortis de regards entendus… Leur manège ne trompait vraiment personne !

— Eh bien, si j'avais su que je devais rencontrer aujourd'hui d'aussi charmants messieurs, j'aurais soigné ma tenue ! a minaudé la bibliothécaire avant de lancer un clin d'œil à Pop.

Vraiment, rien que ça ? J'ai décidé de passer à l'action.

— Quel âge avez-vous ? ai-je demandé de but en blanc à la bibliothécaire.

Pop m'a foudroyée du regard.

— Gia…

— Non, ce n'est rien. Je viens d'avoir trente-six ans. Une différence plus que raisonnable !

— Pop en aura quarante-trois dans peu de temps.

— Vraiment ? Mais vous semblez bien plus jeune !

Sitôt qu'elle a tourné les talons, le regard réprobateur de Pop s'est abattu sur moi. La bibliothécaire s'est dirigée vers une porte dont le bois, à en croire l'odeur citronnée qui flottait dans l'air, venait d'être ciré de frais.

— Nous allons imprimer vos cartes d'adhérents, puis je vous ferai visiter les lieux, a-t-elle déclaré. Il faut à tout prix que je vous montre un nouvel ouvrage de référence que nous venons de recevoir. Il contient des photos des plus belles bibliothèques du monde.

— Ce serait formidable, a opiné Pop. (Puis, discrètement, il m'a soufflé :) Tiens-toi à carreaux !

— Te voilà embarquée dans une belle galère, ma grande ! a murmuré Nick à mon oreille.

— Oh, la ferme ! ai-je répondu sur le même ton. Dis-moi plutôt pourquoi tu ricanais, il y a un instant...

— Arrête, tu l'as forcément remarqué ! Je crois que ton père a un petit faible pour les bibliothécaires...

J'ai froncé le nez : à la réflexion, l'idée de Pop en train de draguer me dérangeait terriblement. J'ai secoué vigoureusement la tête afin de chasser ces idées perturbantes de mon esprit.

— Oh ça va ! Je parie que cette dame n'a même pas son diplôme...

— Je ne crois pas que Pop lui en tiendra rigueur ! a-t-il gloussé.

J'ai pris le temps de planter mon coude dans ses côtes avant de lui répondre :

— Je vais t'ouvrir la panse !

— Essaie un peu pour voir !

Pop nous a jeté un nouveau regard noir par-dessus son épaule. De mon côté, je peinais à me débarrasser de la mauvaise humeur qui me rongeait depuis ce matin-là et croissait à chaque heure qui passait. En plus, les vannes de Nick n'arrangeaient rien.

Pendant ce temps, Kayla nous avait préparé une carte d'adhérent à chacun. Puis elle nous a emmenés visiter les lieux.

Pour finir, nous avons pénétré dans une salle qui donnait sur la rotonde. Entre les multiples rayonnages de livres, un escalier montait vers un balcon. Dans une étagère située sous les marches, Kayla a attrapé un volume relié de cuir dont l'apparence m'était familière.

— Voici la salle des références. C'est ici que je cache la porte-livre. Vous la trouverez à cet endroit chaque fois que vous en aurez besoin. (Elle a reposé l'ouvrage à sa place.) Allons à l'étage, je vais vous montrer une mezzanine où a été aménagée une salle d'étude peu fréquentée.

Elle s'est engagée dans l'escalier, Pop sur les talons. J'ai grimacé en le voyant la détailler de haut en bas. Derrière moi, Nick ravalait un fou rire.

— Il ne rate rien du spectacle ! a-t-il soufflé.

— Arrête un peu, tu es vraiment pénible !

Furieuse, j'ai serré convulsivement la rampe de bois à laquelle je m'appuyais.

— Je n'y peux rien si ton père aime les belles structures ! a-t-il continué avec un sourire en coin.

— Vraiment ? s'est exclamée Kayla. Je suis toujours impressionnée par ceux qui savent apprécier notre patrimoine culturel et architectural !

— « Apprécier », c'est le mot… a renchéri ce sale gosse de Nick.

J'ai levé les yeux au ciel en gravissant la dernière marche. L'étage supérieur était dédié à la lecture. En haut des escaliers nous attendait une banque d'accueil. Une série de tables avec vue sur l'extérieur étaient disposées sous les fenêtres le long du mur circulaire.

— Vous pourrez utiliser la porte-livre dans cette salle, a expliqué Kayla.

— C'est l'endroit rêvé pour ça ! ai-je fait remarquer.

— Bien sûr, il faudra vous assurer d'être seuls.

Elle a pris des airs de conspirateur pour ajouter :

— Si je vous ai demandé de venir, c'est aussi pour vous remettre ceci.

J'ai examiné avec attention la petite boîte argentée qu'elle me tendait. Sur un côté dépassait une molette en cristal.

— À quoi sert cet objet ?

— Poussez le bouton quand vous aurez besoin d'accéder à la bibliothèque, dit-elle. Ce mécanisme enverra un signal intraçable à son jumeau, qui est en ma possession. Nous pourrons nous retrouver ici quinze minutes plus tard.

— Quoi ? Pas de signal lumineux mystérieux projeté dans le ciel ? demanda Nick.

— Pardon ? fit-elle.

— Bah oui, comme dans Bat…

J'ai interrompu mon ami d'un bon coup de coude dans les côtes.

— Mais arrête, enfin ! s'est-il insurgé. Ça devient une habitude, ma parole !

Kayla l'a dévisagé avec curiosité.

— Je ne suis pas sûre qu'un projecteur soit une très bonne idée. Pas assez discret, tu ne crois pas ?

Nick a réprimé à grand-peine un deuxième fou rire. Pop, qui n'y tenait plus, l'a littéralement fusillé du regard.

— Enfin, en cas d'urgence, appuyez deux fois sur le bouton et il se mettra à clignoter en rouge, conclut Kayla. Des questions ?

Comme nous faisions signe que non, elle s'est approchée de l'escalier :

— On termine la visite ?

— Après vous, a susurré Pop.

Son ton était si écœurant que j'ai failli dégobiller à ses pieds le pop-corn que j'avais avalé au cinéma plus tôt dans l'après-midi.

— Passons par mon bureau. Pour finir, je vais vous donner mon numéro de portable.

Pop suivait notre guide comme son ombre. Depuis la mort de ma mère, douze ans plus tôt, il ne s'était pas permis beaucoup de rencarts, sans doute pour éviter de me perturber. Cette rencontre ne pouvait que lui faire du bien. Un jour, il faudrait bien que je quitte le nid, surtout si je parvenais à décrocher une place à l'université de New York. Il était plus que temps qu'il trouve enfin sa moitié.

— Ça va ? m'a demandé Nick.

Je lui ai lancé un regard torve.

— Oui, mais certainement pas grâce à toi…

— Arrête… ils sont mignons, reconnais-le ! Je vois d'ici une émouvante cérémonie de mariage… dans une bibliothèque !

— Tu es insupportable, tu t'en rends compte, au moins ?

Deux filles sont passées à notre hauteur. Elles étaient sans doute un peu plus jeunes que nous, mais leur maquillage, leurs vêtements cintrés et quelques accessoires de marque brouillaient les pistes. Bien sûr, Nick leur a emboîté le pas.

— On devrait rejoindre les autres…

— Non mais… Tu es vraiment incorrigible !

Soudain, une voix s'est élevée de l'autre côté d'un des rayonnages.

— Moi, je préfère les filles athlétiques à ces mijaurées toujours occupées à se pavaner et à faire la roue.

Le timbre d'Arik ! J'ai aussitôt fait volte-face. Murmures et bruits de pas ont tous disparu d'un seul coup : je n'entendais plus que mon pouls battre à mes oreilles. La bibliothèque qui nous séparait m'empêchait d'apercevoir autre chose qu'un sourire familier, qui découvrait des dents parfaites.

Je ne rêve pas ?

J'ai placé une main sur les ouvrages qui ornaient le meuble, et il s'en est emparé.

— C'est bien toi, ai-je soufflé.

Chapitre 2

J'ai contourné les rayonnages à la hâte et rétorqué, le souffle court :

— Ce sont les paons mâles qui font la roue, je te signale !

Arik s'était adossé avec nonchalance contre un mur, les bras croisés, un sourire moqueur aux lèvres. Ses cheveux bruns avaient un peu poussé, et désormais une longue mèche barrait l'un de ses épais sourcils.

Je n'étais pas encore tout à fait habituée à le considérer comme mon petit ami. Quelque temps plus tôt, il s'était gravement blessé à la tête en traversant une porte-livre afin de sauver Afton des griffes de Conemar. Il était resté inconscient une semaine entière, et j'avais bien cru le perdre… Mais il avait fini par reprendre connaissance, Dieu merci. Depuis, nous avions commencé à sortir ensemble.

— Simple détail, voyons… a-t-il répondu en posant sur moi le regard magnétique de ses yeux sombres.

— Tant qu'à insulter quelqu'un, ai-je murmuré, autant le faire bien !

J'ai fait quelques pas vers lui, un peu hésitante. Je mourais d'envie de me jeter dans ses bras mais je suis parvenue à me contenir.

— Les femelles ont des plumes beaucoup plus ternes… Un peu comme moi donc !

— Dans ce cas, je suis très heureux de retrouver ma paonne.

Il s'est avancé à ma rencontre. Nous étions si proches que je pouvais sentir son odeur : il sentait le propre, le parfum du bois et le grand air. Sitôt qu'il m'a attirée à lui, je me suis mise sur la pointe des pieds pour poser mes lèvres sur les siennes. La douceur de ses baisers m'avait tant manqué ! Il a frissonné quand mes doigts ont glissé sur les muscles de son torse. Sans avoir eu le temps de dire ouf, je me suis retrouvée plaquée contre une étagère qui a vacillé sous le choc. La tablette de bois qui m'est rentrée dans le dos m'a rappelé que nous étions à la bibliothèque. Pop et Nick étaient à quelques mètres de là, en compagnie de Kayla.

J'ai donc préféré repousser Arik.

— Qu'est-ce que tu fais là ?

J'ai coulé un regard vers l'entrée de la pièce pour m'assurer qu'il n'y avait pas de témoins. Une lueur d'amusement s'est allumée dans ses yeux.

— J'adore ta façon de me rendre mes baisers.

Je me suis mise à rougir.

— Tu ne réponds pas à ma question…

— Nous sommes arrivés depuis quelques heures à peine, alors j'ai voulu passer te faire une petite surprise. (Il m'a de nouveau enlacée et embrassée furtivement à plusieurs reprises dans le cou.) Je sais qu'on n'est pas censés se rencontrer avant mon premier jour de classe… mais je n'ai pas pu me résoudre à attendre jusqu'à lundi…

— Comment as-tu su que j'étais ici ?

— Grâce à un mouchard installé sur ton portable. Comme sur celui de Deidre, d'ailleurs. Carrig veut savoir où vous êtes en permanence.

Je me suis demandé si Carrig essayait par là de se montrer un bon Maître Sentinelle ou un bon géniteur pour moi. Le hic, c'est que j'avais déjà un père, Pop en l'occurrence. Celui-là n'était peut-être pas biologique, contrairement à Carrig, mais je n'en avais jamais connu d'autre. Pour être franche, c'est à lui qu'allait d'abord et avant tout ma loyauté, même si je m'attachais peu à peu à Carrig.

— Génial ! En plus d'être coincée ici, je suis traquée à chacun de mes mouvements…

— C'est une simple mesure de protection.

J'ai jeté un nouveau coup d'œil autour de nous.

— Bon, il vaudrait mieux que j'aille retrouver les autres.

Prétendre que nous ne nous connaissions pas ne me plaisait guère, mais nous avions nos raisons. Les habitants de Branford risquaient de trouver suspecte l'arrivée massive de dizaines de personnes toutes liées les unes aux autres : ma famille, celle de Nick, les Sentinelles qui nous accompagnaient… nous faisions donc tous semblant de nous rencontrer pour la première fois. Qui sait : nos voisins pouvaient très bien être des Chimères ayant modifié leur apparence et cachant leurs pouvoirs derrière une vie sans histoires au milieu des êtres humains.

Arik m'a embrassée une dernière fois.

— Tu me manques déjà… Je vais attendre ici que la voie soit libre.

— À lundi, alors ! ai-je lancé.

Regonflée à bloc, je me suis éloignée à la hâte, non sans me retourner deux ou trois fois pour graver son image sur ma rétine. Je lui ai soufflé un baiser… Moi, un baiser ! J'étais à deux doigts de me mettre une claque. Mais Arik a fait mine d'intercepter mon offrande invisible, qu'il a déposée contre ses lèvres. Avec un petit rire, j'ai disparu au coin de la dernière allée.

— Où étais-tu passée ? m'a demandé Nick, inquisiteur. Et qu'est-ce que c'est que cette expression béate…

— Rien ! l'ai-je coupé. Rien de tel qu'une bibliothèque pour me redonner le sourire, tu me connais !

D'un coup sec, j'ai ouvert la porte principale pour sortir, presque aussitôt suivie de Pop qui, en parfait gentleman, l'a tenue à son tour pour Kayla.

— Merci pour tout, madame Bagley.

— Voyons… C'est Kayla, vous vous souvenez ? l'a-t-elle corrigé.

Ils faisaient assaut de sourires. Pop s'est frotté le front – un signe évident de nervosité, chez lui.

— Bien sûr ! Euh… Ça vous dirait qu'on aille prendre un café, un de ces jours ?

— Mais avec grand plaisir !

Elle avait parlé d'une voix grave et languissante, sans le quitter des yeux. J'en avais assez vu : j'ai préféré dévaler les marches du perron pour rejoindre Nick sur le parking.

— Désolé, Gia, mais tu veux bien rentrer avec ton père ? m'a-t-il demandé en s'installant sur sa bécane. Pendant que tu traînais en salle de lecture, Deidre m'a proposé de dîner avec Emily et elle.

— Pas de souci ! On se voit demain…

C'était la plus pure vérité : j'aurais préféré rentrer en tondeuse à gazon plutôt que d'enfourcher à nouveau le monstre. Nick a agité sa main gantée de cuir, démarré en trombe et filé dans un nuage de fumée.

Sur le chemin du retour, j'ai regardé le décor défiler par la fenêtre pendant que Pop s'extasiait sur Kayla. Une fois notre voiture garée dans l'allée, j'ai littéralement pris la poudre d'escampette et piqué un sprint jusqu'à l'entrée.

Une mauvaise nouvelle m'y attendait : d'étranges effluves échappés de la cuisine ont failli me faire tomber à la renverse.

— Qu'est-ce que c'est que cette odeur ? a demandé Pop en refermant la porte derrière lui.

— Je parie que ce sont encore les prouesses de Faith…

Depuis quelque temps, nous n'avions plus qu'un seul et unique but à l'approche de chaque repas : aller nous poster aux fourneaux sans laisser le temps à la Laniar de nous devancer. Les créatures de son espèce se nourrissaient d'ordinaire de viande crue. Mais depuis qu'elle avait découvert l'art culinaire, la Chimère y avait gagné une nouvelle passion, et quelques kilos en plus.

Assignée à la protection de notre foyer, Faith était toutefois plus une amie qu'un garde du corps. Nous traînions souvent ensemble – du moins quand l'une d'entre nous n'était pas en train de se reposer. Le problème, c'est que les Laniars dormaient la journée. Nous n'avions donc que quelques heures à partager, le soir en général. Du fait de son apparence étrange – dotés de longs membres et d'un torse large, ces Chimères ressemblaient à un croisement entre humains et lévriers –, Faith devait se cacher de nos voisins. Nous passions une grande partie de notre temps au grenier, où était installée sa chambre.

J'ai passé un œil à la porte de la cuisine : une première concoction bouillait dans la casserole fumante, une seconde frétillait dans la poêle.

— Bonsoir, Faith, tu nous prépares quoi ? ai-je demandé, réticente à passer le seuil.

Pop s'est glissé dans la pièce en marmonnant :

— C'est… une odeur intéressante.

— Oh ! Parfait, vous êtes rentrés ! Je vous prépare du poisson au beurre de cacahuète avec des nouilles au citron !

Et la Laniar de retourner son frichti dans la poêle. Aussitôt, mon estomac s'est soulevé.

— Tu te souviens que je n'aime pas le poisson ? ai-je rappelé.

Elle a examiné son plat qui grésillait.

— Zut ! J'avais oublié. Il y en aura trop. Ce n'est pas grave, où sont Nick et Deidre ? Ils en mangeront.

— Ils dînent dehors, ce soir.

Pendant ce temps, Pop lisait un SMS d'un air béat.

— Tu ne reçois jamais de textos… ai-je ronchonné, soupçonneuse, avant de me décider à pénétrer dans le lieu fatidique. En fait, je pensais que tu ne savais même pas comment échanger des messages avec quelqu'un. C'est de la part de qui ?

— Kayla… elle a le temps de prendre un café demain.

— Je déteste gâcher la nourriture ! a soupiré Faith.

— Ne t'inquiète pas, l'ai-je rassurée. Pop adore le poisson, il mangera ma part.

Le pauvre homme m'a lancé un regard incrédule, comme si je venais de lui planter un poignard dans le dos.

Je lui ai souri de toutes mes dents avant de m'installer à ma place. Si les talents de cuisinière de Faith restaient pour le moins limités, elle s'était révélée virtuose dans l'art de dresser une table. Elle a déposé devant moi une belle assiette de pâtes accompagnée d'un petit pain brûlé. Pop fut gratifié de deux poissons gris au ventre dégoulinant de beurre de cacahuète, qui le fixaient de leurs yeux morts.

— Bon appétit ! a lancé gaiement la Laniar avant d'aller se servir à son tour.

J'ai planté ma fourchette dans la montagne de nouilles. Notre cuistot avait une interprétation très croustillante de la notion de cuisson *al dente*.

— Au fait Pop, ta nouvelle copine pourrait peut-être recommander quelques livres de cuisine à Faith, tu ne crois pas ?

— Très drôle, a-t-il répondu, occupé à extirper une kyrielle d'arêtes de son plat.

Une fois assise en face de moi, Faith a mordu de bon cœur dans un poisson. Ses yeux se sont écarquillés.

— Bon, on commande à emporter ? ai-je proposé, hilare.

Elle a hoché la tête avec véhémence avant de recracher sa bouchée entière dans son assiette. Quelques bouquins sur le savoir-vivre ne lui auraient probablement pas fait de mal non plus.

C'est alors que la porte d'entrée s'est ouverte à la volée puis refermée avec fracas. Deidre s'est ruée à l'assaut de l'escalier avant de claquer la porte de notre chambre derrière elle.

Aucun d'entre nous n'a bougé, dans l'espoir que les deux autres le fassent. Pop m'a jeté un regard entendu.

— Tu ne vas pas lui remonter le moral ?

— Mauvaise idée : elle me déteste.

— Et moi, une chose est sûre, elle ne me porte pas dans son cœur ! a ajouté Faith sans laisser à mon père le temps de lui poser la question.

— C'est parce qu'elle se sent à part. Vous pourriez lui proposer de se joindre à vous, de temps à autre, non ? a-t-il lancé avant de repousser sa chaise pour monter retrouver mon sosie.

Faith et moi nous sommes dévisagées, sidérées.

— C'est tout le contraire ! ai-je protesté. Combien de fois on a invité en vain Deidre à passer du temps avec nous ?

Faith, le regard fixé au plafond, s'est plongée dans une profonde réflexion.

— Non, je veux dire… c'était une question rhétorique, je ne te demande pas un nombre exact.

— Oh, dans ce cas : si souvent que j'ai arrêté de compter ! a-t-elle rétorqué. Chinois, ça te tente ?

— Vendu !

Cette fois, c'est la sonnette qui a retenti et, lorsque j'ai ouvert, à ma grande surprise, j'ai trouvé sur le seuil Mme D'Marco qui se tordait les mains. L'inquiétude lui déformait le visage et de gros cernes soulignaient ses yeux marron doré. Depuis la révélation de l'adoption de Nick, je n'avais eu que peu d'occasions de les croiser, elle et son mari. Il faut dire que leur fils n'avait pas trop bien pris la nouvelle de leur mensonge.

— Nick est ici ? a-t-elle soufflé.

— Non, mais entrez, je vous en prie.

Elle s'est avancée d'un pas ou deux seulement, sans vraiment pénétrer dans la pièce.

— Que se passe-t-il ? ai-je demandé.

Elle s'est penchée pour fixer l'escalier.

— Il est rentré furieux, il a même mis un coup de poing dans le mur. Son père s'est énervé, et Nick est parti, hors de lui, sur cette machine de l'enfer.

J'ai pris sa main tremblante entre les miennes.

— Tout va s'arranger. Il a beaucoup de choses à digérer ces temps-ci, c'est tout.

— Je sais bien… J'ai juste peur qu'il se blesse. Peut-être que Deidre sait quelque chose ? Elle est rentrée ?

— Je suis là, a répondu l'intéressée, qui nous regardait du haut de l'escalier. On s'est disputés. J'ai seulement dit qu'il ressemblait à son père biologique, et ça a suffi à le rendre fou. On n'a même pas pu entrer dans le restaurant, il a piqué une énorme crise. Devant Emily en plus. Je me suis sentie tellement mortifiée !

Mais il lui manquait une case, à cette demoiselle ! Quelle mouche l'avait donc piquée ? Nick, ressembler à son père ? Bien sûr que c'était la dernière chose qu'il voulait entendre, il détestait le tyran ! Conemar était un traître et un criminel, qui avait même tué la mère biologique de ce pauvre Nick. Deidre manquait du tact le plus élémentaire. J'étais sur le point de le lui signaler vertement quand j'ai remarqué ses yeux rouges et bouffis. Je me suis aussitôt ravisée.

— Tu sais où il est allé ? ai-je préféré demander.

— Quand il est dans cet état, il va souvent à la plage de Stony Creek. Je suis vraiment désolée, madame.

— Ce n'est pas ta faute, a répondu la mère de Nick. Il a besoin de temps pour accepter toute cette histoire…

— Bon, quelqu'un sait comment se rendre là-bas ? ai-je lancé à la cantonade.

— Je peux t'y emmener en voiture, si tu veux ! a suggéré la voix d'Emily, qui venait de derrière la porte.

J'ai sursauté.

— Qu'est-ce que tu fais là ?

— Je m'inquiétais pour Deidre. Elle a oublié son pull au restaurant.

Elle a brandi un vêtement noir aux mailles bien trop ajourées pour apporter la moindre chaleur à sa propriétaire.

— O.K., je te suis, mais je te préviens, tu y vas mollo sur le champignon !

— Je suis toujours super prudente ! a protesté ma voisine.

— Ne l'écoute pas, Emily, est intervenue Deidre. Si tu n'es pas minimum cinq kilomètres-heure en dessous des limitations de vitesse, Gia panique.

— Bon, allez, on y va ! ai-je grommelé. Ne vous en faites pas, madame : je vais vous ramener votre fils en un rien de temps !

— Merci… et merci à toi, Deidre.

Mme D'Marco nous a suivies dans l'allée pour retourner à sa voiture. Emily a descendu notre rue bien plus lentement qu'à son habitude.

— Nick et Deidre ont l'air très amoureux ! a-t-elle commenté.

— Hmm…

Elle a relevé un sourcil tout en négociant le virage suivant avec délicatesse. Les lampadaires allumaient des reflets par intermittence dans ses yeux bleus.

— C'est la première fois que je vois un couple aussi complice. Au fait, qui est la dame qui vit avec vous ?

— Ma tante.

— Et elle ne sort jamais ?

— Elle a une maladie de peau très rare.

— Ah bon ? Laquelle ?

C'est un interrogatoire ? Une autre voiture nous dépassa, illuminant quelques secondes l'intérieur de notre véhicule.

— Xeroderma Pigmentosum, ai-je bafouillé.

Je n'ai pas pu m'empêcher d'écorcher les syllabes que j'avais pourtant apprises par cœur.

— Rien que le nom fait froid dans le dos... Ta famille a l'air très unie ! Le soir, par la fenêtre de notre cuisine, je vous aperçois parfois en train de dîner tous ensemble. (Sa tête pivota soudain dans ma direction.) Ce n'est pas ce que tu crois, je ne vous espionne pas, je te jure ! Je ne vous vois même pas si bien que ça : votre maison est trop loin de la mienne.

Je me suis agrippée à la poignée qui surmontait la portière.

— Regarde devant toi !

On croirait entendre Nana ! Depuis que ma mère était morte, renversée par une camionnette, en me sauvant la vie à l'âge de quatre ans, conduire ou traverser une rue très fréquentée suffisait à me faire angoisser. Emily s'appliqua à fixer la route, un petit sourire aux lèvres.

— En tout cas, vous vous amusez bien et ça se voit ! Chez moi, les repas se déroulent presque en silence, c'est d'un ennuyeux ! Mon oncle ne dit pas grand-chose, et il n'aime pas les jeux de société.

— Tu dois te sentir très seule, ai-je répondu. N'hésite pas à passer à la maison quand tu veux, tu es la bienvenue !

Aussitôt, je me suis mordu la langue. Si Emily venait chez nous, Faith serait contrainte de s'enfermer dans sa chambre.

— Merci, lança-t-elle. Ça me ferait très plaisir !

Son expression ravie m'a fait réviser mon jugement : j'avais fait une bonne action après tout.

Lorsque l'océan est enfin apparu à l'horizon, nous avons bifurqué sur une route qui longeait la côte. Un éclair a zébré le ciel juste au-dessus de nos têtes. Heureusement, Emily était trop concentrée sur sa conduite pour remarquer que la lumière venait de la plage…

J'ai repéré la moto de Nick garée dans l'herbe au bord de la route.

— Arrête-toi ici.

— Tu le vois ?

Les pneus ont crissé contre le trottoir. J'ai entrouvert la portière sans tarder.

— Non, mais c'est sa bécane là-bas. Inutile de m'attendre, Nick me ramènera chez moi. Merci de m'avoir accompagnée !

Sur ces mots, j'ai claqué la porte derrière moi. La fenêtre côté passager s'est abaissée.

— Tu es sûre ? On dirait qu'un orage se prépare. Je peux vous attendre ici.

— Non, c'est gentil, merci. On se voit plus tard !

Elle a enclenché le levier de vitesses.

— Bonne idée ! On déjeune ensemble si tu veux ? On se retrouve à quelle heure ?

— Hmm… Onze heures et demie ?

C'était une bonne occasion de se faire une nouvelle amie, mais je n'écoutais qu'à moitié : où se cachait donc Nick ? Un autre éclair a déchiré le firmament.

— O.K., à demain !

Tandis qu'elle faisait demi-tour pour reprendre la route, et je me suis précipitée vers le point d'origine de l'éclair. Une silhouette était assise sur un banc de bois peint en blanc, sur la jetée. Un nouveau flash est venu illuminer les ténèbres et le visage maussade de mon ami.

Depuis qu'il avait découvert sa nature de magicien, Nick peinait à accepter ses pouvoirs. Et manquait au passage de la plus élémentaire prudence. N'importe qui aurait pu le voir. Comment comptait-il expliquer ces étranges phénomènes à un témoin humain venu là par hasard ? De mon côté, difficile d'imaginer ce que Nick pouvait ressentir à l'idée de posséder une puissance aussi phénoménale. Contrairement à lui, j'étais une simple Sentinelle. Je n'étais dotée que de maigres pouvoirs magiques. Pour triompher d'un mage ou d'une créature, je me fiais surtout à mon entraînement au combat. Lui, en revanche, n'avait que l'embarras du choix : chocs électriques, boules de feu, éclairs… Un véritable arsenal.

— Tu peux me dire ce que tu fabriques ?

Il a failli en tomber de son siège.

— Gia ? Tu m'as fait une de ces peurs !

— Tu as pété un plomb ou quoi ? Si quelqu'un te voit, on est fichus !

— Fous-moi la paix.

— Dans tes rêves !

Je me suis assise à côté de lui. Une légère brise faisait danser les mèches de mes cheveux devant mes yeux. L'air salin emplissait mes narines.

— Dis-moi ce qui ne va pas, Nick. Tu es mon meilleur ami, tu sais que tu peux compter sur moi.

De petites étincelles se sont allumées dans sa paume. Aussitôt, j'ai créé un globe rose que j'ai projeté sur sa main pour neutraliser ce nouvel éclair. Sans sourciller, il a recommencé son manège – et moi aussi, bien sûr.

— Tu vas me lâcher ? s'est-il écrié.

— Seulement si tu te montres raisonnable.

— Je vois. Madame a un superpouvoir trop cool, qui peut bloquer les sorts et servir de bouclier. Sauf que madame oublie un peu vite qu'elle s'affaiblit si elle l'utilise... On peut y passer la nuit si tu veux, mais je vais finir par t'avoir à l'usure, tu sais !

— Tu n'es pas sympa.

Il a enfoui son visage entre ses mains. Les phalanges de sa main droite étaient à vif, striées de sang coagulé.

— Je ne comprends pas ce qui m'arrive... Je sais bien que je suis odieux avec Deidre, avec mes parents, avec tout le monde... mais je ne peux pas m'en empêcher !

— Mais pas encore avec moi... Alors il y a de l'espoir, vu que je suis la plus irritante du lot !

Il a gloussé – on aurait dit un cochon qui grognait.

— Qu'est-ce que c'est que ce bruit ridicule ?

— Mon rire.

— Ça ne s'arrange pas, à ce que je vois.

— Oh, ça va !

Son visage s'est radouci.

— Je sais très bien ce que tu essaies de faire, a-t-il ajouté. Et le pire, c'est que ça marche.

— Je ne vois pas de quoi tu veux parler, l'ai-je taquiné.

Le bras passé autour de ses épaules, j'ai écouté les vagues s'écraser contre la jetée à nos pieds.

— Écoute, ai-je repris, je sais que tu ne peux même pas en parler à un psy… Je t'y vois déjà : « Bonjour ! Je suis le fils du sorcier le plus maléfique du monde des Chimères et des Guérisseuses viennent tout juste de libérer mes pouvoirs magiques… »

Mes pitreries lui ont arraché un demi-sourire.

— Oui, je risque de ne pas obtenir l'aide escomptée…

— Ou pas ! Si ça se trouve, tu pourras te faire prescrire une tonne de tranquillisants…

— Sauf qu'en général, ils me filent la nausée !

— Tu sais, quand j'ai été emportée par la porte-livre et catapultée dans le monde des Chimères, au début j'avoue que ça n'allait pas très fort. Tout est arrivé tellement vite que j'en étais pétrifiée de peur. Je ne comprenais rien à ce qui se passait. J'ai commis de graves erreurs… J'ai paniqué ! On a frôlé la mort plusieurs fois, alors tu imagines… Mais à présent, grâce à l'aide de Carrig et aux entraînements, je me sens plus forte, mieux armée, à la fois mentalement et physiquement. C'était ma destinée… J'avais juste besoin de m'y faire, d'y être préparée.

Nick ne quittait pas ses mains du regard. Quant à moi, je scrutais l'océan à l'horizon en cherchant les bons mots.

— Je sais à quel point c'est difficile pour toi. J'en suis passée par là, moi aussi. Tu auras besoin de temps pour t'y faire… Et si tu m'embauchais comme soutien psychologique ? À chaque fois que tu te sentiras nerveux ou irritable, appelle-moi ! On ira se défouler sur un punching-ball, si tu veux : c'est mon anti-stress préféré ! En plus, je te ferai un tarif d'ami.

— Se relaxer en pratiquant une activité violente ! C'est tout toi, a-t-il ri sous cape – et bientôt son grognement de cochon était de retour.

À mon tour, je me suis esclaffée.

— Oh, arrête ! a-t-il ronchonné.

Il a passé la main dans ses cheveux, pensif.

— Mais sérieusement, qu'est-ce qui cloche chez moi ? Je dis des choses que je ne pense pas, j'ai envie de cogner tout ce que je vois… J'ai l'impression que mon esprit est déconnecté de mon corps : je me regarde faire des horreurs sans pouvoir intervenir. C'est comme si je n'étais plus moi-même.

— Mais si, tu es toujours toi-même… en plus puissant, c'est tout ! Ce sont peut-être tes pouvoirs qui te rendent agressif, comme tu ne les maîtrises pas encore ? Et si j'en parlais à oncle Philip ? Il saura peut-être t'aider à te contrôler !

Il s'est redressé sur le banc, le regard fixé sur les vagues.

— Tu crois qu'il accepterait ?

Nick et mon oncle, le professeur Attwood, avaient noué des liens très forts dès leur première rencontre. Philip était autrefois très amoureux de la mère biologique de Nick, Jacqueline, avant que Conemar ne la tue. Ensemble, tous deux avaient passé des heures à parler de la disparue, que son fils n'avait jamais connue. Ils avaient partagé des histoires, regardé des lettres et des photos. Je ne doutais pas que mon magicien d'oncle serait heureux de prendre mon meilleur ami sous son aile.

— Je peux toujours le lui demander.
— O.K., essayons.
Je lui ai donné un coup d'épaule.
— Parfait ! Bon, tu me dois des excuses.
— Quoi ? Tu te prends pour ma mère ?
— Pour ta conscience, plutôt !
J'ai ponctué cette déclaration d'un grognement porcin – pris d'un fou rire homérique, nous avons failli en tomber de notre banc.

Chapitre 3

Le Pensionnat McCabe pour étudiants étrangers était constitué d'un ensemble de vieux immeubles d'habitation réhabilités. Inquiet que les autorités ne surveillent l'institution de trop près, Carrig avait réussi à convaincre le Conseil des mages de préférer cette option au plan initial – un internat pour jeunes en difficulté. Plusieurs Sentinelles venues d'un peu partout dans le monde avaient rejoint l'école.

Le Club d'escrime McCabe, un bâtiment accolé au pensionnat, ressemblait à un entrepôt abandonné. Des piliers de béton, recouverts de protections matelassées bleues, constellaient un espace entièrement couvert de tatamis. Du plafond pendaient çà et là quelques punching-balls.

Les séances d'entraînement des semaines précédentes s'étaient avérées exténuantes. Arik me rendait coup pour coup : nos épées factices claquaient en tous sens des heures durant.

Ce matin-là, au prix d'un grand effort, j'ai esquivé une attaque portée de haut en bas. C'est alors que Carrig a sifflé pour signaler une pause… et me permettre du même coup de reprendre mon souffle.

— Tu ne peux pas me battre, Gia !

— Oh, tu crois ça ? Prépare-toi à recevoir une bonne leçon, mon pauvre ami !

Il a souri, penché vers moi.

— Vraiment… Et tu porterais une tenue d'écolière, pour cette leçon ? Parce que j'imagine très bien la scène…

— Arrête ton char, Arik, a grogné Carrig. Elle te bat quand elle veut. Maintenant, en garde.

Mon partenaire d'entraînement s'est mis en position. J'ai rivé mon regard à ses épaules, afin d'essayer de déceler d'où partirait l'attaque suivante.

Un grand fracas s'est soudain élevé à ma droite : Jaran avait reversé un casier à poids qu'il venait de heurter en reculant. Plus près de nous, Kale et Lei s'affrontaient sur le tapis voisin. Lorsqu'il s'avançait, elle reculait. Elle a fini par tenter un coup de pied, qu'il a esquivé en baissant la tête. Lorsque la jeune fille s'est remise en garde, sa longue natte noire a tournoyé autour d'elle. Les personnalités des deux adversaires étaient drastiquement opposées. Elle se montrait férocement agressive, lui calme et calculateur.

Aujourd'hui comme hier, c'étaient, après Arik, les deux combattants les plus redoutables parmi toutes les Sentinelles originaires de notre refuge, Asile. L'un comme l'autre avait même remporté plusieurs trophées aux Jeux des Chimères. Ces épreuves, qui correspondaient plus ou moins aux Jeux olympiques des humains, voyaient s'affronter non seulement les habitants des sept refuges – des enclaves magiques fondées par sept magiciens légendaires –, mais aussi les créatures des sabbats environnants.

Kale a évité l'assaut suivant de sa partenaire en roulant à terre. Bien que très vite remis sur ses pieds, il n'a pas tout de suite retrouvé un parfait équilibre : Lei en a profité pour s'accroupir et précipiter le jeune homme au sol d'une rotation de la jambe. Il a trébuché et fini par s'écrouler.

Distraite par l'expression hagarde de Kale, qui m'a semblé hilarante, j'ai pris sur l'épaule un coup d'épée emmaillotée de tissu. J'ai crié en m'effondrant à terre.

— Bon sang, Gia, pourquoi n'as-tu pas tenté une parade ? s'est inquiété Arik.

Quelques Sentinelles étrangères, autour de nous, observaient la scène d'un air moqueur. Je les ai gratifiées d'un regard furieux.

— Tu n'as pas entendu Carrig donner le signal ? a-t-il insisté.

— Non, enfin... Si ! ai-je grommelé. J'ai été distraite...

Autour de nous résonnaient le choc sourd des épées factices et les grognements de fatigue des combattants.

— O.K., tout le monde ! a lancé Carrig. C'est fini pour aujourd'hui.

Arik, un petit sourire aux lèvres, m'a aidée à me relever.

— Moi qui croyais me prendre une bonne leçon...

— Oh, la ferme !

Je l'ai repoussé, taquine, avant de rejoindre les autres en titubant légèrement. Lei rangeait justement son épée de bois dans le râtelier réservé à cet usage.

— Tout le monde en maillot de bain ! s'est-elle écriée. On a une heure pour se détendre avant de s'entraîner à manier nos globes.

Sinead, l'épouse que Carrig s'était choisie parmi le petit peuple, avait fait installer une vaste piscine à l'arrière du gymnase. Entourée d'une terrasse de bois, elle était pourvue, sur tout un côté, de jets de massage destinés à soulager nos muscles endoloris.

Une fois mon bikini enfilé et mon paréo drapé à la taille, j'ai retrouvé Arik sur le chemin qui descendait vers le bassin. Malgré les deux serviettes que je serrais contre moi, je frissonnais au contact de l'air automnal sur ma peau.

— Où sont les autres ?

— Je les ai laissés partir devant : il fallait que je te montre quelque chose.

— Où allons-nous ?

— Tu verras bien.

Il m'a emmenée sur un chemin qui sinuait entre des arbustes broussailleux. Un tapis de feuilles mortes craquait sous mes tongs.

— Tu sais quoi ? ai-je lancé. Ma grand-mère m'a envoyé des billets pour une pièce jouée à New York. J'ai demandé à oncle Philip : on a l'autorisation d'y assister !

Il a écarté plusieurs branches pour me permettre de passer.

— Le théâtre, ce n'est pas trop mon truc.

Nouvelle preuve que nous ne nous connaissions pas encore très bien. Nous n'étions pas ensemble depuis très longtemps et tout notre temps se passait en sessions d'entraînement et en baisers fiévreux.

— Ah bon ? Qu'est-ce que tu aimes faire, alors ?

— Jouer aux jeux vidéo sur la tablette de Jaran. Regarder du catch avec Demos. (Il s'est penché pour éviter les feuillages, un petit sourire aux lèvres.) T'embrasser.

J'ignorais si mes joues empourprées étaient à mettre au compte de ses paroles ou bien de la fatigue de l'entraînement qui venait de se terminer. Je me suis raclé la gorge ;

— La pièce est l'adaptation d'un roman, *Ne tirez pas sur l'oiseau moqueur*. Tu l'as lu ?

— Les bouquins, ce n'est pas mon fort non plus.

Comment ? J'ai dû mal entendre !

— Tu connais *Le Jardin secret*, pourtant ?

J'ai eu du mal à cacher ma surprise : je ne m'étais pas imaginé un seul instant qu'il lisait peu. Les livres, c'était mon oxygène. Sans eux, j'étouffais. Lors de notre première rencontre, nous avions parlé de cet ouvrage.

— Quand Oren est mort, a-t-il expliqué, cet ouvrage se trouvait parmi ses affaires. Il passait son temps à me le lire quand j'étais petit. C'était presque maniaque chez lui, c'est pour ça que j'en connais des passages entiers par cœur.

Oren, son parent-fée, avait été tué par un molosse. Arik avait été témoin de l'attaque à treize ans à peine.

Mon cœur se serra dans ma poitrine. Déçue qu'Arik ne veuille pas assister à la pièce avec moi, j'étais plus triste encore de découvrir que le goût commun pour les livres qui nous avait rapprochés au départ n'était en fait qu'une illusion.

— Tu fais la tête ?

— Je pensais que tu aimais ce bouquin autant que moi.

— Hmm… Si ça peut te consoler, les bibliothèques me semblent être mon propre jardin secret, et puis j'apprécie la poésie du livre. Mais tu imagines bien qu'un petit garçon comme moi à l'époque aurait préféré écouter des histoires de chevaliers et de dragons, pas les aventures d'une gamine et de ses amis.

Il n'avait pas tort.

— Tu ne m'en veux pas ? m'a-t-il demandé, inquiet.

— Bien sûr que non !

Le sentier débouchait sur un minuscule cimetière. À l'ombre des arbres moussus, l'endroit baignait dans une atmosphère froide qui sentait l'humus. Une palissade délabrée entourait la petite clairière. Les pierres tombales étaient aussi couvertes de végétation et c'est à peine si je pouvais en déchiffrer les inscriptions : Parker, Jacobs, Howe… et même Proctor ! J'ai écarquillé les yeux en me demandant s'il s'agissait d'un ancêtre d'Emily. J'ai commencé à explorer les lieux.

— Où sommes-nous ? C'est un cimetière secret ? Ces tombes sont vraiment anciennes : celle-ci date de 1662 !

Arik s'est aventuré de l'autre côté de l'allée.

— Certaines sont illisibles…

Je suis retournée devant la pierre tombale ornée du nom à demi effacé de Proctor. Des frissons ne cessaient de me secouer l'échine.

— Cet endroit me donne la chair de poule.

Arik s'est glissé derrière moi, a passé le bras autour de ma taille et posé sa paume contre mon ventre. Sa présence m'a un peu rassérénée. De son autre main, il a écarté quelques mèches de mon cou pour y déposer un baiser. J'ai tremblé de plus belle.

— Tu as froid, a-t-il murmuré tout contre ma peau.

C'était une affirmation, pas une question. Malgré tout, je sentais confusément qu'il m'interrogeait : *on reste ou on s'en va ?* Mais pour moi, il était impensable de nous embrasser au milieu de ces tombes.

— On rentre ? ai-je lancé en me dégageant.

— Vraiment ? Je pensais que tu adorerais cet endroit ancien. Il me rappelle ces sépultures près de la bibliothèque de Boston où tu aimais bien aller.

— En temps normal, j'aurais sans doute apprécié les lieux mais… J'ai un mauvais pressentiment.

J'ai observé les rayons de lumière qui filtraient entre les branches au-dessus de nos têtes. Un reflet, au pied d'un arbre, a fini par attirer mon attention. Je me suis penchée.

— Une pointe de flèche… ai-je soufflé avant de la passer à Arik.

Il l'a tournée et retournée entre ses mains.

— Récente, apparemment. Pas la moindre trace de rouille.

En y regardant de plus près, nous avons découvert que l'écorce du tronc sous lequel nous l'avions trouvée était couverte d'entailles.

— Quelqu'un s'est longuement exercé au tir, ici.

— Sans doute un archer ou un arbalétrier amateur.

— Sûrement…

Nous étions dans une partie de la forêt ouverte au public : n'importe qui avait le droit d'y faire ce que bon lui semblait. Arik m'a prise par la main.

— Bon… On devrait rejoindre les autres.

Nous avons redescendu la colline jusqu'à la piscine et j'ai ôté mon paréo. Une fois installée sur une série de marches immergées, j'ai laissé l'eau tiède me caresser paresseusement le menton. Arik, assis à côté de moi, m'a lancé un regard malicieux.

— Approchez donc, mademoiselle…

Je me suis glissée vers lui. Nous étions dans notre monde, loin de nos camarades qui s'amusaient à plonger de l'autre côté du bassin. Il m'a attirée sur ses genoux pour m'embrasser. Son refus d'assister à la pièce m'est complètement sorti de la tête : j'ai passé les bras autour de son cou et nos baisers se sont faits plus ardents. Ses mains ont lentement glissé le long de mon dos. L'eau avait beau être tiède, presque chaude, j'en ai eu la chair de poule.

Quelqu'un a plongé pieds en avant juste à côté de nous, soulevant d'énormes éclaboussures. Les remous ont battu mes flancs, et Demos est remonté à la surface, tout sourire. Il a secoué la tête pour se débarrasser de l'eau qui imprégnait sa chevelure blonde. De toutes les Sentinelles venues d'Asile, c'était lui le boute-en-train de la bande.

— Wou-hou ! Les éclaboussures ont volé à dix mètres au moins !

Il a nagé jusqu'à l'extrémité de la piscine pour s'y hisser hors de l'eau.

J'ai jeté un coup d'œil au petit groupe qui s'égayait de l'autre côté du bassin : Lei semblait s'amuser du tour que Demos venait de nous jouer. Prenant appui contre la poitrine d'Arik avec mes pieds, je me suis propulsée sous l'eau pour émerger quelques mètres plus loin. J'ai pris le temps d'admirer sa peau luisante et humide. Impossible de retourner me coller contre lui : j'avais du mal à me raisonner, or nous avions un public...

Arik, taquin, s'est élancé dans ma direction et m'a attrapé le pied pour m'attirer de nouveau à lui.

— N'essaie pas de filer, coquine ! Hmm... je pourrais rester comme ça pour l'éternité.

Il a plaqué ses lèvres contre les miennes et nous avons tourbillonné dans l'eau. Comme ses mains commençaient à repartir en vadrouille, je me suis de nouveau écartée. Je me suis enfoncée dans l'eau bien chaude, l'odeur du chlore dans les narines. Les vaguelettes que nos mouvements avaient créées clapotaient contre mes joues.

— Tu es dangereux, ai-je articulé, les lèvres juste au-dessus de la surface de l'eau.

Il a commencé à s'approcher, l'air de rien, avant de me donner la chasse sur toute la longueur de la piscine. Mais même s'il me talonnait, j'ai réussi à rejoindre nos camarades d'entraînement avant lui.

Lei et Kale se prélassaient ensemble dans un bain de bulles tandis que Jaran faisait la planche non loin d'eux. Tous trois étaient en grande conversation. Demos multipliait les plongeons pour éclabousser toute la petite troupe. Les Sentinelles occupées à se tremper les pieds dans l'eau, assises sur le bord, ne se gênaient pas pour l'insulter dans un grand nombre de langages différents. Parmi elles, Pia et Reya, des jumelles qui venaient du refuge espagnol de Santara.

— Pas terrible, Demos ! a commenté la première.

— Bien dit ! a renchéri sa sœur. Tu es un poids plume, Pia, mais même toi tu pourrais faire mieux.

L'intéressé est sorti de l'eau, hilare.

— Allez-y, montrez-moi !

J'en ai profité pour faire la planche à mon tour et laisser l'eau emplir mes oreilles histoire de me couper des bruits qui m'entouraient. C'est souvent dans ces moments-là que je repensais à Afton, Nana et oncle Philip. Qu'étaient-ils tous en train de faire ?

C'est aussi quand le calme m'envahissait que le souvenir de Bastien revenait me hanter. On disait qu'il avait terminé ses derniers examens de magie. En quoi consistaient les épreuves qui permettaient à un novice de passer magicien en titre ? Comment s'en était-il tiré ? Je revoyais un peu trop souvent à mon goût ses yeux bleu acier et son sourire plein d'assurance.

C'était une rock star dans le monde des Chimères, comme me l'avait expliqué Lei la première fois que nos chemins s'étaient croisés. Apprendre que nous étions fiancés l'un à l'autre depuis avant ma naissance m'avait un peu ébranlée. Ce genre de mariage arrangé était souvent décidé par le Conseil pour prévenir toute relation entre deux Sentinelles – tout ça parce que, selon une vieille prophétie, l'enfant d'une telle union était annonciateur de la fin. Eh bien dommage : l'enfant, c'était moi !

La fin de quoi ? Du monde des Hommes comme de celui des Chimères, prétendaient certains. Mon oncle Philip faisait toutefois exception à la règle. Il estimait que l'enfant de la prophétie annonçait plutôt la fin d'un mal qui rongeait nos deux univers depuis des siècles, la Tétrade. Un monstre apocalyptique qui pouvait contrôler les éléments et causer des destructions à l'ampleur quasi biblique. Conemar voulait s'emparer de la créature, mais nous étions parvenus à l'en empêcher.

Je n'avais pas revu Bastien depuis que nous avions affronté ensemble – et banni dans un autre monde – le sorcier maléfique. Pas non plus depuis qu'il m'avait avoué les sentiments qu'il éprouvait pour moi. J'espérais que malgré tout, nous pourrions rester amis mais, pour être honnête, je m'inquiétais surtout de ne jamais le revoir. J'ai fermé les yeux de toutes mes forces pour m'ôter cette idée de la tête.

Les rayons du soleil ont joué sur mes paupières, et l'image de la clairière tachetée de lumière où s'alignaient les sépultures est revenue me hanter. La pierre gravée au nom de Proctor me troublait. Était-ce vraiment un parent d'Emily ? Pourquoi ces tombes étaient-elles ainsi à l'écart ?

Arik s'est approché à la nage pour me murmurer quelques mots indistincts. J'ai aussitôt sorti la tête de l'eau.

— Comment ?

— Prête pour le prochain entraînement ?

Je me suis redressée.

— C'est déjà l'heure ?

— J'en ai bien peur.

Nous nous sommes donc tous vite retrouvés en tenue de combat en compagnie de Carrig et Sinead. Nous nous entraînions à manier nos globes sur un terrain isolé, entièrement planté d'herbe, situé juste derrière la piscine.

Sinead nous avait appris à faire appel à notre subconscient pour identifier la source à laquelle s'alimentaient nos globes, au plus profond de nous. Cette technique était censée nous permettre de mieux les contrôler. Il nous avait fallu plusieurs jours pour maîtriser l'exercice.

Je parvenais à lancer ma sphère rose à des distances phénoménales, désormais. Impossible même, parfois, de distinguer l'endroit où elle avait atterri. Personne, parmi les Sentinelles, ne réussissait à rivaliser avec mes performances dans ce domaine. Sinead m'avait d'abord prise à part pour m'apprendre à gagner en précision. Résultat : en un rien de temps, je faisais mouche à chaque tentative. À l'entraînement, nous avions constaté que plus mes globes étaient imposants, plus ils me demandaient de l'énergie, aussi me contentais-je la plupart du temps de ne créer que de petites boules que je précipitais ensuite partout autour de moi. Elles explosaient au contact de leur victime, vite recouverte d'une membrane rose qui entravait ou protégeait la cible, à la demande.

À ma connaissance, cette sphère ne s'était manifestée que chez un seul autre individu, plusieurs siècles auparavant. Ce garçon était mort de la peste avant son treizième anniversaire. Doté d'un pouvoir de protection, le globe magique n'avait pourtant pas suffi à immuniser son propriétaire contre la maladie…

Arik, de son côté, s'entraînait à lancer son orbe de feu à travers le pré. Le projectile s'est encastré dans un arbre à l'autre extrémité du champ. Des flammes commençaient à en lécher le tronc lorsque Jaran, qui maniait à la perfection sa sphère d'eau, a fait cesser l'incendie dans un nuage de vapeur bleue. Demos en a profité pour piquer un sprint et projeter son globe de vent sur le pauvre épineux, pour qui ce fut le coup fatal.

— Dites donc, les gars, ces arbres ne vous ont rien fait ! ai-je rugi, furieuse.

Arik a lancé une nouvelle boule incandescente sur sa cible.

— Ne t'inquiète pas, ce sont des faux.

Une main majestueusement levée vers le ciel, Lei a brandi son globe blanc d'où est sorti un éclair. La sphère violette de Kale l'a intercepté en vol : désormais pourpre, le flash s'est figé en un clin d'œil.

— O.K., Gia, à toi ! m'a crié Carrig.

Après m'avoir regardée effectuer quelques lancers, il m'a demandé si mes globes de vérité étaient revenus.

Chacun d'entre nous était doté d'une sphère magique qu'il utilisait au combat. Mais comme mes deux parents étaient des Sentinelles, j'avais le pouvoir d'en produire deux : l'une capable de tester l'honnêteté d'autrui, et l'autre d'annuler tous les sorts – mais aussi de protéger ceux qui se trouvaient à l'intérieur. La première, malheureusement, avait disparu quand Lorelle, une fée au service de Conemar, m'avait lancé un très ancien sortilège. Quel gâchis ! Une simple goutte de sang et ce globe révélait les intentions cachées de n'importe qui. Très utile quand on était entourée de traîtres potentiels.

J'ai poussé un profond soupir.

— Non, toujours pas !

Histoire de me défouler, j'ai balancé une sphère rose juste au-dessus de la tête de Kale, qui a aussitôt fait volte-face.

— Je t'ai déjà demandé d'arrêter ce petit jeu ! Je n'ai pas envie de m'en prendre une en pleine face !

J'ai haussé les épaules.

— Ce n'est pas comme si mes orbes pouvaient tuer qui que ce soit… Elles annulent simplement les sorts !

— Je me retrouverais sans globe, je te signale !

— Oh, ça va, le charme ne dure que quelques minutes…

Histoire de ponctuer mes paroles, j'ai effectué un lancer lifté qui est passé juste à côté de sa joue.

— Sacrebleu ! s'est exclamé Carrig. Ça, c'est ce que j'appelle un beau coup !

Sur ma droite, Lei projetait justement un nouvel éclair, qui a traversé la prairie pour tomber juste à la lisière de la forêt… et éclairer brièvement une grande silhouette au passage.

— Qui est-ce ? ai-je demandé en plissant les yeux pour tenter d'en distinguer davantage.

Carrig et Arik se sont précipités vers l'apparition, qui s'était éclipsée sans attendre à travers les arbres. Les muscles saisis de spasmes, je n'ai d'abord pas pu bouger un cil. Était-ce un espion ? L'une des créatures de Conemar ?

Je suis vite sortie de ma torpeur pour me précipiter derrière eux, le cœur battant à tout rompre. J'entendais branches et brindilles craquer sous des pieds invisibles, loin devant moi. Mes bottes glissaient sans cesse sur les pentes boueuses de la colline. Lei m'a dépassée sans effort.

J'ai continué tant bien que mal, même si je me suis retrouvée à terre plusieurs fois, les deux mains plongées dans la glaise gelée. Carrig et Arik ont débouché les premiers dans l'une des rues de la ville, suivis de Lei, puis de moi. Mais aussi loin que le regard portait, aucune trace de l'intrus.

— Vous croyez que c'était un animal ? a demandé ma camarade en scrutant la végétation au flanc de la colline. Ou une simple illusion d'optique ?

— Difficile à dire, on n'y voyait presque rien sous les arbres, a répondu Carrig, lui aussi sur le qui-vive. Un animal, je dirais : l'endroit est bourré de sorts de protection, aucun être humain n'aurait pu s'aventurer si près de nous.

— Sauf s'il s'agissait d'un magicien assez puissant pour contrer les sortilèges ! l'a contredit Arik. Si nous sommes découverts, il faut fuir, et vite…

— On devrait contacter Asile, a suggéré Lei.

Derrière nous, des pas ont crissé sur le gravier. Nous avons tous fait volte-face : Demos et Kale traînaient entre eux un homme vêtu de noir. Il était prostré, inconscient – sans doute avait-il fait la connaissance du globe de Kale.

— Et voilà le coupable ! a déclaré Demos, très content de lui.

Carrig a déroulé une cordelette de cuir qui pendait à sa ceinture.

— Libère-le de l'influence de ton globe, mon garçon.

Lorsque Kale s'est exécuté à l'aide d'une nouvelle sphère pourpre, notre chef a lancé la corde sur le prisonnier. Elle a semblé prendre vie et s'est enroulée autour des bras de l'homme qui, soudain réveillé, s'est mis à lutter pour se dégager. À chacun de ses mouvements, des éclairs grésillaient.

— Quel est cet objet magique ? ai-je demandé.

— Un fouet enchanté, a répondu Lei. Plus il est serré, pus les décharges qu'il envoie sont douloureuses.

L'homme semblait assez costaud pour combattre un taureau à mains nues. Il m'a fixée de ses yeux blancs, sans iris ni pupille, et j'ai tout de suite su de qui il s'agissait : c'était le chasseur qui nous avait poursuivis dans le métro quelque temps après mon premier saut à travers une porte-livre.

— Je le reconnais… ai-je murmuré.

L'espion m'a littéralement grogné au visage. Il n'a ni plus ni moins retroussé les lèvres pour dévoiler des dents pourries en grondant comme s'il allait m'arracher la gorge. D'abord perplexe, Arik l'a reconnu à son tour.

— Gia dit vrai, c'est bien le chasseur qui nous a poursuivis dans le métro de Boston ! Je pensais qu'il était à la solde de Conemar. (Il s'est campé devant le prisonnier.) Qui t'envoie ?

Les yeux vides de l'homme se sont posés sur moi. Comme hypnotisée, je ne pouvais plus bouger ni même respirer, et ma vue s'est progressivement brouillée. Une vision s'est imposée à moi : je me suis vue, froide, le corps brisé, étendue face contre terre sur un sol enneigé. *Est-ce que je vais mourir ?* J'aurais voulu crier, mais je n'ai réussi à produire qu'un son étranglé.

— Ne le regardez surtout pas dans les yeux ! s'est écrié Arik. Il est assujetti !

Il m'a empoignée pour m'éloigner du chasseur avant de s'interposer entre lui et moi. L'hallucination s'est lentement estompée et la douleur dans mon crâne a commencé à refluer.

Carrig a resserré la cordelette : le prisonnier a tremblé de tous ses membres.

— Pas très agréable, hein ? Si tu veux que je relâche la pression, tu as intérêt à te tenir à carreau. Je suis sûr qu'on se comprend…

— Qu'est-ce qu'il m'a fait ? ai-je demandé.

J'avais l'impression de tenir en équilibre précaire dans un avion en pleine zone de turbulences. Mes genoux ont fini par céder sous mon poids – seul le soutien d'Arik m'a évité de m'étaler par terre.

— Le magicien qui l'a assujetti a voulu accéder à ta conscience, a-t-il expliqué en me serrant contre lui. Il a essayé de t'affaiblir.

Un sorcier pouvait s'emparer de l'esprit de n'importe quelle créature pour la forcer à commettre n'importe quel acte… Mais en échange, il y perdait des heures et des minutes de vie.

— Bon… Mauvaise nouvelle, donc ! a commenté Kale.

Demos, qui faisait les cent pas, a regardé le chasseur avec mépris.

— C'est le moins qu'on puisse dire : on ne tirera aucune information de cet homme…

— Demos, tu nous donnes le mal de mer avec tes allées et venues ! l'interrompit Carrig.

L'intéressé s'est immobilisé un instant, un petit sourire aux lèvres – mais, quelques secondes plus tard, il triturait déjà le sol du bout de ses bottes. Lui demander le calme était parfaitement inutile : Demos ne connaissait pas le sens du mot immobilité.

— Il y a bien un moyen de tirer quelque chose de lui... fit remarquer notre instructeur.

— Comment ? a demandé Arik.

— Les Scrutateurs pourraient lire dans ses pensées, afin de savoir ce que le magicien qui le tient sous influence a appris grâce au sort de contrainte. Kale, emmène-le à Asile !

Et Carrig de pousser le prisonnier vers la Sentinelle, à qui il a confié l'extrémité du fouet.

— Entendu ! Je vais me faire un plaisir de nous débarrasser de cette ordure.

Kale a ponctué cette déclaration d'un petit coup de poignet qui a resserré de plus belle les liens du chasseur, lui arrachant un nouveau grognement.

— Que vont-ils faire de lui, ensuite ? ai-je demandé.

— Il finira sans doute en prison dans une Somnium après son interrogatoire, m'a répondu Kale en tirant sur la cordelette. Bon, l'ami, on y va ?

Spontanément, Demos s'est joint à eux.

— Je viens aussi : tu pourrais avoir besoin d'aide !

— Bon... Moi, je vais mettre les autres au courant, ça leur évitera de chasser des fantômes... a déclaré Lei avant de se glisser sous les arbres.

— Vous autres, suivez-moi ! a lancé Carrig en lui emboîtant le pas. On renforce la sécurité jusqu'au retour de Kale et de Demos. Les informations qu'ils rapporteront seront décisives. Soyez prêts à lever le camp très vite en cas de danger.

Il a écarté une branche qui lui barrait le chemin et commencé l'ascension. Prévenant, Arik a pris mon bras pour me guider.

Je me suis hissée sur la pente, mais au premier obstacle que j'ai dû enjamber, j'ai cru que ma tête allait se détacher de mon tronc pour rouler jusqu'en bas de la colline. Je me rappelais l'abattement d'Arik quand il avait été attaqué par un assujetti, quelques mois plus tôt. Je comprenais mieux le terrible malaise qui lui avait ensuite collé à la peau. L'incident me semblait remonter à une éternité, pourtant il s'était produit le jour pas si lointain où j'avais emménagé à Asile, où une nouvelle vie m'attendait. Pleine de magie, de dangers... et d'Arik.

Tant de choses s'étaient passées depuis, et voilà que ce maudit chasseur était de retour. *Comment a-t-il pu nous trouver si vite ?*

L'une de mes bottes s'est enfoncée dans une flaque boueuse dont j'ai eu toutes les peines du monde à l'extraire.

— Le mage qui a lancé le sort de contrainte doit savoir où nous sommes, maintenant...

— Pas sûr, m'a répondu Carrig. Les informations sont transmises avec un léger retard. On peut encore espérer que j'ai rompu la communication à temps avec mon fouet. C'est ce que les Scrutateurs détermineront.

— Je suis presque certain que ce chasseur était contrôlé par Conemar autrefois, a dit Arik. Je parie que celui qui l'a de nouveau assujetti est sur les traces de son ancien maître...

— C'est fort possible, a admis Carrig. Le professeur Attwood arrive demain, je lui demanderai de renforcer les sorts autour de nos maisons et du pensionnat.

Tout au long du trajet, je n'ai cessé de me retourner, presque certaine de voir un autre assaillant se jeter sur nous. Jusque-là, la raison pour laquelle nous devions nous cacher m'avait paru un peu abstraite mais, désormais, la réalité du danger m'apparaissait dans toute son horreur. Combien de mages, combien de chasseurs nous recherchaient en ce moment même ? J'avais beau me répéter des mots rassurants, je ne me sentais plus du tout en sécurité dans cette paisible petite ville au bord de l'océan.

Chapitre 4

Les chambres du Conseil étaient enchâssées au fin fond d'un labyrinthe de couloirs à l'intérieur du château d'Asile. On eût dit une cour de justice, à ceci près qu'elle était ronde, et surmontée d'une coupole ornée d'une magnifique mosaïque. D'un côté de la pièce, six Archimages étaient assis à une longue table posée sur une énorme estrade de pierre. Une seule des chaises demeurait vide – elle était sans doute réservée autrefois à Conemar, le chef en fuite du refuge d'Esteril, en Russie.

J'ai refermé nerveusement le fermoir en strass de ma pochette de soie noire, achetée d'occasion. J'avais l'impression que l'interrogatoire du Conseil ne se terminerait jamais. Après mon témoignage, ses membres avaient insisté pour que j'assiste à l'intégralité de l'audience dans l'éventualité que d'autres questions leur viennent à l'esprit. Si la procédure se poursuivait plus longtemps, j'allais manquer le début de la pièce, qui se jouait en fin d'après-midi à New York.

Je croisais et décroisais les jambes, incapable de trouver une position confortable sur le banc de pierre. J'aurais préféré un simple jean à la robe noire que j'avais dû choisir pour cette sortie à Broadway.

Bastien était assis dans le box des témoins, non loin de la brochette d'Archimages. Lorsque ses yeux bleu acier se sont tournés quelques instants dans ma direction, je me suis redressée une énième fois sur mon banc, le regard fixé sur mes mains.

Un magicien courbé sous le poids des ans a pris la parole avec autorité.

— Vous êtes Bastien Renard, fils de Gareth, ancien Archimage de Couve ?

— Oui.

Le vieil homme s'est raclé la gorge.

— Vous avez affirmé dans l'une de vos dépositions précédentes que Conemar s'était volatilisé. Où est-il allé ?

— Comme je vous l'ai déjà dit lors de la première audition, je n'en ai pas la moindre idée. Le rituel que j'ai utilisé se trouve dans un très ancien livre de sortilèges que j'ai remis au Conseil depuis. Que vous dit cet ouvrage ?

Merl a choisi cet instant pour se lever de son siège. Il y avait nettement plus de gris dans sa chevelure brune que quand j'avais fait sa connaissance, quelques mois plus tôt.

— Moi, Archimage d'Asile, je demande la fin de cette audience. Ces interrogatoires sont inutiles : ils ne nous apprennent rien de nouveau.

À la gauche de Merl, une femme aux cheveux bruns et aux yeux sombres s'est redressée à son tour.

— Moi, Akua, du refuge africain de Veilig, je présente les excuses de mon mari Enitan Uba pour son absence aujourd'hui. Je voudrais d'abord annoncer qu'il a été lui aussi frappé par l'étrange maladie chimérique qui touche notre peuple un peu plus chaque jour, et rappeler que nous sommes témoins d'émeutes grandissantes. Je vote en lieu et place d'Enitan, et je choisis donc de soutenir la motion de Merl. Mais à l'écoute des divers témoignages d'aujourd'hui, je ne crains pas seulement que l'épidémie s'étende, je redoute aussi les méfaits des partisans de Conemar. Ils viennent des zones les plus reculées du monde des Chimères. Je demande à ce qu'à partir de maintenant, l'accès des sabbats soit purement et simplement interdit.

Les autres mages ont manifesté leur accord. Bastien s'est redressé d'un bond.

— Vous ne pouvez pas placer les sabbats en quarantaine ! Pensez aux innocents qui y résident !

— Vos craintes sont compréhensibles, Bastien Renard, a déclaré le vieil Archimage. Mais pour assurer notre sécurité, nous n'avons pas d'autre choix. Nous enverrons de l'aide aux habitants des sabbats tant que durera leur confinement.

Oncle Philip a quitté le siège qu'il occupait dans les gradins, à la droite du Conseil.

— Je suis d'accord avec Bastien. Cette décision ne fera qu'attiser la colère qui se lève en ce moment même dans le monde des Chimères.

— Nous en prenons bonne note, a répliqué le mage à la silhouette voûtée. Mais notre décision est prise. La séance est levée.

Il a fait grincer sa chaise sur la pierre de l'estrade et entrepris de descendre les marches qui rejoignaient le sol de la salle, aussitôt imité par ses pairs.

Une fois les témoins congédiés, j'ai patienté dans le couloir jusqu'à l'apparition de Bastien, qui n'a pas tardé à s'arrêter à ma hauteur. Dans son costume parfaitement coupé, on aurait dit une vraie gravure de mode.

— Salut ! Tu n'as pas pu t'empêcher de m'attendre, à ce que je vois…

Et le mufle de me lancer un clin d'œil appuyé. Mais il tombait mal : plutôt mourir que de reconnaître qu'il avait raison.

— Je voulais voir oncle Philip.

— Il est sorti par-derrière avec les Archimages et les autres membres du Conseil.

— Tu n'es pas trop déçu de leur décision ?

— Si, très. Je comprends leurs inquiétudes, mais elles sont largement infondées. Couve ne se soumettra pas à leurs injonctions sans protester.

— Vous avez bien raison ! Bon… Je suis contente qu'on ait pu se recroiser. Ça faisait un petit moment qu'on ne s'était pas vus…

— Pas depuis que je t'ai déclaré ma flamme, en effet, a-t-il lancé avec un petit sourire.

Comment oublier les mots qu'il m'avait lancés ? Je m'étais pourtant efforcée de les effacer de ma mémoire. *« Je suis en train de tomber amoureux de toi, Gianna. Avec le temps, je te prouverai que nous sommes faits l'un pour l'autre. Amuse-toi tout ton soûl avec Arik si tu veux, mais je sais qu'un jour, nous finirons ensemble. »*

Je me suis mise à prier pour qu'il ne remarque pas mes joues rougissantes. À ce moment précis, une Chimère aux longs bras et à la peau grisâtre m'a bousculée. J'ai lâché mon sac, dont le contenu s'est répandu sur les dalles du corridor.

— Faites un peu attention !

Mais les grandes prunelles couleur charbon du malotru trahissaient une telle fureur que je n'ai rien ajouté.

— Ne t'inquiète pas, est intervenu Bastien. Il est en colère à cause des décisions du Conseil.

— On le serait à moins… ai-je soupiré, sans quitter des yeux la créature qui s'éloignait dans le hall à pas lourds.

Nous nous sommes baissés en même temps pour ramasser mes affaires éparpillées sur le sol. J'ai récupéré mon baume à lèvres et mes clés, lui a attrapé les deux billets pour la pièce jouée à New York ce soir-là.

— *Ne tirez pas sur l'oiseau moqueur*… Excellent bouquin ! Mais… la pièce commence dans moins d'une heure, tu devrais te dépêcher. Arik doit t'attendre avec impatience.

J'ai refermé la pochette d'un coup sec.

— Le théâtre, ce n'est pas sa tasse de thé. J'y vais toute seule.

— J'adore aller au spectacle, et je porte justement la tenue adéquate ! Tu veux que je t'accompagne ?

Lorsqu'il m'a tendu les billets, nos doigts se sont effleurés. Les miens ont tremblé… Une lueur amusée s'est allumée dans le regard du jeune magicien.

Les yeux fixés sur les billets, j'ai pensé à Arik. Serait-il irrité à l'idée que j'assiste à la pièce avec un autre ? Il n'y avait rien entre moi et Bastien, nous étions simplement amis. D'ailleurs, je faisais confiance à Arik et il me semblait normal que lui en fasse de même à mon égard.

— Ce serait avec plaisir, merci !

Le sourire de Bastien s'est encore élargi, et nous avons remonté un couloir presque vide, où ne se trouvaient plus que quelques Chimères et une poignée d'humains.

Mais dans le tunnel qui nous ramenait à la Bibliothèque bodléienne d'Oxford se pressait une petite foule qui m'a fait craindre de rater les trois coups. Sans perdre de temps, Bastien a fait apparaître une porte-livre qu'il a feuilletée jusqu'à la page où s'étalait une vue de la Bibliothèque publique de New York. Il a pris le temps d'observer la photographie pour s'assurer que nous avions le champ libre. Les images de l'ouvrage étaient comme des fenêtres ouvertes sur ces lieux magnifiques.

— Après toi ! m'a-t-il dit, et j'ai sauté dans le portail.

Aussitôt, des ténèbres froides et profondes m'ont enveloppées. Mais j'avais appris à apprécier les bonds entre bibliothèques : revigorée par l'air frais, j'ai savouré la spectaculaire sensation de chute libre qui m'étreignait. La lueur grise indiquant la fin du portail n'a pas tardé à apparaître – je me suis penchée en arrière pour ralentir ma course. Le livre est tombé de son étagère une fraction de seconde avant que je n'en émerge et j'ai atterri presque sans faire le moindre bruit sur le sol dallé. Un instant plus tard, Bastien se matérialisait derrière moi. Ensuite, ce fut la course pour gagner la sortie le plus vite possible.

Arrivés au théâtre à la toute dernière minute, nous nous sommes assis dans nos sièges juste au moment où les lumières s'éteignaient. Pendant le spectacle, je n'ai pas pu m'empêcher d'observer discrètement le profil de mon compagnon. *Une star dans le monde des Chimères*, m'avait dit Lei... Elle n'avait pas tort : nul doute que son assurance innée, son visage harmonieux et décidé impressionnaient ses troupes. Mais le jeune homme cachait bien d'autres qualités : je l'avais vu manifester à son peuple une compassion sans bornes, et j'étais prête à parier qu'il se battrait pour le monde des Chimères jusqu'à son dernier souffle.

Quand la pièce s'est achevée, nous sommes retournés dans la splendide salle de lecture de la bibliothèque de New York pour tirer la porte-livre de l'étagère où elle dormait sagement.

— Merci de m'avoir tenu compagnie ! ai-je lancé à Bastien avant d'effectuer mon saut. Toute seule, je me serais ennuyée.

— Mais de rien, j'adore aller au théâtre ! Ma pièce préférée, c'est aussi une adaptation, *Anna Karenine*. Je l'ai vu jouer à Londres. Tu as lu le bouquin ?

— Non, mais il m'intéresse depuis longtemps.

Il a levé le bras et psalmodié quelques mots inaudibles. Quelques secondes plus tard, un livre s'est retrouvé catapulté depuis une étagère jusque dans sa main. Il m'a tendu le volume.

— Tiens, tu me diras ce que tu en penses !

La couverture en toile verte de l'ouvrage était usée par endroits presque jusqu'à la corde. L'odeur du papier ancien m'a empli les narines.

— Je ne peux pas accepter cet ouvrage, je ne l'ai pas emprunté officiellement.

— Mais je t'en prie, je m'en suis déjà chargé pour toi. Tu n'auras qu'à le leur rapporter quand tu auras terminé… Quel est ton bouquin préféré ?

Le regard scrutateur qu'il posait sur moi me rendait nerveuse.

— *Le Jardin secret*, il faut croire.

Il faut croire ? Clairement, j'avais encore du mal à digérer le dédain d'Arik pour ce qui était jusque-là mon livre de chevet.

— Je ne l'ai jamais lu. Il va falloir que j'y jette un œil… Bon, je dois te laisser, mes Sentinelles m'attendent tôt demain. Nous devons apporter des provisions à un sabbat en difficulté.

— Oui, je dois rentrer aussi, j'ai une réunion avec Nick et oncle Philip.

— Je te laisse passer devant.

J'ai sélectionné la page de la bibliothèque James Blackstone Memorial à Branford.

— Merci encore et bonne soirée ! ai-je soufflé avant de prononcer le sort.

La porte-livre m'attirait déjà à elle quand Bastien m'a répondu :

— Tout le plaisir était pour moi.

Une fois changée, je suis allée rejoindre Nick avec qui nous devions enquêter sur les *Chiavi* après une leçon en compagnie d'oncle Philip. Direction la bibliothèque John Rylands de Manchester en Angleterre, où j'ai émergé d'une porte-livre pour atterrir sur un épais tapis rouge. Éjecté d'un seul coup des pages de l'ouvrage, Nick a multiplié les grands moulinets des bras pour recouvrer l'équilibre. Il a mis quelques secondes à y parvenir.

J'ai ajusté mon plastron, un petit sourire moqueur aux lèvres.

— Je suis ébahie par tant de grâce !

— Très drôle ! a-t-il rétorqué avec animosité. Tss... Je déteste ces sauts...

— Si tu te laisses aller, tu verras que c'est plutôt marrant, en fait.

— Tu m'en diras tant. Bon, tu étais passée où ? Une sortie en amoureux ? Je dis ça à cause du maquillage...

Rentrée chez moi en toute hâte après la pièce afin d'enfiler mon équipement de Sentinelle, j'avais oublié de me laver le visage. Pour me donner le temps de réfléchir à ma réponse, je me suis penchée afin de m'assurer que la lanière qui attachait ma dague à l'intérieur d'une de mes bottes était bien en place.

Mon pantalon de cuir brun, lavé par Faith plus tôt dans la journée, était encore un peu humide. Une tête de tigre argentée aux yeux de saphir surmontait le pommeau de mon épée. Le même motif ornait mon fourreau et mon bouclier, mais aussi un casque en forme de tête de chat qui me recouvrait la moitié du visage – je l'avais toujours avec moi mais j'évitais de le porter car il n'était pas très confortable.

J'ai posé la main sur mon fourreau d'un air dégagé.

— Je suis allée voir une pièce. Et toi ?

— Idem. Dîner plus film. On s'est embrassés. La routine habituelle…

— Nick… Vous partagez les mêmes goûts, Deidre et toi ?

— Bien sûr ! Elle adore la vitesse, comme moi. On aime tous les deux les films de super-héros et l'animation japonaise. Pourquoi ?

— Je me demande si on aime vraiment les mêmes choses, avec Arik…

Il a semblé surpris par la question.

— Bien sûr que oui ! Vous adorez vous battre, pour commencer…

J'ai réuni mes cheveux en queue de cheval.

— Oui, nous battre et nous embrasser.

— Peut-être que quand vous pourrez officialiser votre relation comme Deidre et moi, vous aurez plus de temps ensemble pour découvrir tout ce que vous avez en commun ?

Aussitôt que Nick avait emménagé avec sa famille à Branford, il avait affiché sa relation avec Deidre. Leur histoire d'amour en apparence instantanée avait fait beaucoup parler dans le voisinage et au lycée que nous fréquentions désormais. Pour éviter d'attirer l'attention sur le petit groupe de nouveaux arrivants que nous formions, nous avons au contraire décidé d'attendre avant de nous montrer en public, Arik et moi. Nous allions faire semblant de nous rencontrer pour la première fois puis de construire petit à petit une relation amoureuse.

— Tu as sans doute raison… Alors, tes parents vont t'interdire la moto, tu crois ?

— Tss… Bien tenté, mais ne change pas de sujet ! Qu'est-ce qui se passe, avec Arik ?

— Tu te fais des idées ! Laisse tomber, s'il te plaît… On parle d'autre chose ?

Nick s'est mis à faire les cent pas.

— O.K… Tu y crois, toi, à cette histoire de systèmes de sécurité et de caméras désactivés sitôt qu'on pénètre dans une bibliothèque par une porte-livre ? Moi, je m'attends toujours à ce que des vigiles armés jusqu'aux dents débarquent dans les cinq minutes.

— Armés ? Mais non, tu rêves !

Tendue, j'ai jeté un coup d'œil autour de moi. Voilà que je m'inquiétais, à présent !

Lorsque les grappes d'ampoules accrochées à intervalles réguliers sur les murs se sont illuminées d'un seul coup, j'ai failli sauter au plafond. L'immense salle de lecture de style gothique de la bibliothèque John Rylands s'étalait sous nos yeux. Par réflexe, j'ai sorti mon épée de son fourreau. La lumière ambrée éclairait toute la pièce, depuis ses fenêtres à claire-voie jusqu'aux hauteurs de ses voûtes en croisées d'ogives. Des bandes de moquette rouge flanquaient un espace central assez large pour contenir un vaste assortiment de tables, de statues et de vitrines.

Oncle Philip, campé quelques mètres plus loin, a baissé les bras avant de s'éclaircir la voix. Ses cheveux auburn étrangement décoiffés, il portait à présent un jean et une veste de cuir. Pour nous rejoindre, il a emprunté l'une des allées qui longeait de vastes alcôves destinées à la lecture aménagées de part et d'autre de la salle et surplombées par deux galeries.

— C'est bientôt fini, les disputes ? Parce que je n'ai pas toute la soirée. Il m'arrive de dormir, la nuit.

J'ai rangé mon épée pour lui sauter au cou.

— Tu m'as tellement manqué !

— Toi aussi tu m'as manqué, Gia.

Il m'a serrée contre lui avant de gratifier Nick d'une accolade. Tous deux se sont tapés dans le dos avec enthousiasme.

— Je suis content de te voir ! s'est exclamé mon ami.

Oncle Philip a reculé d'un pas pour mieux observer son protégé. À ma demande, il l'avait coaché afin de travailler sur ses sautes d'humeur.

— Alors, il y a du progrès, tu contrôles mieux tes émotions ? Les exercices que je t'ai enseignés t'ont un peu aidé ?

Nick a sorti de la poche de son jean un petit objet transparent en forme d'œuf.

— Je ne sais pas trop, à vrai dire… En revanche, le cristal d'humeur que tu m'as donné fait des merveilles !

Je me suis penchée pour mieux voir.

— Il fonctionne comment ?

— Lorsque je le tiens dans ma main, sa couleur indique mes sentiments du moment.

— Comme une bague d'humeur ?

— Exactement. Sauf que ce cristal marche vraiment, lui.

Il a refermé, puis ouvert la main. L'objet ovale au creux de sa paume s'est mis à briller d'une lueur jaune orangé qui allumait des reflets dans ses yeux bruns.

— Nick est nerveux, a traduit oncle Philip. Toujours aussi peu adepte des bonds entre bibliothèques, jeune homme ?

— Et maintenant, regardez un peu !

Nick a étreint la gemme, les yeux clos cette fois. La lueur qui filtrait entre ses doigts s'est décolorée avant de disparaître. Lorsqu'il a rouvert les doigts, l'œuf était de nouveau transparent.

— Et voilà ! Ça va beaucoup mieux, maintenant.

— Ce cristal contrôle tes émotions ?

— Oui, et me procure au passage une sensation d'euphorie !

— Attention les yeux ! Le vocabulaire de monsieur s'enrichit un peu plus chaque jour…

— Ta considération me touche… O.K., touché, c'est Philip qui a employé ce mot le premier.

Il a rangé le cristal dans sa poche.

— Mais allez-y, prenez votre temps, surtout ! Ce n'est pas comme si j'étais pressé…

Le ton de mon oncle dénotait une certaine impatience.

— On ne se dispute pas, tu sais, lui ai-je expliqué. On se taquine tout le temps, c'est presque notre sport national !

— J'ai aussi quelque chose pour toi, Gia.

Il a tiré une petite boîte couleur ivoire de sa poche. J'en ai soulevé le couvercle : il contenait une longue chaîne ornée d'un médaillon en verre. À l'intérieur était placée une plume blanche comme neige enroulée sur elle-même.

— De quoi s'agit-il ?

— Ce pendentif a été créé à l'aide d'une plume de Pip. Merl lui a jeté un sort afin que tu n'aies plus besoin d'un Surveillant pour obtenir d'une *Chiave* qu'elle te révèle son secret. Bonus non négligeable : ta marque ne devrait plus saigner, désormais.

— C'est génial !

Puisque Nick et moi étions les descendants du septième magicien, le fondateur d'Asile, nous nous retrouvions désormais chargés de retrouver les *Chiavi*. Au nombre de sept, ces clés magiques, transformées en artefacts cachés dans les bibliothèques du monde entier, permettaient de tirer un monstre mythique, la Tétrade, de son tombeau. Quiconque le délivrerait en obtiendrait le contrôle et pourrait l'utiliser pour détruire ou dominer à la fois le monde des Chimères et celui des Hommes.

J'ai passé le bijou autour de mon cou. Le médaillon pendait juste à côté de la cicatrice en forme de lune que ma grand-mère, Nana Kearns, m'avait infligée en inscrivant un charme de protection sur ma peau. Elle m'avait marquée alors que je n'étais qu'un bébé afin de me soustraire à la vigilance des Surveillants des refuges – mais jurait ses grands dieux m'avoir au préalable lancé un sort anesthésiant. Grâce à ce sort de protection, je pouvais passer inaperçue dans le monde des Chimères, même lorsque j'empruntais une porte-livre. Les Surveillants qui observaient les allées et venues ne remarquaient jamais ma présence.

— Merci, ai-je dit avec un grand sourire.

— Oh, je ne suis que le messager, ce n'est pas moi qu'il faut remercier !

— Alors, quel est le programme ? a demandé Nick.

Notre professeur s'est engagé dans l'allée tapissée de rouge et je l'ai suivi.

— Une leçon plutôt corsée, je préfère vous prévenir. Attention, vous devrez impérativement suivre mes indications à la lettre, a-t-il précisé en regardant Nick par-dessus son épaule d'un air entendu.

J'ai ravalé un petit rire. Irrité, l'intéressé m'a rattrapée en courant pour tenter de m'attraper le bras.

— N'importe quoi ! a-t-il protesté. Je suis tout à fait capable d'écouter !

— Tss… Entre Demos et toi, difficile de dire qui se déconcentre le plus vite, a persisté oncle Philip.

— Mais c'est ma fête aujourd'hui ou quoi ?

J'ai ramené mon bouclier contre ma hanche pour pouvoir marcher plus vite.

— Désolée, Nick ! C'est juste que tu es une cible trop tentante…

Mon camarade a ressorti le cristal de sa poche. La pierre a aussitôt pris une teinte boueuse et terne.

— Oh, je t'en prie, tu ne vas pas te formaliser pour ça, quand même ? me suis-je exclamée. On s'envoie des vannes depuis qu'on sait parler !

— Laisse-le tranquille, Gia. Ce n'est pas le moment de lui chercher des poux. Il faut du temps pour s'habituer à de nouveaux pouvoirs. C'est plus facile de s'y faire dès l'enfance que de se retrouver jeté dans le bain sans prévenir à l'âge de Nick.

L'objet de ces considérations a serré la gemme dans sa main jusqu'à ce qu'elle redevienne translucide. Le professeur Attwood s'arrêtait déjà devant une alcôve où se trouvaient une petite table, quelques chaises, ainsi qu'une série d'étagères disposées autour d'une haute fenêtre à carreaux. Il a posé sur nous un regard inquisiteur.

— Vous sentez quelque chose ?

— Tu peux être plus précis ? a demandé Nick.

— Non, rien de spécial, ai-je répondu.

— Gia, enlève tout ce que tu portes de métallique. Je ne voudrais pas que tu prennes un mauvais choc.

J'ai débouclé ma ceinture avant de poser fourreau, bouclier et plastron sur l'une des vitrines qui nous entouraient. La statue d'un homme se dressait au bout de la rangée de tables la plus proche. De l'autre côté de la salle, celle d'une femme lui faisait face. Leurs yeux de plâtre blanc se dévisageaient fixement, comme s'ils mouraient d'envie de se retrouver.

Oncle Philip a suivi mon regard.

— John Rylands et sa femme, Enriqueta, a-t-il expliqué.

— C'est triste, ai-je déploré. Ils devraient être ensemble.

— Non, a rétorqué Nick. Sinon, ils ne pourraient plus se regarder.

La remarque de mon ami m'a surprise. À la réflexion, il avait raison : le conservateur avait bien fait de laisser tout cet espace entre eux.

— Bien, commençons ! s'est exclamé notre professeur en dessinant une arabesque de la main avec une prestance toute royale. *Scoprire la botola.*

« Révéler la trappe ? »

Toutes les incantations étaient en italien. Elles étaient autrefois formulées en latin jusqu'à ce qu'un magicien de l'asile italien de Mantello ne les traduise pour plus de commodité. Les mages du monde entier avaient vite adopté les nouvelles formules.

Oncle Philip a tendu la main gauche droit devant lui.

— Alors, vous sentez quelque chose ?

Nick et moi avons échangé un regard perplexe. Mon ami a haussé les épaules avant d'imiter notre mentor, et j'ai fait de même.

— Faites le vide dans votre esprit. Ne pensez plus à rien. Faites abstraction de ce qui vous entoure.

— Toujours rien… a marmonné Nick avant de laisser retomber son bras.

J'étais sur le point de renoncer, moi aussi, lorsqu'une petite décharge est venue me titiller le bout des doigts.

— De l'électricité statique ? À cause de la moquette, peut-être ?

Oncle Philip est venu se camper en face de moi.

— Ne bouge plus. Tu y es presque. Tends la main le plus loin possible devant toi.

J'ai hésité. Non que je me méfie de lui, mais j'avais appris à craindre les bibliothèques et les phénomènes étranges qui pouvaient s'y produire. Nul besoin de carte d'adhérent pour dévoiler les secrets des plus prestigieuses d'entre elles : en résumé, elles regorgeaient de dangers… qu'à force de devoir affronter, je commençais à fatiguer.

— Fais-moi confiance.

J'ai allongé un peu plus le bras. Des étincelles ont parcouru ma chair, grésillant sur ma peau comme des élastiques trop tendus. J'ai aussitôt baissé la main. Oncle Philip n'avait pas bougé : il gardait les doigts étirés droit devant lui. La manche de sa chemise tressautait sous l'assaut de l'électricité statique. J'ai frotté mon poignet douloureux.

— D'où provient ce phénomène ?

— Il s'agit d'un portail qui permet d'accéder à l'une des Somniums. (Il a fait pivoter sa main.) Sauf que le passage a été fermé : un sort maintient la porte close. De l'autre côté s'étendent des terres désertiques et infertiles. Lorsqu'on parvient à en retrouver les entrées, on s'en sert comme de prisons où on enferme les mages les plus maléfiques et les Chimères qui ont commis de graves crimes.

À nouveau, j'ai tendu le bras devant moi : aussitôt, l'énergie est revenue mordiller le bout de mes doigts. Elle s'est peu à peu muée en une sensation de froid intense, comme si je m'étais étalé sur la peau le contenu entier d'un pot de crème au menthol.

— Allez, Nick, à ton tour ! ai-je lancé.

J'ai allongé un peu plus la main, mais la sensation s'estompait et a fini par disparaître complètement.

— C'est déjà terminé ? me suis-je étonnée.

— Oui. Les Somniums n'apparaissent que pour un temps limité. Toutes celles qui ont été répertoriées peuvent être invoquées, comme je l'ai fait pour celle-ci.

— J'aimerais savoir en faire autant ! s'est exclamé Nick.

J'ai levé les yeux au ciel.

— Ben voyons ! Il suffit de parler de magie et te voilà près à l'action ! Mais ces choses-là s'apprivoisent ! Tu auras l'air malin quand tu seras tombé dans une Somnium parce que tu ne sais même pas à quoi on les reconnaît…

Nick a plongé la main dans sa poche, comme pour vérifier que son cristal s'y trouvait bien.

— Oh, ça va ! a-t-il rétorqué. Si je sens de l'électricité statique, j'évite la zone concernée. Ce n'est pas bien compliqué !

— Si, en fait, est intervenu le professeur Attwood. La plupart des gens ne remarquent pas du tout la présence du portail. La magie n'est pas un jeu, Nick. Si tu tombais dans une Somnium non répertoriée, tu ne pourrais plus jamais revenir parmi nous. Et tu te retrouverais en enfer, ni plus ni moins. Les créatures qui hantent ces lieux te pourchasseraient jusqu'à te dévorer.

Impressionné par cette description, Nick a fait un pas en arrière.

— Personne n'en est jamais revenu ?

— Un seul homme, un assassin. Mais il a perdu la tête depuis son retour.

Une fenêtre de communication – un appareil qui servait à relier le monde des Hommes à celui des Chimères – était glissée dans la poche de la chemise d'oncle Philip. Elle s'est soudain mise à clignoter d'une lueur bleue. Il a empoigné les deux bâtonnets qui la composaient pour les écarter l'un de l'autre. L'image d'une femme inconnue s'est matérialisée entre eux. Sa voix a vibré entre les meubles bourrés d'ouvrages.

— Professeur Attwood ?

— Oui, Tarah ?

— Votre présence est requise à Asile, immédiatement si c'est possible.

— Je suis en plein milieu d'une leçon, c'est vraiment urgent ?

Elle a approché la tête de son écran.

— Merl ne l'a pas précisé. Mais il a bien spécifié qu'il ne vous appellerait pas pour une broutille. J'imagine qu'il s'attendait que vous posiez la question, a-t-elle terminé avec un sourire malicieux.

— Entendu, je rentre ! (Avec un soupir, il a refermé et rangé l'appareil.) Bon, avant de partir, je vais ouvrir un autre portail pour vous permettre de l'examiner. Nick, je compte sur toi pour l'étudier avec attention, d'accord ?

— Alors on ne va pas apprendre la méthode pour les ouvrir ? a répondu mon ami en triturant le cristal dans sa poche, les lèvres pincées.

Oncle Philip se dirigeait déjà vers la porte-livre, qu'il a posée sur le sol pour en tourner les pages.

— Si, dans quelques jours.

Le visage de Nick s'est illuminé.

— Ah bon ? J'ai hâte !

Notre professeur a sorti de la poche intérieure de sa veste quelques feuilles de papier pliées qu'il m'a tendues pour que je les examine.

— J'ai étudié les indices que tu m'as transmis, Gia.

J'ai déplié les pages. La première contenait des indications recopiées dans un vieux livre écrit par mon arrière-grand-père, Gian Bianchi, un homme auquel je devais mon prénom. Ces extraits de poème formaient une espèce de jeu de piste destiné à retrouver les sept *Chiavi*. La page suivante énumérait une vingtaine de bibliothèques disséminées à travers le monde.

— Regarde ces deux vers-là, m'a dit oncle Philip en désignant les lignes griffonnées de ma propre main.

Je les ai déchiffrées en hâte.

Derrière Léopold elle se dresse, une main posée
Sur une couronne, l'autre tient un prix

— Léopold est un nom à consonance germanique, a-t-il poursuivi. À mon avis, cette *Chiave* se trouve dans une des bibliothèques allemandes. Une fois que vous en aurez terminé avec le portail, commencez à chercher cette clé dans les lieux que j'ai répertoriés.

— Par où veux-tu qu'on commence ? ai-je demandé.

— Comme vous voudrez. On procédera par élimination au fur et à mesure de l'avancée de vos recherches. Bon, je dois y aller !

Avec un grand geste du bras, il a de nouveau récité le sort qui révélait le portail.

— Dépêchez-vous, le passage ne restera pas ouvert très longtemps, a-t-il lancé avant de disparaître. À bientôt !

Un instant agitées par le courant d'air soulevé par son passage, les pages de la porte-livre sont retombées lentement.

— Bon, allons-y ! ai-je lancé. Tu vas voir : au début c'est un peu désagréable, mais ça passe vite.

J'ai plongé le poing dans la zone délimitée par le professeur Attwood, tressaillant malgré moi lorsque ma peau a commencé à me démanger. Peu à peu, je me suis retrouvée insensibilisée, comme la première fois. Nick, qui m'avait imitée, a sauté en arrière.

— Ah oui, c'est sacrément puissant ! Comment ai-je pu ne rien remarquer ? Et les gens normaux alors, il doit y en avoir un paquet qui se retrouve enfermé dans les limbes en tombant sur un portail ?

J'ai agité les doigts, histoire de faire disparaître les picotements plus vite.

— D'après un de mes manuels, les humains seraient immunisés, ai-je répondu.

— Je ne m'habituerai jamais à ces façons de parler.

— Qu'est-ce que j'ai dit ?

— « Les humains ». Comme si tu appartenais à une autre espèce.

— Oui, je sais, c'est étrange. J'ai sûrement pris cette habitude à force de côtoyer Arik et les Sentinelles.

— Hmm… Cet exercice n'a rien de compliqué, je ne vois pas tellement l'intérêt.

— Bonne question… Moi, je ne saurais pas faire la différence entre simple électricité statique et portail… Mais c'est déjà un début.

— Bon, le passage s'est déjà refermé. On passe à la suite ? J'aimerais bien ne pas finir trop tard, Deidre veut aller voir un film à minuit, une avant-première.

— Explorons au moins une de ces bibliothèques avant de rentrer.

Il a de nouveau plongé la main dans sa poche. Il s'accrochait vraiment à son cristal comme un enfant à sa peluche.

— Ça me va !

— Bon, tu ne m'as pas vraiment répondu, tout à l'heure. Tout va bien avec Deidre ?

Une ombre de tristesse a voilé son regard.

— Oh, tu sais bien…

— Non, je ne sais pas. Tu ne me parles pas souvent d'elle. Et Deidre m'adresse à peine la parole.

— Bah… Je ne suis pas commode, tu me connais… Ça a été dur pour elle – je n'avais aucun contrôle sur moi-même jusqu'à ce que le professeur Attwood me donne ce cristal. Maintenant, j'essaie de me racheter, mais j'ai peur qu'il soit trop tard.

— Je suis sûre que non, ai-je affirmé sans grande conviction.

Ces derniers temps, Emily et Deidre sortaient souvent ensemble, et elles semblaient taper dans l'œil de bien des garçons.

Nick m'a donné un petit coup d'épaule.

— Merci.

— Pour quoi ?

— Pour avoir minimisé le problème, c'est sympa.

Il a recommencé, plus fort cette fois. Je lui ai rendu la monnaie de sa pièce.

— Arrête, Nick, tu sais bien que je déteste quand tu fais ça.

— Pourtant ça date, on avait peut-être douze ans la dernière fois !

La porte-livre a tremblé sur le tapis.

— Oncle Philip ? Ça sent le roussi pour ta séance de ciné…

— Pff… Deidre ne va pas apprécier.

Soudain, une silhouette en uniforme de Sentinelle est sortie du livre avant de s'écraser au sol.

Chapitre 5

La tête du nouveau venu avait violemment heurté le parquet. Paralysée par la surprise, j'ai regardé la flaque de sang qui commençait à s'élargir sous son crâne aller imprégner les fibres rouges du tapis voisin. Des mèches brunes couvraient ses joues, mais j'étais sûre d'avoir déjà vu ce garçon quelque part.

J'ai couru vers lui et me suis agenouillée. Nick est resté cloué sur place, incrédule. En écartant un peu les cheveux du blessé de son visage, je l'ai reconnu : c'était Antonio, le chef des Sentinelles romaines.

Arik et moi avions un jour sauté par erreur dans la bibliothèque du Vatican, dont l'accès était pourtant formellement interdit et, le moins qu'on puisse dire, c'est qu'Antonio ne s'était pas montré très compréhensif.

Le jeune homme a fini par pousser un gémissement et ouvrir les yeux.

— Gianna…

— Tu te souviens de moi ? me suis-je étonnée.

Une quinte de toux l'a secoué et des gouttes écarlates sont venues tacher ses lèvres.

— Bien sûr. Tout le monde te connaît. Tu dois partir d'ici au plus vite. Le Rouge est en chemin.

Nouvelle expectoration : il se noyait dans son propre sang.

— Qui est-ce ?

— Un Laniar… parmi les plus dangereux. Il cherche Conemar. Il ne m'a pas cru… Tu dois partir !

Il a émis un râle avant de déglutir au prix d'un grand effort, le visage tordu de douleur.

— Cru quoi ?

— Il est persuadé que Conemar est enfermé dans les geôles du Vatican… (La porte-livre, sous son dos, a commencé à vibrer.) Cachez-vous ! Il arrive !

Il s'est remis à tousser, tout le corps pris de convulsions, et cette fois le sang a coulé sur son menton. Le tumulte s'est intensifié sous lui, le malmenant à nouveau.

— Gia, il faut partir !

Nick s'est éloigné en courant. Je suis restée pétrifiée sur place. Les yeux d'Antonio s'étaient refermés. Était-il encore vivant ? J'en doutais… Et quiconque tentait de sortir du livre en cet instant même était bien déterminé à s'assurer du contraire.

— Non ! Il faut l'aider ! ai-je crié. Il faut qu'on l'emmène dans une autre bibliothèque en passant par la porte-livre ! (J'ai tenté de pousser Antonio pour dégager l'ouvrage, en vain.) Viens m'aider !

Nick m'a rejointe en quelques enjambées, mais le livre s'est cabré, comme pris de folie.

— Trop tard, quelqu'un est en train de passer !

Relevée en hâte pour rejoindre mon ami, je me suis affalée dans la mare de sang après une longue glissade. Je me suis mise à quatre pattes pour tenter comme je le pouvais de me redresser. Me voyant en mauvaise posture, Nick est revenu sur ses pas.

— Allez, allez, debout !

Derrière nous, le corps inanimé d'Antonio a été projeté dans les airs comme une simple poupée de chiffon avant de s'écraser au sol telle une éponge gorgée d'eau. Son bras est retombé sur la couverture de la porte-livre juste avant qu'elle ne puisse s'ouvrir complètement.

Une fois sur mes pieds, je me suis précipitée à la suite de mon ami.

— Tu laisses des traces de sang partout ! s'est-il écrié.

Au creux de sa main s'est formée une flamme qu'il a déposée au sol. Aussitôt, le tapis s'est retrouvé dévoré par le feu, qui se propageait de plus en plus vite à mesure qu'il enflait.

— Mais tu es fou ! ai-je hurlé.

L'incendie, incontrôlable, formait une barrière derrière nous et progressait vers Antonio. Sa chaleur me brûlait la peau. J'ai créé un globe que j'ai lancé sur la Sentinelle. Sitôt qu'elle a explosé contre son ventre, la sphère s'est déployée autour de son corps où elle a formé une membrane de protection juste avant que le feu ne l'atteigne. Nick s'est penché vers moi.

— Monte sur mon dos ! Tes bottes sont pleines de sang.

— Tu as failli le tuer !

— Il est déjà mort. Monte !

Il s'est retourné et a empoigné mes jambes tandis que je passais les bras autour de ses épaules. Avant de me porter jusqu'à une alcôve à l'autre bout de la pièce, il a jeté une autre boule de feu sur les dernières traces de pas que je laissais derrière moi. Nous nous sommes cachés sous une table posée contre l'un des piliers qui supportaient la galerie supérieure. Nick s'est plaqué au sol à mes côtés.

Juste à cet instant, un souffle crépitant s'est fait entendre au milieu du brasier.

— Que s'est-il passé ?

— L'une de mes boules de feu s'est éteinte, a répondu mon ami, juste au moment où le même son s'élevait une deuxième fois. Et ça, c'est l'autre…

Un bruit sourd – des bottes qui percutaient le sol à pieds joints – a résonné à plusieurs reprises. J'ai tenté de compter les nouveaux arrivants : dix, peut-être douze. Je me suis recroquevillée sur moi-même.

— Tu crois que c'est ce type, là, « Rouge » ? ai-je murmuré à Nick.

— Non, pas « Rouge », « *le* Rouge ». Et, crois-moi, c'est mauvais signe quand le nom de quelqu'un commence par un article. On est mal !

J'ai porté la main à ma hanche mais elle n'a rencontré que le vide : j'étais désarmée. Mon épée et mon bouclier se trouvaient toujours sur la vitrine où je les avais déposés. *Que se passerait-il si quelqu'un tombait dessus ?* J'ai commencé à ramper vers le pilier.

Nick a effleuré ma jambe du bout de son pied pour attirer mon attention.

— Qu'est-ce que tu fais ? a-t-il articulé sans faire un bruit.

J'ai montré mon torse pour lui faire comprendre qu'il me manquait mon plastron et le reste de mon attirail, puis j'ai posé un doigt sur ma bouche pour l'enjoindre au silence. Il a écarquillé les yeux, comprenant enfin mon manège. J'ai repris ma progression et fini par passer la tête de l'autre côté du pilier.

Une petite bande d'hommes et de créatures entourait Antonio. L'un d'entre eux dépassait le groupe d'une bonne tête. Ses longs cheveux en bataille, assortis à sa barbe, étaient d'un rouge flamboyant. Il avait de larges épaules, un cou de taureau, des bras massifs et un museau en plein milieu du visage qui le rendait plus animal qu'humain, à l'inverse des autres Laniars que je connaissais. Le Rouge, sans aucun doute. Son allure menaçante m'a glacé le sang.

— La Sentinelle a mis le feu à la bibliothèque, a observé un homme sans tenue de combat. Pourquoi faire une chose pareille ?

— Un accident, peut-être ? a suggéré un autre en costume de Sentinelle. Mais comment a-t-il fait pour échapper aux flammes ? Regardez… On dirait qu'il est recouvert d'une étrange substance.

Le Rouge a examiné Antonio.

— C'est très curieux, en effet… Les Sentinelles ne sont pas capables de lancer de sorts de protection, elles peuvent simplement bloquer les sortilèges d'autrui.

Il a observé l'autre bout de la salle, les yeux fixés exactement sur l'endroit où je me cachais. J'ai reculé pour me réfugier dans les ténèbres.

Un Laniar maigre à faire peur a donné un petit coup de botte dans les côtes d'Antonio.

— Il respire encore.

Il est vivant ? Dieu merci !

Le Rouge s'est tourné vers le blessé.

— On en fait quoi ? a demandé un combattant à la tête affublée de cornes et à la peau couleur rouille.

— Regardez ça ! s'est exclamé un autre, râblé, dont le crâne partiellement chauve s'ornait de favoris broussailleux.

Il tenait entre les mains mon épée, mon plastron et mon bouclier. Mon cœur a manqué un battement. La mort dans l'âme, j'en fus réduite à espérer qu'ils prendraient cet équipement pour celui d'Antonio.

— Où as-tu trouvé ça ? a demandé la Chimère cornue.

— Sur une des vitrines. Je me demande pourquoi il les a posés là.

Le Rouge a arraché mon matériel des doigts boudinés de son homme de main.

— Ceci n'est pas un bouclier de Sentinelle du Vatican. Les leurs sont ornés de croix, pas de têtes d'animaux. Et ce plastron est fait pour être porté par une femme. (Il a laissé tomber mon équipement sur le sol.) Fouillez la bibliothèque ! Il n'était pas seul !

Je suis retournée me cacher sous la table, les genoux ramenés contre la poitrine pour me faire aussi petite que possible. Le clair de lune illuminait notre alcôve bien trop à mon goût. J'ai jeté un regard à Nick : son visage reflétait la même terreur que celle qui me rongeait les entrailles. Je haletais si fort qu'on devait m'entendre à l'autre extrémité de la pièce. Des bruits de pas précipités se rapprochaient un peu plus à chaque instant : les soldats fouillaient chacune des alcôves l'une après l'autre. Bientôt, ils nous trouveraient.

— Le Rouge ! s'est écrié l'un des combattants de l'autre côté de la salle. Il y a du mouvement du côté de la porte-livre. Des Sentinelles… Elles ne vont pas tarder à…

Un mouvement indistinct, des pages qui virevoltent et un nouveau bruit de bottes qui heurtent le sol : une forme avait émergé de l'ouvrage pour assommer le guetteur. Les mercenaires qui étaient sur le point de nous trouver se sont précipités à sa rescousse.

La bibliothèque a résonné d'impacts métalliques, de coups sourds, de grognements et de jurons. J'ai d'abord tendu l'oreille, tétanisée, sans parvenir à bouger d'un pouce. Les battements de mon cœur, presque douloureux, me poussaient à respirer un peu plus fort à chaque seconde qui passait. Au bord de l'hyperventilation, je regrettais amèrement d'avoir choisi une alcôve pour nous cacher. Nous étions des proies bien trop faciles, à présent.

Secoue-toi un peu, Gia ! me suis-je morigénée. *Allez, tu peux le faire ! Ce n'est pas ton premier affrontement, ne te perds pas en réflexions. Contente-toi d'y aller !*

J'ai rampé pour sortir de sous la table. Nick m'a agrippé le bras.

— Que fais-tu ?

Je me suis dégagée sans ménagement.

— Je vais les aider ! Tu viens ?

— Jamais de la vie !

Je l'ai planté là pour remonter l'allée en courant. L'une des Sentinelles que j'avais croisées au Vatican a lancé un globe doré sur Antonio. Elle a ensuite examiné son chef avant de crier quelque chose à un autre de ses compagnons qui me tournait le dos. Puis elle a attrapé le blessé par son blouson et sauté dans la porte-livre avec lui.

Le sol était si abîmé par l'incendie que j'ai trébuché et terminé ma course à quatre pattes. C'est alors que j'ai identifié l'homme qui me tournait le dos, accompagné de plusieurs Sentinelles françaises.

Bastien. Bastien était venu à la rescousse d'Antonio ! Mais c'était à son tour, à présent, de se retrouver en danger.

Le nouveau venu a lancé une décharge électrique sur un Laniar doté d'immenses oreilles et du nez le plus petit que j'aie jamais vu. Mais Bastien avait mal visé : le tir a heurté une vitrine, et des centaines d'éclats de verre ont volé à travers la pièce. Il a articulé la formule d'un nouveau sortilège – bientôt des éclairs se formaient au creux de ses paumes. Pendant qu'il se préparait à sa prochaine attaque, deux Sentinelles sont venues s'interposer entre lui et le gang du Rouge.

Après quelques secondes de stupeur, je me suis relevée et précipitée vers mon attirail, qui gisait à terre sur les restes calcinés du tapis. Le combattant à la silhouette décharnée s'est rué sur moi, brandissant deux poignards effilés qui décrivaient d'inquiétantes arabesques. Sur-le-champ, j'ai généré un globe qui l'a envoyé au tapis d'un seul coup, mais ne l'a pas empêché de ramper ensuite à quatre pattes vers mon épée. Au même moment, son acolyte au ventre replet fondait sur mon bouclier, que je lui ai ravi de justesse après une rapide glissade. Il s'est agrippé à mes vêtements et nous avons foncé ensemble dans un mur. J'ai eu beau tenter de l'assommer avec mon écu, il ne lâchait pas prise et a réussi à m'envoyer un violent coup de poing dans les côtes. Pantelante, j'ai laissé tomber mon arme.

Soudain, une boule de feu a heurté mon assaillant dans le dos. Sa veste s'est aussitôt enflammée et j'en ai profité pour me remettre d'aplomb. Un grand sourire aux lèvres, Nick a émergé d'un nuage de fumée.

— Cesse de jouer avec le feu ! ai-je lancé vertement. On est dans une bibliothèque, je te rappelle ! Tu n'as rien d'autre en magasin ?

— C'est ce qu'il y a de plus simple, les autres sorts sont trop longs à réciter.

Les côtes douloureuses, j'ai ramassé mon bouclier avant de me précipiter à la recherche de mon épée. Je cherchais Bastien du regard : occupé à porter secours à l'une de ses Sentinelles, il ne voyait pas le Rouge se ruer sur lui. J'ai ouvert la main pour créer un globe de combat plus gros que ceux que Sinead me conseillait d'utiliser, puis balancé la sphère afin de créer un mur entre mon ami et le grand Laniar. Sitôt qu'il a heurté la barrière, le Rouge a rivé son regard sur moi sans hésiter.

Je me suis écroulée, vidée de toute énergie. J'ai fixé le pied de l'étagère la plus proche et tenté de rassembler mes forces pour me relever, sans succès. Les deux grosses bottes du Laniar se sont plantées devant moi. Il s'est baissé et m'a soulevée par ma queue de cheval. Un instant plus tard, la peau de mon crâne me brûlait comme jamais.

Il va me tuer !

Prise de panique, j'ai tenté de lui asséner un coup de poing, mais je manquais d'allonge. Je me suis mise à hurler des mots incohérents en tentant frénétiquement de me dégager mais je me suis vite retrouvée nez à nez avec le Rouge, qui me couvait de son regard menaçant. J'ai tendu les pieds vers le bas dans l'espoir de toucher le sol, en vain. Des larmes ont perlé au coin de mes yeux. La douleur était insupportable.

— Où est-il ?

Son haleine empestait la boucherie.

— Qui ça ?

Mes coups de pied ont fini par l'atteindre aux jambes : les veines de ses bras ont gonflé comme des cordes sous sa peau pâle, et il m'a soulevée plus haut encore.

— Conemar. Qu'est-ce que les tiens lui ont fait ?

— Quoi ? Conemar est mort !

Je me suis agrippée à son poignet pour tenter de lui faire lâcher prise.

— Tu mens ! a-t-il éructé par son museau.

Faute de parvenir à me concentrer, je n'arrivais pas à former de globe.

— Parle ! Ou j'écorche vif ton ami.

J'ai suivi son regard. Deux de ses acolytes, des Sentinelles à en juger par leur tenue, tenaient Nick par les bras. Mon cœur a fait un bond dans ma poitrine. Il allait falloir négocier finement.

— Très bien ! Pose-moi et je te répondrai…

Il a grogné avant de me reposer, sans lâcher ma queue de cheval.

— Alors ?

Les cicatrices qui striaient son front et son cou me rappelaient celles de Barnum, un chevalier mort au combat qu'un magicien, tel le docteur Frankenstein, avait ramené à la vie bien des siècles auparavant. Trois de ses compagnons d'armes avaient subi le même sort : être changés en monstres. Ensemble, ils formaient la Tétrade. Tous les quatre partageaient la même âme et formaient une entité d'une puissance incommensurable. Conemar n'avait de cesse de les asservir et je devinais que la brute qui se tenait en face de moi nourrissait le même dessein.

— Il n'est plus là. Nous avons récité un charme très ancien qui l'a envoyé dans un autre monde, mais nous ignorons où exactement.

Le Rouge a poussé un rugissement bestial, plein de hargne :

— Il est donc en vie ! Je le retrouverai.

Il m'a enfin lâchée pour s'élancer vers la porte-livre.

Je suis tombée à genoux, la vue à demi brouillée. Mon regard a balayé la scène qui m'entourait. La Chimère cornue avait maîtrisé Bastien, qu'elle dépassait de plusieurs têtes. Les épées des Sentinelles françaises jonchaient le sol en signe de capitulation. J'ai tenté à plusieurs reprises de générer mon globe mais ne suis parvenue à produire, au mieux, que quelques étincelles – comme si j'essayais d'enflammer une allumette mouillée.

— Stubs ! a crié le Rouge. Que tes hommes s'occupent d'eux !

Le Laniar au nez minuscule a paru surpris.

— Mais… C'est un Renard, maître !

— Hors de question qu'ils nous suivent !

Leur chef a fait signe à ses hommes de le suivre avant de plonger dans la porte-livre.

Seuls restaient Stubs et quatre autres Laniars.

J'ai réessayé de générer mon globe, avec succès cette fois. La sphère a fusé dans les airs, puis tourbillonné pour atteindre sa cible en pleine figure : Stubs. Violemment renversé en arrière, il a rampé jusqu'à la porte-livre, prononcé le charme et disparu à l'intérieur. Les Sentinelles françaises en ont profité pour ramasser leurs armes et s'attaquer aux quatre malfrats restants.

Lorsque les brutes qui emprisonnaient Nick m'ont vue préparer une nouvelle sphère, ils l'ont planté là pour se ruer vers la sortie. J'ai laissé le globe se désintégrer au creux de ma paume parcourue d'étincelles. Deux Sentinelles se sont lancées à la poursuite des fuyards.

Vidée de toutes forces, je me suis assise par terre pour essuyer mes larmes de mes mains tremblantes. Nick a commencé à ramasser mon équipement.

Bastien, quant à lui, est venu s'accroupir devant moi.

— Gia… Tu as une tête à faire peur.

— Toi au moins, tu sais parler aux femmes.

Mais il ne mentait pas : le cœur serré, j'ai constaté que le sang d'Antonio me maculait les vêtements, le cou et les mains. Bastien m'a tendu de quoi m'essuyer.

— Un mouchoir en tissu ? l'ai-je chambré faiblement. Tu sors d'une maison de retraite ?

— Tu n'es pas blessée ?

— Non. Tu crois qu'il va s'en sortir ? ai-je murmuré en m'essuyant le menton.

— Qui ?

— Antonio.

— Je pense que oui. Il a vécu pire.

— Pire que de se faire étriper ?

Bastien a souri, rassurant.

— Crois-moi, c'est plus impressionnant que grave.

J'ai ouvert des yeux ronds.

— Vraiment ? Et comment le saurais-tu ?

— La Sentinelle qui l'a emmené l'a examiné avec attention : aucun organe vital n'a été touché.

Nick a déposé mes affaires à côté de moi.

— Heureusement qu'on ne l'a pas laissé se carboniser, alors… a-t-il fait remarquer.

J'ai failli voir rouge. Mes mains me démangeaient : j'aurais donné cher pour lui ôter du visage son petit sourire satisfait.

— Réveille-toi, Nick ! Tu as failli tuer un homme. Ton comportement était complètement irresponsable ! Et tu as mis le feu à une bibliothèque plus que centenaire ! Regarde autour de toi… Tout a brûlé !

— Je sais bien… Mais bon sang, Gia, j'ai agi par réflexe ! Tu laissais des traces de sang partout… Ils nous auraient retrouvés en quelques secondes. Je suis désolé…

Le visage sombre, il a repoussé une mèche de cheveux trempés de sueur sur son front. Je me suis un peu radoucie.

— Au combat, il faut mûrement peser ses décisions, mais tu t'y feras vite. Où est ton cristal, Nick ?

Il a hoché la tête et glissé la main dans sa poche avant de s'éloigner à grands pas. À mesure que la distance augmentait entre nous, les ombres de la pièce enténébrée l'engloutissaient toujours un peu plus.

— Ce n'est pas la grande forme, à ce que je vois, a observé Bastien.

— Non… depuis que ses pouvoirs ont été libérés, il peine à maîtriser ses émotions.

Du bout des doigts, Bastien a ramené une boucle de cheveux ébouriffés derrière mon oreille.

— Tu as besoin d'un bon bain. Il va falloir frotter consciencieusement, vu l'ampleur des dégâts, a-t-il soupiré. Bon, on devrait te ramener chez toi…

— Oui, ce serait bien.

Je me suis péniblement redressée, soutenue par Bastien, qui a posé sur moi un regard inquiet.

— Ça va, tu es sûre ?

J'étais tétanisée de peur, mais je serais morte plutôt que de l'avouer à qui que ce soit. Je devais me montrer forte, impossible de faire autrement : trop de choses reposaient sur moi.

— Mais oui, ne t'inquiète pas, ai-je répondu.

Ses yeux bleu acier me dévisageaient calmement.

On aurait dit qu'il lisait en moi comme dans un livre ouvert. Frissonnante, j'ai fait un pas vers lui… avant de bondir en arrière, la tête vide de toute pensée, incapable de formuler une phrase. *Qu'est-ce qui me prend ?* J'aurais donné cher pour qu'il me serre dans ses bras – j'avais désespérément besoin de me sentir en sécurité… Le cœur battant, je me sentais presque en apesanteur.

Pas de doute, je suis encore en état de choc. Dans un moment pareil, j'aurais sans doute pu sauter dans les bras du premier venu.

Hésitant, Bastien a fait un pas vers moi.

— Gia…

— Tout va bien, je te dis ! Rien de tel qu'une bonne petite bataille pour finir la journée, pas vrai ?

J'ai fait volte-face et couru rejoindre Nick. J'entendais le bruit des pas de Bastien juste derrière moi et devais serrer les poings pour maîtriser le tremblement qui me secouait tout entière.

Qu'est-ce qui venait de se passer ? *Tu ne veux pas de ce garçon, Gia. Tu n'as pas besoin de lui.*

Bastien m'a attrapée par le bras pour me retourner doucement vers lui. Il se tenait très près de moi, trop près.

— Gia, cesse de te mentir.

J'ai repoussé sa main et nié avec la dernière énergie.

— Je… Je ne peux pas… Je suis avec Arik, et tu le sais.

Nick a surgi de l'ombre.

— On y va ? Pop doit être mort d'inquiétude.

J'ai baissé les yeux pour éviter le regard de Bastien, fait un pas de côté pour m'éloigner de lui. Il est resté là, immobile, tête baissée. Au dernier moment, il m'a retenue par la main.

— Tu te trompes. Ouvre les yeux, Gia ! Tu ne sens pas ce qui se passe entre nous ?

J'ai foudroyé le magicien du regard.

— Je suis prête ! ai-je lancé à Nick, à qui j'ai emboîté le pas.

Nous sommes passés devant le groupe de Sentinelles qui patientaient et nous avons trouvé la porte-livre là où nous l'avions laissée. Mon ami m'a gratifiée d'un long coup d'œil plein de curiosité. Il a fini par prendre la parole.

— Il y a de sacrées étincelles entre vous, dis donc… Qu'est-ce qui se passe ?

— Rien.

J'ai trouvé sans mal la page de la bibliothèque de Branford.

— *Aprire la porta*, ai-je récité avant de plonger dans les ténèbres sans un regard en arrière.

Chapitre 6

Dans mon rêve, un épais brouillard régnait autour de moi. Dense comme une purée de pois, il menaçait de m'étouffer. Un frisson d'effroi a parcouru mon échine. Vêtue d'une parka, de gants et de bottes épaisses, le cou emmitouflé dans une écharpe de laine, je m'enfonçais dans une caverne sombre, un globe lumineux en équilibre au bout des doigts. Désespérément seule, glacée jusqu'aux os, j'ai tracé mon chemin au gré du labyrinthe de tunnels pour déboucher enfin dans une vaste grotte. À l'autre bout de la salle se dressait une porte de métal immense, si vaste qu'elle aurait pu laisser passer un char d'assaut. Elle reposait sur de larges gonds, mais ne présentait pas de poignées. Au centre du panneau étaient creusées sept cavités disposées en cercle.

Je me suis débarrassée de mon sac à dos en cuir, que j'ai laissé tomber au sol. Le bruit a résonné comme un coup de tonnerre dans l'espace glacial. J'ai fouillé à l'intérieur pour en tirer sept tiges métalliques que j'ai déposées à mes pieds.

Très calme, j'ai empoigné l'une d'entre elle en psalmodiant :

— *Accendere.*

« Allumer ». Le métal s'est illuminé d'une lueur bleue et j'ai glissé le bâton dans l'un des trous de la porte. Tous s'y sont parfaitement insérés, comme les pièces d'un puzzle. Lorsque le dernier a été mis en place, j'ai reculé de quelques pas et me suis débarrassée de ma capuche pour ne rien rater de l'ouverture du portail.

— *Rilascio !* ai-je crié.

Sans résultat. J'ai recommencé :

— *Rilascio... Rilascio !*

J'ai frappé des deux poings le panneau glacé, avec pour seul effet de m'érafler la peau.

— Pourquoi ne s'ouvre-t-elle pas ?

Une voix a retenti quelque part dans ma chambre :

— *Tu n'es pas l'élue.*

— Je ne suis pas l'élue...

La voix de la Gia de mon rêve s'est perdue dans les ténèbres à mesure que j'émergeais du sommeil. J'ai enlacé mon oreiller.

— Je ne suis pas l'élue ? (J'ai jeté un coup d'œil léthargique à mon réveil.) Oups !

J'ai sauté du lit. Près d'un mois déjà que nous allions au lycée : Deidre ne tolérait pas les retards, j'avais eu tout le loisir de m'en rendre compte. Elle était déjà partie sans moi à deux reprises. Heureusement, j'avais pris ma douche la veille au soir. J'ai enfilé un jean et jeté un œil par la fenêtre. La voiture toute neuve de mon changelin était toujours dans l'allée, mais plus pour très longtemps bien sûr. Impossible de me faire belle, quel dommage ! Ce jour-là, Arik et moi devions afficher notre relation en public pour la première fois.

En cette quatrième semaine de cours au lycée public, je commençais tout juste à m'habituer à notre nouvel environnement. Tout y était beaucoup plus bruyant que dans mon établissement privé de Boston. Le hall d'entrée bourdonnait de discussions enjouées. Quelques élèves se glissaient entre les petits groupes déjà rassemblés pour rejoindre qui son casier, qui le prochain cours de la journée. J'ai rangé un manuel d'anglais dans le placard métallique qui m'était réservé, pour en extraire un livre de biologie marine remisé tout en bas la pile.

— Alors, mon chou, tu es parée ?

J'ai sursauté.

— Lei, arrête de te glisser en douce derrière moi ! Pense à mon pauvre cœur…

Elle s'est appuyée contre la rangée d'armoires.

— Désolée, mais c'est dans mon ADN, je ne peux pas faire autrement.

J'ai claqué sans ménagement la porte du meuble.

— Tu n'es vraiment pas obligée de porter ces lunettes en dehors des cours, tu sais.

— Je les aime bien. Elles me donnent un certain style, tu ne trouves pas ?

En effet, les montures rouges s'accordaient très bien à sa carnation. Elle et moi avions pas mal de cours en commun, mais celui de biologie marine était son préféré. Elle n'avait jamais vu l'océan. Le monde des Chimères ne comportait que des étangs, des lacs et des sources chaudes.

— Bon, j'ai apporté de quoi me faire pardonner, a-t-elle ajouté, malicieuse. Peu importe ce que Faith a pu te cuisiner d'immangeable, bonne nouvelle : j'ai pris une double ration de déjeuner avec moi. Sinead m'a préparé des cookies flocons d'avoine-raisins secs et des sandwiches au beurre de cacahuète et aux marshmallows... Moi, ça me fait vomir, mais il y a des gens qui adorent ça.

— Moi, par exemple ! ai-je répondu, narquoise. En tout cas, merci.

Puisque Afton était à Boston et que Deidre niait tous les jours mon existence, Lei était devenue en peu de temps ma meilleure amie. Difficile de lui faire oublier que j'avais failli tuer son copain, Kale, mais j'avais tout de même marqué quelques points en sauvant le monde de la menace de Conemar.

— Un bon déjeuner au moins par semaine, ça doit te faire plaisir ! m'a taquinée Lei en pénétrant dans la classe.

— Ou pas. Je ne sais pas combien de temps encore je supporterai la cuisine de Faith.

— Console-toi : c'est ce midi qu'Arik va te faire sa déclaration devant tout le monde ! Alors, quel est le programme ? Vous allez passer vos journées à vous rouler des pelles dans les couloirs ?

Comment aurais-je pu l'oublier ? Depuis des semaines, je comptais chaque seconde qui me séparait du grand moment. Nous étions fatigués de nous cacher et, pour être franche, je n'en voyais pas l'utilité, au fond. Les autres élèves s'en fichaient bien de nos histoires, ils avaient leur vie.

— Ouaip, c'est le grand jour.

— Tu n'as pas l'air très enthousiaste...

J'ai étouffé un bâillement.

— Si, si. C'est juste que j'ai passé la nuit à parler avec Nick suite à sa dernière crise.

— Ah bon ? a-t-elle chuchoté. Je croyais que ça c'était un peu arrangé grâce au professeur Attwood...

— C'est le cas. Nick ne m'appelle plus que tous les deux ou trois jours, il y a du progrès ! (Nouveau bâillement.) Et après l'entraînement de ce soir, on retourne chercher les *Chiavi*. Enfin, si je ne m'effondre pas de fatigue d'ici là.

Lei s'est assurée qu'aucune oreille indiscrète ne traînait dans les parages.

— Sous la surveillance de qui ?

Je me suis penchée vers elle pour pouvoir parler tout bas.

— Personne. Carrig pense que nos marques nous protègent mieux qu'une garde rapprochée, qui attirerait l'attention sur nous. Quelques Sentinelles nous surveilleront à travers le livre et nous prêteront main-forte en cas de pépin.

— Pourquoi pas nous ?

— Le Conseil pense que les alliés de Conemar surveillent avec attention les Sentinelles d'Asile. Simple mesure de prudence…

Lei a contourné un garçon de seconde dont le sourire s'étirait d'une oreille à l'autre, dévoilant des bagues orange et bleues.

— Il est dingue de toi, ma parole ! ai-je fait remarquer.

Lei lui a lancé un regard furibond : l'amoureux transi s'est éclipsé en quatrième vitesse, non sans se cogner au passage contre une porte de casier ouverte.

— Tu ne crois pas si bien dire… Où que j'aille, il apparaît comme par magie.

Mon estomac a grondé bruyamment.

— Oh, Lei ! Je suis sur le point de mourir d'inanition. Je ne plaisante pas : Faith est la pire cuisinière du monde, mais elle ne laisse personne s'approcher des fourneaux. J'ai l'impression qu'elle a besoin de se sentir utile.

— Elle assure la sécurité de votre maison, ça ne lui suffit pas ?

— On dirait bien que non.

Et mon estomac de rugir de plus belle. Lei a sorti une barre de céréales de son sac à dos.

— Tiens, fais au moins en sorte de rester en vie jusqu'à ce qu'Arik te dévoile sa flamme. J'ai hâte de voir la tête de Blanche-Neige à ce moment-là…

— Emily ? Pourquoi ?

— Jette un œil sur ta gauche.

J'ai tourné la tête et ralenti ma marche. À l'autre bout du couloir, Arik était nonchalamment appuyé à un casier, la tête dans la main. Emily cherchait un objet dans le placard voisin en marmonnant quelque chose. Son compagnon s'est mis à rire à gorge déployée, la tête rejetée en arrière. Les vannes ont fusé les une après les autres : il n'y avait aucune pause dans leur conversation. La jeune fille a fini par s'esclaffer et a poussé Arik d'un air espiègle.

Lei a tiré sur ma manche :

— Ne reste pas plantée là, Gia ! Tu n'es pas très discrète…

Je l'ai suivie, sous le choc, en marmonnant :

— Tu as vu ce que j'ai vu ?

Lei a ouvert la porte de la salle de classe à l'instant précis où retentissait la cloche.

— Oui. Ils s'entendent vachement bien, non ?

Notre professeur, Mme Greene, était arrivée derrière nous.

— Mesdemoiselles… Vous avez l'intention d'entrer, ou vous préférez écouter la leçon depuis le couloir ?

— Emily a deux cours avec Arik, m'a soufflé Lei pendant que nous rejoignons nos places. Et disons pour résumer qu'elle ne fait pas mystère de son attirance pour lui.

— Je n'avais jamais remarqué…

Comment était-ce possible ?

Impossible après ça de me concentrer sur les effets de la pollution sur l'écosystème marin. Comment avais-je pu passer à côté d'une information aussi sensible ? Je me suis repassé en boucle chaque moment où je les avais vus ensemble. Je n'avais qu'un cours en commun avec Arik, et aucun avec Emily… Autant dire que je n'avais pas grand-chose à me mettre sous la dent. Je l'avais vue lui parler quelquefois au déjeuner et entre les cours, rien de plus. Emily était du genre très sociable, elle bavardait avec tout le monde, et jusque-là je n'aurais pas su dire en quoi son attitude à mon égard différait de celle qu'elle prenait avec Arik.

Lei a profité d'un instant où la prof relisait ses notes pour se pencher vers moi.

— Dès qu'elle est avec lui, Emily passe son temps à se tripoter les cheveux. C'est insupportable !

Devant mon air troublé, elle a ajouté :

— Mais, Gia… Inutile de t'inquiéter, le cœur d'Arik t'appartient, tu le sais, non ?

Elle s'est redressée juste au moment où Mme Greene relevait la tête.

— Alors pourquoi m'en parler ? ai-je soufflé.

Est-ce qu'il fallait que je commence à m'inquiéter ?

L'horloge suspendue au-dessus du grand tableau blanc me semblait fonctionner au ralenti. Chaque cliquetis de la grande aiguille me faisait sursauter. Lorsqu'elle a enfin marqué 11 h 29, je me suis préparée à décoller. Je n'avais qu'une hâte : en apprendre plus sur Emily et Arik. Sitôt que la sonnerie a retenti dans le couloir, je me suis ruée vers la porte.

— Gia ? m'a interpellée Mme Greene. Puis-je vous voir un instant ?

Euh... Non ? La mort dans l'âme, j'ai regardé notre professeur par-dessus mon épaule, puis Lei qui, déjà dans le couloir, me faisait signe de me dépêcher. Mais le ton de l'enseignante ne me laissait pas d'autre choix que d'obtempérer. L'oreille basse, j'ai rebroussé chemin jusqu'à son bureau.

Elle m'a montré un de mes devoirs, couvert d'annotations rouges.

— Je suis très inquiète, Gia. Vous n'avez eu la moyenne à aucune interrogation, ces derniers temps. Que se passe-t-il ?

— Je suis désolée, je dors très mal en ce moment.

— Je vois... Une raison particulière ?

— Un de mes amis traverse une période difficile.

— Le jeune D'Marco ?

— Oui, comment le savez-vous ?

— Je vous ai vus ensemble. Il suit un autre de mes cours. J'ai dû l'envoyer chez le proviseur, aujourd'hui.

Je me suis mordu les lèvres. Pourquoi n'avait-il pas utilisé son cristal ?

— Ne vous en faites pas. Il a expliqué qu'il venait d'apprendre son adoption : le psychologue scolaire va le prendre en charge.

Nom d'un chien ! De pire en pire...

Il fallait impérativement que je parle à Nick avant qu'il ne dise une bêtise à l'encadrement du lycée.

— Gia ?

— Oui, madame ?

— Si vous avez des difficultés, n'hésitez pas à demander de l'aide à votre sœur. Sa moyenne est impressionnante.

Mais bien sûr ! Jamais de la vie... Ce qu'ignorait l'enseignante, c'est que Deidre – mais aussi les Sentinelles – trichaient à chaque devoir. Issus du monde des Chimères, ils n'étaient pas du tout préparés aux difficultés de notre système scolaire. Le Conseil leur avait distribué des lunettes dotées d'une puce intégrée dans l'une des branches : elle scannait les questions, effectuait des recherches et – abracadabra ! – sur les verres s'affichaient, pour finir, les bonnes réponses. On m'en avait proposé une paire, que j'avais déclinée. J'aimais apprendre, et je me débrouillais plutôt bien, d'ailleurs, quand Nick ne gâchait pas mes nuits de sommeil.

— Je n'y manquerai pas, ai-je répondu.

— Très bien. Bon, vous feriez mieux d'y aller avant que Lei ne défonce la vitre... a-t-elle conclu avec un sourire.

— Merci !

Je me suis précipitée dans le couloir. Lei et moi avons couru comme des folles jusqu'à nos casiers pour y récupérer les repas préparés par Sinead, avant de nous ruer vers le réfectoire.

— Détache-toi les cheveux ! m'a conseillé Lei, lasse de mon éternelle queue de cheval. Et arrête de t'inquiéter. Pour Arik, Emily n'est qu'une amie. C'est toi qu'il aime.

— Tu as raison...

J'ai suivi son conseil et passé mes doigts tremblants dans mes boucles indisciplinées. Pourquoi étais-je si nerveuse ? Arik et moi étions ensemble depuis quelque temps. Officialiser notre relation n'aurait aucune véritable conséquence. Lei m'a rattrapée par le coude avant que j'entre dans la cafétéria.

— Un instant ! Reprends ton souffle, tu dois paraître naturelle.

J'ai pris le temps de calmer ma respiration avant de pénétrer avec elle dans une grande salle où l'odeur du poisson surgelé se mêlait à celle du désinfectant senteur pin. Des grappes entières d'élèves se précipitaient sur le parquet trop ciré vers des tables en bois aggloméré afin de s'approprier les derniers bancs disponibles. Un véritable concert de voix résonnait contre les murs blanchis à la chaux. Au milieu de ce tumulte, une silhouette aux cheveux bruns se tenait debout près de notre emplacement habituel. Arik, fort et sûr de lui, calme et réservé.

Lei a enfourché le banc qui nous attendait et levé sur notre camarade un regard narquois.

— Alors, mon chou, quoi de neuf ?

— Qu'est-ce qui vous a retenues si longtemps ? a demandé Arik, les yeux rivés sur moi.

— Mme Greene a pris Gia à part à la fin du cours.

Je me suis laissée tomber à côté de Lei, qui secouait méthodiquement un jus de fruit.

— Tu ne sais rien garder pour toi, ma parole ! ai-je grondé.

Elle a dévissé le bouchon de sa boisson.

— Oh, pardon. C'était un secret ?

— Laisse tomber… Résultat des courses : l'effet de mes virées nocturnes commence à se faire ressentir, mes notes ont sérieusement chuté.

Lei m'a tendu un sac en papier brun, dont j'ai d'abord sorti les cookies et un jus de fruit afin de faire enfin main basse sur les sandwichs tant attendus.

— Oh ! s'est écriée Emily à l'autre bout de la table. J'adore ces trucs-là, c'est un régal !

Mais d'où sort-elle, je ne l'avais même pas vue ! J'ai froncé les sourcils. Je ne pouvais quand même pas faire comme si je n'avais rien entendu… Même si c'était plus que tentant. Dire que c'était mon plat préféré…

— Tu en veux la moitié ? ai-je soupiré.

— Oh super ! Merci !

Elle me l'a arraché avant de mordre dedans de manière très sensuelle sans quitter Arik des yeux.

Les tables étaient si serrées qu'on se serait crus dans une boîte de sardines. Certains des élèves qui partageaient la nôtre ne faisaient pas partie de notre petit cercle. Tête baissée, ils écoutaient notre conversation car nous, les nouveaux élèves, étions encore des objets de curiosité. D'autant que les Sentinelles étaient presque toutes des étrangers dotés d'accents réputés émoustillants.

— Gia ?

Arik, les mains posées sur la table, se penchait vers moi. Je me suis perdue avec délices dans ses yeux sombres ourlés de cils charbonneux.

— Ça te dirait d'aller au cinéma avec moi, vendredi soir ?

Plusieurs têtes se sont tournées vers nous. Une mèche de cheveux bruns est tombée devant ses paupières. Si nous avions été seuls, ou entourés de nos proches, j'aurais tendu la main pour la remettre en place.

Du coin de l'œil, j'ai vu Emily lâcher ce qui restait de son sandwich.

— Oh génial ! me suis-je écriée en imitant la voix de crécelle de la jeune fille. J'adorerais !

Arik a levé un sourcil interrogateur.

— O.K. Je viendrai te chercher vers 19 heures.

— J'ai hâte !

Arik s'est tourné face à moi sur le banc avant d'extirper de son sac un magnifique spécimen de mon sandwich préféré.

— Tiens, j'ai trop mangé ce matin.

Je l'ai déballé avant de croquer dedans à la façon d'Emily.

— Hum, délicieux ! ai-je lancé, la bouche pleine.

D'un regard, Arik m'a suggéré de ne pas trop en faire.

— Vous êtes trop mignons tous les deux, a déclaré Lei qui, décidément, se changeait en une véritable ado américaine.

À l'autre bout de la table, le visage d'Emily reflétait une peine immense. J'ai commencé à regretter mon petit manège. Elle n'avait rien fait pour mériter que je remue ainsi le couteau dans la plaie. La pauvre n'aurait sans doute pas fait d'œillades à Arik si elle avait su que nous étions déjà ensemble.

J'ai soupiré et déclaré :

— Alors, Emily, il paraît que tu as eu les félicitations ?

— Il paraît, oui…

Abattue, elle triturait la croûte du reste de son sandwich sans daigner me regarder.

— Bravo ! a commenté Arik.

Aussitôt, elle a relevé la tête pour le gratifier d'un sourire mélancolique.

Lei me regardait de travers.

— Qu'est-ce que tu fiches ? a-t-elle articulé sans bruit.

Un silence gênant s'est installé et, après deux ou trois tentatives de conversation avortées, personne n'a plus pris la peine de le briser.

Enfin, la cloche a sonné à notre grand soulagement pour annoncer la fin de la pause-déjeuner.

Arik, un bras glissé autour de mes épaules, m'a accompagnée jusqu'au cours suivant. En chemin, je n'ai cessé de penser à Emily. Je m'en voulais de lui faire du mal, mais il n'y avait pas d'autre solution. Je pouvais enfin montrer en public mon affection envers Arik, et j'aurais dû m'en réjouir. Mais cette victoire avait un goût amer.

Chapitre 7

Je me trouvais au centre d'une des salles de lecture de la bibliothèque de l'abbaye de Wiblingen, à Ulm, en Allemagne, entourée de statues figées pour l'éternité sur leurs larges socles. Des colonnes de marbre veiné de vert et de rose les encerclaient. À leur sommet se déployaient des entrelacs de feuilles d'or qui soutenaient une galerie supérieure bordée d'une rampe de pierre lisse brune et noire. Il y avait tant à voir que mon cerveau n'arrivait pas à tout enregistrer. Les livres, enfermés derrière des grilles, semblaient presque abandonnés, oubliés sur leurs étagères perdues au beau milieu de ce merveilleux fouillis de marbre et d'or.

La couronne dorée de l'une des statues a attiré mon attention. Je m'en suis approchée à pas mesurés en sortant de ma poche les feuillets que m'avait confiés oncle Philip.

J'avais déjà lu les vers mystérieux de l'énigme plus de mille fois, mais j'ai recommencé. Mon arrière-grand-père, Gian Bianchi, l'avait griffonné dans un livre sur lequel il avait ensuite jeté un sort. L'ouvrage devait trouver un moyen de terminer entre les mains de l'un de ses héritiers – en l'occurrence, moi. Le poème, *Libero il Tesoro* – « libère le trésor » –, contenait des indices destinés à retrouver les *Chiavi*. Non contentes de libérer la Tétrade à condition d'être employées toutes ensembles, ces clés possédaient en plus chacune un pouvoir individuel.

Le talisman d'un prêtre pendu à sa soutane

La première *Chiave* avait été trouvée par Gian dans la bibliothèque du Vatican. Il s'agissait d'un pendentif en forme de crucifix. Mon arrière-grand-père, juste avant d'être assassiné, l'avait caché dans le manche d'un parapluie. Ma mère – qui n'en savait rien –, puis moi en avions successivement hérité. J'étais tombée sur la clé complètement par hasard, en manipulant l'objet. Le pendentif était doté d'un pouvoir peu usuel : celui qui le portait pouvait voir ce qui s'était passé autrefois dans le lieu où il se trouvait.

J'ai continué ma lecture.

Une école de putti, l'un d'entre eux voit plus loin

Cette école restait à découvrir. « *Putti* » était un nom étrange, mais j'avais effectué quelques recherches : il s'agissait d'un synonyme d'angelots.

Sur le plafond peint, une poignée de femmes
L'une de la Sentinelle porte l'habit.
Dans sa main une pointe enchantée

J'avais trouvé cette clé à l'issue d'une bataille dans la bibliothèque du Sénat à Paris. Sinead avait récité le charme qui l'avait libérée. Une guerrière peinte sur une fresque était descendue du plafond pour me tendre son épée, une arme qui avait le pouvoir de détruire toutes les autres.

Derrière Léopold elle se dresse, une main posée
Sur une couronne, l'autre tient un prix

C'était là le trésor que nous cherchions à présent. Oncle Philip, qui pensait que le prénom « Léopold » devait nous mettre sur la piste de l'Allemagne, avait établi une liste des bibliothèques susceptibles d'abriter l'objet. Nous les avions toutes fouillées en vain et celle-ci ne semblait pas devoir faire exception.

Quant au reste de l'énigme, il sonnait aussi faux qu'un mauvais poème :

Elle a des nombres en tête, le savoir dans ses mains
Sur son front une couronne luit.
Devant le monde, sur sa poitrine il porte son honneur
Sous le saccage et la ruine, il inscrit le mot avant que sonne l'heure
Tout cela dans une bibliothèque, à l'abri.

Toutes ces clés-là restaient à découvrir. Oncle Philip se creusait les méninges pour tenter de deviner où elles pouvaient se trouver d'après ces maigres indices.

Je me suis arrêtée devant la statue coiffée d'une couronne et qui me dominait de toute sa hauteur. Nick, lui, vagabondait à travers la salle, un sac à l'épaule. Depuis que nous avions échappé de justesse aux sbires du Rouge, il refusait de partir en expédition sans un lot de provisions, un équipement de survie et un couteau.

— Je suis sûr qu'on apprécierait davantage cette décoration incroyable si on était défoncés.

— Vraiment, Nick ?

J'ai tenté sans succès de ravaler mon sourire. Ce garçon n'avait décidément aucun filtre.

— Bon, on y va ? a-t-il soupiré. C'est la deuxième fois qu'on vient ici, et toujours rien.

— Rien... sauf que je crois que je viens de découvrir une *Chiave.*

Il s'est approché en quelques enjambées.

— Sans rire ? Comment le sais-tu ?

J'ai désigné du doigt deux des vers de l'énigme.

— Lis.

— « *Elle a des nombres en tête* », a-t-il ânonné tout haut, en marmonnant certains passages dans sa barbe. « *Le savoir dans ses mains... une couronne...* »

Il a levé les yeux de la feuille pour dévisager la statue sans comprendre. J'ai poussé un soupir.

— Cette pièce s'appelle la salle des connaissances, tu te rappelles ? Ces trois statues représentent l'histoire, les sciences naturelles et les mathématiques.

Il s'est gratté le crâne.

— Et alors ?

— « *Elle a des nombres en tête...* » (J'ai attendu en vain que les indices fassent tilt, et fini par ajouter :) Tu vois bien qu'elle a une couronne, quand même ?

Et la lumière fut.

— Ça y est, j'y suis ! On a trouvé une *Chiave* !

« *On* » ? Je n'ai pas pu retenir un soupir d'exaspération.

— Alors, tu attends quoi ? a-t-il bougonné. Prononce

ton sortilège !

— O.K., mais on devrait reculer un peu. Qui sait ce qui pourrait se passer, d'autant que je ne connais pas encore les effets de mon pendentif.

Nous avons fait quelques pas en arrière.

Le médaillon renfermant la plume de Pip au creux de la main, je me suis écriée « *Libero il Tesoro* »... Enfin, pour être honnête, on aurait plutôt dit un murmure. Comme s'il pouvait encore y avoir quelqu'un pour m'entendre à cette heure avancée de la nuit !

Une forte rafale de vent s'est engouffrée dans la pièce, balayant mes cheveux en tous sens. La statue a craqué, comme si ses os se brisaient. La silhouette de plâtre blanc a laissé tomber une boussole et une palette couvertes de lettres et de chiffres.

Nick et moi avons sursauté de plus belle lorsque la femme a ouvert les yeux. Ella a braqué sur nous son regard vide. Elle a sauté de son piédestal de marbre et glissé sur le parquet pour s'arrêter juste devant moi.

— Bienvenue à toi, fille du septième magicien, mon nom est Mathématiques. (Elle a retiré sa couronne, qu'elle m'a tendue.) La *Chiave* que je t'offre peut rendre celui ou celle qui la porte invisible. Prends garde, cependant : son pouvoir ne dure pas très longtemps.

J'ai pris la clé avec révérence.

— Puisse l'héritier se mouvoir dans l'obscurité sans être vu ! a-t-elle ajouté, solennelle.

Après avoir incliné la tête, la statue a glissé en arrière pour récupérer ses artefacts et remonter sur son socle de marbre où elle a repris sa pose ancestrale. Au moment où l'immobilité l'a saisie, le vent est retombé d'un seul coup.

J'ai contemplé le diadème veiné d'or.

— Eh bien… s'est écrié Nick. C'était à la fois très étrange et absolument extraordinaire !

Je lui ai fourré la couronne entre les doigts.

— Tiens ! Mets-la dans ton sac.

Il l'a posée sur sa tête.

— Tu me vois encore ?

— Oui, ai-je rétorqué, une main sur la hanche. Arrête, Nick, ce n'est pas un jouet.

— Tu crois qu'elle est cassée ?

— Hmm… Il faut peut-être prononcer une incantation ?

Il a retourné la *Chiave* entre ses mains afin de l'examiner sous tous les angles.

— Il y a une inscription à l'intérieur…

J'ai attrapé l'objet pour mieux la déchiffrer.

— Fais voir ! « *Nascondi* ».

La couronne s'est illuminée.

— Pose-la sur ta tête ! a suggéré Nick.

Il n'a pas eu besoin de me le dire deux fois.

— Alors ? J'ai disparu ?

— Toujours pas, a-t-il répondu. Ce truc est cassé, je te dis…

— *Nascondi* signifie « cacher ».

À mon tour, j'ai examiné la *Chiavi* avec attention. Il y avait un croissant de lune gravé à l'avant… *Exactement comme ma cicatrice !*

— Peut-être qu'elle ne rend pas invisible, mais permet plutôt d'échapper à la vigilance des Surveillants ? Un peu comme nos marques…

— Je parie que tu as raison.

— Allez, range-moi ça ! Il faudra l'analyser de plus près à notre retour...

— On en fait quoi, d'ailleurs ? On l'emmène à Asile ?

Il a glissé la couronne dans son sac à dos avant d'en remonter la fermeture Éclair.

— Non, on a pour consigne de remettre les *Chiavi* à Carrig. C'est lui qui se chargera de les apporter au Conseil.

J'ai consulté l'heure sur mon portable puis fait défiler des photos de bibliothèques à l'écran.

— Nous avons encore à peu près une heure avant de devoir rentrer. Il nous reste à éclaircir cette histoire de « Léopold » – c'est un nom de roi, au fait. Oncle Philip avait signalé sur sa liste une toute dernière possibilité, une bibliothèque en Autriche, cette fois. On pourrait peut-être y faire un saut ?

— Vendu ! Plus je rentre tard, mieux c'est ! Ça m'évitera de croiser le regard réprobateur de ma mère...

J'ai levé les yeux de mon écran, les sourcils froncés.

— Tu es trop dur avec elle, Nick. Tu sais bien qu'elle t'aime.

— Bien sûr que oui. C'est juste que... Je ne me sens bien avec personne en ce moment, sauf avec toi.

— C'est presque touchant... Dommage que je ne te bichonne pas autant que tout le reste de ton entourage !

— S'ils étaient plus désagréables avec moi, je serais peut-être plus sympa avec eux... (Il a souri.) C'est officiel, je suis complètement tordu !

J'ai poussé un petit rire tout en continuant à éplucher la liste.

— Je te le confirme ! Ah... Tiens, voilà : la Bibliothèque nationale d'Autriche, à Vienne.

Il a placé le sac à dos sur ses épaules.

— O.K., c'est parti ! s'est-il exclamé. Tu passes en premier ?

— C'est préférable. C'est moi qui ai l'épée.

— Bien vu.

J'ai secoué doucement la tête avec un sourire attendri. Quel idiot ! Mais un idiot tellement attachant…

Nous avons quitté un univers de marbre froid et d'ornements baroques pour plonger dans une ambiance boisée et chaleureuse. La Bibliothèque nationale d'Autriche était parée d'étagères en menuiserie du rez-de-chaussée jusqu'au premier étage, lui-même ceint d'une balustrade. On accédait aux livres les plus en hauteur grâce à cette mezzanine. Toutes ces boiseries rutilantes formaient un accord harmonieux avec le marbre marron et crème des murs et des colonnes. Pareil à celui d'un musée, l'espace était ponctué çà et là de statues, d'œuvres d'art, de globes terrestres et autres vitrines d'exposition et, s'il y avait bien quelques dorures, les trésors de l'immense salle restaient incontestablement les livres.

Sous une coupole ornée de fresques, d'immenses fenêtres rondes laissaient passer quelques rayons de lune. Des particules de poussière s'égaillaient en un tourbillon de reflets argentés. Tout le décor se paraît de paisibles nuances bleu nuit.

La voix de Nick a sonné comme un coup de tonnerre.

— Il y a quelqu'un ?

— Tu es malade ? On pourrait t'entendre !

— Je voulais juste tester l'acoustique de la pièce… Elle est immense !

— Eh ben, tu t'amuseras un autre jour !

— O.K., j'ai pigé : rigolade interdite. À jamais. Occupe-toi de cette salle, je prends la suivante.

— Superbe plan ! ai-je rétorqué, sarcastique, en tirant mon téléphone de ma poche. Mais je vais d'abord lancer une petite recherche pour trouver quelques indices, si ça ne t'ennuie pas...

— Tu crois qu'ils ont le Wi-Fi, dans cette antiquité ?

J'ai tapé sur mon clavier un code magique qui permettait de déverrouiller le mot de passe de n'importe quel réseau. Il s'agissait d'une série d'émoticônes : *bravo*, *bravo*, *diable*, *coup de poing*. Les informagiciens étaient drôles à mourir.

— On dirait bien : je suis connectée, ai-je marmonné.

Nick s'est penché sur mon écran.

— Je serais toi, je n'y compterais pas trop. J'ai déjà lancé des requêtes pour chaque énigme du poème : soit il n'y a presque aucun résultat, soit j'en trouve un trop grand nombre pour pouvoir faire un tri cohérent.

— Oui mais, dans ce cas précis, nous avons un lieu et un prénom pour affiner la recherche !

J'ai saisi les mots-clés correspondant à la bibliothèque, suivis de « Léopold ». La connexion était terriblement lente. Nous commencions à nous agacer quand la page de résultats a enfin commencé à se charger.

— Nous y voilà ! ai-je soupiré.

À cet instant précis, j'ai vu une petite forme virevolter à la périphérie de mon champ de vision. Le cœur battant, j'ai scruté les ténèbres.

— Tu as vu ça ?

Nick s'est retourné, sur le qui-vive.

— Quoi ?

— Ce truc avait des ailes…

— Arrête, je vais faire une attaque. C'était probablement un papillon de nuit.

La page s'était enfin affichée.

— Il y a bien la statue d'un certain archiduc Léopold Wilhelm dans cette salle !

Nous en avons examiné la photo avant d'inspecter chaque sculpture disposée sur le dallage à damiers. Nous avons admiré une exposition de cartes anciennes présentées dans un entrelacs de panneaux sculptés avant de passer entre deux colonnes de marbre blanc monumentales. Je ne cessais de regarder derrière moi, préoccupée par la vision qui m'était apparue quelques minutes plus tôt. Nick devait avoir raison : c'était sûrement un papillon de nuit qui, attiré par la lumière, était entré par une fenêtre ou une porte entrouvertes. Chez nous, à Branford, ils ne manquaient pas.

Une fois de plus, mon ami a brisé le silence qui régnait dans la bibliothèque.

— Notre vie est devenue palpitante, pas vrai ?

— Palpitante ? C'est un euphémisme…

Soudain, il s'est arrêté net.

— Mais qui vois-je là ? C'est ce cher monsieur Léopold !

— Tu l'as trouvé ?

L'enthousiasme avait remplacé mon appréhension.

— Notre ami l'archiduc porte une très jolie robe… Mais surtout, quel tarin !

— Tu es vraiment insortable !

La statue était adossée à une colonne et – bingo ! – sa jumelle se dressait de l'autre côté. Je m'en approchais quand j'ai entendu un murmure tout près de mon oreille. J'ai agité la main pour m'en débarrasser.

— On dirait plutôt une abeille : ça bourdonne.

Nick m'a rejointe devant la deuxième statue.

— En novembre ? Impossible ! Mais peu importe : qui est donc cette vieille fille ?

— Pour commencer, c'est un homme.

— Tu rigoles ? Avec cette longue chevelure bouclée et cette jupette ?

— D'après mes recherches, le fameux Léopold appartenait à la famille des Habsbourg… À l'époque, les perruques étaient courantes et seuls les hommes portaient des jupes courtes. Bref, ce gars, juste derrière lui, c'est forcément notre cible.

Mon regard a effectué quelques allers et retours entre mes notes et la sculpture. Un diadème de marbre était posé sur un piédestal à côté du personnage.

— Regarde, il s'appuie bien sur une couronne. Il devrait donc avoir un prix dans l'autre main.

— Sauf qu'elle est vide, a soupiré Nick.

Une minuscule créature – elle ne faisait peut-être qu'une dizaine de centimètres de hauteur – a atterri sur la paume de la statue. Elle avait l'apparence d'une femme mais son corps, vert et émacié, évoquait aussi celui d'une mante religieuse.

— C'est parce que quelqu'un est déjà venu récupérer la *Chiave* ! s'est-elle exclamée d'une voix aiguë qui nous a fait reculer d'un pas.

— Qu'est-ce que c'est que ça ? a demandé Nick.

J'ai observé les boucles cuivrées et les ailes iridescentes de l'apparition.

— Je vous reconnais…

— Donc je n'ai pas rêvé, elle est bien là ? a insisté mon ami d'une voix tremblante.

— Oh, ça, je peux vous le garantir !

Et la créature de sauter d'un bond sur le pouce de la statue. Nick a fait un pas de côté pour se glisser à moitié derrière moi.

— Mais ce truc est flippant ! s'est-il étranglé.

— Tu peux parler ! a-t-elle rétorqué, méprisante. Tu as vu ton nez ?

Il a ouvert de grands yeux.

— Attends, tu appartiens à Sinead, non ? suis-je intervenue. Je t'ai vue dans un couloir, à Asile, le jour où j'ai été droguée.

Son sourire a dévoilé des dents tranchantes.

— Je ne suis pas une créature de compagnie, je n'appartiens à personne. J'ai simplement aidé Sinead à te retrouver, ce jour-là. Je suis Atenae, fille de Solitare, princesse des fées des livres.

Nick semblait plus rassuré.

— Ça sert à quoi, une fée des livres ?

— Nous protégeons leurs pages de tous les outrages possibles : mites, incendies et même… (Ses petits yeux en amande couleur ambre ont dévisagé Nick, peu amènes.) Des sales pattes des humains.

— Je suis un magicien.

— Tu empestes l'humain !

Elle a escaladé le bras de la statue afin de se placer à notre hauteur et s'est tournée vers nous.

— Je vous ai observés : vous êtes les protecteurs. Gian avait prédit que vous viendriez. Vous êtes ses héritiers. (Elle a plongé ses yeux dans les miens.) Tu es forte, Gia. Ton arrière-grand-père serait fier de toi.

J'ai senti mes joues s'empourprer. J'allais la remercier

lorsque Nick a repris la parole.

— Bon, tu vas nous dire qui a emporté ce fameux prix, à la fin ?

— C'est Gian qui l'a découvert. Et aujourd'hui, c'est un Laniar qui l'a en sa possession. (Elle s'est élancée dans les airs pour planer tout près du visage de mon ami.) Pour un humain, et malgré ton nez, tu n'es pas trop mal en fait !

Nick s'est redressé de toute sa hauteur.

— Mais toi non plus, pour un petit être volant de couleur verte !

Elle s'est esclaffée avant de retourner se poser avec grâce sur son perchoir de marbre.

— De mes yeux, j'ai vu cette statue s'animer, donner le rouleau qu'elle tenait dans sa main gauche à Gian et lui révéler que sur ce parchemin est inscrit le nom de l'élu, celui qui vaincra la Tétrade. « Sang du sang, chair de la chair, seul un descendant peut s'opposer aux Quatre. Qui possède le rouleau connaît son nom. »

— C'est Gia l'élue.

— Non, je sais que non. J'ai fait un rêve : j'étais dans une caverne glaciale et j'essayais de libérer la Tétrade. Mais une voix m'a annoncé que ce n'était pas moi l'élue.

Nick m'a dévisagée, l'air hébété.

— J'ai fait le même rêve…

— Arrête de te ficher de moi ! C'est impossible !

— Tu te trompes, est intervenue Atenae. Tu devrais le savoir maintenant : rien n'est impossible dans un monde de magie. Un esprit prophète peut vous avoir envoyé un message à tous les deux. Il aura voulu vous prévenir qu'il existait une autre possibilité.

J'aurais tellement voulu y croire ! Mais comment savoir si je pouvais faire confiance à cette fée des livres ?

— Alors… aucun d'entre nous n'est l'élu ? ai-je balbutié. Mais alors qui ?

Les ailes d'Atenae ont commencé à s'agiter délicatement et elle a pris son envol.

— Vous êtes les deux seuls descendants connus du septième mage, et l'élu est forcément de son sang. Mais peut-être a-t-il un autre héritier caché ?

— En tout cas, celui qui s'est emparé de la *Chiave* doit le savoir, a dit Nick.

— Son nom est Crapaud, et il se trouve dans les geôles aménagées sous la bibliothèque du Vatican. Il y est enfermé pour le meurtre de Gian, figurez-vous…

Les ténèbres l'ont engloutie : impossible de distinguer, à présent, d'où venait sa voix.

— Mais ne révélez surtout pas qu'il détient une des clés ! Il serait mort avant le lever du jour. Allez-y seuls car Crapaud ne vous dira rien si vous êtes accompagnés de Sentinelles. Gian lui a intimé l'ordre de ne parler qu'à l'un de ses héritiers.

Chapitre 8

Faith faisait les cent pas dans sa chambre, installée dans le grenier juste au-dessus de celle que je partageais avec Deidre. Notre garde du corps attitré avait développé une véritable addiction aux émissions de téléréalité. Je prenais soin de les enregistrer pour elle histoire qu'elle ait de quoi s'occuper la nuit, pendant que nous dormions. J'ai attendu qu'elle cesse d'aller et venir pour me lever et me glisser dans un jean. Mieux valait éviter d'enfiler mon costume de Sentinelle : si Faith me tombait dessus, au moins elle ne soupçonnerait pas ce que je comptais faire.

— Où vas-tu ? m'a demandé Deidre de son lit, de l'autre côté de la pièce.

Et zut !

Je me suis figée, mon T-shirt à moitié enfilé, avant de reprendre mon manège.

— Je vais voir Arik. Tu n'as qu'à faire semblant de dormir, comme moi à chaque fois que tu sors en douce !

Deidre s'est relevée sur ses coudes.

— Tu mens ! Arik est à Asile.

— Ah bon ? me suis-je étonnée.

Elle s'est redressée et assise au bord de son lit.

— Ha ha ! J'en étais sûre ! J'ai vu Nick t'envoyer des messages. Qu'est-ce que vous fabriquez, tous les deux ?

— Moins fort, Faith va t'entendre ! (Je me suis installée à côté d'elle.) Tu me jures de ne rien dire ?

— C'est promis.

Ses mèches blondes étaient toutes ébouriffées par son oreiller. J'ai étudié son visage avec inquiétude : pouvais-je vraiment lui faire confiance ?

— Oh ça va, pas la peine de faire cette tête ! Je ne t'aime pas beaucoup, c'est vrai, mais je ne te dénoncerais jamais.

J'ai jeté un coup d'œil vers la porte.

— O.K. Mais c'est top secret, Deidre, personne ne doit être au courant. Avec Nick, j'ai découvert l'emplacement d'une nouvelle *Chiave* : elle se trouve dans les geôles du Vatican. On s'y rend cette nuit.

— Pourquoi n'avoir rien dit à Carrig ?

— Je préférerais éviter. Selon notre source, la discrétion est capitale. En plus, notre cible joue les difficiles : elle ne parlera qu'à des descendants de Gian, et à personne d'autre.

Deidre s'est levée d'un bond.

— Je viens avec vous !

— Surtout pas ! Tu ne portes pas de marque, c'est bien trop dangereux.

Les changelins avaient exactement le même ADN que la Sentinelle à partir de laquelle ils avaient été créés. Ils possédaient donc la capacité de sauter à travers les portes-livres. Même s'ils n'étaient pas immatriculés à la naissance auprès des Surveillants en tant que Sentinelle, magicien ou Chimère, leurs allées et venues ne passaient pas pour autant inaperçues. Mon sosie avait donc toutes les chances d'attirer l'attention sur elle si elle nous accompagnait.

Deidre a enfilé un legging en plus de son T-shirt Doctor Who.

— Je prendrai un autre chemin et je vous retrouverai là-bas. Personne ne sait qui je suis. On sera de retour au chaud dans notre lit bien avant qu'ils se mettent sérieusement à suivre ma piste. En plus, je connais les fées qui gardent la prison. Sinead m'emmenait souvent avec elle apporter du ravitaillement aux prisonniers. Je peux vous faire entrer à l'intérieur.

Elle a glissé ses pieds dans des Dr. Martens roses.

— Nick vient me chercher en moto, il n'y a pas de place pour toi...

Elle a jeté son blouson en cuir sur ses épaules, attrapé un sac à franges qui traînait sur son bureau et ouvert la porte avant de lancer :

— Bien sûr que si ! Alors, tu viens ?

Sorties de la maison par une porte latérale, nous avons gagné la chaussée en nous abritant derrière une rangée de buissons. Nous avons ensuite remonté la rue sans quitter l'ombre des arbres afin d'aller retrouver Nick, appuyé contre sa moto. Il s'est redressé, inquiet.

— Qu'est-ce qu'elle fait là ?

Deidre a passé les bras autour de son cou pour lui plaquer un baiser sur les lèvres.

— Belle façon de saluer sa petite amie ! Toi aussi, tu m'as manqué !

Elle l'a gratifié d'un second baiser, plus passionné. J'ai fixé mes pieds avec la plus grande attention.

— Faites comme si je n'étais pas là, surtout !

Ils se sont séparés, penauds.

— Pardon ! a soufflé Deidre.

— Sinon, sérieusement, pourquoi es-tu là ? a demandé Nick.

— C'est notre passeport pour entrer dans les geôles, ai-je répondu. On t'expliquera. Pour l'instant, filons avant de nous faire repérer.

Nick a enfourché sa bécane, aussitôt imité par Deidre qui s'est collée contre lui en tapotant le siège derrière elle.

— Allez, monte ! Au fait, comment allez-vous faire pour entrer dans la bibliothèque ?

— On a dit à Kayla qu'on avait rendez-vous avec le professeur Attwood.

Manquant de dégringoler sitôt que Nick a démarré, j'ai agrippé frénétiquement la taille de Deidre pendant tout le reste du trajet.

Les geôles étaient exactement comme je les avais imaginées : sombres, lugubres, moyenâgeuses. Leur plafond voûté reposait sur des murs de pierre humides, et le sol était irrégulier et poussiéreux. Une odeur rance flottait dans l'air. Tout y était enfermé en cage, jusqu'aux lampes qui éclairaient les murs tous les deux ou trois mètres.

Un membre du petit peuple répondant au nom d'Odran – et qui semblait aussi ancien que l'endroit – nous a conduits le long d'un corridor. Ses oreilles pointues étaient poilues, des mèches de cheveux roux s'égaillaient tout autour de son crâne chauve et il marchait voûté comme s'il ne pouvait plus du tout se redresser.

— Vous faire entrer ici n'a pas été de tout repos, nous expliquait-il. La sécurité a été renforcée depuis l'attaque contre le Vatican, il y a peu. Mais je dois la vie à Sinead, alors si elle a à faire avec Crapaud, je m'arrangerai pour que vous le voyiez.

— Merci, a répondu Deidre. Ma mère vous a toujours tenu en très haute estime.

— Pourquoi ce Crapaud est-il enfermé ici ? Je croyais cette prison réservée aux condamnés à mort. Ce n'est pourtant pas son cas…

— Les geôles servent surtout à enfermer les criminels malades mentaux, ceux qui ne survivraient pas aux Somniums. Enfin, personne n'en est jamais revenu ou presque, bien sûr, mais y condamner ceux-là, ce serait comme d'envoyer un mouton à l'abattoir.

Il s'est arrêté devant une porte qu'il a déverrouillée. Nick n'en menait pas large.

— Les prisonniers sont tous des cinglés et on va en voir un sans escorte ?

— Tout ira bien, ai-je répondu. J'ai mon globe et, cette fois, aucun risque que tu mettes le feu un peu partout : tout est en pierre, du sol au plafond.

Odran a ouvert le battant.

— Aucun sort ne fonctionne dans les cellules, a-t-il expliqué. Elles ont été enchantées afin de désactiver tous les charmes possibles.

— Comme c'est rassurant ! a marmonné Nick dans sa barbe.

Au fond de la pièce se trouvait un Laniar dégingandé, pourvu d'une longue barbe poivre et sel embroussaillée. Assis sur sa couchette contre le mur, il avait les jambes repliées contre sa poitrine. Ses grands yeux tristes jetaient des regards affolés en tous sens.

— Tu as de la visite, Crapaud ! a annoncé le geôlier. Vous avez quinze minutes, pas une de plus.

— Merci, Odran, a répondu Deidre.

Elle nous a fait les gros yeux pour nous inciter à entrer. Je me suis aventurée la première dans la geôle, suivie de Nick qui prenait bien soin de rester derrière moi.

— Bonsoir, Crapaud ! ai-je lancé. Nous aurions un mot à vous dire…

— Un seul ?

Son sourire a découvert quelques rares dents jaunes. Je me suis approchée d'un pas.

— Pardon ?

— Vous aviez un mot à me dire, un seul. Vous avez terminé, donc ?

Nick et moi nous sommes regardés, dubitatifs.

— C'était juste une… Enfin, est-ce qu'on peut vous parler ?

— Je ne parle à personne, seuls les murs sont mes amis.

Il a pivoté sur son lit jusqu'à nous tourner le dos.

— Je suis Gia, et voici Nick. Nous sommes les arrière-petits-enfants de Gian. Vous nous attendiez, je crois ?

Il s'est retourné d'un bond.

— Vous en avez mis, du temps !

— Eh bien, pour commencer, il a fallu qu'on naisse… a ironisé Nick.

Je lui ai asséné un coup de coude en lui murmurant de me laisser faire. Son humour sarcastique, qui n'était pas du goût de tout le monde, risquait de faire capoter l'opération.

Crapaud s'est avancé jusqu'au bord de son lit et a posé les pieds au sol. Il marmonnait des mots indistincts. Je me suis approchée pour mieux entendre.

— Pardon ?

— Vous venez pour la *Chiave*, a-t-il répété.

— C'est exact. Vous savez où elle se trouve ?

Le Laniar a tiré sur sa barbe.

— Ne vous inquiétez pas, ai-je continué. Nous savons que vous n'avez pas tué Gian.

Ses yeux hantés par la culpabilité ont fixé les miens.

— Et pourtant, c'est la plus stricte vérité, a-t-il rétorqué.

— Ah bon ? s'est exclamé Nick que j'ai aussitôt fait taire d'un regard.

Le prisonnier a grimacé, la tête entre les mains.

— Ce n'est pas ce que je voulais, bien sûr. J'étais assujetti par un magicien. J'ai essayé de lutter… mais c'était au-dessus de mes forces.

Deidre a choisi ce moment pour entrouvrir la porte et lancer :

— Dépêchez-vous ! Il ne nous reste plus beaucoup de temps.

Crapaud a bondi comme un diable qui sort de sa boîte et s'est mis à arpenter la pièce.

— Qui est-ce ? Je ne parle qu'aux héritiers de Gian, et à personne d'autre ! Va-t'en !

— C'est ma sœur, ai-je improvisé.

Un peu calmé, le prisonnier nous a dévisagées tout à tour.

— Vous êtes jumelles ?

— Oui.

Un petit mensonge valait mieux qu'une longue explication.

— Le temps nous est compté. Crapaud, où est la *Chiave* ?

— Oh oui, bien sûr, bien sûr… La clé ! a-t-il répété en ouvrant et serrant les poings de manière compulsive.

Ce jour-là, personne ne l'a trouvée, cachée à ma ceinture… Leur charme n'a pas fonctionné. On dit que les *Chiavi* sont insensibles à toutes formes de sortilèges, et c'est vrai !

Il a déplacé sa couchette et enfoncé deux doigts dans une fissure entre les pierres. L'une d'entre elles était branlante et, petit à petit, il est parvenu à la détacher du mur puis l'a posée sur le matelas. Il a plongé la main dans l'orifice ainsi créé pour en ressortir un parchemin enroulé autour d'une tige en métal ouvragé.

— C'est terminé ! a annoncé Odran de l'autre côté de la porte.

— Prends-le ! a dit Crapaud en me tendant la *Chiave*. Ne fais confiance qu'à ceux qui sont comme toi des héritiers. Ne te fie à personne d'autre.

— C'est compris !

J'ai refermé les doigts autour de la clé, mais il ne la lâchait pas.

— Le danger est partout… a-t-il ajouté d'un air sombre et désespéré.

— On va vous sortir de là, lui a promis Nick.

— C'est gentil, mais personne ne peut plus rien pour moi.

Le Laniar a lâché le rouleau, remis la pierre en place et repoussé la couchette contre le mur pour se percher à nouveau dessus, les genoux ramenés contre la poitrine.

J'ai déroulé le document pour lire le mot qui y était écrit.

— « Royston ».

— Vous connaissez ce nom ? a demandé Nick. Il te fait penser à quelqu'un, Deidre ?

— Non, a-t-elle répondu, le regard rivé sur le couloir.

Une sirène s'est déclenchée dans une autre partie du bâtiment.

— Dépêchez-vous ! s'est écrié Odran. Des intrus ont pénétré dans la prison, nous sommes attaqués. Il faut que je vous fasse sortir par une porte dérobée !

Mais je ne parvenais pas à détacher les yeux de Crapaud. Nick m'a empoignée par le bras.

— Allez, viens, Gia !

— On ne peut pas l'abandonner. (J'ai imploré le geôlier du regard.) Ceux qui se sont introduits ici veulent sa peau, j'en suis certaine. Je vous en prie, laissez-nous l'emmener. Il est innocent !

Ses oreilles poilues ont pointé vers le plafond, signe qu'il réfléchissait intensément. Il nous a dévisagés tour à tour, Crapaud et moi.

— Bon, c'est d'accord. Mais on a intérêt à faire vite !

Le prisonnier s'est levé d'un bond.

— Je peux partir ?

— Oui, vous avez la permission. (J'ai ôté ma veste pour la lui passer.) Tenez, enfilez ça !

Le vêtement faisait à peu près la bonne taille, sauf les manches, trop courtes. Une fois Odran dans le corridor, j'ai tendu le parchemin à Nick.

— Mets-le dans ton sac et protège-le au péril de ta vie.

— Eh, pas la peine d'en faire un mélodrame ! Entre ma vie et ce rouleau, on sait tous les deux parfaitement ce que je choisirais.

— S'il tombe entre de mauvaises mains, tous les Royston de la terre seront passés au fil de l'épée, a fait observer Deidre.

— C'est ce que je pense aussi, ai-je renchéri.

— Oui, et après tout, ce n'est que ma vie, hein, pas un truc trop important ! a grommelé Nick.

— Mais enfin, qu'attendez-vous ? a pesté Odran.

Nous nous sommes élancés derrière lui le long du couloir. Il nous a fait franchir une porte étroite. Derrière nous attendait une interminable volée de marches. Plongées dans un noir presque total, elles menaient à l'étage supérieur. Si le Rouge était à nos trousses et que nous l'affrontions seuls, nous n'avions aucune chance. J'ai sorti ma fenêtre de communication de ma poche pour en écarter les tiges. L'écran s'est illuminé de bleu, éclairant le dos de Nick qui me précédait.

— Arik Baine, ai-je demandé.

Il a mis de longues secondes à me répondre.

— Gia ? Que se passe-t-il ?

Il avait les yeux mi-clos et les cheveux en pétard.

— Je suis au Vatican. On nous…

J'ai trébuché et l'un des bâtonnets m'a échappé pour aller se briser contre une des marches. J'en ai ramassé les morceaux en toute hâte et me suis empressée de rejoindre les autres dans l'espoir qu'Arik ait compris la teneur du message : il nous fallait de l'aide, et vite ! L'escalier en spirale ne paraissait jamais devoir se terminer. Nous avons fini par déboucher sur une porte tout aussi étroite que la première, que nous avons passée, l'un après l'autre, à la suite d'Odran, pour pénétrer dans la bibliothèque du Vatican.

— Suivez-moi ! a lancé le geôlier en traversant le hall orné d'un dallage à damiers pour aller se réfugier dans une salle de lecture.

Un des murs de la pièce était dédié aux rayonnages de livres sur deux niveaux, le mur d'en face alternait entre étagères et hautes fenêtres arrondies. Lorsque Odran a glissé la main derrière l'un des meubles pour actionner un mécanisme caché, la structure a pivoté comme une porte et dévoilé une cavité.

— Entrez ! On va se cacher ici.

L'étagère s'est remise en place après notre passage, nous plongeant dans l'obscurité. J'ai créé un petit globe de lumière. Tout autour de nous, la poussière que nous venions de soulever formait d'épais tourbillons. Contre les murs s'alignaient des centaines de gros registres.

— Où sommes-nous ? ai-je demandé.

— Dans la salle de recensement du monde des Chimères. Tout être né parmi nous a son nom inscrit dans ces volumes.

Assis, nous avons attendu près de trente minutes sans oser bouger ou parler.

Puis, des bruits de pas et des voix étouffées nous sont parvenus depuis l'autre côté de l'étagère. J'ai éteint mon globe, de peur que sa lueur ne se voie sous la porte. Nous avons clairement entendu quelqu'un mentionner mon nom et celui de Nick. Comment savaient-ils que nous étions là ? À part Atenae, les seules personnes au courant de notre escapade étaient réunies au grand complet dans notre cachette. Deidre avait bien pris soin de sauter de bibliothèque en bibliothèque avant d'atterrir au Vatican. Les Surveillants ne pouvaient avoir retrouvé sa trace aussi vite.

C'est à cet instant que Nick a tendu la jambe et renversé l'un des candélabres qui décoraient la pièce. Quand l'objet a heurté le sol bruyamment, nous avons tous retenu notre respiration. *Pourvu que nos poursuivants n'aient rien entendu !*

Un rai de lumière s'est allumé sous la porte de notre refuge.

— Vous avez entendu ce bruit ? a demandé une voix grave.

— Oui… Qu'est-ce que c'était ? a répondu un autre intrus.

— Aucune idée, mais ça venait de derrière ces bouquins.

Je me suis penchée vers Nick pour lui glisser quelques mots quasiment inaudibles :

— Prépare une boule de feu. Dès que tu l'auras lancée, je nous mettrai à l'abri sous un globe protecteur, d'accord ?

Il a hoché la tête.

— Il y a sans doute une pièce secrète quelque part, a lancé une voix de femme.

D'un seul coup, l'étagère s'est mise à trembler comme si quelqu'un tentait de la déplacer. Des livres sont tombés sur le sol. Nous allions bientôt être débusqués, ce n'était plus qu'une question de temps. Des coups ont été frappés contre la paroi.

Bang !

Bang !

Crac !

La pointe d'une dague a traversé le panneau, bientôt suivie par la lame d'une hache. Un œil est apparu à l'ouverture.

— Je n'y vois rien ! Apportez-moi une bougie.

— Attention, des Sentinelles ! s'est écriée la voix féminine.

En un clin d'œil, le combat faisait rage de l'autre côté de la cloison. Au milieu des cliquetis métalliques, des bruits de course et des grognements, un cri s'est élevé :

— Gia !

C'était Arik. J'ai poussé le meuble de toutes mes forces, sans résultat. J'ai cherché un bouton, une manette, en vain. Impuissante, je me suis tournée vers Odran.

— Laissez-moi sortir !

Il a actionné un levier installé dans le mur et la bibliothèque a pivoté. Deidre m'a retenue par le bras.

— Tu n'as ni épée, ni bouclier !

À côté d'elle, Nick faisait grésiller des éclairs entre ses mains. Je l'ai laissé passer devant moi.

— Quoi ? Pas de bonne petite boule de feu ?

— Rien de tel que l'entraînement, ma vieille ! Je m'en voudrais d'abîmer le moindre tapis, tu comprends ! s'est-il moqué.

— C'est ça... Fais gaffe, au moins : on a des alliés dans la pièce !

— Tu me prends pour qui ?

Il m'a lancé un regard peu amène avant de franchir le seuil. Je me suis retournée vers Deidre.

— Je peux te confier Crapaud ?

— Tu peux compter sur moi. Assure-toi juste que Nick ne prenne pas de risques inconsidérés.

Je me suis lancée à la poursuite du jeune magicien. Je l'ai trouvé planté à l'entrée de la pièce, les bras ballants. Une nuée d'étincelles mourait sur le carrelage. Arik, Jaran, Demos et une poignée d'autres Sentinelles se sont avancés vers nous.

— Où sont passées ces ordures ? a demandé Nick, dépité. Je crois que la fête est déjà finie, Gia.

— Rappelle-moi de t'envoyer un carton d'invitation la prochaine fois, a raillé Demos en tâtant du bout d'une de ses bottes un combattant assommé couché à ses pieds.

Arik s'est rué sur moi.

— Bon sang, Gia ! Tu ne peux pas partir en mission quand bon te semble, sans rien dire à personne ! C'est extrêmement dangereux !

La colère pure qui se lisait sur son visage m'a fait reculer d'un pas.

— Je n'avais pas d'autre choix.

Les muscles de ses mâchoires se sont crispés, puis il a cédé à la fureur.

— Pas d'autre choix que de risquer la vie de Nick et de Deidre ? Celles des prisonniers, celles des gardiens ? Franchement, je ne sais plus quoi faire de toi ! Tu es une vraie tête brulée, tes décisions irresponsables vont finir par faire des blessés ou des morts. Tu dois réfléchir avant d'agir !

Il ne sait plus quoi faire de moi ?

J'ai pris ces paroles comme un véritable camouflet, et la même colère, contagieuse, s'est allumée dans ma poitrine. Jamais jusque-là Arik n'était allé aussi loin.

— Je n'ai rien souhaité de ce qui m'arrive, je te rappelle, ai-je répondu froidement. Et crois-moi, je vais en faire bien d'autres, des choix que tu n'apprécieras pas ! Quand je te dis que je devais me rendre seule ici ce soir, c'est la plus stricte vérité. N'oublie pas qui je suis, Arik. Si je n'étais pas venue cette nuit, nous aurions perdu une *Chiave* très importante. Je ne rends de comptes qu'à l'Archimage d'Asile, et pas à toi. Tu n'es pas responsable de moi et tu n'as donc pas à te préoccuper de ce que tu dois « faire de moi », comme tu dis !

Je lui ai renvoyé ses mots à la figure avec tant de virulence que j'en tremblais de la tête aux pieds. Arik m'a lancé un regard courroucé.

— Je suis le chef de ton groupe. Bien sûr que tu me rends des comptes.

Demos s'est interposé entre nous.

— O.K., je crois qu'on s'emporte un peu, là… On va se calmer.

Jaran a posé le bras sur les épaules d'Arik.

— Il n'est jamais sage de parler sous le coup de la colère. On peut proférer des paroles qu'on risque ensuite de regretter.

— Trop tard ! ai-je jeté avant de tourner le dos à Arik. Si je l'avais regardé en face, j'aurais fondu en larmes. Demos a rangé son épée dans son fourreau et rajusté sa ceinture.

— Et si vous nous disiez ce que vous êtes venus faire ici ? a-t-il suggéré.

Deidre, qui sortait justement de la pièce secrète en compagnie de Crapaud et d'Odran, en a profité pour répondre :

— Nous sommes venus rencontrer ce Laniar.

— Qui est-ce ? a questionné Jaran.

— Je vous présente Crapaud, a-t-elle continué. Il a tué Gian, mais contre sa propre volonté. Il détenait une *Chiave* que nous devions absolument récupérer.

J'ai quitté le petit attroupement pour sortir de la salle de lecture. Je n'avais pas envie de palabrer. J'étais non seulement furieuse, mais aussi exténuée. Je m'étais imaginée qu'Arik, mieux que personne, comprendrait le fardeau qui reposait sur mes épaules et me poussait à prendre des décisions difficiles. Il avait fallu agir sans les Sentinelles cette nuit-là, impossible de faire autrement. Si elles m'avaient accompagnée, non seulement nous aurions perdu la clé, mais Crapaud serait mort avant même notre arrivée. Sur ce point, Atenae avait été très claire. J'étais aussi très touchée par l'histoire tragique du Laniar. Certaine qu'il disait la vérité, j'étais prête à tout, désormais, pour prouver son innocence.

Chapitre 9

Je n'avais pas reparlé à Arik depuis deux jours. Son petit sermon dans la bibliothèque du Vatican m'avait sacrément mise en rogne.

Roulée en boule sous ma couette, j'en ai rageusement coincé la housse sous mon menton. J'aurais voulu passer la journée entière là, bien au chaud. Des larmes de colère et de dépit brouillaient ma vision. Quand Arik se fierait-il enfin à mon jugement ? Moi, je lui aurais confié ma vie sans hésiter. Il me semblait normal d'en attendre autant de sa part.

La porte de ma chambre s'est ouverte et l'odeur caractéristique du repas de Thanksgiving s'est engouffrée dans la pièce. J'ai enfoui ma tête sous mon oreiller.

— Va-t'en, Deidre !

De lourdes bottes ont martelé le plancher puis, plus sourdement, le tapis.

— Tu comptes te cacher ici tout le week-end prolongé ?

C'était la voix d'Arik. J'ai failli sauter au plafond.

— Qu'est-ce que tu fais là ? ai-je demandé en me redressant.

— Il me semble que j'étais invité pour une histoire de dinde farcie...

— Ah oui ! Mais c'était avant...

— Avant quoi ?

Ses yeux sombres ont plongé dans les miens.

— Avant que tu ne me passes un savon !

Il s'est laissé tomber sur le lit à côté de moi.

— Tu ne m'as pas l'air très habituée au fait que quelqu'un, en dehors de ton père, se fasse du souci pour toi.

— Ah parce que tu t'inquiétais ? Pour moi, quand on commence une conversation par « Bon sang… », c'est qu'on est en colère. Et ce que tu m'as dit m'a blessée.

— C'est pour ça que tu n'as pas participé aux entraînements, ces deux derniers jours ? m'a-t-il demandé, les sourcils foncés.

— Ce qui n'a pas eu l'air de beaucoup t'inquiéter : pas un message, rien ! (J'ai croisé les bras sur ma poitrine d'un air de défi.) Alors pourquoi es-tu ici ?

— Si tu avais décroché quand j'ai appelé, tu aurais su que j'étais en mission, je viens juste de rentrer.

— Non mais tu es au courant que plus personne ne téléphone, de nos jours ? Les textos, tu connais ?

Il a posé sa main sur la mienne pour caresser du bout du pouce chacun de mes doigts. Un geste tout simple, mais j'en ai eu des frissons.

— Tu sais bien que tu es toujours dans mes pensées, Gia. Dans un couple, on se dispute, on se pardonne, c'est la vie. Bref, je suis désolé de m'être emporté.

Le regard calme de ses yeux bruns respirait la sincérité. J'ai rendu les armes presque aussitôt. Plus nous passions de temps ensemble, plus j'avais du mal à lui résister. Il avait su rouvrir le dialogue, lui. Décidément, j'étais bien moins mature que lui.

— Je suis désolée, moi aussi.

Honteuse, j'ai gardé les yeux fixés sur mon dessus-de-lit rose. Je n'aurais jamais choisi une couleur pareille, mais c'était Deidre qui avait fait la décoration de notre chambre.

Il a déposé sur mes lèvres un petit baiser.

— On fait la paix ?

J'ai hoché la tête. Mais il manquait quelque chose à notre baiser… Une touche de proximité, de complicité.

— Habille-toi ! Votre invitée d'honneur doit être rôtie à point, à l'heure qu'il est…

— Au fait, tu étais où ?

Il s'est retourné sur le pas de la porte.

— J'ai assisté au Conseil avec Merl. Une cérémonie pour les novices passés magiciens confirmés. Nous en avons profité pour demander l'ouverture d'un nouveau procès pour Crapaud. Il restera à Asile d'ici l'ouverture de l'audience, dans un mois environ.

Bastien. Faisait-il partie des nouveaux mages en titre ? Étrangement, je n'ai pas osé le demander à Arik.

— Un nouveau procès ? Merci… ai-je murmuré, les larmes aux yeux.

Il a posé la main sur la poignée de la porte et m'a gratifiée d'un sourire.

— Tu seras appelée à témoigner, mais nous aurons le temps de discuter des détails plus tard. Au fait, je crois que Faith s'est lancée dans un gâteau à la citrouille. Mais personne ne semble avoir eu le courage de lui dire qu'il fallait enlever la peau et les graines…

Il a refermé le battant derrière lui sans bruit.

J'ai attaché mes cheveux en chignon à la va-vite avant de déposer quelques touches de fond de teint et de fard à paupières sur mon visage. J'allais passer du baume aromatisé sur mes lèvres mais j'ai reposé le tube. *Il est temps de grandir un peu, Gia…* J'ai attrapé le gloss rouge de Deidre et m'en suis appliqué sur la bouche.

— Ça te va bien ! a lancé la jeune fille en entrant dans la pièce.

Je me suis empressée de revisser le bâton pour le reposer sur sa coiffeuse.

— Pardon ! C'était juste pour essayer…

— Pas de souci. Je te prête mes affaires sans problème, si tu veux. (Elle a souri en se dirigeant vers l'armoire.) D'ailleurs, tu vois mon haut vert brillant ? Il t'irait super bien.

Alors qu'elle avait toujours pris soin de me snober, Deidre se montrait adorable avec moi depuis notre retour du Vatican, au point de me mettre mal à l'aise. Elle était plus sûre d'elle-même et de son individualité, désormais. Nous ne nous ressemblions plus tellement, d'ailleurs. Peut-être avait-elle enfin cessé de m'en vouloir de mener la vie qui aurait dû être la sienne…

— Tiens, avec un jean et des ballerines, tu seras à croquer.

— Merci, c'est gentil !

— Mais de rien…

Elle s'exprimait avec un naturel parfait, comme si elle avait grandi toute sa vie aux États-Unis. Deidre était un véritable caméléon, capable de s'adapter sans aucune difficulté à son environnement.

Je me suis habillée pour rejoindre les autres en bas.

Faith avait laissé s'exprimer tous ses talents de décoratrice. La table de Thanksgiving était dressée avec élégance, ornée d'un décor automnal et de petits groupes de bougies de tailles différentes. Heureusement, c'est Pop qui s'était occupé de la dinde et de ses accompagnements pendant que la Laniar dormait.

Je me suis installée entre Jaran et Arik, dont le genou a frôlé le mien. Si nous avions été seuls, je me serais penchée pour embrasser ses lèvres parfaites, mais je me suis contentée de jeter un regard placide aux convives, comme si de rien n'était. Pop avait rajouté dans la cuisine une table pliante et des chaises pour créer une longue tablée qui s'étendait jusqu'au salon. En tout, nous étions vingt-quatre.

Nous avions invité le groupe des Sentinelles au grand complet. Carrig et Sinead se montraient affectueux l'un avec l'autre. Lei, elle, s'est collée contre Kale pour prendre un selfie avec lui.

— Allez, mon amour, ne fais pas la tête ! (Son petit ami a esquissé un timide sourire, mais elle a insisté en le poussant du coude :) C'est tout ce que tu sais faire ?

Un peu plus loin, Pop et Kayla étaient en grande conversation. Mon père rayonnait – il faut bien reconnaître qu'ils formaient un joli couple. Quant à Deidre, elle discutait avec les parents de Nick qui, lui, regardait délibérément ailleurs.

Nana, ma grand-mère adoptive, me manquait. Je n'avais encore jamais fêté Thanksgiving sans elle. Elle était restée bloquée à Boston à cause d'une tempête de neige qui n'allait pas tarder à nous atteindre, nous aussi.

— Ce liquide marron est vraiment délicieux ! C'est quoi, déjà ? m'a demandé Jaran.

— Une sauce au jus de rôti.

Il a hoché la tête poliment, le regard fixé sur Chane, un de nos camarades installé à l'autre bout de la table. Depuis quelque temps, une aura de tristesse entourait Jaran, qui ne disait pas grand-chose ce soir-là.

— Je peux t'en mettre de côté à emporter, si tu veux, a proposé Faith. Brian en a préparé des litres !

Le sourire du jeune homme m'a semblé un peu forcé.

— Oh, ne te donne pas cette peine… et puis, avec quoi est-ce que je la mettrais ?

J'ai feint une expression choquée.

— Mais avec tout et n'importe quoi, voyons ! Œufs, légumes, viande, frites… Enfin je m'emporte un peu : pas les fruits ou les gâteaux, bien sûr !

Cette fois, Jaran a ri de bon cœur et son visage s'est illuminé.

— Gâteau à la citrouille ! Qui en veut ? a demandé Faith, qui avait entrepris d'en découper des parts, installée à l'autre bout de la table.

— Moi ! s'est exclamé Demos, fourchette à la main. J'adore vos repas de fête ! Quand on croit que c'est fini, il y en a encore !

— Désolée, Faith, mais la citrouille, ce n'est pas ma tasse de thé ! (Ravie d'avoir réussi à placer mon explication avant d'hériter d'une portion, j'en ai profité pour glisser discrètement à Jaran :) Tu devrais décliner…

Il a refusé d'un geste la part que lui tendait Faith et désigné un bol en face de lui.

— En fait, je reprendrais plutôt de ce truc rouge.

— La confiture d'airelles ? a-t-elle demandé, dubitative. Comme tu veux, mais tu rates quelque chose.

Elle a déposé une assiette entre les mains d'Arik qui m'a lancé un regard complice. Nos genoux se sont rencontrés sous la table et il a souri de toutes ses fossettes.

— Je ne pouvais pas refuser, a-t-il murmuré. Ça commençait à faire beaucoup.

— Quel amour ! Tu ne vas pas tarder à le regretter... l'ai-je taquiné.

— Ce gâteau est délicieux ! s'est exclamé Demos, la bouche pleine. Mais... (Il a recraché quelque chose dans sa serviette.) C'est normal, ces graines ?

— Tout à fait, est intervenu Pop. Des études ont montré qu'elles étaient très bonnes pour la santé, mais aussi la peau. Une source unique de fibres !

Faith s'est rassise à sa place. Personne n'a osé lui dire la vérité à propos de son dessert : elle avait travaillé si dur pour que tout soit parfait !

— N'hésitez pas à vous resservir en crème fouettée : je l'ai faite moi-même !

Arik a plongé un doigt dans les décorations blanches qui surmontaient sa part, l'a léché et s'est mis à tousser.

— C'est... c'est salé, a-t-il annoncé avant de boire un grand verre d'eau.

Le visage de Faith s'est rembruni.

— Comment ? Mais... Zut, j'ai encore confondu le sel et le sucre !

Malgré tous mes efforts pour me contenir, j'ai fini par éclater de rire.

— Arrête ! s'est-elle écriée. Oh, je suis vraiment nulle...

Soudain, de la poche de poitrine de Carrig est montée une voix qui l'appelait par son prénom.

Le silence s'est installé après quelques tintements de couverts posés en hâte sur des assiettes. Carrig a empoigné et ouvert sa fenêtre de communication. Toute l'assemblée, à droite comme à gauche de la table, a vu le visage d'oncle Philip apparaître.

— Bonsoir à tous… Pardon de vous interrompre, et désolé de ne pas avoir pu être des vôtres ce soir. Une bande de Chimères rebelles a attaqué l'un des refuges aux premières heures du matin. Nous avons mis les portes-livres sous clé et placé des gardes aux entrées de tous les refuges. Les voyages dans le monde des Chimères sont restreints jusqu'à nouvel ordre.

Kayla a repoussé sa chaise bruyamment pour se précipiter vers l'écran que tenait Carrig.

— Comment ? Mais qui a pris cette décision ? Ma porte-livre est indisponible et personne ne m'a prévenue ?

Demos s'est penché par-dessus la table, furieux.

— D'abord les sabbats, maintenant les portes-livres ? C'est quoi, la suite ? On instaure des mesures de ségrégation ?

Jaran a tapoté l'épaule de son camarade pour lui conseiller la prudence.

— Calme-toi. Ça ne sert à rien de s'énerver.

La distance déformait la voix d'oncle Philip.

— Je n'y peux rien, c'est une décision du Conseil. Si vous avez besoin de voyager, vous devrez d'abord demander l'autorisation à un de ses membres.

— Quel refuge ont-ils frappé ? a demandé Carrig.

— Celui de Santara.

Une chaise a raclé le sol avant de tomber à la renverse.

— Non ! Impossible… a soufflé Pia, l'une des Sentinelles espagnoles. Nous devons rejoindre les nôtres !

Le professeur Attwood a poussé un profond soupir.

— J'ai bien peur que vous ne deviez rester à votre poste.

Reya, moins émotive que sa sœur, lui a posé la main sur le bras pour la calmer.

— Quels sont les dégâts ? a-t-elle demandé.

— De nombreux morts sont à déplorer. Un grand nombre de maisons a brûlé avant l'arrivée des secours et le palais est détruit.

— Nous demandons l'autorisation de rallier Santara afin de porter aide et assistance aux victimes.

Le dos bien droit, les épaules rejetées en arrière, elle ne laissait rien paraître de ses émotions. À côté d'elle, Pia était prostrée. Son visage, rongé par l'inquiétude, ruisselait de larmes.

— Autorisation refusée.

Arik a jeté rageusement sa serviette sur la table et est allé se camper derrière Carrig.

— Si Asile avait été attaqué, vous ne pourriez pas nous empêcher d'y retourner, professeur. Nous nous débrouillerons très bien ici sans Pia et Reya. Ayez un peu de compassion, laissez-les rejoindre ceux qui ont besoin d'aide.

L'expression décidée d'Arik m'a frappée au cœur. Ses yeux pleins de détermination fixés sur l'écran, son souffle calme et régulier… toute son attitude respirait l'autorité. Il serait mort plutôt que de renoncer à défendre ses idéaux, je le savais – et je ne l'en admirais que plus.

— Professeur… est intervenue Sinead d'une voix douce. Je me souviens de votre réaction, autrefois, lorsque vous avez su que Jacqueline était en danger. Vous avez brisé la loi pour voler à son secours. Vous savez ce que vous devez faire aujourd'hui…

— Mais c'était une autre époque…

Oncle Philip a baissé la tête. Se remémorait-il son amour pour Jacqueline – la mère de Nick, assassinée par Conemar ? S'était-il plongé dans ses souvenirs, ou la magie de Sinead était-elle à l'œuvre ? Toujours est-il qu'il a fini par se redresser et fixer l'écran.

— D'accord. Kayla ?

— Oui ! a-t-elle quasiment aboyé, tant elle peinait à dissimuler la colère qui colorait sa voix et tordait son visage.

— Laissez Pia et Reya accéder à votre porte-livre. Carrig et Arik les accompagneront, et j'enverrai des gardes escorter tout le groupe jusqu'à Santara. La passerelle ne sera ouverte que l'espace de quelques minutes. Personne à part eux ne doit l'emprunter. Si les Surveillants détectent qui que ce soit d'autre, le portail sera bouclé et les intrus bloqués à l'intérieur. (Il s'est raclé la gorge.) Me suis-je bien fait comprendre ?

Kayla ne s'est pas départie de son air de défi.

— C'est on ne peut plus clair ! Mais je tiens à dire que je suis en désaccord avec cette décision du Conseil. Des déplacements limités dans un premier temps, puis purement et simplement interdits ? Pendant des siècles, les portes-livres ont toujours été accessibles, même pendant les rares soulèvements qui ont marqué notre histoire. Les condamner maintenant est une preuve de faiblesse vis-à-vis de nos ennemis !

Il m'en coûtait de l'admettre, mais je partageais son avis. Pourquoi former et entretenir des bataillons entiers de Sentinelles, tout ça pour fermer les portails au moindre danger ? On aurait dit que le Conseil ne nous faisait pas confiance…

Kayla en était arrivée à la même conclusion.

— Pourquoi ne pas renforcer la sécurité à l'entrée des refuges, plutôt ? Ce sont des décisions hâtives comme celles-ci, prises en petit comité et au mépris de l'avis de la population, qui poussent certains à rejoindre les rangs de Conemar. Et ils n'ont peut-être pas tort !

Oncle Philip s'est redressé de toute sa hauteur.

— Prenez garde, Kayla. Vous pourriez être accusée de trahison pour de tels propos. Je vous rappelle que la fin des temps est arrivée. Des mesures drastiques doivent être prises pour protéger non seulement les refuges et les cités chimériennes qui les entourent, mais aussi le monde des humains. Les insurgés s'attaqueront bientôt à eux, ce n'est plus qu'une question de temps.

— Je vous aurais prévenu : cette décision fera plus de mal que de bien.

Kayla, raide de fureur, est retournée s'asseoir auprès de Pop.

— Savons-nous où se sont enfuis les assaillants ? a demandé Carrig.

— Les Surveillants ont repéré leur point d'entrée, mais pas leur destination finale.

— Que voulez-vous dire ? a demandé Jaran. Ils auraient disparu ?

— Nous n'en sommes pas encore sûrs, mais il semblerait qu'ils aient pu effacer toute trace de leur passage…

Demos s'est levé d'un bond.

— Comment est-ce possible ? Rien ne peut échapper aux Surveillants !

— Nous n'en avons aucune idée. Nos plus grands magiciens, ainsi que des représentants du petit peuple, se penchent en ce moment sur la question afin de tirer cette affaire au clair. Vous devriez partir au plus vite, Carrig.

À peine le Maître Sentinelle avait-il acquiescé que Kayla s'est levée.

— Désolée Brian, c'est une urgence… Je t'écris tout à l'heure.

Elle a conclu sa phrase par un baiser, devant tout le monde. Devant moi. J'avais réussi à me faire à l'idée que Pop fréquentait quelqu'un, mais je n'étais pas préparée à le constater de mes yeux.

— Carrig, a repris oncle Philip, lorsque vous aurez escorté Pia et Reya, vous êtes attendu avec Arik à Asile. Nous allons tenir une réunion des Maîtres Sentinelles.

Les deux jeunes filles ont salué l'assemblée avant de suivre Kayla dehors. Arik s'est approché de moi.

— Je te téléphone dès mon retour.

Pas de démonstration d'affection ? Il est toujours en colère contre moi, en fait…

— Envoie-moi plutôt un message !

J'étais déterminée à le convertir aux nouvelles technologies : c'était bien plus intime, surtout que nous n'étions ni l'un ni l'autre seuls dans notre chambre.

— Si tu insistes… Mais je préférerais entendre ta voix, a-t-il dit avec un clin d'œil.

Je me fais peut-être des idées ? Si ça se trouve, tout va bien.

Carrig a tendu sa fenêtre de communication, toujours ouverte, à Sinead avant de sortir à son tour, Arik sur les talons.

— Gia, Nick… a continué oncle Philip. Votre mission reprendra lorsque les événements se seront un peu tassés. Kayla va vous suggérer des lectures pour mieux vous préparer à poursuivre vos recherches. Les affaires du Conseil vont m'accaparer ces prochains jours, je serai indisponible. Bonne soirée, tout le monde !

— Bonsoir, a répondu Sinead avant de refermer derrière elle l'artefact.

Lei a jeté sa serviette sur la table.

— Je n'arrive pas à y croire ! C'est insensé ! Je suis d'accord avec Kayla sur ce coup : condamner les portails est un signe de lâcheté. L'ennemi va s'enhardir encore plus.

— Tu exagères ! lui a répondu Kale, rassurant. Nous ne pouvons rien y faire pour l'instant. Le Conseil veut à tout prix éviter d'autres attaques.

— Eh bien, c'est n'importe quoi ! s'est emporté Demos en plantant rageusement sa fourchette dans la pâte de sa tarte. On devrait être en train de pourchasser les rebelles au lieu de se cacher comme des enfants !

— J'ai tendance à croire qu'on mettrait en danger les vies de centaines d'innocents, dans ce cas, a répondu Jaran. Alors qu'il suffit d'attendre l'ennemi, bien à l'abri, pour leur rendre la monnaie de leur pièce. Leurs attaques surprises font trop de dégâts.

— Je maintiens que c'est n'importe quoi… a bougonné Demos dans sa barbe.

Sinead a commencé à réunir les assiettes.

— On aide Faith à débarrasser la table ?

Pop m'a adressé un large sourire. Pas un de ces rictus mi-figue, mi-raisin qu'il affichait machinalement lorsqu'il se sentait complètement dépassé par ces histoires de monde magique caché, ou incapable de me protéger des dangers de ma nouvelle vie, non : il semblait soulagé par l'interdiction d'emprunter tout portail, sans doute ravi de me voir en sécurité à la maison pour quelque temps. Il a ramassé plusieurs plats pour aller les déposer dans l'évier.

Sur la nappe, j'ai trouvé un bouton qui ressemblait un peu à ceux de la chemise d'Arik. C'était un objet ancien, avec une tête de lion gravée dessus. Je suis allée fourrager dans le bahut de la cuisine pour trouver une épingle à nourrice : en deux minutes, j'avais réussi à m'en faire une broche.

Armée d'un chiffon, Faith nettoyait le plan de travail à côté de moi. Elle a replié les doigts sur le médaillon qui pendait à son cou. Il avait appartenu à Ricardo, son bien-aimé, mort quelques mois plus tôt.

— Un objet qui vous rappelle l'être aimé, ça met du baume au cœur, pas vrai ?

— Tu as bien raison, ai-je répondu en refermant le tiroir.

— Ils ont eu raison de condamner tous les portails, tu sais, a-t-elle soufflé sans détourner les yeux de sa tâche. Le Rouge est dangereux. Il n'a pas de cœur. Nous, les Laniars, nous sommes peut-être nés sans âme, mais pas sans cœur. Le sien est noir comme la nuit. Ne retourne pas en mission, je t'en prie. Pas tant qu'il hante nos bibliothèques.

La terreur se lisait sur ses traits.

— Même si je le voulais, je ne pourrais pas. Faith… Que t'a-t-il fait ?

Prise de court, elle a ouvert de grands yeux.

— Qu'est-ce qui te fait croire que j'ai eu affaire à lui ?

— C'est écrit sur ton visage.

Sans cesser de nettoyer le comptoir, elle s'est mordu les lèvres, les épaules voûtées sous le poids du passé.

— Il… Il a tué mes parents.

Elle avait quasiment chuchoté ces quelques mots. Puis, elle a légèrement soulevé son T-shirt pour révéler une terrible cicatrice qui s'étalait sur toute la longueur de son ventre.

— Ensuite, il m'a éventrée, et laissée pour morte.

Stupéfaite, j'ai senti les larmes me monter aux yeux malgré moi.

— Faith… Je… Je n'en savais rien. Je suis désolée…

— C'est Merl qui m'a sauvée. Je ne m'en souviens presque plus, j'étais jeune, sous le choc. (Elle m'a tourné le dos, toujours occupée à astiquer le plan de travail.) On raconte que le Rouge aurait été blessé sur un champ de bataille, il y a des dizaines d'années. Un véritable carnage – il était à l'article de la mort. Un guérisseur aurait tenté toutes sortes d'expériences terribles, et complètement illégales, pour lui sauver la vie. Voilà pourquoi il a le cœur aussi noir, désormais.

Soudain, la colère – une colère aveugle – s'est emparée de moi. J'aurais donné n'importe quoi pour passer le Rouge au fil de mon épée. Mes propres pensées, bestiales et cruelles, m'ont effrayée. Comment réagirais-je, si l'occasion se présentait ?

— Faith ?

— Hmm…

Elle frottait le mastic des joints avec une ardeur spectaculaire. Les carreaux n'avaient probablement jamais connu un tel état de propreté. Notre conversation sur le Rouge m'avait fait froid dans le dos, or Deidre ne rentrait jamais très tôt quand Nick était dans les parages. Je n'avais pas la moindre envie de me retrouver seule dans notre chambre.

— Je peux dormir avec toi cette nuit ?

Faith s'est arrêtée net. Les coins de sa bouche se sont relevés pour dessiner un sourire.

— J'adorerais ! Mais tu sais bien que je ne dors pas, la nuit.

— Ces derniers temps, moi non plus.

Comment trouver le sommeil tandis qu'Arik et Carrig traversaient des portails interdits et que, quelque part dans le monde des Chimères, le Rouge préparait sa prochaine attaque ?

Lorsque je suis entrée dans notre chambre, Deidre se remaquillait.

— Tu sors, ce soir ?

— Je vais chez les D'Marco. Il y aura un gâteau à la citrouille digne de ce nom.

J'ai sorti un bas de pyjama et un T-shirt de ma commode.

— Tu ne m'avais pas parlé d'une soirée film chez Emily ?

— Annulée. On ne se voit plus beaucoup, ces derniers temps. Je me suis fait de nouveaux amis.

— Ah bon ? Que s'est-il passé, vous vous êtes disputées ?

Elle a reposé son mascara en soupirant.

— En un sens, oui. Elle n'arrête pas de flirter avec Arik en classe. J'ai eu beau lui dire d'arrêter, lui expliquer que vous étiez ensemble, lui répéter que tu étais ma sœur… rien à faire. Alors bon…

J'aurais voulu la prendre dans mes bras. Nous commencions à construire une relation. Je n'aurais su dire si c'était à force de partager la même chambre, ou depuis notre aventure au Vatican, mais ce lien était bien réel.

— Merci…

Nos regards se sont croisés tandis qu'elle attrapait son rouge à lèvres.

— Eh, tu ne vas pas verser ta larme ! C'est contagieux, tu vas faire couler mon mascara !

J'ai pris sur la commode la fenêtre de communication toute neuve que Carrig venait de m'offrir et filé vers la porte, mon pyjama serré contre ma poitrine.

— O.K., j'ai compris. Si tu rentres tôt, rejoins-nous, on sera en haut.

Elle m'a lancé un sourire en appliquant son gloss.

— Merci… Je vais peut-être te prendre au mot !

Je me suis glissée dans la salle de bains, où j'ai posé mes vêtements de nuit sur le comptoir, et écarté les tiges de l'appareil. L'écran s'est allumé.

— Bastien Renard ! ai-je lancé.

Près d'une minute est passée avant qu'il ne prenne mon appel. Il avait les cheveux en bataille et les yeux plus bleus que jamais.

— Salut, Gia ! Je suis content de te parler.

J'ai serré les lèvres l'une contre l'autre pour ravaler mon sourire. Moi aussi, j'étais heureuse de le voir.

— Je voulais juste prendre de vos nouvelles et vérifier si vous ne vous étiez pas planté à votre examen, monsieur le magicien confirmé.

Il a passé la main dans ses cheveux bruns. Ils étaient plus courts qu'à l'accoutumée, comme s'il venait de les couper.

— Ça va… Enfin, les derniers événements n'ont rien d'anodin mais… Oui, j'ai passé le test. Et de ton côté, Gianna ?

— C'est Gia, tu te rappelles ?

— Si tu insistes, a-t-il lancé, le regard taquin. Mais j'aime bien l'idée de t'appeler par un nom que personne d'autre n'utilise. En plus, je le trouve magnifique.

Impossible cette fois de contenir mon sourire.

— Félicitations, en tout cas.

— Merci !

Il semblait allongé sur un lit. Étrangement, parler avec lui dans cette position ne me dérangeait pas le moins du monde.

— Je t'aurais bien envoyé un petit cadeau, parce que c'est ce qui se fait entre amis dans mon monde, mais je ne sais pas où te l'envoyer.

Oups, ça sonnait un peu forcé ! Mais je tenais à m'assurer qu'il sache que mon appel n'avait rien d'ambigu.

— Tout va bien, chère amie, répliqua-t-il, moqueur. Dans mon monde, on n'offre pas de cadeau pour un examen de passage.

J'ai jeté un coup d'œil par-dessus mon épaule, comme si on pouvait m'épier depuis l'autre côté de la cloison.

— Bon, il faut que je te laisse…

— Merci d'avoir appelé, Gianna.

J'ai poussé un petit rire.

— À bientôt !

J'ai refermé la fenêtre de communication.

Hmm… Il flirtait avec moi, il n'a toujours rien compris, ma parole ! Je me sentais soudain coupable de l'avoir appelé. Pourtant, c'était simplement un ami, un frère d'armes. Nous avions affronté Conemar ensemble, point. J'ai tout de même pris, par respect pour Arik, la décision de ne plus appeler Bastien à l'avenir.

Une fois mon pyjama enfilé, je me suis roulée en boule sur le futon de la chambre de Faith pour me prélasser sous son épaisse couverture en cachemire. Elle travaillait sans relâche à faire de son antre sous les combles un petit nid douillet, superposant les tissus doux en camaïeux de bleu et les voiles en dentelle. Sur les murs, une grande fresque représentait un jardin magique où voletaient fées et papillons.

Pensive, je faisais glisser ma nouvelle broche entre mes doigts quand mes yeux se sont posés sur l'une des fées, qui avait une chevelure rousse toute bouclée, et de grandes ailes jaunes.

— Elle est nouvelle, celle-là ! ai-je fait remarquer. Tu n'auras bientôt plus de place sur les murs… On devrait pouvoir te trouver un chevalet, histoire que tu puisses peindre sur toile. Tu pourrais même mettre tes œuvres en vente !

Elle a soulevé un des voiles qui décoraient son lit. Son grand corps émacié s'est penché avec grâce pour attraper une boîte rangée sous son lit et me la montrer.

— Tu crois vraiment que j'ai du talent ? Tard le soir, je sors ramasser des feuilles. J'aimerais les enduire de laque brillante et les coller sur les arbres que j'ai peints.

— Je trouve tes œuvres tout simplement renversantes.

J'ai admiré l'astre solaire peint sur la partie haute du mur et dont les rayons parcouraient le plafond. Faith, dont la peau délicate ne supportait pas le soleil, Faith, qui ne le voyait le plus souvent qu'à la télévision ou au travers de vitres teintées… mon amie Laniar avait tout simplement recréé le jour dans sa chambre.

Elle s'est assise à côté de moi, rayonnante.

— Regarde, j'ai aussi peint ceci : ma boîte à souvenirs.

Le cube, violet, était orné de fleurs, de papillons et d'une fée aux cheveux blonds qui chevauchait une licorne.

— C'est magnifique !

— J'y range tout ce qui me rappelle mon passé.

— Ton passé ?

Elle en a ôté le couvercle avant de le déposer sur le futon.

— Oui, des objets qui me rappellent mon enfance.

J'ai passé le doigt sur son très beau travail. La fée portait une couronne. Je me suis redressée d'un bond.

— Mais oui, la couronne !

— Quoi ?

— La *Chiave* que nous avons trouvée a le pouvoir de rendre celui qui la porte invisible aux yeux des Surveillants. Voilà sans doute ce que les rebelles utilisent !

— Mais cet objet est en notre possession, non ?

— Et s'il en existait une seconde ? Ou un autre objet magique doté des mêmes propriétés ?

Ou alors… Peut-être la clé avait-elle été retrouvée avant nous et remplacée par un faux ? Oncle Philip nous avait bien prévenus qu'Asile était truffé d'espions !

J'ai frissonné. S'il se confirmait que les rebelles avaient vraiment le pouvoir de franchir les portails sans se faire voir, alors plus personne n'était en sécurité nulle part…

À commencer par moi !

Chapitre 10

À chaque virage, Nick accélérait un peu plus. À force de m'agripper à lui comme une forcenée, j'en avais les doigts engourdis. Il a fini par ralentir à l'approche de la plage et s'est garé près du trottoir. J'ai empoigné mon sac à bandoulière pour descendre de la moto. Un ciel d'ardoise allait se fondre jusque dans la mer. Quelques infatigables joggers matinaux avançaient à petites foulées sur le sable humide.

Nick aimait venir au bord de l'océan. Petit à petit, j'ai vu son corps se décontracter. Il a fini par se laisser tomber sur son banc favori avec un soupir d'aise.

— Alors, Arik n'est toujours pas rentré ? a-t-il dit pour amorcer la conversation.

Sourcils froncés, j'ai relevé la tête de mon sac, où je cherchais ma fenêtre de communication.

— Il ne rentrera que ce soir, très tard. Je ne le verrai pas avant demain, au lycée.

Nos respirations formaient des nuages de vapeur autour de nous et nous frissonnions à intervalles réguliers.

— Qu'est-ce qui ne va pas ? Chaque fois qu'on parle de lui, tu as l'air tendue.

— C'est loin d'être l'extase, en ce moment. Il était vraiment furieux à cause de notre escapade au Vatican, tu sais, et on a à peine eu le temps d'en parler. En plus, j'ai vraiment vu rouge quand il m'est tombé dessus ce jour-là, et ça n'a pas aidé…

J'ai enfin sorti l'appareil de mon sac. Nick se frottait les bras avec vigueur pour essayer de se réchauffer.

— Ne t'en fais pas. Il y a toujours des hauts et des bas, ça va s'arranger.

Nous avions des projets avec Arik pour le week-end de Thanksgiving mais, circonstances obligent, ils étaient tombés à l'eau. Oh, rien de fantastique, bien sûr : faire les soldes le vendredi, aller au cinéma le lendemain, nous reposer le dimanche… Et, ce jour-là, passer la journée tous les deux sur le sofa à manger du pop-corn en regardant de vieux films… Et à nous embrasser quand personne ne nous regardait. Mais il faut croire que j'étais maudite. À la place, j'attendais sagement avec Nick un appel d'oncle Philip.

Son visage a fini par se matérialiser sur l'écran.

— Bonjour, Gia. Tu es seule ?

— Nick est avec moi.

— Salut ! a lancé mon ami.

Le regard du professeur Attwood s'est posé sur un petit symbole carré nouvellement épinglé sur ma veste.

— Je vois que tu as eu mon cadeau. Toi aussi, Nick ?

J'ai effleuré l'objet et confirmé :

— Oui, on les a bien reçus. À quoi servent-ils ?

— Ils vous permettront de contourner les sortilèges qui condamnent les portes-livres. Mais n'en parlez à personne.

— Entendu, ai-je répondu.

— Bon… Plusieurs de nos experts magiciens ont étudié ta théorie. Selon eux, il est impossible de dupliquer une *Chiave* à l'identique, propriétés magiques incluses, sans détruire un globe de surveillance, ce qui n'est pas une mince affaire : les unes comme les autres contiennent un verre magique pratiquement incassable. Seule une marque comme la tienne peut permettre d'emprunter une porte-livre sans être vu. Or ce charme a été perdu lorsqu'on a arraché la page correspondante dans le très ancien livre de sorts qu'utilisait ta grand-mère.

— Les mages sont sûrs de leur fait ? Comment, dans ce cas, expliquent-ils que le Rouge et ses sbires, si ce sont bien eux, arrivent à sauter sans se faire repérer ?

— C'est ce que je me suis demandé : j'ai fait tester la *Chiave*. Il se trouve que c'est une fausse.

— *Côôôô !* Pas magique ! a jacassé Pip, le Surveillant d'Asile, quelque part derrière oncle Philip.

— Voilà, en résumé, le diagnostic de Pip.

— La couronne ne peut pas être fausse ! ai-je protesté. C'est l'esprit de la clé qui nous l'a donné !

— Pourtant, la *Chiave* que vous nous avez apportée est une réplique. Il n'y a qu'une seule explication : quelqu'un l'a échangée contre la vraie sur le chemin d'Asile. La couronne est-elle restée tout ce temps en votre possession ?

— Oui... dans le sac à dos de Nick.

— Je l'ai conservée en permanence et je l'ai confiée à Carrig moi-même.

Oncle Philip s'est frotté le menton.

— Vous ne vous en êtes pas séparés, pas même un instant ?

Nick a fixé l'océan, dont les vagues s'enhardissaient sous des nuages de plus en plus menaçants.

— Après notre retour à la bibliothèque de Branford, on est rentrés chez nous sans dire à personne qu'on avait trouvé une *Chiave*.

— C'est vrai. Une fée des livres nous avait raconté l'histoire de Crapaud, alors on s'est préparés en douce à repartir pour le Vatican.

— Qu'as-tu fais du sac une fois chez toi ?

— Je l'ai posé sur une chaise à côté de la porte d'entrée.

— Où étaient tes parents ?

Nick a passé la main dans ses cheveux châtains ébouriffés.

— Ils regardaient la télévision dans le salon. Emily Proctor a sonné, elle voulait me rendre un livre de classe que je lui avais prêté.

J'ai fixé mon ami, dont le visage était crispé par l'inquiétude.

— Tu ne m'avais pas dit ça !

— Elle n'est restée que quelques minutes…

— Et tu ne l'as pas laissée seule ?

Nick a frotté ses mains l'une contre l'autre.

— Rien qu'une seconde : comme elle avait éternué, je suis allé lui chercher un mouchoir. Mais la couronne est énorme et très voyante. Elle n'aurait pas pu la cacher, impossible !

Oncle Philip s'est carré dans son fauteuil.

— Pendant votre expédition au Vatican, où se trouvait le sac ?

Nick s'est mis à taper du pied nerveusement sur le sol.

— Il ne m'a pas quitté. Je ne voulais pas que mes parents trouvent la couronne avant que je puisse la remettre à Carrig.

Mes bras commençaient à fatiguer à force de porter la fenêtre.

— Quand on est rentrés à la bibliothèque de Branford, cette fois, Nick est allé aux toilettes…

— Et le sac ?

— Je ne me rappelle pas… J'ai dû le prendre avec moi.

Les hésitations de Nick commençaient à impatienter oncle Philip.

— Un petit effort ! Qu'en as-tu fait ?

Nick s'est raidi, irrité. Il a fermé et rouvert le poing plusieurs fois avant de plonger la main dans sa poche, où se trouvait sans doute son cristal d'humeur, pour calmer la bête féroce qui tentait de prendre le dessus sur lui.

— Avec Arik et les autres, on l'a attendu dans le hall, suis-je intervenue pour calmer un peu le jeu. Kayla était occupée à éteindre les lumières et à verrouiller les portes de la bibliothèque.

— Désormais, lorsque vous trouverez une *Chiave*, vous viendrez me la remettre en main propre. Ne passez plus par Carrig.

— Tu ne penses tout de même pas que Carrig…

— Je pense qu'il ne faut faire confiance à personne. À partir de maintenant, nous serons les seuls à connaître l'avancée des recherches. Ne donnez plus aucune information autour de vous. (Il m'a regardée droit dans les yeux.) Même à Arik.

— Mais enfin, comment quelqu'un aurait-il pu non seulement savoir que la *Chiave* était dans ce sac, mais en plus effectuer l'échange sous notre nez ? Nous n'avions parlé à personne de cette clé !

— Les magiciens sont capables de créer des doubles de n'importe quoi, pas seulement d'humains. Ils peuvent copier une couronne en quelques secondes. Vous pouvez avoir été suivis, et, à la faveur d'un moment d'inattention, quelqu'un aura échangé les objets. Quoi qu'il en soit, il y a forcément un traître dans votre entourage. Désormais, tout ce qui concerne les *Chiave* ne sera discuté qu'entre nous trois, c'est compris ?

Nick a hoché la tête.

— Entendu, ai-je répondu.

Le ciel nous saupoudrait de flocons de neige qui fondaient au contact de l'écran. Le vent jouait sur les vagues dont l'écume blanche tranchait sur l'eau boueuse et malmenait les bouées qui se balançaient furieusement. Oncle Philip n'en a rien dit mais, bien sûr, s'il y avait un traître parmi nous, tout le groupe était en danger. Peut-être préférait-il éviter un sujet aussi évident qu'anxiogène. Mais soudain, toutes les ombres m'effrayaient.

— Une tempête se prépare chez vous, a constaté oncle Philip en suivant des yeux les flocons. Je vous recontacterai lorsque la quête pourra reprendre. Puisse Agnès vous guider.

Après avoir invoqué la sainte patronne d'Asile, il a coupé la communication.

La neige a failli nous ensevelir avant que nous atteignions la maison. Les os gelés, je me suis glissée sous le plaid du canapé, tout contre Deidre, pour me réchauffer. Elle regardait les films que j'avais choisis pour Arik et moi. Incapable de suivre l'intrigue, j'ai ressassé chaque minute de la soirée où nous avions récupéré la *Chiave*. J'ai étudié pas à pas notre trajet à travers le Vatican, suivant le sac à dos de Nick à la trace.

Trois personnes au plus – Carrig, Emily et peut-être Kayla – s'étaient trouvés seuls avec le sac. Ce ne pouvait pas être Carrig. Il savait parfaitement ce qui était arrivé à Conemar, et, si le Maître Sentinelle était passé du côté des rebelles, le Rouge ne poserait pas tant de questions sur la disparition du tyran. Emily, humaine, n'avait apparemment aucune raison de se mêler du monde des Chimères, mais elle pouvait être une espionne. Quant à Kayla, je n'avais aucune certitude qu'elle se soit trouvée seule avec le sac un instant… Tout au plus était-elle passée à proximité quelques minutes peut-être.

En tout cas, quelle que soit sa véritable identité, le voleur s'était adjoint les services d'un magicien pour créer une copie de la couronne.

J'ai étreint le plaid de toutes mes forces et me suis redressée. Nick ! Nick lui aussi était un possible suspect.

— Qu'est-ce qu'il y a ? m'a demandé Deidre en reprenant la couverture que je venais de lui arracher. Cette scène ne fait même pas peur, tu exagères !

Nick.

Un frisson glacé m'a parcouru l'échine. Se pouvait-il qu'il ait procédé à l'échange ? J'ai secoué la tête. *N'importe quoi !* Décidément, toutes ces histoires commençaient à me monter à la tête. Je me suis rallongée contre les oreillers, un œil sur le film, imaginant des scénarios bien plus effrayants que le thriller à l'écran.

Les réfectoires de lycée sont de bien curieux endroits. Leurs murs aux couleurs ternes, leurs tables et chaises au design simpliste ne laissent en rien présager de la diversité des usagers qui occupent tous les jours cet espace. À la pause de midi, toute une palette de statures et de couleurs de peau animait la cantine. Certains se ruaient sur les places libres, d'autres attendaient consciencieusement leur tour dans la file, d'autres encore se lançaient des œillades langoureuses au milieu de ce chaos organisé. Mon regard, lui, était rivé à la porte où devait s'encadrer Arik d'une minute à l'autre.

Armé de son plateau, Demos s'est assis en faisant trembler le banc.

— Aujourd'hui, c'est poisson pané !

L'odeur, nauséabonde, m'a fait froncer le nez.

— Comment peux-tu manger un truc pareil ? As-tu seulement idée de la façon dont ils le préparent ? Il n'y a presque pas de poisson dedans.

— C'est succulent ! a-t-il déclaré, la bouche pleine.

Lei lui a lancé sa serviette à la figure.

— Ferme ta bouche quand tu manges, gros dégoûtant !

Imperturbable, Demos a avalé une grande rasade de lait chocolaté.

— Qu'est-ce qu'il y a sur ta veste ? m'a demandé mon amie.

J'ai baissé les yeux, m'attendant à voir une tache, mais elle désignait la broche à tête de lion d'Arik. Je l'avais épinglée à mon revers, histoire qu'elle me porte chance.

— Ce truc-là ? Oh ! Rien, juste un petit cadeau. Personne n'a vu Arik ? ai-je demandé pour éviter qu'elle me demande de qui il venait. D'habitude, il arrive avant tout le monde.

— Il a dû rester en classe pendant la pause pour terminer un devoir, a dit Kale en piquant un cookie à sa douce et tendre.

— Ah bon…

J'ai déballé mon sandwich. Ça ne ressemblait pas du tout à Arik. Il ne faisait que le strict nécessaire pour décrocher la moyenne, rien de plus. Le lycée n'était qu'une couverture pour lui, alors autant dire qu'il ne se fatiguait pas trop...

Mon attention était divisée entre la porte d'entrée et la croûte du sandwich que Faith m'avait préparé. Elle avait forcé le pain à épouser les formes d'une boule de mozzarella qui restait au frigo. J'ai repensé à tous ses efforts et j'ai souri.

Demos continuait de se bâfrer de poisson pané. Assis côte à côte à une table toute proche, Nick et Deidre se disputaient à voix basse.

— Ils devraient faire un break, a estimé Demos. Je ne comprends pas pourquoi ils s'entêtent à rester ensemble.

— L'amour peut être une véritable torture parfois, a répondu Jaran. Mais c'est un sentiment très puissant : rien de plus difficile que de lâcher prise.

Lei lui a lancé un petit coup de coude affectueux.

— Tu es d'un lyrisme, mon chou !

Grand amateur de sucre, Kale a repris un cookie avant de déclarer d'un air inspiré :

— L'amour peut être une torture parfois, certes, mais leur situation ne me paraît pas tenable. Quoi qu'il arrive, un couple doit être équilibré : il doit y avoir des concessions des deux côtés.

Il n'avait pas tort. Entre Nick et mon changelin, la relation était de plus en plus à sens unique, ce qui ne jouait pas en faveur de Deidre. Notre situation, avec Arik, m'est soudain apparue sous un jour nouveau. J'avais beau m'être excusée, je ne m'étais jamais vraiment expliquée. C'était sûrement pour cette raison qu'il se montrait si distant, ces derniers temps.

D'ailleurs, il venait justement d'entrer dans le réfectoire de son pas nonchalant. Je me suis levée en rajustant mon T-shirt. Sans me laisser le temps de m'approcher de lui, Lei m'a attrapé par le poignet. J'ai dévisagé mon amie, puis jeté un nouveau coup d'œil à Arik. J'en suis restée stupéfaite. Il m'a fallu plusieurs secondes pour analyser l'image que j'avais sous les yeux. Le bras de mon petit ami était passé autour des épaules d'Emily : ils marchaient serrés l'un contre l'autre. Il lui a murmuré quelque chose à l'oreille. La main de la jeune fille, qui irradiait de bonheur, est allée envelopper celle d'Arik.

À quoi ressemblais-je, debout au milieu des tables, les yeux rivés sur eux, bouche bée ? J'avais l'impression qu'ils avançaient vers moi au ralenti. Les cheveux noirs d'Emily dansaient sur ses épaules, ses lèvres colorées de gloss s'étiraient en un sourire éclatant, et sa peau de porcelaine, lumineuse à la lumière des néons, attirait tous les regards masculins. Le seul qui m'importait, un regard chaleureux couleur noisette, était quant à lui absorbé par le léger balancement de la poitrine d'Emily – bien plus opulente que la mienne – à chacun des pas de la jeune fille. Ma première réaction a été de penser qu'un tel décolleté était sans doute interdit par le règlement scolaire.

Il se passe quoi, là ?

J'aurais donné n'importe quoi pour me réveiller de ce mauvais rêve. Mon estomac s'est retourné, menaçant de rendre l'inénarrable sandwich à la mozzarella de Faith. Le vacarme de la cafétéria a enflé dans mes oreilles jusqu'à devenir insupportable.

C'est une blague ? Dites-moi que c'est une blague.

Lei me parlait, mais je n'entendais rien à ce qu'elle me disait.

— Pardon ?

— C'est quoi ce cinéma ? a-t-elle répété plus fort.

— Je ne comprends pas, ai-je balbutié, les mains tremblantes.

Arik et Emily se sont approchés de nous. Imposante malgré sa petite taille, Lei a repoussé ses longs cheveux en arrière et est venue se placer entre moi et ce qui était de toute évidence un couple nouvellement formé.

— C'est quoi ce bordel, Arik ?

— Euh…

Il paraissait gêné. J'ai jeté un coup d'œil autour de moi : tout le monde semblait pris au dépourvu. Jaran s'est approché pour questionner son chef :

— Mais qu'est-ce que tu fous ?

— Ce n'est pas vrai, je suis en train d'halluciner ! s'est exclamé Kale.

— Je crains bien que non, a répondu Lei.

Emily s'est collée à Arik.

— Tu ne lui as pas dit, mon cœur ?

J'ai serré les poings pour empêcher mes mains de frémir.

— Non, *mon cœur*, tu ne m'as rien dit, ai-je rétorqué.

Arik m'a lancé un regard perdu.

— Je peux te parler, Arik ? Seule à seul, ai-je ajouté, les yeux plantés dans ceux d'Emily.

Il a tourné un visage inquisiteur vers la jeune fille.

— Vas-y, a-t-elle concédé.

— Ah, parce que tu as besoin de sa permission pour me parler ?

Je nageais vraiment en plein cauchemar : je comptais fermement sur une intervention prochaine de mon réveil pour me tirer de ce mauvais pas. Arik ne pouvait pas être devenu une marionnette servile.

Il m'a suivie de mauvais gré dans le couloir, où je me suis campée en face de lui.

— Tu peux m'expliquer ce qui se passe ?

J'ai contemplé son visage magnifique en attendant qu'il me porte le coup de grâce. J'ai patienté sagement avant qu'il n'ouvre la bouche pour me briser le cœur. J'étouffais sans bruit, la gorge serrée sur un cri prêt à retentir.

Incapable de me regarder dans les yeux, il a fixé le sol.

— Je... je ne comprends pas vraiment comment c'est arrivé...

— Donc tu me plaques ?

— On n'a jamais vraiment officialisé notre relation. (Il a relevé la tête.) Je voulais te parler depuis plusieurs jours, mais le moment ne s'est jamais présenté. Tu as bien dû ressentir la distance qui se creusait entre nous ?

— Pourtant, j'y ai bien cru, à notre « officialisation »...

Ma voix s'est brisée et, malgré tous mes efforts, je n'arrivais plus à retenir les pleurs qui dévalaient mes joues. J'ai pris deux grandes inspirations avant de pouvoir continuer.

— Vous êtes ensemble, donc ?

— Oui, a-t-il répondu dans un souffle à peine audible.

Je l'ai dévisagé, les yeux brouillés de larmes, persuadée qu'il allait retirer ce qu'il venait de dire et m'avouer qu'il s'agissait d'une horrible plaisanterie.

J'ai attendu, attendu de pouvoir de nouveau respirer normalement.

Mais il contemplait ses pieds sans rien dire.

— Je suis désolé, a-t-il fini par lâcher, retournant le couteau dans la plaie.

Ma respiration a repris, haletante, et mes ongles se sont enfoncés dans mes paumes. J'ai désespérément tenté de me calmer.

— Je ne sais pas ce qui me retient de t'envoyer mon poing dans la gueule.

Arik s'est avancé d'un pas vers moi pour murmurer :

— Écoute Gia, je suis désolé, d'accord ? Tu comptes beaucoup à mes yeux, mais…

— Dégage ! ai-je grondé dans un sanglot en le repoussant sans ménagement.

Je ne pouvais plus le regarder. J'ai arraché la broche du revers de ma veste pour la jeter à ses pieds, puis je me suis précipitée à l'autre bout du couloir vers la porte.

— Gia ! s'est écrié Jaran, qui sortait justement du réfectoire.

Je me suis jetée contre le battant pour l'ouvrir. Une fois dehors, j'ai glissé sur une plaque de verglas et descendu une volée de marches sur les fesses.

Une main s'est posée sur mon épaule. Jaran s'est agenouillé à côté de moi.

— Ça va aller… On est là. Ça paraît insupportable sur le moment mais ça s'arrange après, je te le promets.

— Comment peut-il…

— Je ne sais pas. On dirait qu'il n'est pas lui-même.

— Il m'a menti. Il s'est littéralement joué de moi. Il… Il…

Je manquais d'air comme un poisson sorti de l'eau. Chaque respiration me coûtait. La moindre pensée était douloureuse. Je me sentais si vaseuse que j'ai cru un instant que j'allais m'évanouir. Tout mon corps me faisait mal, comme si mon sang charriait des éclats de verre : un désespoir sans nom semblait s'être insinué dans mes veines.

— Chut… Calme-toi, ça va aller… Respire.

À bout de forces, frissonnante, je me suis effondrée dans ses bras. J'ai pleuré contre sa poitrine jusqu'à retrouver mon souffle. Mais je grelottais toujours, glacée jusqu'à la moelle.

— On se trouve un endroit chaud pour discuter ?

Serré contre lui, j'ai fait oui de la tête. J'aurais voulu me trouver le plus loin possible du réfectoire. Ne plus jamais revoir Arik, et surtout pas en compagnie d'Emily. Et pourtant, chose incroyable, il me manquait déjà.

Jaran m'a aidée à me relever. Comme mes jambes tremblaient, j'ai pris sa main pour remonter les marches verglacées.

— Il faut juste que tu tiennes le coup le temps que la blessure se referme. Tu verras, on guérit de tout.

À ces mots, une colère terrible s'est allumée en moi.

— Qu'est-ce que tu en sais ? J'ai juste envie de mourir, là !

— Je le sais parce que moi aussi je suis amoureux d'un garçon qui n'a pas voulu de moi. Il m'a préféré quelqu'un de courageux, quelqu'un qui n'a pas peur d'afficher sa relation devant tout le monde.

J'ai posé la tête sur son épaule.

— Je ne savais pas, je suis désolée… On est vraiment des éclopés…

— Ne t'inquiète pas, j'ai déjà eu un peu de temps pour me faire à l'idée.

— Pourquoi as-tu peur de faire ton coming-out ?

Son sourire débordait de regrets.

— Je viens d'un monde ancien, où mes penchants ne sont pas vus d'un bon œil. Je suis promis à une fille que je ne pourrai jamais aimer.

Nous remontions le couloir à pas lents. J'ai hésité avant de demander :

— Est-ce que c'est Chane ?

L'écouter parler de ses peines de cœur me permettait d'oublier un peu les miennes. Pas de doute, j'étais vraiment dans un état second.

— Il y a eu quelque chose entre lui et moi, oui, mais c'était avant. Chane a encore plus peur de dévoiler son secret que moi, alors tu imagines… Non, c'est un garçon qui s'appelle Cole Jenson, tu le connais ?

— Le représentant des élèves du lycée ? Je vois très bien. Il a beaucoup de charme.

— Et un nouveau copain…

Un silence s'est installé.

— Bon, on récupère nos manteaux et on fait l'école buissonnière ? a repris mon compagnon.

— Jaran ! Qu'est-ce que j'entends ? l'ai-je taquiné. Toi ? Sécher les cours ?

Briser les règles, ce n'était pas son truc. Il m'a souri d'un air triste.

— On va où ? ai-je continué.

— Il y a un film qui a l'air pas mal…

— Vendu ! Un endroit sombre, c'est parfait pour moi.

Je me suis essuyé les yeux sur la manche. Si notre âme était mortelle, la mienne flétrissait un peu plus à chacun de mes pas.

Chapitre 11

Les néons de la salle d'entraînement bourdonnaient au-dessus de nos têtes. Je finissais de m'étirer, les yeux rivés sur Arik. Rien, dans son attitude, ne laissait deviner ce qui s'était passé. Il se comportait comme si de rien n'était, comme s'il ne venait pas de me réduire le cœur en miettes. Il a tendu les bras en l'air pour s'étirer le cou. Un cou que j'aurais bien aimé briser de mes propres mains…

Un groupe de Sentinelles est passé à ma hauteur. Le brouhaha des conversations me rendait folle : la plupart portaient sur Arik et moi. Pia et Reya se sont arrêtées devant mon tapis.

— Comment ça va, Gia ? m'a demandé la première.

— On a appris ce qui s'était passé, a ajouté sa jumelle. Son attitude est inqualifiable. On ne débarque pas devant son ex avec sa nouvelle petite amie sans avoir mis les choses au clair avant.

Génial. Le monde entier… non, deux mondes, en tout, savent que je me suis fait larguer. J'ai répondu que tout allait bien, mais, à en juger par l'expression de leur visage, je ne trompais personne. C'était vraiment loin d'être la grande forme.

Au moment de se répartir en binômes, j'ai fait un pas vers Arik, mais Jaran s'est interposé :

— On s'entraîne ensemble ?

— J'ai déjà un partenaire.

Ma colère devait être transparente : il a hoché la tête de droite à gauche.

— Ce n'est pas une bonne idée, Gia…

— Pourquoi ? Tu crois que je le tuerais ?

— C'est exactement ce que je pense.

J'ai poussé un soupir exaspéré.

— Désolée, mais tu ne fais pas le poids, j'aurais trop peur de m'ennuyer, l'ai-je taquiné.

Jaran a porté la main à son cœur comme si je venais d'y planter un poignard.

— Argh ! Touché. Mais tu sais bien que j'ai raison. Vos émotions sont encore à vif, l'un de vous risque d'être blessé.

— Il n'a pas tort, mon chou, est intervenue Lei, qui travaillait la souplesse de sa garde à grands gestes du bras. On s'entraîne ensemble ?

— Non mais allez-y, dites que je suis nul ! a grommelé Jaran.

— Oh, je ne parle pas de Gia, mais de lui, a-t-elle répondu en pointant son épée de bois sur Arik. Je vais lui mettre une bonne raclée pour toi, mon chou !

Elle nous a lancé un regard entendu avant de fondre sur sa proie. Kale en est resté stupéfait.

— Bah, et moi ? Je m'entraîne avec qui ?

— Par un jeu de chaises musicales… Moi, ! a répliqué Demos.

Quelques mètres plus loin, Lei et Arik semblaient partis dans une conversation animée. Les tresses de mon amie rebondissaient contre son dos à chacun de ses grands moulinets du bras. Je serrais convulsivement la poignée de mon arme : j'aurais donné cher pour affronter notre chef et faire entrer, à coups d'épée, un peu de jugeote dans sa cervelle tordue.

Arik a fini par s'écrier :

— Carrig ! Tu n'as pas donné l'ordre de changer de partenaire ? On est bien assemblés par paires de même niveau, je me trompe ?

— Non, pas de changement, a répondu le Maître Sentinelle, qui nous dévisageait, incrédule. C'est une mutinerie, les enfants ?

— Gia ne peut pas affronter Arik, pas en ce moment, lui a expliqué Lei.

L'intéressé a semblé surpris :

— Et pourquoi pas ?

Là, j'ai vu rouge. J'ai marché droit vers lui.

— Tu te fiches de nous ou quoi ? Tu m'as larguée hier. Tu l'as déjà oublié ?

Il a eu l'audace de sembler dérouté par ma réaction.

— Mais on n'avait aucune obligation l'un envers l'autre… a-t-il protesté. Tu as dû mal interpréter mes intentions.

J'ai croisé les bras, méprisante.

— « Mal interpréter » ? M'embrasser, me serrer contre toi et me dire que tu m'aimais ? Ah oui ! En effet, j'ai dû me tromper sur tes intentions. Toutes mes excuses.

Il a reculé de quelques pas.

— Je… je ne t'ai jamais…

— Jamais quoi ? Jamais aimée ?

Je sentais les larmes poindre sous mes paupières. J'ai inspiré un grand coup pour tenter de les retenir. Puis, du plat de ma lame de bois, j'ai violemment heurté son épaule. Il est tombé à genoux avec une grimace de douleur en étreignant son bras.

— Mais… pourquoi ?

— Pour t'être conduit comme le pire des salauds.

Carrig s'est avancé vers nous, furieux.

— Gia, recule tout de suite ! Les Sentinelles se doivent le respect lors des combats. Peu importe ce qui s'est passé entre vous, nous avons un code d'honneur à respecter !

— Moi, une Sentinelle ? J'ai grandi loin de ton code d'honneur, tu le sais bien. Et toi, tu n'étais nulle part, je te signale !

J'ai aussitôt regretté mes paroles. J'étais une Sentinelle, bien sûr. C'était dans mon sang. J'aurais donné ma vie pour chacun de mes camarades. Mais le chagrin me rendait folle.

— Que de gentillesses… a soupiré Carrig dont les yeux trahissaient une profonde déception.

— Je… Mes mots ont dépassé ma pensée, ai-je bafouillé, au comble du désespoir.

Il s'est approché de moi afin que je sois la seule à pouvoir l'entendre.

— Je m'en doute. Je comprends ce que tu ressens, je suis déjà passé par là. Tu as besoin de temps pour t'en remettre, c'est tout. (Il m'a tourné le dos.) Jaran ? Tu peux raccompagner Gia chez elle ?

J'ai lâché mon épée et affronté le regard d'Arik le plus calmement possible.

— Je donnerais ma vie pour n'importe lequel de ceux qui se trouvent dans cette pièce, y compris toi. Mais je ne te pardonnerai jamais ce que tu m'as fait.

Sans attendre sa réponse, j'ai quitté la salle, les épaules courbées sous le poids de la honte.

— Quel sens de la dramaturgie ! s'est exclamé Jaran en me rattrapant.

— Pas mal, hein ?

Il a poussé un petit rire. Dehors nous attendait un paysage hivernal féérique, couvert d'une neige toute neuve. Le vent froid me mordait les joues et le nez, mais je ne sentais presque rien, comme anesthésiée par la tristesse.

La lecture était devenue mon échappatoire. Je passais mes journées à éviter Arik et Emily et, dès que je rentrais du lycée, je m'emparais d'un paquet de chips, j'enfilais un legging et je montais hiberner dans ma chambre, un livre à la main. Des taches graisseuses maculaient les pages au fil du temps.

Parfois, je me mettais à pleurer d'un seul coup. Mes larmes s'écrasaient sur le papier, qui les absorbait en silence et se mettait à gondoler. Je brûlais d'appeler Arik. J'aurais donné n'importe quoi pour entendre sa voix. Pour qu'il m'avoue qu'il avait fait une erreur. Je m'interrogeais des heures durant : avait-il rompu parce que nous n'avions pas assez de choses pour nous réunir ? Est-ce qu'Emily et lui avaient des goûts plus similaires ? J'aurais dû savoir que ce jour arriverait. Mais je ne m'étais doutée de rien. J'avais fait semblant de ne pas remarquer le problème, espérant qu'avec le temps on se découvrirait plus de points communs.

Après mon coup d'éclat, quelques jours plus tôt, Carrig m'avait imposé le repos. J'ai jeté un coup d'œil à l'horloge murale. Jaran n'allait pas tarder à arriver. Il passait régulièrement me remonter le moral, il fallait juste que je tienne le coup jusque-là. Cette semaine de torture semblait ne jamais devoir s'achever. De toute façon, je ne pensais pas réussir à survivre au week-end qui s'annonçait ensuite.

Un miaulement a retenti à la porte de ma chambre. J'ai arrêté de mastiquer pour tendre l'oreille. Un autre a suivi, plus long. Je connaissais ce cri par cœur.

Cléo ?

J'ai couru vers le seuil. La chatte calico est entrée en trombe pour sauter directement sur mon lit. Elle s'était volatisée quand les brutes de Conemar avaient mis à sac notre appartement, à Boston. Avant de déménager à Branford, Pop et moi l'avions cherchée partout dans le voisinage, sans succès.

— Ça alors ! me suis-je écriée en fourrant mon nez dans sa fourrure. Qu'est-ce que tu fais là, ma belle ? Tu m'as tellement manqué !

Entré à son tour, Baron, le chat de Nana, est allé s'asseoir sur le tapis. Cléo a écourté notre câlin pour sauter à terre. Après lui avoir donné deux ou trois petits coups affectueux du bout de ses coussinets, elle a entrepris de lui lécher le dos.

— Ils sont inséparables, à présent, a lancé ma grand-mère en pénétrant dans la chambre.

Je me suis levée d'un bond.

— Nana ! (J'ai manqué de trébucher sur le couple de chats en lui sautant au cou.) Tu es là ! Pour de vrai ! Comment as-tu retrouvé Cléo ?

— Ton voisin, M. Navarro, l'avait recueillie.

Deidre a choisi ce moment pour entrer dans la pièce.

— Tu en fais, un boucan ! Ah… Bonjour, madame Kearns !

— Bonjour, Deidre ! La neige m'a retenue, mais me voilà enfin. (Elle a posé sur moi un regard pénétrant.) Ma pauvre enfant, tu es dans un état pitoyable. Qu'est-ce que c'est que ces histoires, avec Arik ?

J'ai fixé mes ongles rongés jusqu'au sang.

— Il ne m'aime plus, c'est tout.

Elle m'a relevé le menton du bout de l'index.

— Dans ce cas, c'est un imbécile. Une Kearns ne boude jamais, mon cœur ! Ne laisse jamais un homme voir qu'il a réussi à t'enlever ta joie de vivre. Deidre ! Je crois qu'une manucure s'impose.

— Je vais chercher mon attirail !

Elle s'est éclipsée, sans doute pour filer dans la salle de bains où elle rangeait tout un éventail de vernis différents.

— Pourquoi une manucure ?

— Tu as vu tes ongles ? m'a sermonnée Nana. Tu pourrais tuer de petits animaux avec des griffes pareilles !

Baron a fait le gros dos.

— Mais non, pas toi ! a-t-elle marmonné, les sourcils froncés. Le problème avec les familiers, c'est qu'ils comprennent tout ce que vous avez le malheur de dire. Quand nous t'aurons rendu forme humaine, nous irons dîner en ville dans un tout nouveau petit restaurant italien. Tu m'en diras des nouvelles.

— Celui des D'Marco ?

— Oui, il ouvre ce soir, tu en as entendu parler ?

J'ai éclaté de rire et serré ma grand-mère contre moi.

— À peine ! ai-je répondu. Oh, Nana, je suis tellement contente que tu sois là et que tu aies pu te joindre à nous pour l'ouverture du restaurant !

— Je suis comme la cavalerie, ma chérie : quand tout semble perdu, c'est là que j'entre en scène ! a-t-elle plaisanté en me tapotant le dos. Il faut juste que tu tiennes jusqu'aux vacances de Noël… Afton vient les passer ici !

Je n'en revenais pas. Ma meilleure amie, à Branford ! Tous mes vœux étaient exaucés. Mais j'ai vite trouvé le défaut de ce plan.

— Attends, ses parents ont accepté de la laisser venir ? Noël est sacré chez les Wilson, pourtant.

Elle a poussé un petit soupir.

— Désolée de te l'apprendre comme ça, Gia, mais le père d'Afton a quitté sa mère. Ce n'est pas une période faste pour elle non plus.

— Pourquoi ne m'a-t-elle rien dit ? Nous avons passé la semaine à discuter !

— Elle ne voulait sans doute pas te faire plus de peine, mon cœur.

— C'est vrai que j'ai pleuré du début à la fin de la plupart de nos conversations… Quelle piètre amie je fais !

Deidre est revenue les bras chargés de boîtes en plastique.

— Du violet rehaussé de petits confettis, ça te dirait ?

Une heure plus tard, ma grand-mère et mon changelin m'avaient métamorphosée. J'avais les ongles peints, les cheveux ondulés, et Deidre m'avait prêté sa petite robe noire. Lorsque j'ai aperçu mon reflet dans le miroir qui ornait l'entrée du restaurant, difficile d'en croire mes yeux : rien ne transparaissait plus de mon chagrin.

La salle était plus que bondée. Dès qu'elle nous a aperçus, Mme D'Marco s'est précipitée vers nous pour gratifier Nana d'une chaleureuse accolade.

— Katy ! Quel bonheur de vous voir parmi nous. Nous vous avons réservé une très bonne table, dans un coin tranquille. Les autres sont déjà là !

Les autres ?

J'ai reculé vers la porte, mais Nana m'a prise pas le coude pour me retenir.

— Il n'est pas là, a-t-elle murmuré.

Je n'en ai pas été très réconfortée.

À notre arrivée, Lei a tapoté le siège à côté d'elle. Son sourire gêné ne m'a pas laissé le moindre doute : si Arik n'était pas là, c'est parce qu'il traînait avec Emily.

J'ai salué le groupe avant de prendre place. Nana présidait la table, juste à côté de moi.

— Tu es très belle, m'a complimentée Nick.

— Tu ne devrais pas être en train d'aider tes parents, toi ? ai-je jeté.

J'ai étendu sur mes genoux la serviette de lin blanc pliée en pyramide sur mon assiette. Deidre a placé une main sur l'épaule de Nick et s'est penchée en avant pour me répondre :

— Il est un peu trop soupe au lait pour les clients.

— N'importe quoi !

Il s'est dégagé d'un coup sec.

— Comment te sens-tu ? m'a demandé Jaran, assis en face de moi.

La chaise vide à côté de lui m'a serré le cœur : celle d'Arik, sans aucun doute.

— Bien mieux depuis que Nana est arrivée !

— Tu es resplendissante.

— Merci !

Je me suis forcée à éviter du regard la place vacante. Un peu plus loin, Kale et Lei se chamaillaient gentiment. Carrig a servi un verre de vin à Sinead :

— J'ai entendu dire que les spaghettis bolognaise sont à tomber.

— Je confirme ! a lancé Pop.

Kayla a posé la main sur celle de mon père.

— Je penche plutôt pour…

— Des lasagnes ! a-t-il terminé à sa place.

— Gagné !

Il s'est aussitôt fendu d'un sourire béat.

— Excellent choix ! a-t-il répondu en lui caressant les doigts.

Voilà qu'ils finissaient les phrases l'un de l'autre, à présent ! Sans mot dire, Nana a désigné le couple du menton. J'ai haussé les épaules en guise de réponse. Elle a conclu notre conversation silencieuse par un sourire entendu et s'est remise à siroter son verre d'eau.

Mme D'Marco, qui me servait à boire, m'a lancé un regard compatissant. Elle a essuyé une main squelettique sur le tablier noir qui enserrait ses hanches étroites.

— Tout va bien, Gia ?

— Chaud devant ! s'est exclamé son mari qui approchait en portant deux grandes assiettes d'antipasti.

Il flottait en permanence une odeur de bolognaise autour du père de Nick, qui jouait déjà les chefs-cuisiniers dans leur ancien restaurant de Boston.

— Pensez à réserver une place pour le dessert ! Je l'ai préparé exprès pour vous, c'est un délice… presque autant que ma tendre épouse !

— Ne dis pas des choses pareilles devant tout le monde, enfin ! s'est emportée Mme D'Marco avant de s'enfuir.

— *Mia bella !* Mais ce n'est pas grave, ce sont nos amis ! s'est-il écrié en lui courant après.

J'ai pouffé de rire en portant mon verre d'eau à mes lèvres.

— Bonsoir !

J'ai tout recraché en découvrant Bastien planté au bout de la table juste à côté de Nana. *D'où sort-il ?* Je me suis essuyée furtivement la bouche avec ma serviette. Les joues en feu, j'avais perdu ma langue. Heureusement, Lei a volé à mon secours :

— Bastien, tu as réussi à venir ! On t'a gardé une place à côté de Jaran !

Il s'est installé sur son siège, parfaitement à l'aise, comme à son habitude.

— Tu es très belle, Gia.

Tous les regards étaient rivés sur nous. Je me suis ratatinée sur ma chaise.

— Merci. Toi aussi, ça… Ça te va très bien.

Je veux mourir, tuez-moi !

Son costume noir lui allait comme un gant. Il avait laissé ouverts les derniers boutons de sa chemise bleue, assortie à la couleur de ses yeux. Il a déboutonné sa veste et drapé sa serviette sur ses genoux.

Arrête de le fixer, idiote. La dernière chose que je voulais, c'est qu'un autre garçon joue de nouveau avec mes émotions. D'abord, me remettre de la rupture avec Arik. Ensuite, on verrait.

— Comment as-tu fait pour venir ? a demandé Kale en tendant la main vers le pain pour la dixième fois en dix minutes. Je croyais que le Conseil avait restreint les allées et venues.

— Ce sont eux qui m'envoient à Branford, et Carrig en a profité pour m'inviter à ce dîner.

— Quelle est ta mission ? a demandé Lei, qui venait l'air de rien de confisquer la corbeille à son amoureux.

— Je suis chargé d'accompagner Nick et Gia au procès de Crapaud.

— Il va enfin avoir la chance de raconter sa version des faits, me suis-je exclamée, ravie.

La lumière des bougies allumait des reflets étincelants dans les yeux saphir de notre garde du corps, qui ne me quittaient pas.

— Un innocent pourrait bien recouvrer la liberté ! a-t-il renchéri.

J'ai attrapé un piment doux dans le plat.

— On part quand ? a demandé Nick.

— De bonne heure, avant l'ouverture de la bibliothèque.

Un pied a effleuré ma cheville et Bastien m'a souri au moment où je mordais dans le fruit rouge. Lorsque le jus a coulé au fond de ma gorge, j'ai toussé et lâché le piment, qui a dégringolé sur ma robe en laissant une traînée d'huile.

Son geste avait-il été intentionnel ?

— Oups ! s'est esclaffée Lei.

— Excusez-moi.

Je me suis précipitée dans les toilettes pour attaquer la marque à coup de serviette humide. Plus je frottais, plus la tache d'eau s'élargissait sur ma poitrine.

Super, on dirait une montée de lait, ai-je ronchonné, un œil sur le miroir. Devant l'étendue des dégâts, j'ai fini par renoncer. À peine étais-je ressortie que j'ai heurté quelqu'un.

— Pardon ! a lancé la voix d'Emily.

Je n'ai rien répondu, tétanisée par la surprise. Sonnée comme si j'avais pris un coup de poing dans l'estomac, je n'ai pas compris tout de suite que c'était vraiment elle qui se trouvait là. . Derrière elle se tenait Arik.

— Que faites-vous ici ?

Emily m'a jeté un sourire forcé :

— On est venus dîner, bien sûr. C'est ce que font les gens, en général, au restaurant…

— Pourquoi ce soir ? Tu savais bien qu'on serait là, ai-je dit à Arik comme si elle n'avait pas parlé.

— Les autres, oui, mais pas toi. Tu étais absente à l'entraînement, aujourd'hui.

Voir leurs doigts entrelacés me donnait la nausée. Arriverais-je, un jour, à les croiser ensemble sans avoir envie de vomir ? Je ne parvenais pas à croire qu'Arik et moi étions de l'histoire ancienne. Mais notre relation n'avait visiblement aucune valeur à ses yeux. Et tout ce temps, je restais là, immobile, incapable de réagir.

— Ah, te voilà ! s'est exclamé Bastien qui a passé le bras autour de mes épaules. Le serveur est arrivé pour prendre la commande, tu viens ?

— J'arrive. Arik, tu te souviens de Bastien ?

— Bien sûr.

Il semblait à mille lieues de nous, on aurait dit un robot sans âme. Que se passait-il donc ? Quelqu'un l'avait-il hypnotisé ? D'habitude, la simple présence de Bastien suffisait à le faire trembler de jalousie. Était-il malade ? Avait-il pris un coup sur la tête à l'entraînement ? Mais bien sûr, je connaissais la vérité : il en aimait une autre, tout simplement !

Comme tout le monde me fixait sans mot dire, j'ai ajouté :

— Et voici Emily.

— Bonsoir, a-t-elle répondu, appuyée contre Arik.

— Enchanté. (Bastien s'est tourné vers moi.) On y va ?

Il m'a prise par la main et conduite, dans un état second, à travers le restaurant.

— Merci de m'avoir sauvée, ai-je marmonné une fois loin d'eux.

— C'est toujours un plaisir de t'éloigner d'Arik.

J'ai regardé en arrière. Emily couvait notre retraite d'un regard triomphant.

Chapitre 12

Le Conseil des mages devait se réunir dans le refuge italien de Mantello, dont l'entrée secrète se trouvait derrière une étagère de la bibliothèque Riccardiana, à Florence. Le tunnel qui reliait ce passage aux dépendances du refuge était étroit, tortueux et pavé de pierres inégales. Avec ma jupe, mes talons et mon sac en bandoulière bourré à craquer, le voyage s'est avéré périlleux. Nick transpirait dans son costume, et ses chaussures brillantes raclaient sans cesse le sol. L'allure royale, Bastien ouvrait la marche.

Mantello m'a rappelé des photos de la Toscane que j'avais vues enfant. Tout autour d'un palais conçu comme une immense villa de campagne, des chemins de pierre traversaient des jardins agrémentés de bâtis en stuc. La route nous a menés au cœur d'un village qui semblait oublié par le passage du temps. De vieilles chaumières aux fenêtres cachées par des voiles de dentelle colorée bordaient des rues agrémentées de larges bacs à fleurs. Bastien nous a fait pénétrer dans un petit amphithéâtre. Nous avons pris place sur un banc tout en bas des gradins. Juste en face de nous, une antique table ronde trônait au centre de la scène.

Des hommes et des femmes qui semblaient venir des quatre coins du monde, parés de lourdes robes rouges aux boutons étincelants et ceinturés d'or, sont entrés au compte-goutte pour s'asseoir autour d'elle. J'en ai dénombré vingt.

Nick s'est tortillé sur notre siège :

— Ce n'est pas le grand confort, ici. Mais… Ils ont carrément copié sur les chevaliers de la Table ronde, on dirait !

Bastien était assis tout près de moi. Impossible d'oublier sa présence : son bras frôlait constamment le mien.

— J'ignore qui en a eu l'idée au départ, a-t-il répondu, mais cette table a été façonnée pour le tout premier Conseil des mages, il y a des siècles. Au départ, ils n'étaient que sept, les sept magiciens originels.

Quelques minutes après l'arrivée du dernier participant, deux gardes massifs ont escorté Crapaud jusque sur l'estrade. Il était propre et rasé de près, les cheveux coupés court. J'ai failli ne pas le reconnaître dans sa veste en tweed et son pantalon sombre. Son escorte l'a fait asseoir dans un box juste au-dessous du dernier cercle de bancs de pierre, à notre droite.

Une vieille magicienne au visage pâle encadré de courtes boucles blanches s'est levée pour prendre la parole :

— Chers amis, je déclare la séance ouverte, a-t-elle commencé en adressant un signe de tête à la tablée. Moi, Ellen Arkwright, issue du refuge d'Asile, j'aurai l'honneur de présider ce procès. Nous sommes réunis aujourd'hui afin d'entendre les déclarations du dénommé Crapaud, du clan Laniar Valnoir, qui doit répondre du meurtre de Gian Bianchi, commis le 20 juillet 1938. Ses avocats ont-ils informé le malfaiteur de ses droits ?

Un petit homme chauve ne dépassant pas un mètre cinquante, affublé d'épaisses lunettes s'est levé :

— Oui, votre Honneur.

— Parfait. Crapaud, vous êtes invité à nous relater votre version des faits, après quoi nous donnerons la parole à différents témoins. Vous avez la parole.

Elle s'est rassise. Aussitôt, le même avocat a fait signe à l'accusé de se lever. Crapaud a posé sur l'assistance un regard affolé jusqu'à ce qu'un des gardes lui fasse signe de se lancer. Jambes tremblantes, le Laniar a joint les mains dans son dos avant de s'éclaircir la gorge.

— Je ne sais trop par où commencer, madame... votre Honneur, pardon.

— Racontez d'abord votre rencontre avec Gian Bianchi, avant le meurtre, a-t-elle demandé. Vous vous trouviez dans la bibliothèque de l'abbaye de Saint-Gall, en Suisse. Que faisiez-vous là-bas ?

— J'avais été assujetti : si je m'y suis rendu, c'est contraint et forcé. À vrai dire, je suivais Gian depuis des jours. J'avais beau résister de toutes mes forces, le sortilège était plus fort que moi. Gian empruntait porte-livre après porte-livre, je crois qu'il cherchait quelque chose – l'entrée d'un Somnium, sans doute, je l'ai deviné à son attitude... Jusqu'au bout, j'ai combattu ma pulsion meurtrière, mais je me retrouve comme un chien devant un os, incapable de résister. Je finis par le piéger dans un coin de l'abbaye. Il fait très sombre... Je ne vois guère que le parapluie rouge qu'il a tout le temps avec lui.

Il a marqué une pause pour essuyer ses larmes. C'était étrange de l'entendre parler de mon grand-père comme s'il était encore vivant, comme si les événements étaient en train de se produire à l'instant même.

— J'aimais Gian comme un frère. Il prenait toujours soin des infortunés tels que moi… Je résiste, je résiste, mais c'est inutile. Je le poignarde. Son visage se tord de douleur, alors je frappe plus fort ! Mais il n'est pas mort. Quelque chose en moi me pousse à l'achever. Je résiste encore. Je refuse de le faire ! Et par miracle, le sortilège s'affaiblit. Je ne suis plus assujetti, mais Gian agonise sur le sol devant moi.

Crapaud avait baissé la tête et joint les mains devant lui, comme s'il récitait une prière. Soudain, son regard s'est posé sur la présidente.

— Gian m'a donné le parchemin pour que je le glisse à la ceinture de mon pantalon. Ensuite, je l'ai aidé à mettre l'autre *Chiave*, la croix, dans le manche de son parapluie. Soudain on entend quelqu'un sauter jusque dans la bibliothèque. J'essaie de porter Gian à l'abri, mais il me repousse. Je m'avance vers les nouveaux arrivants pour le défendre.

Arkwright a relevé les yeux du carnet où elle prenait des notes :

— Et qui étaient ces intrus ?

— Conemar, accompagné de quelques Sentinelles.

— Et ensuite ? l'a pressé la présidente de séance.

Crapaud m'a jeté un rapide coup d'œil avant de continuer :

— Ils me traînent jusqu'au corps de Gian. Je refuse de l'achever, alors une Sentinelle s'en charge, et le poignarde à plusieurs reprises. Ensuite, Conemar me donne un bon coup sur la tête. Je perds connaissance. Je suis réveillé par l'arrivée des troupes d'Asile.

Dans l'amphithéâtre, chacun retenait son souffle en attendant la prochaine question d'Arkwright. Seul le tic-tac d'une immense horloge, sur le mur de briques au fond de la salle, était audible.

— Avons-nous une copie du registre des sauts effectués ce jour-là ?

Un autre avocat s'est levé. Il devait avoir des fonctions similaires à celle d'un procureur :

— Non, votre Honneur.

— Quel a été le verdict ?

— Crapaud fut déclaré malade mental.

La présidente a gribouillé quelque chose sur son carnet.

— Le contraire eût été étonnant. Gianna Kearns se trouve-t-elle dans la salle ?

Bastien m'a rassuré du regard.

— Tout va bien se passer, a-t-il murmuré. Lève-toi et présente-toi.

Je me suis exécutée :

— C'est moi, votre Honneur.

— Quels sont vos liens avec le malfaiteur ?

— Crapaud, vous voulez dire ?

— C'est exactement ce que j'ai dit, a-t-elle répondu en posant son stylo.

Bastien s'est levé d'un bond :

— Excusez-moi, votre Honneur !

— Ah ! Je ne vous avais pas reconnu, votre Altesse. Vous avez quelque chose à ajouter ?

Il a brièvement serré ma main dans la sienne avant de répondre.

— En effet. Gia n'est pas accoutumée au jargon de la cour. Elle n'a tout simplement pas compris le terme « malfaiteur ».

(Il s'est tourné vers moi.) C'est bien de Crapaud dont il est question, l'accusé.

— O.K., d'accord, ai-je répondu, embarrassée.

Il s'est rassis.

— Comment se fait-il que cette jeune fille ne soit pas accoutumée à nos usages ? a demandé Arkwright.

— J'ai passé mon enfance dans le monde des humains, votre Honneur. Je suis l'arrière-petite-fille de Gian Bianchi. Ma mère était Marietta Bianchi. Le monde des Chimères est encore tout nouveau pour moi.

— Ah, je vois. Vous êtes notre Sentinelle disparue, Gianna Bianchi !

Tous les mages se sont tournés vers moi.

— C'est exact.

— D'où vient votre nom d'usage ?

— C'est le patronyme qui m'a été donné dans le monde des Hommes, celui de mon beau-père.

Son air sévère m'a donné envie de me cacher derrière Bastien.

— Fort bien, mais vous serez priée à l'avenir d'utiliser votre nom légal. Il semble que vous ayez aidé Crapaud à échapper à sa prison. Êtes-vous consciente des risques que vous encourez, vous et vos compagnons de ce jour-là ?

— Non... personne ne m'en a parlé.

J'ai cherché du soutien dans le regard de Bastien. Elle a continué comme si je n'avais pas parlé :

— Expliquez-nous pourquoi vous souhaitiez rencontrer le meurtrier de votre arrière-grand-père.

J'ai ravalé la boule qui se formait au fond de ma gorge.

— Je suis allée le voir car il détenait une *Chiave*.

— Vraiment ?

— Oui. Celle que Crapaud a mentionnée dans sa déclaration, le parchemin. Nick et moi sommes les descendants du septième magicien et, à ce titre, nous sommes les protecteurs dont parle la prophétie…

— Tous les membres du Conseil connaissent parfaitement le contenu de la prédiction, m'a-t-elle interrompue. Votre lien familial avec Gian est la seule raison qui m'empêche de vous jeter en prison sans autre forme de procès. Revenons à cette *Chiave* disparue.

— Nous avons appris qu'elle était entre les mains de Crapaud, lui-même enfermé sous le Vatican. Nous sommes donc allés la récupérer. Peu après notre arrivée, le Rouge et ses hommes ont attaqué la prison. Nous avons fui avec le prisonnier afin de le protéger.

Bastien s'est de nouveau levé :

— La réponse de Giana mérite une précision. Nous pensons qu'il s'agit d'un coup monté par le Rouge, mais il n'a pas participé lui-même à l'attaque.

Ellen Arkwright s'est éclairci la voix.

— Votre Altesse, je vous rappelle que dans ce procès, seuls les avocats peuvent prendre la parole en plus du témoin.

— S'ils faisaient leur travail, je n'aurais pas à m'en acquitter à leur place, a rétorqué Bastien avant de s'asseoir.

Les quatre hommes de loi concernés se sont tortillés sur leur siège en échangeant des regards gênés.

— Bien noté. (La présidente m'a observée, les lèvres pincées.) Vous pouvez vous rasseoir. (Elle a jeté un coup d'œil aux documents étalés devant elle.) Nicklaus Roux Agard, levez-vous !

Bastien a dû donner un coup de coude à Nick pour lui faire comprendre qu'il s'agissait de lui. Mon ami s'est redressé d'un air hésitant :

— Oui, euh… votre Honneur. Mais ce n'est pas mon nom.

Elle l'a dévisagé :

— Votre père est bien Conemar Agard et votre mère Jacqueline Roux, est-ce exact ?

Il n'en menait pas large.

— C'est vrai, mais j'ai été adopté par des humains. Mon nom légal est Nicklaus D'Marco.

— C'est peut-être le cas dans le monde des Hommes, mais pas dans le nôtre. Si vous souhaitez changer de nom, vous devrez remplir des formalités auprès de l'état civil chimérique. (Elle a noté quelques mots sur le papier.) Dites-moi, quels sont vos sentiments vis-à-vis de votre père ?

De nouveau, Bastien s'est levé d'un bond :

— Quel est le rapport avec le procès qui nous concerne, votre Honneur ?

Elle l'a fusillé du regard.

— Vous êtes peut-être de sang royal, Bastien Renard de Couve, mais vous n'avez pas voix au chapitre dans ce tribunal. Rasseyez-vous. J'ai posé cette question à ce garçon pour une bonne raison. Un charme a été lancé sur cette assemblée, qui empêche quiconque sous ce toit de proférer des mensonges. J'ai besoin d'être sûre de sa bonne foi.

— Vous voulez savoir ce que je pense de lui ? Je le hais ! a explosé Nick. Il a assassiné ma mère. Je voudrais pouvoir le tuer… Et je le tuerai, d'ailleurs ! La vengeance occupe toutes mes pensées et porter son nom est un déshonneur !

J'aurais voulu lui prendre la main, mais il était hors d'atteinte. J'osais à peine imaginer la complexité des sentiments du pauvre garçon et la colère dévorante qui lui rongeait le cœur.

Ellen Arkwright a observé le visage de mon ami, et griffonné de nouvelles conclusions dans son carnet.

— Compréhensible. Vous êtes-vous rendu dans les geôles avec l'intention de libérer Crapaud ?

— Non, seulement pour retrouver la *Chiave*. Et c'est là que tout est parti en sucette… euh… que la situation a dégénéré : il fallait fuir, tout de suite, et Gia craignait que Crapaud ne soit tué.

La présidente de séance a examiné Nick avec un sourire inquiétant. Après l'avoir remercié, elle s'est adressée au Conseil :

— Je déclare Giana Bianchi et Nicklaus Roux *D'Marco* libérés de tout chef d'accusation.

— Pourquoi il a droit à son vrai nom, lui ? ai-je marmonné.

— C'est une mesure de clémence, m'a répondu Bastien d'un air grave. Ton nom est respecté, le sien est craint.

Mais je venais juste de me rendre compte de ce qu'impliquait la sentence qui venait d'être rendue.

— Attendez… Excusez-moi mais… Nick et moi, on était en procès ?

Arkwright a poussé un long soupir :

— Mademoiselle Bianchi, il est interdit d'interrompre la cour sans autorisation de prendre la parole. Il ne s'agit pas de votre procès, mais il se trouve que des charges étaient retenues contre vous dans le cadre de l'évasion du malfaiteur. Puis-je continuer, maintenant ?

— Euh, oui, désolée… ai-je dit avant de me rasseoir.

Elle s'est raclé la gorge.

— Le Conseil va maintenant entrer en délibération eu égard aux confessions du malfaiteur. Je souhaiterais qu'on nous fasse parvenir en chambres une copie du registre des sauts du 20 juillet 1938. Le verdict sera rendu demain à la même heure. La cour est invitée à sortir avant le reste de la salle.

Elle a refermé son carnet et s'est mêlée aux autres mages qui rejoignaient une porte latérale.

— Quelle histoire ! a soufflé Nick.

J'ai haussé un sourcil inquisiteur.

— Agard ?

— Ne m'en parle pas… Si elle avait continué à m'appeler comme ça, j'aurais une cible collée sur le dos à l'heure qu'il est. Bon, qu'est-ce qu'on fait, on rentre ?

Les dents serrées, il a enfoncé les mains dans ses poches.

— J'ai bien peur que non, a répondu Bastien. Vous devez rester à la disposition du Conseil au cas où il aurait d'autres questions à vous poser.

— Mais qu'est-ce qu'on va faire de notre journée ? ai-je demandé en le suivant jusqu'en haut des marches.

— Ça vous plairait, de visiter Mantello ?

Debout sur les gradins, il a posé sur moi un regard malicieux, assorti d'un sourire presque diabolique. L'étincelle dans ses yeux bleu acier avait de quoi couper le souffle. Ce garçon avait décidément tout pour lui, depuis son physique de star de cinéma jusqu'à son attitude toujours décontractée, qui avait le don de mettre les autres à l'aise. Je me voyais sans mal sortir avec lui, mais la peur me faisait hésiter. Et s'il se passait la même chose qu'avec Arik ?

— Bof, ça n'a pas l'air palpitant, a répondu Nick. (Il m'a poussée dans le dos.) Ne reste pas plantée là, avance !

J'ai pivoté pour déloger ses mains de mes omoplates.

— Du calme, moussaillon ! ai-je grondé.

— Tu plaisantes, j'espère ! s'est enthousiasmé Bastien. Nous sommes en pleine semaine de festival. Au programme : danses, banquets, alcool à gogo et jeux magiques !

— Toujours pas…

— Les danseurs sont plutôt dévêtus.

— Il fallait le dire plus tôt ! s'est écrié Nick en me passant devant. Quel est l'âge légal pour boire, ici ?

— L'âge légal ?

— Il veut dire : l'âge à partir duquel on peut boire de l'alcool selon la loi, ai-je expliqué.

— Oh, il n'y en a pas. C'est aux parents de décider.

Nick a sauté de marche en marche.

— Et si les parents du mineur ne sont pas présents ? a-t-il demandé.

— On est considéré comme un adulte à seize ans.

— Ce village m'est de plus en plus sympathique ! a décrété mon ami.

À la sortie de l'amphithéâtre, une lumière méridionale proprement éblouissante nous attendait. Les rues pavées, plutôt étroites, regorgeaient déjà de monde. Des bannières pendaient aux fenêtres des maisons. Pendant que nous assistions au procès, la ville s'était éveillée à la vie.

Guidés par Bastien, nous avons déambulé sur les trottoirs. Au-dessus de nos têtes, des Chimères jetaient des pétales de fleurs par les fenêtres. La journée s'est passée à explorer le marché local, à boire des jus de fruits fraîchement pressés et à manger des petits pains.

Nick a découvert au coin d'une rue des jeunes filles vêtues de cotonnades légères en train de fouler au pied des grappes de raisins. Tout en exécutant une danse lascive, elles prenaient des poignées entièrs de grains pour les frotter contre leur ventre nu. Mon ami en est resté bouche bée.

— C'est un spectacle un peu gênant, ai-je soufflé à Bastien.

— Pourquoi ? Ces femmes veulent séduire le raisin afin qu'il leur délivre son jus.

— De pire en pire… et Nick est en train de rêver qu'il s'est transformé en grappe !

Bastien a éclaté de rire et pris ma main. Mes oreilles se sont mises à bourdonner, comme si j'étais dans un état second.

— On devrait peut-être le laisser à ses fantasmes et partir nous-mêmes en exploration ?

Mon cœur a fait un bond dans ma poitrine.

— Euh… Je ne crois pas que…

— Détends-toi. Je voulais tout simplement dire qu'il y a un spectacle de marionnettes au coin de la rue. Je sens que ce sera plus ta tasse de thé !

Il m'a entraînée à sa suite.

— Écoute, du moment que les marionnettes ne sont pas à moitié nues… ai-je plaisanté.

J'ai marché à ses côtés, sereine. C'était si bon d'être là, loin d'Arik et de la peine que me causait encore notre rupture.

Nous avons ri comme des bossus devant les pitreries des pantins. Le marionnettiste parlait italien si vite que j'avais le plus grand mal à comprendre l'intrigue. La main de Bastien ne quittait mon dos que lorsqu'il éclatait de rire, pour retrouver sa place aussitôt après. J'ai commencé à me laisser aller contre lui, mais je me suis aussitôt reprise.

À la fin de la représentation, les applaudissements ont jailli de toute la rue et même des habitations alentour, se réverbérant sur les façades des maisons.

Décidément, rire de bon cœur me faisait vraiment du bien : je flottais sur un petit nuage. Nous sommes retournés sur nos pas retrouver Nick là où nous l'avions laissé. Nous nous sommes faufilés entre les spectateurs massés autour des bacs à raisin. Quelle ne fut pas notre surprise de découvrir mon plus vieil ami installé parmi les danseuses, le bas du pantalon roulé et le T-shirt réduit à un haut de bikini, occupé à écraser les grains. Une fille de son âge, qui lui tenait la main, lui lançait des regards langoureux.

Bastien, debout derrière moi, a posé ses mains sur mes épaules :

— Tu passes un bon moment ?

Son souffle me chatouillait l'oreille, au point que j'en ai eu la chair de poule. Je me suis tournée vers lui en souriant :

— Oui, il y a une sacrée ambiance !

Le visage de Bastien s'est fait plus grave, comme s'il était sur le point de m'embrasser. Mon cœur a manqué un battement. Soudain, l'image d'Arik et la douleur de notre séparation sont revenues me hanter. J'ai fait un pas en arrière.

— Je suis désolée, je...

— Tu l'aimes encore. (Son regard s'est perdu dans la foule avant de revenir sur moi.) Il en a choisi une autre, mais tu refuses toujours de renoncer à lui.

Ce n'était pas mon sentiment, mais avant que je puisse répondre quoi que ce soit, un homme au ventre rond et au nez épaté m'a fourré entre les mains un gobelet argenté rempli de vin. J'ai tenté de le lui rendre, sans succès.

— Non, non, *las mujeres bebere a la vitalidad.*

« Les femmes boivent à la vitalité ». S'attendait-il vraiment à ce que j'ingurgite ce breuvage ?

— Je ne bois pas d'alcool, ai-je expliqué.

Mais l'homme, après avoir servi Bastien de la même manière, était déjà passé à d'autres convives.

— Ce n'est que du vin, m'a dit Bastien, dont l'attitude s'était nettement refroidie. Tu bois simplement du jus de raisin, mais fermenté. Quelques gorgées ne te feront aucun mal, ce n'est pas très alcoolisé. Et puis c'est la tradition.

Sauf que la tradition, au village, était loin de se limiter à un seul toast. Avant peu, j'avais vidé mon gobelet tout entier et la tête commençait à me tourner. De bleu, le ciel a viré au mauve, puis au noir pailleté d'étoiles. Un feu d'artifice s'est épanoui au-dessus de nos têtes.

Nick, échauffé par la boisson ou peut-être simplement par l'ambiance, dansait dans la rue. Des taches de raisin couvraient sa bouche et sa chemise blanche.

— On devrait l'envoyer se coucher avant que ça ne dégénère, a fait observer Bastien.

Soudain, j'ai retenu mon souffle : un peu plus loin, mon ami vacillait sur la crête d'un muret, les bras en balancier.

— Je crois que c'est déjà le cas, ai-je répondu.

À force de cajoleries, Bastien a réussi à faire redescendre Nick de son perchoir. Il nous a conduits dans une petite villa où nous avons couché le jeune fêtard dans l'un des lits.

— Par ici, m'a dit Bastien, qui m'a guidée jusqu'à une porte, de l'autre côté du couloir.

Je l'ai poussée avant de marquer une pause.

— Où vas-tu dormir ?

— Avec Nick. Le festival attire des tonnes de touristes, je n'ai pu trouver que deux chambres.

Il s'est massé l'arrière du cou, évitant de croiser mon regard.

— Dors bien, à demain.

J'ai tout fait foirer. Il a voulu m'embrasser, et moi… Arik, je te déteste.

— Il ne faut pas m'en vouloir, ai-je chuchoté, le souffle court.

Ses yeux ont enfin rencontré les miens.

— Ce n'est pas le cas. J'aimerais tant que tu éprouves la même chose que moi, c'est tout.

Il a déboutonné sa chemise.

— Qu'est-ce que tu fais ?

— Je viens de me rendre compte que tu n'as rien de confortable pour dormir. Tiens, ça devrait faire l'affaire.

Il a ôté le vêtement, qu'il m'a tendu. Mon regard a délibérément évité son T-shirt près du corps.

— Merci, Bastien. Bonne nuit.

J'aurais voulu lui dire tant d'autres choses… Il s'est éloigné le long du corridor. Discrètement, j'ai admiré sa silhouette parfaitement proportionnée aux muscles longilignes, ce qui lui a arraché un sourire au moment de refermer la porte derrière lui. Décidément, il n'était pas dupe !

J'ai soupiré. J'avais un problème, pas de doute… Un garçon qui semblait sorti d'un rêve dormait là, de l'autre côté du couloir, et moi, je continuais à moitié d'espérer qu'Arik se lasse d'Emily et me revienne. C'était ridicule, je le savais bien. Mais comment tromper mes sentiments ? J'ai refermé ma porte et tiré le verrou.

Je me suis déshabillée pour enfiler la chemise de Bastien, dont le parfum entêtant m'enveloppait. J'étais là, à me maudire de trop gamberger, lorsqu'une petite enveloppe est apparue sous la porte.

Je me suis précipitée dans le couloir : personne. Sans perdre un instant, j'ai ouvert et déchiffré le message.

Quitte Mantello immédiatement. Ne va pas au procès demain.

J'ai couru frapper chez les garçons. Bastien, torse nu, les cheveux en bataille, a fini par venir m'ouvrir, sa brosse à dents à la main.

— Que se passe-t-il ? m'a-t-il demandé, la bouche pleine de dentifrice.

— Euh… Je…

Muette, je lui ai tendu la missive. Après l'avoir lue, il a regardé à droite et à gauche dans le couloir, puis reculé pour me laisser entrer.

— Tu vas dormir avec nous.

— Qu'est-ce que ça veut dire ? Tu crois que je suis en danger ?

— C'est une simple tentative d'intimidation. Quelqu'un veut que Crapaud reste derrière les barreaux. La présence des arrière-petits-enfants de Gian au procès joue en sa faveur, alors… Bon, prends mon lit, je dormirai sur le canapé.

Il est retourné dans la salle de bains, non sans jeter un coup d'œil rapide sur mes jambes nues.

Sur le couvre-lit reposait un livre au titre familier, *Le Jardin secret*. J'en ai tourné les premières pages : il y avait souligné de nombreux passages. Un petit sourire aux lèvres, j'ai déposé l'ouvrage sur la table de nuit et éteint la lumière.

Une fois allongée, j'ai tiré la couverture jusque sous mon menton. Quelques minutes plus tard, Bastien est rentré dans la pièce, vague silhouette dans la pénombre. Il a pris l'oreiller en trop sur le lit et s'est installé sur le sofa. Son odeur a flottait autour de moi.

La nuit ne s'annonçait pas bonne. J'étais à la fois effrayée par le message anonyme et tourmentée par la complexité de mes sentiments pour Bastien. Comment aurais-je pu trouver le sommeil dans ces conditions ?

Je m'étais suffisamment torturé l'esprit en pensant à Arik et Emily. Peut-être était-il temps pour moi de tourner la page.

Les secondes se sont changées en minutes, les minutes en heures. Nick ronflait dans l'autre lit. Bastien tournait et se retournait sur le canapé. Le mal de crâne et l'épuisement ont fini par avoir raison de moi, et j'ai sombré dans les bras de Morphée.

Chapitre 13

Le rêve m'a happée comme un piège dans la nuit. J'étais assise sur l'herbe, une plume à la main, au beau milieu des pans de ma jupe carmin et or. Sur mes genoux reposait un journal intime relié de cuir.

Voilà que je me retrouvais de nouveau projetée dans la conscience d'Athela. Depuis la découverte de mes véritables origines, c'était arrivé à plusieurs reprises. Cette femme était une de mes ancêtres, qui vivait en un temps où humains et Chimères coexistaient encore dans ce qui était désormais le monde des Hommes. Pour une raison que j'ignorais encore, cette enchanteresse me faisait revivre certaines scènes-clés de son histoire personnelle. Autre problème, les souvenirs étaient comme les pièces mélangées d'un puzzle : je peinais à établir leur chronologie.

Une femme plus âgée, vêtue d'une robe grise toute simple, un châle blanc défraîchi jeté sur les épaules, était assise à côté de moi. Un peu plus loin, un petit garçon aux cheveux blonds, une épée de bois à la main, courait dans la prairie parsemée de fleurs blanches. Il sautillait joyeusement sans me quitter des yeux.

— Et voilà ! ai-je déclaré. Tout ce dont son protecteur aura besoin se trouve consigné ici.

— Qu'allons-nous en faire ? a demandé ma compagne. Ces sorts sont dangereux. Ils peuvent donner un pouvoir immense à celui qui les trouvera.

— Pour mieux cacher ce journal, nous le laisserons bien en évidence. Que personne ne soupçonne jamais ce qu'il contient.

— Mame, tu as vu ? s'est écrié le petit garçon.

Mame ? C'est donc son fils.

Revivre les souvenirs d'Athela m'avait permis de mieux comprendre la Tétrade et toutes les catastrophes qu'elle était capable d'engendrer. Heureusement, le monstre était enfermé, caché loin de nos deux mondes.

— Mame te voit, Roy-Roy ! lui a crié Athela en reposant sa plume dans l'encrier. (Le journal refermé, elle a entrouvert un panier d'osier posé sur une couverture tout près d'elle.) Viens, mon ange, je t'ai préparé un délicieux repas. N'es-tu point affamé ?

— Le garçon n'a toujours pas ses pouvoirs, a dit la vieille femme. Il est à craindre que votre malédiction ne l'ait touché.

— Dans ce cas, nous lui apprendrons à se battre.

Athela a tiré d'un torchon une petite volaille rôtie. Elle l'a déposée sur une assiette avant de tendre un couteau à sa compagne, qui a entrepris de la découper en marmonnant :

— La femme de votre frère a donné naissance à un bébé mort-né. La lignée des Archimages se flétrit, comme la branche cassée se dessèche sur un arbre. Bientôt il ne naîtra plus à Estril de magiciens mâles.

— Autrefois, j'espérais que Roy-Roy hérite des pouvoirs de son père. Mais qu'ai-je fait ? En maudissant mon peuple, je l'ai maudit de même. Il est né pour mourir… Je dois le préparer aux horreurs qui l'attendent.

— Au village, une rumeur se répand : Mykyl aurait été tué par les héritiers du septième mage. Ne pourrions-nous pas retourner à Estril, puisque votre père n'est plus ?

— Non, c'est impossible. Je dois protéger mon fils. (Athela a fouillé dans le panier.) Vois cette tarte que tu as préparée : aujourd'hui, c'est la vie de mon enfant que nous célébrons, le jour de sa naissance !

Le rêve s'est accéléré. Les images se sont brouillées : j'ai vu Athela et son fils vieillir. C'était un homme désormais, et elle avait quelques cheveux gris. Il faisait les cent pas devant sa mère installée à une haute table, dans une pièce sombre au décor médiéval.

— Je dois y aller, Mame. (Ses yeux d'ambre la suppliaient.) Les humains tuent des Chimères, ils brûlent les sabbats, ils s'attaquent aux magiciens !

— Et ta vie ? Tes enfants ! Qui les protégera ?

Il lui a caressé la joue d'une main puissante :

— Vous le ferez, Mame. Je dois mener mon peuple à l'abri.

— Ils n'ont pourtant jamais levé le petit doigt pour nous aider…

— Non point le peuple de votre père, Mame, mais celui du mien. Le peuple d'Asile. Ses mages ont trouvé le moyen d'envoyer nos refuges dans un autre monde.

Athela a hoché la tête, résignée.

— Alors tu dois partir, mon fils. Il est temps. Je crains bien que ce moment ne soit le dernier que nous partagions. Tu devras porter seul ce terrible fardeau.

Elle lui a tendu un parchemin enroulé. Son fils l'a regardée sans comprendre.

— Ton destin est inscrit ici, lui a-t-elle expliqué, les yeux gonflés de larmes. Tu ne pourras y échapper. Mais par ta mort, tous les êtres auront la vie sauve.

Après avoir lu les mots griffonnés sur le rouleau, il est tombé à genoux. Athela s'est approchée de lui pour le serrer dans ses bras.

— Mame ! a-t-il supplié, les yeux rivés au sol. Ôtez-moi cette croix que je ne saurais souffrir.

Elle a posé sa joue sur celle de son enfant.

— Mon fils… Bien des nuits j'ai prié. Bien des nuits j'ai sacrifié des êtres consacrés. Bien des nuits j'ai pleuré, en vain. Ce qui est fait ne peut être défait.

Qu'essayait donc de me dire Athela ? Que son fils était destiné à mourir ? Mais pourquoi ? La tristesse immense qui m'avait envahie était-elle la sienne ou la mienne ? Le rêve a fini par s'enfuir, et les ténèbres m'ont engloutie.

Mes talons claquaient sur les pavés des ruelles animées. La sentence du Conseil ne devait pas être rendue avant une bonne heure, aussi Bastien nous avait-il emmenés petit-déjeuner sur la place du village. Une fois avalée la dernière bouchée des pâtisseries qu'il nous avait achetées, nous nous sommes mis en quête d'autres victuailles. Tandis que les garçons inspectaient l'étal d'un épicier, soupesant et reniflant les fruits, j'ai admiré une vitrine garnie de sublimes costumes colorés.

L'esprit occupé d'une part par mon rêve, d'autre part par le message anonyme glissé sous ma porte, j'évitais sans réfléchir les badauds qui allaient et venaient autour de moi. Je n'avais pas rêvé d'Athela depuis que j'avais quitté Asile pour le monde des Hommes. Se pouvait-il que ces visions ne m'apparaissent que dans celui des Chimères ? Cette hypothèse me semblait plus que probable. Pour Bastien, le message était une simple tentative d'intimidation, mais je continuais malgré moi de redouter la dernière partie du procès.

Désœuvrée, j'ai fini par entrer dans une librairie.

— *Buongiorno !*

Installé derrière son comptoir, un jeune homme d'une vingtaine d'années, l'air très érudit derrière ses lunettes, m'a accueillie avec un grand sourire.

— Bonjour, ai-je marmotté en parcourant les étagères.

— *Americana ?*

— *Sì.*

Il a redressé une pile de magazines sur le comptoir.

— Surtout, n'hésitez pas à demander si vous avez besoin d'*assistenza*.

— *Grazie.*

J'ai laissé mes doigts glisser sur le dos des ouvrages jusqu'à ce que l'un d'entre eux finisse par retenir mon attention : *Des dangers de l'assujettissement.*

J'ai acheté le livre avec les quelques pièces que m'avait confiées Bastien avant de m'asseoir pour le parcourir sur un banc près d'une fontaine installée au centre de la place.

Tournant les pages avec précaution, j'ai pris mon temps pour absorber les informations qu'elles contenaient. Seul un magicien pouvait jeter un sort d'assujettissement. La personne contrainte était entièrement soumise à la volonté de son maître. Un mage pouvait vivre très longtemps, mais assujettir autrui écourtait sensiblement sa durée de vie. Contrôler quelqu'un trop longtemps faisait vieillir le sorcier de manière accélérée et pouvait même causer sa mort prématurée. Si le magicien mourait en plein sort, la victime perdait la raison et son âme restait noire pour le restant de ses jours.

S'ensuivaient des pages et des pages d'études de cas d'assujettissement et des séquelles répertoriées. Quelques illustrations ont failli me faire rendre mon petit-déjeuner. Le visage des assujettis était déformé par le mal et leurs pupilles presque incolores.

J'avais bien sûr très envie de croire qu'Arik se trouvait sous la coupe d'un quelconque magicien. Mais une aura très particulière entourait la plupart du temps les assujettis – à commencer par Faith, le jour où elle avait tenté de me tuer, à Asile. Je me rappelais l'atmosphère poisseuse de la pièce, la sensation que des bêtes invisibles rampaient sur ma peau. Or, avec Arik, je n'avais rien ressenti de tout ça.

Nick a traversé la place pour me rejoindre, une grappe de raisins à la main.

— Ah, te voilà ! On t'a cherchée partout.

— Je suis ici depuis près d'une heure. (J'ai refermé mon livre.) Je pensais que tu ne pourrais plus voir un raisin en peinture après la soirée d'hier !

— Très drôle. Sérieusement, je n'ai jamais goûté de raisin aussi parfumé. Il est divin !

— Allons-y, le procès va bientôt reprendre ! nous a crié Bastien, installé sur une chaise à la terrasse du café voisin.

Nous sommes retournés dans l'amphithéâtre reprendre nos places habituelles. Contrairement à la veille, tous les sièges semblaient pris – l'endroit était plein à craquer.

Je ruminais mon angoisse en attendant l'arrivée des jurés : le message anonyme continuait de me travailler. Incapable de rester immobile sur son siège, Crapaud ne cessait de se frotter le cou.

Les membres du Conseil sont entrés en file indienne pour aller se placer autour de la table ronde. Ils ne se sont pas assis, comme s'ils attendaient quelque chose. Une dizaine de gardes armés d'épées et de boucliers encerclaient la scène. Soudain, une porte latérale s'est ouverte : deux femmes et cinq hommes sont entrés. Parmi eux se trouvait Merl. Tous se sont installés dans des fauteuils confortables, juste en face de nous.

— La crème de la crème, j'imagine ? s'est exclamé Nick. On se croirait dans un vieux film !

Je lui ai donné un coup de coude.

— Tu ne peux pas être sérieux deux secondes ?

— Oh, arrête ! Tu te prends pour ma mère ?

C'est vraiment un cas désespéré...

— Que fait Merl ici ? ai-je préféré demander à Bastien.

— Lorsque la peine de mort est une sentence envisageable, tous les Archimages des principaux refuges doivent assister au verdict. Ce sont eux qui ont le dernier mot : s'ils trouvent la sentence trop sévère, ils peuvent décider de la commuer, ou même de gracier le prévenu.

J'ai ouvert de grands yeux.

— Je ne comprends pas... Comment peuvent-ils envisager la peine de mort, alors que ce n'était pas le cas lors de son premier procès ?

— La sentence était bien la mort, mais on n'exécute jamais les malades mentaux, car ils ne sont pas responsables de leurs actes. Maintenant qu'ils savent qu'il n'était pas fou, mais assujetti, la peine de mort est de nouveau sur la table.

— Comment ?

Mon cri a résonné dans les gradins et Merl, entre autres, m'a adressé un regard courroucé.

— Attends, je ne l'aurais tiré de prison que pour l'envoyer à la mort ? ai-je murmuré, outrée, à Bastien.

— Calme-toi, voyons. Il est très peu probable qu'il soit condamné à mort. Toutes les preuves jouent en sa faveur. Et puis il dit forcément la vérité, puisque l'amphithéâtre est enchanté et que personne ne peut mentir ou lancer le moindre sort dans cette enceinte.

Ellen Arkwright s'est levée, solennelle. Ses cheveux tirés en arrière accentuaient un peu plus les rides de son visage. Après avoir ouvert la séance, elle s'est tournée vers les sept Archimages.

— Bienvenue à vous, vos Majestés. Il eme semble que vous avez tous pris le temps vous informer de la tenue du procès d'hier.

Merl s'est dressé à son tour :

— En effet, a-t-il confirmé avant de se rasseoir.

— Je rappelle que les Archimages ont le pouvoir d'opposer leur véto à toute sentence de mort qu'ils estimeraient injustifiée. (Elle a posé ses lunettes sur son nez afin de parcourir les documents qu'elle avait sous les yeux.) Crapaud de Valnoir : veuillez vous lever.

Le Laniar tremblait si fort qu'il tenait à peine debout. L'un de ses gardes a dû l'aider en le tenant par le bras.

— Votre état vous permet-il d'assister à ce qui va suivre ? lui a demandé Arkwright.

— Oui, a-t-il croassé.

— Êtes-vous conscient que vous encourez la mort ?

— Je le suis.

— Avez-vous une dernière déclaration à adresser au Conseil ?

Crapaud a lorgné vers Nick et moi avant de répondre. Une étrange atmosphère s'était installée dans l'amphithéâtre. La peau de mes bras me démangeait soudain.

— J'aime Gian comme un frère. Je suis plein de regrets de ne pas pouvoir empêcher sa mort.

La présidente a ôté ses lunettes.

— Le Conseil a abandonné toutes les charges retenues contre vous. Vous avez suffisamment souffert pour un crime que vous n'avez pas commis. Les refuges ont décidé de vous dédommager pour votre emprisonnement injuste. Et vous serez logé à Asile tout le temps que vous le souhaiterez.

À ces mots, un objet oblong a traversé l'amphithéâtre. La flèche s'est fichée dans la gorge de Crapaud avec un bruit à la fois sourd et mouillé. Stupéfaite, j'ai hoqueté. Quand la pointe est ressortie de l'autre côté de son cou, le sang a giclé. Le Laniar a basculé par-dessus la barrière de pierre qui entourait l'estrade, et son corps sans vie a lourdement heurté le sol de marbre.

La salle entière s'est mise à hurler. Soudain, une foule désordonnée s'est ruée vers les sorties du bâtiment. La même panique me gagnait. Complètement désorientée, je ne savais plus quoi penser. Je me suis exhortée au calme.

Une autre flèche est allée se ficher dans la poitrine d'un des gardes. L'un après l'autre, les traits ont couché tous les soldats. Le suivant a embroché un Archimage. La victime est retombée contre son siège, les yeux révulsés, et tous les mages se sont couchés à terre.

J'ai tenté de générer un globe, en vain. Le sortilège jeté dans tout le tribunal empêchait bel et bien d'y pratiquer la magie. J'ai ôté mes talons et franchi d'un bond le banc devant moi.

— Couche-toi, Gia ! m'a crié Bastien.

— Emmène Nick à l'abri, lui ai-je ordonné avant de sauter par-dessus la balustrade pour atterrir sur l'estrade.

— Gia !

La note de panique qui colorait sa voix ne m'a pas arrêtée. Un projectile a sifflé en passant près de mon oreille pour aller se planter dans le sol. Je me suis mise à quatre pattes pour atteindre l'un des gardes tombés au combat, dont j'ai emprunté épée et bouclier. Je me suis précipitée vers les Archimages retranchés derrière la protection dérisoire de leurs fauteuils. Ils offraient une cible facile puisque l'assassin se trouvait sur le point le plus haut de l'amphithéâtre. Une nouvelle flèche a transpercé le crâne roux d'un des mages agenouillés. L'angle et le rythme des tirs me semblaient indiquer la présence de deux assaillants. Mais combien leur restait-il de munitions ?

L'un des archers s'est redressé au sommet des escaliers. Je me suis élancée, bouclier en avant, juste à temps pour protéger Merl d'une flèche qui lui était destinée.

— Suivez-moi ! ai-je crié au petit groupe de mages, en désignant l'une des entrées du doigt. On va se diriger vers cette porte !

Ils se sont tous jetés en avant. Je me suis interposée tant bien que mal entre eux et les tueurs. Un nouveau projectile a fusé, que j'ai réussi à couper en deux avec mon épée. Il est allée mourir au sol. Un autre nous a manqués de quelques centimètres à peine. Nous progressions aussi vite que possible. Encore quelques mètres…

J'ai étouffé un cri : un trait venait de m'écorcher le bras. Merl a poussé la porte pour faire passer ses pairs. Avant de refermer le battant derrière moi, j'ai jeté un dernier coup d'œil à l'estrade au centre de la salle. Arkwright était affalée sur la table du Conseil, l'homme à côté d'elle cloué à son dossier par une flèche en pleine poitrine.

Des renforts se sont précipités à l'intérieur par toutes les issues. C'est alors que j'ai repéré un tireur – ou plutôt une tireuse –, qui tentait de prendre la fuite en empruntant une porte non loin de moi.

Pia ?

Les gardes se sont jetés sur elle, mais elle se débattait comme un beau diable. J'ai suivi son regard : de l'autre côté des gradins, Reya s'apprêtait à tirer une flèche sur un soldat. Mais l'homme s'est fendu de tout son long et son épée s'est enfoncée dans le ventre de la Sentinelle.

— Non ! a hurlé Pia.

Reya a levé vers sa sœur des yeux empreints d'une immense douleur. Son adversaire a tiré sur la garde de l'arme et la jeune fille s'est écroulée.

Aussitôt, Pia a cessé de lutter contre ses assaillants.

— Oh, Reya ! s'est-elle lamentée d'une voix déformée par le chagrin.

J'ai couru vers elle.

— Qu'est-ce qui vous a pris, vous êtes folles ?

Elle a levé sur moi des yeux pleins de larmes.

— Je… je ne voulais pas que tu viennes, Gia. On ne voulait pas vous blesser, Nick et toi.

— Ce message… c'était vous ?

Elle a hoché la tête, les joues humides.

— Crapaud était aux ordres de Conemar ! Beaucoup des nôtres sont morts par la faute du tyran… Des femmes, des enfants… (Un sanglot a coupé sa phrase.) Si notre refuge a été attaqué, c'est sur ses ordres ! Alors nous avons juré que tous ses partisans périraient, à commencer par Crapaud. Tu n'es qu'un mouton, Gia. Tu accordes trop facilement ta confiance. Tu crois qu'il n'existe qu'une seule menace.

— Mais pourquoi avoir tué des Archimages ?

— Le Conseil est corrompu. Ils ont laissé les rebelles attaquer notre refuge. Nos Sentinelles ont envoyé un appel au secours, mais personne n'est venu… Personne !

Elle a baissé la tête. Bastien, qui s'était approché, a posé la main sur mon épaule.

— Viens, Gia. N'écoute pas ces élucubrations.

Je me suis tournée vers lui.

— Pourquoi personne n'a-t-il répondu au message de Santara ?

— L'appel de détresse a été bloqué. Les Surveillants ne l'ont pas reçu à temps.

— Mensonges ! a hurlé Pia. Il a bien été reçu, mais quelqu'un a décidé de l'ignorer. Il y a un groupe secret, un groupe d'humains, qui essaie de détruire notre monde. Ils ont un appui au sein du Conseil. Notre refuge s'est souvent battu pour les droits des Chimères, c'est pour ça qu'il a été pris pour cible !

— Ces rumeurs folles existent depuis des années, est intervenu Bastien. Peux-tu prouver que ce groupe existe vraiment ? Ou que l'appel de Santara a été délibérément ignoré ?

— Non, a-t-elle répondu, l'oreille basse. Mais ça ne veut pas nécessairement dire que je me trompe.

— Alors je ne peux rien faire pour toi, a dit Bastien. Vous avez fait de nombreuses victimes aujourd'hui et vous serez jugées pour vos actes. (Il s'est tourné vers les soldats en désignant la Sentinelle de la tête.) Emmenez-la !

Pia s'est débattue contre la poigne de fer des gardes :

— Gia ! Le Rouge...

Mais on l'emportait déjà sans ménagements.

— Attendez ! me suis-je écriée. Je veux entendre ce qu'elle a à dire !

Elle a tourné la tête en arrière, le visage tordu par la douleur.

— Gia, ce n'est pas le Rouge qui a attaqué Santara ! Quelqu'un d'autre a...

L'escadron a poussé sa prisonnière dehors et la porte s'est refermée sur eux.

— Qu'a-t-elle voulu dire par là ?

Bastien m'a pris la main pour me faire descendre les escaliers.

— Cette fille ne sait plus ce qu'elle dit. Elle n'a pas toute sa raison. Le Rouge a effectué un saut vers Santara quelques minutes avant l'attaque : les Surveillants l'ont enregistré.

Il avait sans doute raison. On ne tuait pas de sang-froid autant d'innocents sans avoir complètement perdu la tête. Pia semblait en plein délire. Mais pour moi, le choc était terrible. J'avais partagé des repas, des heures entières d'entraînement, de longues soirées de détente avec Reya et sa sœur... Je n'en revenais tout simplement pas. Rien de tout ça ne leur ressemblait. Il y avait bien d'autres manières de manifester son désaccord que de prendre des dizaines de vies, sans rime ni raison ! J'étais effondrée.

Un bataillon de Guérisseurs est entré. Crapaud gisait dans une mare de sang qui s'insinuait dans les craquelures du sol. Son visage semblait serein, comme si, enfin, il était libre… J'ai caché mon visage dans mes mains pour pleurer.

Au bout d'une minute, les bras de Bastien m'ont enveloppée. Son souffle chaud caressait doucement mes cheveux.

— Je ne sais pas ce que j'aurais fait si tu étais tombée au combat…

— Je suis une Sentinelle, tu l'as oublié ? Je n'ai fait que mon devoir.

Mais ma voix chevrotait.

— Après aujourd'hui, je ne risque plus de l'oublier, c'est certain !

Merl, qui venait d'entrer dans la salle, s'est dirigé vers nous d'un pas lourd. Son sourire crispé dissimulait mal la tristesse et la crainte qui le taraudaient. J'ai doucement repoussé Bastien.

— Gia ! Tout va bien ? m'a demandé l'Archimage. Tu as sauvé bien des vies aujourd'hui. Sans toi, un très grand nombre de victimes serait sans doute à déplorer.

Mais une petite voix me soufflait que j'aurais surtout pu empêcher l'attaque. En découvrant le message de Pia, j'aurais dû alerter le Conseil sur-le-champ, bien sûr. La culpabilité me rongeait les entrailles.

— Tu es blessée, a soudain remarqué Bastien. Il faut que tu voies un Guérisseur.

Le sang perlait à ma manche.

— Ce n'est qu'une égratignure. Où est Nick ?

— J'ai demandé aux gardes de l'emmener en sécurité.

Merl a fait signe à une Guérisseuse de nous rejoindre.

— Le professeur Attwood vient vous ramener chez vous. Bastien, tu dois accompagner Augustin à Couve. Les événements l'ont un peu secoué.

Le jeune homme a jeté un regard empreint de tristesse au nouvel Archimage de Couve, l'asile français. Il s'agissait du successeur de son père, Gareth, mort quelque temps plus tôt.

Après avoir inspecté ma blessure, la Guérisseuse l'a nettoyée, badigeonnée d'onguent et emmitouflée dans un bandage. Mais elle et ses collègues ne pouvaient plus rien pour les victimes des flèches de Pia et Reya, dont les tirs s'étaient avérés d'une précision redoutable. Je me suis rappelée le cimetière secret situé non loin de notre salle d'entraînement, le tronc d'arbre tailladé de coupures qui s'y dressait. Voilà donc où les jumelles s'étaient entraînées pour, au final, commettre ce terrible crime.

Une petite fille m'a tendu un gobelet rempli d'eau.

Je lui ai souri :

— Merci beaucoup.

Son visage s'est illuminé.

— Tu as une fan, on dirait, m'a soufflé Bastien.

Un garde a accouru vers nous.

— Pardonnez-moi, votre Altesse, la Sentinelle tombée sous nos coups avait sur elle une fenêtre de communication. Elle est encore activée, et nous avons surpris plusieurs conversations. Nous avons entendu donner l'ordre de prendre en otage le professeur Attwood pour l'échanger contre les *Chiavi* détenues à Asile.

Cette fois, leur cible était oncle Philip !

J'ai lâché mon gobelet, le cœur gonflé d'appréhension.

Chapitre 14

Je me suis élancée, pieds nus, à travers les rues pavées du village. Les gens s'écartaient, probablement effrayés à la vue d'une jeune fille armée d'une épée et d'un bouclier qui fonçait droit devant elle. Le souffle court, j'ai dévalé la colline vers les dépendances. Mes orteils, blessés par les pierres du chemin, se couvraient de bleus. Une fois dans le tunnel, j'ai allumé mon globe lumineux. Le bruit de mes pas sur le sol inégal, couvert de flaques de boue, résonnait le long des couloirs. Et quelqu'un me suivait.

— Gia ! s'est écrié Bastien. Attends-nous !

— Qu'est-ce que tu fabriques ? a ajouté Nick. On n'a pas de lumière, nous. Oups, je viens de me prendre un mur. Mais tu vas t'arrêter, enfin ?

Je n'ai pas ralenti, je ne pouvais pas. Oncle Philip venait nous rejoindre sans se douter du danger. Je me suis jetée contre le loquet de l'étagère qui donnait sur la bibliothèque et me suis précipitée à l'intérieur. La Riccardiana était anormalement calme. Je me suis avancée l'épée au clair, prête à bondir.

Un bourdonnement a enflé contre mon oreille :

— Atenae ?

Elle est apparue devant moi dans une série de loopings affolés :

— Il arrive ! Vite ! Vite ! Vite…

Elle s'est éloignée le long d'un rayonnage. Une nuée de fées des livres la suivait.

— Tu vas me donner ce sortilège, et tout de suite ! a vociféré une voix à l'autre bout de la pièce.

J'ai plissé les yeux afin de mieux discerner une forme dans les ténèbres. Un homme imposant, armé d'une machette, menaçait quelqu'un à terre. Un rayon de lune s'est reflété sur sa tête : il portait une couronne – la *Chiave* volée.

— Je… je ne sais pas de quel charme vous voulez parler, a répondu la voix tremblante d'oncle Philip.

J'ai inspiré longuement et me suis approchée en douce, plus discrète qu'une ombre.

— Tu le sais très bien. Le sort qui permet de déverrouiller les portes-livres.

Le professeur Attwood a tenté de s'échapper, mais une étagère bloquait sa retraite. L'homme s'est rapproché de lui en deux enjambées.

— Tu ne céderas pas, hein ? Dans ce cas, tu ne nous es plus d'aucune utilité.

Il a soulevé sa machette, où un rayon de lune a allumé des reflets. Sans lui laisser le temps de l'abattre, j'ai lancé mon épée tel un javelot. L'arme a fendu l'air, puis le dos, la chair et les os de l'assaillant avec un bruit répugnant.

Il s'est retourné vers moi, l'air hagard, puis a fait quelques pas hésitants dans ma direction. Il a de nouveau levé son arme au-dessus de sa tête pendant de longues secondes avant de la lâcher sur le carrelage dans un grand fracas. L'homme l'a suivie avec un grognement guttural.

Atenae a voleté jusqu'à moi.

— Tu n'as pas l'air bien. Respire, Gia.

Elle avait raison. Je menaçais de rendre le contenu de mon estomac. J'ai tenté de me concentrer sur ma respiration. Oncle Philip, une blessure sanguinolente à la tête, s'est redressé avec peine. Son regard affolé a été la goutte d'eau qui faisait déborder le vase – il s'était passé trop de choses en quelques heures. Je me suis assise, inerte : des images de chairs transpercées de flèches se succédaient dans mon esprit. La tête entre les mains, je me suis mise à sangloter.

Mes deux camarades m'ont enfin rejointe. Pour la deuxième fois de la journée, Bastien s'est agenouillé pour me prendre dans ses bras :

— Tout va bien, c'est fini.

Nick s'est précipité pour aider oncle Philip. J'ai secoué la tête comme une enragée.

— Je l'ai tué… Je l'ai tué !

— Et si tu ne l'avais pas fait, le professeur Attwood y passait. (Il a pressé les lèvres contre ma tempe.) Tu peux marcher ?

J'ai fait signe que oui – il m'a aussitôt aidée à me relever. Comme mes genoux continuaient de s'entrechoquer, il a placé mon bras sur ses épaules.

— Je veux rentrer à la maison, ai-je réussi à articuler.

Oncle Philip s'est baissé pour ôter la *Chiave* du crâne de ma victime.

— Rien de cassé ? a-t-il demandé. Comment avez-vous compris que j'étais en danger ?

— C'est une longue histoire, a répondu Bastien. Je vous raconterai tout plus tard.

— Bon, au moins on a récupéré la couronne ! a lancé Nick, qui croulait sous les poids conjugués de son sac à dos et de ma besace.

J'ai cherché des yeux Atenae et ses fées des livres, sans succès. Nous avons attendu avec oncle Philip l'arrivée des gardes et des Effaceurs qui ont emporté le corps. L'homme semblait venir de Santara.

Une fois un cordon de sécurité installé autour de la bibliothèque, Bastien a pris mes mains entre les siennes :

— Je dois raccompagner Augustin à Couve. Tu ne risques rien avec les gardes qui t'entourent. (Il a poussé un soupir de frustration.) Tu t'es montrée d'un courage extraordinaire aujourd'hui, Gianna. Tu as sauvé de nombreuses vies. Arik est fou s'il ne remarque pas ce que je vois en toi. (Il a déposé un baiser sur ma joue.) Prends soin de toi.

En le voyant s'éloigner, j'ai ressenti un douloureux arrachement. Quelque chose avait changé en moi. Je ne comprenais pas tout à fait quoi, mais à la minute où Bastien a disparu derrière un rayonnage, j'aurais donné n'importe quoi pour qu'il revienne.

Carrig est venu nous accueillir à la bibliothèque de Branford. Une fois à la maison, Nana m'a fait macérer dans toutes sortes d'onguents avant de m'envoyer au lit. Elle m'a tendu un petit verre plein de son élixir antidouleur.

— Tiens, cul sec ! (Elle s'est tournée vers Carrig, furieuse.) Gia se retrouve un peu trop souvent mal en point à mon goût ces temps-ci, il est temps que ça cesse. Pour quelque jours au moins, elle a bien le droit de n'être qu'une jeune fille normale.

— Je suis absolument d'accord, madame. Au repos, jusqu'à nouvel ordre !

Je ne risquais pas de les contredire. J'étais fatiguée de toutes ces embuscades, de ces machinations sans fin.

— Où est Pop ? ai-je demandé avant d'avaler le verre.

— Au travail. Il est presque huit heures du matin. Repose-toi, maintenant.

Elle m'a embrassé sur le front et bordée affectueusement avant de faire signe à Carrig de la suivre.

— Je reviens bientôt pour voir si tout va bien, a-t-elle dit en refermant la porte derrière elle.

— Prends ton temps.

J'avais mal partout, mais surtout à l'âme. J'avais tout simplement envie de pleurer. Ce jour-là, pour la première fois, j'avais fauché une vie. Il m'était déjà arrivé de devoir tuer des bêtes, mais encore jamais d'être humain. Les morts violentes de Crapaud, d'Arkwright et des autres m'avaient plongée dans un véritable état de choc. Au bout de quelques minutes, l'élixir de Nana a fait son effet, et j'ai sombré dans le sommeil. Sans rêver d'Athela. Sans voir défiler d'images de chair hérissée de flèches.

Seules les ténèbres m'attendaient.

À mon réveil, j'ai senti qu'il y avait quelqu'un d'autre dans la pièce. Deidre sans doute ? Mais quand je me suis retournée vers son lit, je suis tombée sur Nick, assis à mon bureau, absorbé par un jeu sur son smartphone.

Je me suis étirée sans forcer : la douleur cuisante de mon bras m'a vite rappelée à l'ordre, de toute façon.

— Qu'est-ce que tu fais là ?

— Du baby-sitting, a-t-il répondu en glissant le doigt sur l'écran.

— Très drôle. Et qui t'a engagé pour me surveiller ?

Il s'est retourné sur sa chaise.

— Personne. Il n'y a que toi qui m'aimes, alors j'ai bon espoir que tu retrouves la santé.

— Qui t'a dit que je t'aimais ?

Il a haussé les épaules :

— Tu as dormi pendant dix heures, vingt-deux minutes et dix secondes, très précisément. Onze. Douze. Treize…

Je me suis redressée contre mes oreillers.

— Ça va, j'ai compris ! Je crois que je pourrais dormir une semaine entière…

— Tu devrais envisager une bonne douche : tu ne sens pas la rose, pour le dire poliment.

— Et tu t'étonnes que personne ne t'aime ? ai-je souri.

— Le dîner est presque prêt.

J'ai humé l'air de la pièce : le repas s'annonçait délicieux. Étrange…

— Une odeur prometteuse… Qui est aux fourneaux ?

— Nana.

J'ai sauté de mon lit :

— Je descends dans une minute !

Mes jambes vacillantes m'ont menée tant bien que mal jusqu'à la salle de bains. Dans la douche, j'ai laissé mes muscles endoloris se détendre sous un jet d'eau brûlante. Des images de flèches, d'épées, de cadavres baignés de sang – sans oublier le visage hagard de l'homme que j'avais tué – me revenaient par flashes. J'ai frotté mes cheveux couverts de shampoing de toutes mes forces. Les vitres en verre de la douche se refermaient progressivement sur moi. Mes yeux me piquaient, mon cœur battait trop vite, mes oreilles bourdonnaient… Pour finir, je me suis mise à trembler comme une feuille. Adossée à la paroi, je me suis laissée glisser jusqu'au sol. J'ai ramené les genoux contre ma poitrine. J'ai tenté en vain de réprimer mes sanglots. Alors, j'ai sangloté à gros bouillons, laissant la douche noyer les larmes aussitôt qu'elles perlaient au coin de mes yeux.

Quand j'ai eu pleuré tout mon soûl, je me suis relevée pour terminer ma toilette. Il n'y avait plus d'eau chaude : j'ai rincé les derniers résidus de mousse dans mes cheveux en claquant des dents. J'ai enfilé un jogging et un sweat-shirt avant de descendre l'escalier d'un pas pesant. Pop m'attendait dans le couloir de la salle à manger. Il m'a serrée si fort contre lui que la souffrance s'est réveillée. J'ai ravalé un cri et reculé d'un bond.

— Pardon ! s'est-il exclamé, tout contrit. J'avais oublié ta blessure.

— Bah, je n'ai presque plus mal, ai-je menti.

La douleur était telle que je gardais le bras collé à la hanche pour l'immobiliser au maximum.

Dans la salle à manger, Pop avait déplié la même table qu'à Thanksgiving pour accueillir quelques invités : Lei, Kale, Jaran, Demos et Arik étaient installés face à Deidre, Nana, Faith, Nick et Pop. Je me suis glissée entre Faith et Nick.

Assise bien droite sur mon siège, j'ai passé en revue le menu en évitant soigneusement de regarder Arik.

— Du poulet frit ? ai-je constaté d'une voix éraillée.

La présence du jeune homme me mettait mal à l'aise. Je tripotais mon couteau à beurre, nerveuse. Mais après tout, pourquoi pas : il faisait partie de l'équipe. Ça, au moins, ça ne changerait jamais.

— Et purée de pommes de terre ! a ajouté Faith.

— Tu as besoin de reprendre des forces, a commenté Nana, qui passait le plateau de viande à Pop.

Faith a attrapé un saladier et m'a servi une grosse plâtrée de patates.

— Nana m'enseigne l'art de cuisiner ! a-t-elle annoncé.

— Et elle apprend rudement vite, a dit Nana en arrosant sa purée de sauce. Je suis sûre qu'elle pourrait remporter une émission culinaire !

Le visage de Faith s'est illuminé.

Je me suis resservie de tout ce qu'il y avait sur la table. J'ai même englouti deux parts de la tarte aux pommes et au caramel de Nana. Le repas s'est déroulé dans une atmosphère détendue, pleine de rires. Je ne me suis pas départie de mon sourire, priant pour que personne ne remarque ma gêne. Heureusement, Demos et Jaran dérobaient Arik à ma vue. À chaque fois qu'il prenait la parole, tous les regards se tournaient vers moi pour guetter mes réactions. Une vraie partie de plaisir !

Nous avons fini par nous lever de table. J'emportais mes couverts à la cuisine lorsque la voix de notre chef m'a fait sursauter :

— Alors, comment va ton bras ?

Mon verre m'a échappé et s'est brisé sur le sol. Je me suis accroupie pour en ramasser les éclats. Arik m'a attrapé le poignet.

— Attention, tu vas te couper.

J'ai relevé les yeux et nos regards se sont croisés. Quelques secondes ont passé ainsi avant qu'il ne relâche ma main.

Je me suis redressée.

— J'avais la tête ailleurs.

Sur ce, Faith est accourue armée d'une pelle et d'une balayette. Elle ne cessait de me jeter des coups d'œil soucieux.

— Va te reposer ! Ne t'embête pas avec la vaisselle.

Épuisée, je me suis dirigée vers le salon.

— Gia… Gia, je peux te parler ?

J'avais feint de ne rien entendre, mais en vain : Arik insistait.

— Bien sûr. Qu'y a-t-il ?

Derrière moi, les autres s'étaient installés sur les canapés.

— Ça t'ennuie si on se trouve un coin plus tranquille pour discuter ?

— O.K.

Je l'ai suivi sur la véranda. Accoudés à la barrière, nous avons contemplé le jardin sans mot dire. Des touffes d'herbes pointaient sous la neige. Les branches nues des arbres grinçaient dans le vent. J'ai croisé les bras pour tenter de me réchauffer.

— Je crois qu'il y a eu un malentendu à propos de notre relation, a murmuré Arik.

Il faisait si froid que son haleine gelait au contact de l'air. J'aurais voulu hurler que j'avais tout compris, au contraire, de notre relation. On s'embrassait, on se parlait, point à la ligne. Il s'était simplement servi de moi jusqu'à ce qu'il trouve mieux. Mais je ne me suis pas mise à crier. Je n'ai pas prononcé un mot, je me suis bornée à écouter ce qu'il avait à dire. J'étais fatiguée de me battre. De pleurer.

J'étais épuisée.

Les yeux fixés sur ses mains, il s'est jeté à l'eau :

— J'ai du mal à m'expliquer ce qui s'est passé, ce qui a fait changer mes sentiments. Pardon pour la manière dont ça s'est produit. Je n'ai pas assuré, j'aurais dû aller te parler avant de m'afficher avec elle à la cafétéria, ce jour-là.

J'ai laissé passer un long silence.

— Tu es heureux ?

Il m'a regardé d'un air étrange.

— Heureux ?

— Tu sais bien… Est-ce qu'Emily te fait voir la vie en rose ?

C'était une expression si mièvre qu'elle en devenait drôle et, au point où j'en étais, il ne me restait guère plus que l'humour. Pourtant, il n'a pas eu l'ombre d'un sourire. D'ailleurs, ça faisait bien longtemps que je ne l'avais pas entendu rire.

— Oui, je suppose que oui.

Quelle étrange réponse… Il *supposait* ? Décidément, il avait bien changé.

Arrête de chercher des failles dans leur relation. Je savais bien ce qui clochait. Arik craignait de me blesser s'il admettait être heureux. Mais ça ne m'empêchait pas d'avoir mal.

C'est alors que Demos est sorti en trombe. J'ai baissé la tête pour lui cacher mes yeux embués de larmes.

— Prêt à décoller, Arik ? Carrig et Sinead devraient être rentrés d'Asile, à l'heure qu'il est.

Ayant un peu repris contenance, je me suis tournée vers le nouvel arrivant.

— Que faisaient-ils là-bas ?

— Une rencontre avec Bonifacio, m'a appris Arik, le visage aussi dénué d'émotions que s'il portait un masque.

Décidément, il avait vraiment le chic pour faire taire ses sentiments.

— Qui est... ?

— L'Archimage de Santara, a répondu Demos. La réunion portait sur le démantèlement des factions rebelles. Apparemment, Pia et Reya n'étaient pas des cas isolés. La colère gronde à cause de ces messages de détresse restés sans réponse.

Kale, Lei et Jaran nous ont rejoints sur la terrasse.

— Alors, mon chou, j'ai entendu dire que tu avais assuré à Mantello ?

— Silence radio, Lei, tu te souviens ? lui a rappelé Kale.

— Devant des étrangers, oui, mais on est entre nous ! Tout le monde ne parle que de ça chez les Chimères. Tu te serais comportée en véritable héroïne.

— Vraiment ? Aucun rapport avec ce que je ressens. Tous ces morts... Quelle horreur...

J'ai contemplé le jardin. Quand cesserais-je enfin d'être sans arrêt à deux doigts de pleurer ? Jaran a posé la main sur mon bras :

— Ne t'en fais pas. Avec le temps, tout s'arrange.

Je me suis efforcée de sourire :

— Eh bien que le temps s'accélère, alors !

— Tu vas au lycée, demain ? m'a demandé Lei.

— Non, Gia prend quelques jours de vacances, a déclaré Nana, qui était apparue sur le pas de la porte. Ne reste pas dans le froid, ma chérie. Ce serait bête d'attraper un rhume alors que tu es en convalescence, a-t-elle ajouté avant de retourner dans la cuisine.

— À bientôt, alors ? a dit Lei, qui m'a serrée dans ses bras en prenant bien soin d'éviter ma blessure.

— Dors bien ! a lancé Kale.

— Vous aussi, ai-je répondu, les bras croisés sur la poitrine pour me protéger du froid.

— Je passerai te voir après les cours, a ajouté Jaran.

— C'est sympa, merci.

Il a dévalé les marches à la suite de Lei et Kale. Arik leur a emboîté le pas, et j'ai pris la direction opposée.

— Gia…

Les yeux rivés sur la porte, je me suis immobilisée.

— Oui ?

— Je t'ai profondément aimée. Je tenais à te le dire.

— Ce n'était vraiment pas la peine… ai-je répliqué, les dents serrées.

J'ai cherché la poignée à tâtons, les yeux obstinément fixés sur la couronne de Noël artisanale que Faith avait accrochée à la porte.

Tiens le coup, Gia. Ne pleure surtout pas. Pas devant lui. Enfin, la porte s'est ouverte et je l'ai claquée derrière moi, laissant Arik planté sur la véranda.

Il m'avait profondément aimée… En d'autres termes, il ne m'aimait plus. Emily pouvait bien le récupérer. Ça n'avait plus d'importance.

J'ai monté les escaliers quatre à quatre pour me laisser tomber sur mon matelas où me suis enroulée dans la couette jusqu'à ressembler à un burrito. Combien de temps encore parviendrais-je à fuir les difficultés en hibernant dans mon lit ? Cléo est venue se blottir tout contre moi. Baron n'a pas tardé à se faufiler près d'elle, si bien que mes jambes se sont retrouvées prises en sandwich.

Entrée sur la pointe des pieds, Deidre a entrepris de chercher son pyjama dans le noir.

— Tu peux allumer, je ne dors pas.

Sa veilleuse a dissipé l'obscurité.

— Comment te sens-tu ?

— Comme une loque.

— J'ai entendu ce que te disait Arik.

— Tu nous espionnais ?

Elle a enfilé son bas de pyjama, songeuse.

— Non, bien sûr que non. J'étais en train de sortir les poubelles. J'ai eu droit à un magnifique extrait de ses excuses minables. Si tu veux mon avis, il se comporte de façon vraiment étrange depuis votre rupture. Je parie qu'il a peur de l'intensité de ses sentiments pour toi, et qu'Emily, pour lui, c'est la voie de la facilité, l'assurance de ne pas souffrir...

J'avais très envie d'enfouir ma tête sous l'oreiller afin de ne plus entendre ces théories fumeuses.

— On dirait qu'elle lui a jeté un sort, qu'elle utilise une poupée vaudou.

— Ou peut-être est-elle tout simplement sublime et adorable ? Enfin, en tout cas, elle est sympa avec tout le monde sauf moi.

Du bout du pied, j'ai tenté d'inciter Baron à quitter mon lit, mais il n'avait pas la moindre intention de bouger.

— Mais elle l'était, avant qu'Arik et toi n'affichiez votre relation...

À bien y réfléchir, Deidre n'avait pas tort. Emily s'était montrée très accueillante envers moi au moment de notre emménagement. Ah, les histoires de mecs... Ça compliquait tout ! Il était sans doute temps de faire enfin une croix sur Arik. Et puis j'avais vraiment d'autres chats à fouetter : sauver le monde, par exemple. Et ça ne s'annonçait pas très bien, d'ailleurs…

— Je crois que je vais aller à l'école demain, ai-je dit, la tête dans l'oreiller.

— Je t'applaudis des deux mains !

Sur ces bonnes paroles, elle a éteint la lampe.

Chapitre 15

Telle une tueuse en série, j'épiais Emily, bien à l'abri derrière la porte de mon casier. À vrai dire, je la surveillais depuis deux semaines déjà, sans trouver le courage d'aller lui parler. Ses cheveux d'un noir de jais attachés sur le côté, elle portait une jupe toute simple et des bottes qui lui arrivaient au genou. J'ai inspecté ma tenue : T-shirt, jean, veste en cuir et Dr. Martens. Nick aurait pu s'habiller ainsi pour faire de la moto. J'ai inspiré un grand coup, et défait ma queue de cheval, avant de m'avancer vers elle.

— Salut Emily ! Tu as une minute ?

Elle a vérifié l'heure sur son portable :

— Les cours n'ont pas encore commencé, vas-y.

— Je voulais juste…

Que dire ? Si je pouvais lui révéler qu'on était ensemble bien avant notre arrivée à Branford, Arik et moi, elle comprendrait que je ne lui avais pas grillé la priorité. Mais un tel aveu était exclu. En tout cas, si je voulais vraiment passer à autre chose, il allait bien falloir qu'on trouve un terrain d'entente.

— Alors ? La cloche va bientôt sonner.

— Je voulais juste te dire que je ne connaissais pas tes sentiments pour Arik quand j'ai accepté de sortir avec lui. Si j'avais su, j'aurais dit non.

Ce mensonge avait un goût amer. Emily a soupiré :

— Deidre m'a bien dit qu'elle ne t'avait pas parlé de mon attirance pour lui… Mais je ne t'en veux pas, Gia. Tout est bien qui finit bien.

J'en suis restée bouche bée. Son petit air suffisant m'a fait regretter d'être venue lui parler. Tout s'était peut-être bien fini pour elle, mais mon cœur à moi pendait en lambeaux et je ne semblais pas prête d'en recoller les morceaux.

— Je me suis mal exprimée, a-t-elle ajouté. Je voulais juste dire qu'heureusement, tu n'as pas eu le temps de trop t'attacher à lui.

Trop m'attacher à lui ? Notre séparation avait laissé un vide de la taille du Grand Canyon dans ma poitrine mais sinon, à part ça, tout allait bien. J'aurais donné cher pour pouvoir avouer à Emily qu'on était ensemble depuis des mois quand elle avait pointé le bout de son nez. Je me suis mordu la langue. Le reconnaître aurait été une grosse erreur. Sans compter que, soyons honnêtes, la défection d'Arik en de telles circonstances n'en était que plus insultante pour moi.

La cloche a sonné.

— Il faut que je file. (Elle s'est éloignée dans le couloir avant de revenir sur ses pas.) Écoute, je suis désolée, moi aussi. En fait, nous n'étions ni l'une ni l'autre au courant de nos sentiments respectifs. Tu es très belle, Gia. Je suis sûre que ton prince charmant ne va pas tarder à se manifester.

Fallait-il y voir une marque de gentillesse ou de cruauté ? Emily était déjà partie rejoindre une fille aux cheveux plus pâles encore que sa peau. Elles se sont précipitées dans le couloir après avoir échangé quelques mots.

Je les ai imitées. Il était grand temps d'en finir avec l'obsession que j'avais pour Arik et elle. Depuis notre séparation, mes notes étaient en chute libre : autant éviter de me prendre en plus un avertissement pour retards à répétition. Lorsque je suis entrée en classe d'anglais, tout le monde était déjà installé à sa place. La seconde sonnerie a retenti alors même que je me glissais sur mon siège.

L'allée me séparait de Jaran, qui s'est penché vers moi :

— Tu étais où ?

— Une petite affaire à régler, rien de grave.

— Tout va bien ?

— C'est la grande forme.

Mme Ripple a distribué une pile de livres à chaque début de rangée avant de se racler la gorge :

— Bonjour tout le monde ! Nous allons étudier un auteur local que vous lirez pendant les vacances de Noël. L'ouvrage aurait été parfait pour Halloween, puisqu'il y est question de sorcières qui auraient sévi dans la région, mais la classe de Mme Downey n'avait pas terminé sa lecture.

J'ai attrapé mon exemplaire avant de passer les livres restants derrière moi. Le titre : *Les Sorcières de Branford*. Sur la couverture, une femme aux cheveux noirs et aux yeux bleus perçants était entourée de flammes. Elle portait autour du cou une croix celtique pendue à une grosse chaîne. J'avais vu ce symbole peu de temps auparavant, mais où ?

Mme Ripple a dessiné au tableau trois cercles imbriqués et un autre qui les englobait.

— Quelqu'un connaît-il le signe représenté sur le pendentif du personnage ?

Personne n'a cillé.

— Je prends ça pour un non. C'était le symbole du Pouvoir des Trois. Il représente la continuité et l'éternité. Bien des femmes, qui utilisaient des plantes pour guérir à la fois le corps et l'esprit, furent considérées comme des sorcières au XVIIe siècle.

Une main s'est levée dans l'assistance.

— Oui, Becca ?

La jeune fille a repoussé une mèche de cheveux courts derrière son oreille.

— Comme du temps du procès des sorcières de Salem ?

— En effet. À ceci près que les gens d'ici ignorent tout de cette facette de leur histoire, longtemps passée sous silence. La nouvelle n'a percé que récemment, grâce à l'auteur de ce livre. Il est tout simplement tombé sur le journal d'un de ses ancêtres, qui relate les événements.

Becca examinait la couverture du bouquin avec fascination – presque avec ferveur.

— C'est incroyable de mourir d'une mort aussi atroce, comme cette sorcière dans les flammes… Je parie qu'on les enterrait à l'écart, dans un lieu secret. L'Église ne les aurait jamais acceptées dans les cimetières consacrés.

Cette fille était morbide. Ou géniale ? Elle pondait toujours des histoires captivantes en cours d'expression écrite. Mme Ripple lui a lancé un regard interloqué.

— Euh… Oui, c'est exact. Personne ne sait où ces pauvres âmes ont été enterrées. Il est possible que leur famille les aient inhumées sur l'une de leurs propriétés. Quoi qu'il en soit, les vacances débutent demain, je compte sur vous pour lire cette œuvre d'ici la rentrée !

Bien sûr, j'avais tout de suite repensé au petit cimetière situé derrière notre salle d'entraînement. C'est là, d'ailleurs, que j'avais vu le symbole celtique : sur l'une de ces tombes abandonnées. Je n'avais plus qu'une hâte, me plonger dans le livre. Et puis, ce serait une bonne façon d'oublier un peu le monde des Chimères, et Arik par la même occasion.

Nana trônait à la table de la cuisine, une tasse de thé à la main, Baron installé sur les genoux. À ses pieds, Cléo se prélassait au soleil sur le tapis. J'ai posé mon sac sur un banc pour en extirper mon nouveau bouquin.

— Coucou, tu as passé une bonne journée ?

— Plutôt oui. Très calme. Et toi ?

Ma grand-mère a reposé son breuvage. Je me suis assise en tailleur sur une chaise avant de lui glisser le livre sous les yeux d'un air mystérieux.

— Tolérable. Dis-moi, tu connais l'histoire des sorcières de Branford ?

Elle a posé sur son nez les lunettes de lecture pendues à son cou.

— Je n'en ai jamais entendu parler. Tu es sûre qu'il s'agit d'une histoire vraie ?

— Selon l'auteur, oui.

Elle a parcouru le résumé sur le rabat de l'ouvrage.

— Ça m'a l'air passionnant ! Mais pourquoi ces questions, Gia ?

— Tu vois ce symbole, sur la couverture ? J'ai trouvé le même sur une vieille tombe derrière le club d'escrime.

Elle a pris une dernière gorgée de thé, s'est levée et a reposé Baron sur la chaise.

— Emmène-moi là-bas. Laisse-moi juste le temps d'enfiler un manteau.

Une couche de neige immaculée couvrait le parking du club d'escrime. Les pneus de la voiture de ma grand-mère ont laissé deux traînées parallèles dans la poudreuse avant de s'immobiliser devant le bâtiment.

Une fois dehors, Nana a remonté le col en fausse fourrure de son blouson. Je l'ai retrouvée devant le véhicule, nos bottes crissant dans la neige.

— Ce gymnase est impressionnant ! Les artisans d'Asile ont vraiment bien aménagé les lieux.

Les branches nues des arbres, ployant sous la neige, formaient un écrin d'albâtre au-dessus des tombes. Des feuilles détrempées collaient aux troncs. Nana a plongé les mains dans ses poches, pensive.

— Une atmosphère très sombre pèse sur cet endroit. Quelque chose d'affreux est arrivé ici. Le vent charrie la mort et le désespoir et murmure les échos de quelque tragique événement.

J'ai ouvert de grands yeux inquiets.

— Tu veux que je fasse un arrêt cardiaque ?

— Désolée. Je croyais que tu voulais savoir ce qui s'était passé ici.

— Bien sûr, mais… tu n'es pas obligée de prendre ta voix de narratrice de films d'horreur !

Des brindilles craquaient sous mes pieds. Sans la luxuriante végétation qui les entourait l'été, les tombes semblaient encore plus abandonnées : l'hiver les avait dénudées, offertes à tous les vents.

Soudain, Nana s'est figée sur place :

— Gia, attends !

— Que se passe-t-il ?

— Tu es entrée dans le cercle.

J'ai sauté en arrière.

— Quel cercle ?

— Tu vois ces pierres ? C'est un cercle de sorcières. Nous devons respecter les femmes qui sont enterrées ici. Y pénétrer, c'est un manque de respect qui peut ensuite te porter malheur.

— J'aurais donné cher pour le savoir avant qu'Arik ne me traîne jusqu'ici. J'ai une poisse monumentale ces derniers temps. Tu ne connaîtrais pas un moyen de m'en débarrasser ?

— J'ai bien deux ou trois trucs qu'on pourra essayer en rentrant. (Elle a courbé la tête, comme absorbée dans ses pensées.) Non… Ce ne sont pas des femmes, mais des jeunes filles qui sont enterrées ici. Elles avaient à peu près ton âge. Tant de douleur et de peine hantent ces lieux… De trahisons, aussi.

J'ai encore reculé d'un pas.

— Tu me files les jetons…

Elle a contourné le cercle à pas lents.

— Désolée, ma chérie, mais c'est trop important. Tu peux aller chercher mon sac dans la voiture ?

— Toute seule ?

Elle m'a tendu ses clés.

— Je suis sûre que tu as affronté bien plus effrayant qu'une simple forêt au passé torturé, ma grande.

Touché ! Mais j'avais une sainte horreur des histoires de revenants. Comment parer l'attaque d'un fantôme ? Je me suis élancée entre les troncs, poursuivie tout le long du chemin par un concert de bruits étranges. Après les révélations de Nana, même les petits grattements des animaux de la forêt me semblaient sinistres. Le coffre s'est ouvert dans un grincement lugubre. J'ai attrapé le sac de ma grand-mère, à moitié morte de peur.

Un bref instant, j'ai vu une ombre se déplacer sous les arbres. J'ai scruté les fûts sans rien déceler de plus.

Calme-toi, Gia. Ce n'est qu'un jeu de lumière ou un animal, rien de plus. J'avais beau tenter de me raisonner, la sensation d'être m'observée ne me quittait pas.

J'ai couru rejoindre Nana. Elle était agenouillée sur un carré d'herbe morte.

— Je crois que j'ai vu quelqu'un, ai-je balbutié.

— Certainement l'une des jeunes filles enterrées ici, a-t-elle répondu avec le plus grand sérieux. Quiconque a placé ce cercle de pierres voulait sans doute prévenir toute profanation de ces lieux. Mais ce faisant, on empêchait aussi leurs âmes de s'échapper.

— Voilà qui est réjouissant…

Elle a levé un sourcil narquois en entendant ma remarque sarcastique et tendu la main pour que je lui passe son sac.

— Que vas-tu faire ? me suis-je inquiétée.

— Les libérer, évidemment.

— Suis-je bête !

Je n'en menais pas large.

De son sac, ma grand-mère a sorti plusieurs sachets d'herbes et de fleurs séchées. En cas de contrôle de police, la situation aurait pu être comique : on aurait dit quelque chose de beaucoup plus louche. Mais les feuilles que Nana a jetées en l'air en récitant son sortilège sentaient simplement la menthe et la rose.

— Aide-moi à déplacer ces pierres, m'a-t-elle demandé.

Nous les avons empilées au pied d'un arbre voisin. Puis la sorcière s'est adressée à toutes les tombes :

— Vous êtes libres. Puisse votre voyage se dérouler sans encombre et la paix vous attendre de l'autre côté. (Campée au milieu des sépultures, elle a posé sur moi un regard interloqué.) Il y a six tombes, mais je ne compte que cinq âmes. Un membre de la famille d'une des filles a dû l'exhumer afin de l'enterrer ailleurs. Très certainement dans le caveau familial du cimetière de leur paroisse – un acte passible de mort, au passage.

J'ai dégluti. Toute frayeur m'avait quittée, pour ne laisser place qu'à une immense peine face à ce que ces jeunes filles avaient subi.

— Les jeunes filles enterrées ici ont été tuées pour avoir pratiqué la magie, a-t-elle dit en observant les inscriptions. L'une d'entre elles était une Sorcière noire, mais j'ignore laquelle.

— Le nom gravé sur cette tombe, « Proctor », c'est le nom de famille d'Emily. Tu crois qu'elle pourrait être une sorcière, la descendante de celle qui est enterrée ici ?

— Tu penses qu'elle a fait quelque chose à Arik ?

— Je ne sais pas. Mais depuis qu'ils sont ensemble, il n'est plus lui-même.

— A-t-il changé vis-à-vis de toi uniquement, ma chérie, ou vis-à-vis de tout le monde ? Il se sent peut-être un peu coupable ?

— Peut-être, mais les autres aussi trouvent qu'il a changé, et très rapidement.

— Toutes les pratiquantes sont recensées dans le Registre de la Sorcellerie, tu sais. On a de la chance : mon accès est toujours actif. Je vais voir si je peux trouver quelque chose.

— Merci.

— Si je le fais, et qu'aucun résultat probant n'en ressort, tu me promets d'oublier Arik et d'essayer d'aller de l'avant ?

Le souci se reflétait dans ses yeux gris.

— C'est déjà le cas, ai-je répondu, et mes pensées sont retournées vers Bastien.

Je n'étais pas certaine de savoir ce qui se passait avec lui, mais il fallait que je me secoue : je n'avais rien à perdre à tenter ma chance.

— Mais si Emily lui a fait quelque chose, ai-je repris, je dois l'aider. Il a toujours été là pour moi depuis mon arrivée dans le monde des Chimères.

J'avais beau être terriblement remontée contre lui, comment ne pas lui venir en aide ?

Bras dessus bras dessous, nous sommes retournées vers la voiture. Le froid me mordait jusqu'aux os et un vent violent tourbillonnait autour de nous. Je me suis serrée contre Nana, frigorifiée.

Merci, merci, merci, semblait murmurer la brise.

— Tu entends ça ? On dirait que…

Refusant d'admettre ce que j'avais compris, j'ai laissé ma phrase en suspens.

— Tu te ne trompes pas. Ces pauvres âmes nous sont reconnaissantes de les avoir libérées. Elles sont en chemin, désormais.

Quel soulagement elles devaient éprouver après tant d'années ! Quelques larmes glacées ont coulé sur mes joues. J'ai poussé un profond soupir : un nuage de brume s'est aussitôt formé devant mon visage.

— Tout va bien, ma chérie ?

— Oui… Que d'émotions, aujourd'hui !

Elle m'a lancé un regard interrogateur :

— Tu sais, si cette fille est bien une sorcière, et qu'elle a lancé un sort à ton ami, le charme ne peut durer aussi longtemps que si elle a marqué Arik. Tu devrais pouvoir trouver un sceau quelque part sur sa peau.

— Un jeu d'enfant ! ai-je grommelé dans ma barbe.

Arik n'était jamais seul. À chaque fois que je le voyais, Emily était collée à lui. Le reste du temps, il s'appliquait à m'éviter. Et pendant les séances d'entraînement, nous étions bien trop occupés à essayer de nous entretuer à coups d'épées de bois pour envisager un corps à corps discret. Il aurait fallu que je le voie nu pour chercher une quelconque marque. Autrement dit, mission impossible.

— Tu disais ?

— Non, rien, je parle toute seule.

Et je hais ma vie.

Chapitre 16

La bibliothèque de Branford bourdonnait de cris d'enfants. En ce samedi, ils venaient aussi bien pour l'exposition de leurs projets artistiques de Noël que pour les histoires qu'on y racontait. Et impossible, bien sûr, de convaincre tout ce petit monde de rester silencieux. Réfugiée derrière une pile de bouquins, je m'absorbais dans les recherches pour retrouver les *Chiavi* manquantes. J'ai plaqué les mains sur mes oreilles pour tenter de faire obstacle au charivari ambiant. Depuis que j'avais récupéré la couronne à la bibliothèque Riccardiana sur le cadavre de ma victime, il ne nous restait plus que trois clés à trouver.

— Mais qui a pondu tous ces chérubins ? Il y en a des centaines… a grogné Nick.

— Ça tombe bien, on recherche des *putti* – *putto* au singulier –, bref, des « chérubins »… Cette énigme va me rendre folle !

— Pff… Quelle poisse ! Les chérubins, ce n'est pas ça qui manque dans les bibliothèques ! On n'arrivera jamais à trouver le bon.

En effet, les anciens semblaient ne jamais se lasser de représenter ces angelots joufflus. Nous n'avions pas encore trouvé celui qui verrait « plus loin que les autres », quoi que cette phrase veuille vraiment dire. Il porterait peut-être des lunettes, une loupe ou un quelconque instrument dans le genre. Nos recherches sur Internet n'avaient rien donné.

— Au fait, on n'a pas cherché le mot « télescope » ! me suis-je exclamée.

Il a empoigné son son smartphone.

— Je m'en charge !

Kayla est venue vers nous, en chaussures plates et pantalon de tailleur. Elle semblait fatiguée.

— Alors, ça avance ?

— Non, toujours rien, ai-je répondu.

Elle a semblée déçue.

— On perd du temps… Continuez à chercher.

Nick a refermé son livre d'un coup sec.

— Pour combien de temps, encore ?

— Une heure. Je reviens bientôt vous voir. (Deux gamins sont passés en se poursuivant et elle les a pris en chasse.) Vous ! On ne court pas dans une bibliothèque !

Maira, la travailleuse bénévole que nous avions rencontrée lors de notre première visite, faisait semblant de ranger des livres derrière nous.

— Ne me regardez pas, sinon je vais avoir des ennuis, nous a-t-elle glissé, l'air de rien. Mme Bagley est vraiment étrange, pour une bibliothécaire. Elle ne supporte pas les enfants, et n'a jamais lu Jane Austen.

À qui le dis-tu ! Pauvre Maira. J'avais envie de lui dire la vérité – Kayla n'était pas vraiment du métier. N'empêche, si elle n'aimait pas les gosses, c'était plutôt un bon point : peut-être n'en aurait-elle jamais avec Pop, même s'ils devaient se marier un jour.

J'ai profité de la distraction de Kayla pour embrayer sur mon enquête sur la famille Proctor, à Branford. Nana avait besoin du nom complet de la sorcière enterrée dans les bois pour la retrouver dans le Registre de la Sorcellerie.

J'ai soulevé le rabat de mon sac pour sortir l'ouvrage distribué par Mme Ripple.

— Maira, tu aurais des documents sur les sorcières de Branford, celles dont il est question dans ce livre ? En fait, je cherche des références encore plus anciennes, qui remonteraient à la fondation de la ville…

— Il y a une base de données accessible depuis les ordinateurs ici, où des journaux du XVIIe siècle sont numérisés. Mais euh… Mme Bagley m'a demandé de ne pas vous déranger, car vous devez absolument terminer vos devoirs. (Elle a jeté un coup d'œil derrière elle.) Bon, donne-moi dix minutes, puis rejoins-moi discrètement dans la salle informatique. Si elle te surprend, dis-lui que tu allais aux toilettes.

— Super, merci !

Oncle Philip devait avoir mis une sacrée pression à Kayla pour qu'elle nous fasse travailler avec tant d'ardeur à la recherche des *Chiavi* !

— Qu'est-ce que tu essaies de prouver ? m'a demandé Nick. Emily n'est pas une sorcière, et je doute sincèrement qu'Arik se soit laissé tatouer ou marquer.

— Je sais bien. Mais j'ai besoin d'en avoir le cœur net.

J'ai attendu que Kayla s'éloigne de nouveau. Penchée au-dessus d'une poussette, elle faisait des papouilles à un bébé, ce qui n'a pas manqué de me rendre nerveuse. Mais après tout… ça pourrait être sympa d'avoir un petit frère ou une petite sœur, non ?

— Laisse tomber, tu es complètement obsédée. Tu sais que le harcèlement est puni par la loi, dans ce pays ?

Nick n'avait pas tort. Ma théorie pouvait sembler tirée par les cheveux, mais le nom de Proctor gravé sur cette tombe, dans la clairière, n'était peut-être pas une simple coïncidence.

Kayla a enfin monté les escaliers.

— Je reviens tout de suite !

J'ai filé dans la salle informatique, où j'ai trouvé Maira assise devant un ordinateur, la main sur la souris.

— J'ai trouvé plusieurs articles de l'époque, m'a-t-elle annoncé. Je peux te les envoyer par email, si tu veux.

— C'était rapide !

— Bienvenue dans le XXIe siècle ! a-t-elle rétorqué, malicieuse. Tous les documents de l'époque ont été scannés pour mieux les conserver. Les microfiches sont obsolètes, de nos jours. Quels articles t'intéressent ?

— Je cherche un nom bien précis... (Je me suis penchée par-dessus son épaule pour lire les textes. L'un d'entre eux énumérait les patronymes gravés sur les sépultures.) Celui-ci ! Tu peux l'afficher en plus grand ? J'arrive à peine à le lire...

Elle a pianoté sur le clavier pour faire un zoom. Voilà le nom que je cherchais : « Ruth Ann Proctor ». Née le 18 juin 1662, elle avait été condamnée à la mort par pendaison.

— Que fais-tu ici ?

L'apparition soudaine de Kayla a failli me faire sauter en l'air. Maira a aussitôt refermé la fenêtre affichée à l'écran.

— On cherche la combinaison « *putti* » plus « télescope », ai-je inventé.

L'excuse devait sembler bidon à la bénévole, mais son visage est resté impassible.

— Vous avez trouvé quoi que ce soit ?

— Non, pas encore. Mais Nick a peut-être eu plus de chance que nous !

Je me dirigeais vers la porte quand une ampoule s'est soudain allumée dans ma tête. *Putto*... L'énigme mentionnait une « école de *putti* », et nous ne cherchions qu'un seul d'entre eux, alors qu'ils devaient être tout un groupe ! Et ce mot, « école », avait probablement un lien avec le savoir.

— Je crois que j'ai trouvé !

Kayla m'a suivie en courant jusqu'à ma place, où j'ai ouvert un livre de photos. Mon ami m'a lancé un regard interrogateur.

— Je sais ce que nous cherchons... me suis-je exclamée. Il ne nous reste plus qu'à le trouver !

Un groupe est entré bruyamment dans le hall. Kayla s'est rembrunie.

— Bon, prévenez-moi dès que vous avez du nouveau, a-t-elle dit avant de se glisser dans la foule.

— Alors là, ça m'étonnerait, ai-je marmonné. En quoi ça la regarde ? Elle prend nos recherches trop à cœur. Oncle Philipp nous a bien dit de ne parler à personne.

— Oui, a soupiré Nick. Elle est pénible ! Je te parie que ce matin, elle n'a pas réussi à rentrer dans son jean fétiche.

J'ai souri. J'ai expliqué à Nick mon intuition et nous avons fini par trouver cette fameuse « école de *putti* » dans la bibliothèque de l'abbaye de Saint-Gall, en Suisse. Décidément, je marquais des points, cette après-midi ! Le charme porte-bonheur de Nana semblait fonctionner à merveille… En quelques minutes à peine, j'avais trouvé le nom de la sorcière suppliciée et résolu l'énigme d'une des *Chiavi*.

Kayla est revenue vers nous. Rien qu'à voir son visage aux traits tirés et ses cheveux ébouriffés, on devinait que c'était vraiment jour d'affluence à la bibliothèque.

— Bon, alors, vous avez trouvé ?

Je craignais qu'elle ne devine mon mensonge, mais je me suis quand même jetée à l'eau.

— Non. On va devoir revenir après Noël. L'entraînement commence dans quinze minutes !

— Après Noël ? Et pourquoi pas demain ?

— Le professeur Attwood nous a accordé une pause. Ma meilleure amie arrive demain et il faut que je passe du temps avec elle.

Nous avons empoigné nos affaires avant de nous précipiter vers la sortie sans demander notre reste. J'ai regardé une dernière fois en arrière : Kayla nous regardait partir d'un air soupçonneux.

Une fois au gymnase, je me suis étirée les bras et le dos en grimaçant. Mes muscles avaient souffert de cette longue période d'inactivité : j'avais l'impression d'être toute ankylosée. Comme j'étais en avance, j'en ai profité pour enfiler des gants de boxe et m'attaquer à un gros punching-ball pendu au plafond. J'ai pris beaucoup d'élan pour tenter un coup de pied circulaire qui a atteint sa cible en plein cœur. Les chaînes de suspension ont tinté violemment. Puis, solidement campée sur mes appuis, j'ai asséné direct après direct dans le ventre de cuir.

— Du calme, ma belle, de quoi ce punching-ball est-il coupable ? (Carrig s'est approché de moi.) Heureux de te revoir à l'entraînement. Tu te sens prête ?

— Oui, ai-je dit, le souffle court. J'avais oublié à quel point j'aimais cogner des trucs.

— Et tu as bien raison !

Il s'est dirigé vers la salle d'équipement, et j'ai souri : Deidre utilisait souvent la même expression.

Carrig était un très bon père pour Deidre. Elle devait lui manquer, maintenant qu'elle vivait avec Pop et moi pour faire semblant d'être ma sœur jumelle. Et si… Et si Carrig m'avait élevée, et si ma mère n'était jamais morte ? Ces pensées me rendaient triste, parfois, mais jamais très longtemps : il suffisait que je songe à Pop pour me réconcilier avec mon destin. Je l'aurais échangé contre un autre pour rien au monde. Certains pensent qu'il n'y a rien de tel que les « vrais » parents, les parents biologiques. Je leur répondrais que Pop *est* mon vrai père. Même lorsqu'il nous arrivait d'être séparés, sa tendresse et son dévouement sans failles ont toujours su me réconforter.

Lei et Kale, enlacés, ont fait leur entrée. Leurs gloussements et leurs baisers me tapaient sur les nerfs, ces derniers temps. J'ai envoyé un violent coup de pied dans le sac, avant de le rouer de crochets du droit.

— Eh ben, Gia, rappelle-moi de ne jamais te mettre en colère ! s'est exclamé Demos en déposant par terre son sac de gym.

Les Sentinelles irlandaises, Aiden et Hugh, l'entouraient.

— C'est clair : elle te réduirait en bouillie, a observé le premier.

— Tu peux parler, Aiden ! a ricané le second. Tu ne tiendrais pas deux minutes sans appeler ta maman.

Arik a choisi cet instant pour entrer dans la salle. Même avec son expression invariablement neutre, il était sublime. Sortie de ma torpeur, j'ai repris le passage à tabac de ma cible de cuir.

— Aie pitié de ce pauvre punching-ball, Gia ! s'est écrié Carrig depuis l'autre bout de la pièce. Rassemblement !

Les Sentinelles se sont approchées de lui. Jaran marchait avec Abre en lui montrant un magazine.

— Aujourd'hui, on revient aux paires habituelles ! a annoncé Carrig en me regardant droit dans les yeux.

J'ai pris un air ostensiblement courroucé.

— Je ne veux aucune protestation. Si vous n'êtes pas contents, gardez-le pour vous. Les Sentinelles sont l'espoir de nos deux mondes, alors savoir garder le contrôle de vos émotions, c'est un minimum.

Le groupe s'est dispersé. Mon épée factice suspendue à la taille, j'ai fixé Arik, campé en face de moi.

Aussitôt que Carrig a sifflé, j'ai fondu sur mon adversaire. Il a paré mon attaque avec son épée, le choc manquant de me faire lâcher prise. Je manquais de fermeté. J'ai resserré le poing avant de charger de nouveau. Il m'a évitée. Tandis que nous combattions, j'observais son cou et ses bras nus, mais aucune trace de brûlure ou de tatouage n'y apparaissait.

— Tu devrais éviter de manquer les entraînements, m'a-t-il doctement conseillé. Tu te ramollis.

Nom mais je rêve ? Il n'est pas gêné !

— Tu vas voir si je me ramollis ! ai-je crié en me ruant sur lui.

Nous avons croisé le fer pendant plus de quarante minutes, entrecoupées de courtes pauses. Nous étions à présent sur le point de disputer notre dernier combat. J'étais parvenue à ne pas me laisser aller à l'émotion, ce qui, à ma grande surprise, ne s'était pas avéré si difficile que ça. Il faut croire que j'avais véritablement réussi à refermer toutes les portes de notre relation. Toutes sauf une. Je devais encore m'assurer qu'Arik n'avait pas été victime d'un sortilège qui l'aurait poussé à rompre avec moi.

Le coup de sifflet a retenti.

Je me suis fendue sur sa droite, il a riposté. L'épée bien parallèle au sol, j'ai tourné autour de lui, prête à parer son attaque suivante. Il a foncé droit sur moi, et nos épées se sont rencontrées dans un claquement assourdissant. J'ai fait pleuvoir une série de coups qu'il paraît les uns après les autres. Je multipliais les offensives, mais lui restait sur la défensive. Nous nous sommes séparés, haletants, en nous regardant en chiens de faïence.

Un sourire a étiré ses lèvres, révélant ses fossettes. Alors, dans ses yeux, j'ai vu s'allumer une brève lueur d'admiration. C'était exactement comme ça qu'il me regardait, avant.

Avant Emily.

Aussi vite qu'il était apparu, ce reflet s'est envolé. Et, bien sûr, toute joie m'a quittée. J'avais peut-être tort, j'étais même sûrement stupide de me raccrocher à cet espoir, mais je devais découvrir si Emily l'avait marqué.

J'ai profité de la mêlée suivante pour m'agripper à son col, de toutes mes forces, espérant le déchirer.

— Par tous les diables ! Mais… Tu essaies de m'étrangler, ou quoi ? s'est-il écrié.

Toutes les Sentinelles se sont interrompues dans leurs tâches respectives. Arik est allé balancer son épée sur la pile dans la salle d'équipement.

Carrig a sifflé la fin des combats :

— Bon, c'est fini pour aujourd'hui, tous à la douche ! Je dirai à Sinead que je vous ai libérés plus tôt pour la fête de ce soir.

Je me suis faufilée entre les Sentinelles trempées de sueur pour rejoindre Jaran. Ses dreadlocks brillaient sur un front non moins luisant.

Abre, dont les courtes mèches noires enserraient le visage, m'a lancé un regard dédaigneux de ses yeux sombres.

— Quoi ? ai-je demandé en levant les mains au ciel. Tu as un problème ?

— Oui : tu as attrapé ton adversaire par le col, il me semble. Au combat, tu dois garder tes émotions pour toi. (Elle s'est éloignée d'un pas nonchalant avant de se retourner.) Nous devons absolument pouvoir compter les uns sur les autres dans une bataille. Ce genre de bêtises est mortel.

Jaran, qui s'essuyait le front avec une serviette, a pris le relais :

— Alors, tu as essayé de l'étrangler ?

— Non, je voulais juste lui retirer son T-shirt.

Il a passé la serviette autour de son cou en souriant.

— Ici, devant tout le monde ? Tu es désespérée à ce point ?

— Mais non ! Je cherchais simplement quelque chose.

Il a passé sa veste.

— Tu ne vas pas te doucher ? ai-je demandé.

— Je vais manquer mon émission préférée, je prendrai une douche à la maison.

— Tu pourrais aussi bien te doucher ici et la télécharger sur ton téléphone, ai-je répliqué.

— Je préfère la regarder sur grand écran.

Je lui ai lancé un regard suppliant. Il m'a examinée d'un air soupçonneux.

— Qu'est-ce que tu mijotes, encore ?

Je lui ai tout raconté à propos d'Emily, des sorcières enterrées dans les bois et de la marque censée prouver la présence d'un sort. Jaran a fini par accepter de rester avec les autres garçons afin d'en avoir le cœur net.

Je me suis ruée dans le vestiaire des filles pour prendre la douche la plus courte de toute ma vie.

Lei m'a regardée m'habiller en quatrième vitesse.

— Il y a le feu quelque part ?

— Je dois rentrer à la maison… Afton arrive à cinq heures !

Elle a jeté un coup d'œil à la pendule.

— Il n'est que quatre heures.

— Je ne veux pas être en retard !

J'ai noué mes cheveux mouillés en queue de cheval et suis sortie en coup de vent. Je me suis installée à la sortie du vestiaire des garçons en faisant mine de fouiller dans mon sac. Un par un, ils ont commencé à sortir.

— Qui attends-tu ? m'a demandé Demos en jetant son sac sur son épaule.

— Jaran. Il a bientôt fini ?

— Je suis là, a dit l'intéressé en franchissant la porte.

Les autres ont quitté le gymnase et j'ai traîné Jaran jusqu'au portail.

— Tu n'as rien vu sur Arik ? Brûlure, tatouage ?

— Non, sa peau est parfaite, il n'a pas un bleu.

J'étais partagée entre la stupeur et l'abattement.

— Tu es sûr ? Pas la moindre petite trace ?

Il a posé son sac et en a sorti sa veste :

— Écoute. Je l'ai examiné sous tous les angles, centimètre par centimètre. Ce n'était pas facile, crois-moi.

Son sourire indiquait que ça avait été tout sauf compliqué.

Je me suis forcée à sourire. J'avais vraiment cru à un sort lancé par Emily. Voulu croire que je n'avais pas été, tout simplement, rejetée. Il était temps d'affronter la réalité : il ne voulait plus de moi.

J'ai rendu les armes.

— Merci pour ton aide.

Il m'a donné un coup d'épaule sans se départir de son large sourire.

— Un plaisir ! Allez, laisse-le partir. Ensuite, ton cœur pourra commencer à revivre.

J'ai posé la tête contre son épaule.

— J'y travaille. Et toi alors, les affaires de cœur ? Je te défie de venir accompagné à la fête ce soir !

Il s'est rembruni.

— Je n'ai personne à inviter…

J'ai ouvert la porte en grand – aussitôt, le soleil nous a aveuglés.

— Ah bon ? Parce que j'ai entendu dire que c'était fini entre Cole et son footballeur. Sans compter que je l'ai surpris en train de te mater à midi l'autre jour.

— C'est vrai ? Non… Tu te moques de moi ? Hein ? Réponds !

J'ai filé à toute vitesse vers la voiture où Pop m'attendait, mais Jaran ne l'entendait pas de cette oreille et s'est lancé à ma poursuite.

— Appelle-le, tu verras ! ai-je suggéré.

— O.K., mais seulement si toi, tu invites Bastien !

Pop a baissé la vitre :

— Dépêche-toi ! Le train d'Afton ne va pas tarder.

J'ai ouvert la portière pour m'engouffrer à l'intérieur.

— C'est déjà fait, il a un empêchement. À ce soir !

En bouclant ma ceinture, je me suis demandé si Arik serait accompagné. Mon cœur se serrait de douleur à l'idée de le voir avec Emily. Jaran avait raison : je devais vraiment me secouer et enfin le laisser partir. Mais c'était comme demander à mon cœur de ne plus battre, à mes poumons de ne plus se gonfler d'air, à mon cerveau de ne plus penser. Je ne savais pas comment cesser de l'aimer.

Chapitre 17

Le train d'Afton est arrivé en gare sous une pluie de confettis de neige immaculée. Nous nous sommes enlacées longuement, sans nous soucier du froid.

— Je n'arrive pas à croire que tu sois là ! ai-je dit en desserrant mon étreinte. Et que tu aies coupé tes cheveux ! Tu es vraiment splendide, on dirait Halle Berry !

Elle a reculé pour nous contempler. Son regard joyeux allait de moi à Pop, debout plus loin sur le quai.

— Je croyais qu'on ne se reverrait jamais…

J'ai répondu à la question silencieuse qui se lisait sur son visage :

— Il n'est pas là.

— De qui parles-tu ?

Je l'ai prise par le bras pour la guider sur le quai mouillé.

— Allons, tu ne peux rien me cacher. Je sais que tu cherchais Nick.

— Alors, il ne veut même pas venir me voir ?

— Il travaille au restaurant de ses parents, ce soir. Il a dit qu'il viendrait demain matin, pour le petit-déjeuner.

Nous avons rejoint Pop.

— Je m'en occupe ! a-t-il dit en se chargeant de la valise d'Afton.

J'ai laissé mon amie monter à l'avant et me suis agrippée à son siège pour lui parler :

— Alors, comment vont tes parents ?

— Pas génial. Mon père a rompu avec sa petite amie, mais ma mère ne veut pas le reprendre. (Elle a attaché sa ceinture.) Elle dit que leur relation est brisée de manière irrémédiable. C'est affreux. Elle pleure tout le temps.

— Je suis désolée de ne pas avoir été là pour toi.

Je me suis calée sur mon fauteuil pour boucler ma ceinture tandis que Pop mettait le contact. Il est sorti du parking et s'est engagé sur la route.

— Et si elle venait pour Noël ?

— On aimerait beaucoup qu'elle soit là, a ajouté Pop.

— Je vais lui envoyer un message pour le lui proposer. Mais elle vit en ermite ces derniers temps…

Afton s'est plongée dans la contemplation du paysage et j'en ai profité pour observer son visage grave dans le rétroviseur.

J'avais toujours rêvé d'avoir une famille comme la sienne, avec deux parents. Son frère et sa sœur, plus âgés qu'elle d'une dizaine d'années, étaient déjà indépendants. Afton avait été une surprise d'apprendre que le couple se séparaient. Ils étaient tout le temps ensemble, allaient au cinéma, au théâtre, multipliaient les dîners interminables. Je n'aurais jamais imaginé voir les Wilson se séparer. Afton non plus, à n'en pas douter.

J'ai décidé de changer de sujet :

— La maison va être pleine à craquer avec toi et Nana ! On va bien s'amuser. Nana dort dans la chambre de Pop, et Deidre a proposé de s'installer chez Faith, comme ça, on aura la chambre pour nous deux !

— C'est gentil de sa part. Vous vous entendez mieux ?

— Oh tu sais, elle n'est si mal que ça… Nana et Faith ont uni leurs efforts pour fêter ton arrivée : elles cuisinent depuis ce matin !

Les phares de la Volvo ont éclairé l'allée qui menait à la maison.

— Oh, elles n'auraient pas dû… a répondu mon amie.

Une lumière blafarde a illiminé l'habitacle de la voiture : un véhicule s'était engagé derrière nous. Je me suis retournée.

— C'est la moto de Nick !

— Tu ne m'as pas dit qu'il travaillait ce soir ? s'est étonné Pop.

— Si… Je ne sais pas ce qu'il fait là !

Pop a appuyé sur la télécommande pour ouvrir le garage. Nick a garé son engin et éteint les phares.

Je suis allée à sa rencontre.

— Nick ! Quelle surprise !

— Ma mère m'a quasiment forcé à venir. D'après elle, ce serait impoli de ne pas accueillir Afton dès son premier soir.

Mon amie est sortie de la voiture pour se ruer sur Nick et le serrer fort dans ses bras :

— Je suis tellement contente de te voir !

Il n'a hésité qu'un instant avant de l'enlacer à son tour. La tension qui habitait son regard depuis notre déménagement à Branford s'est un peu apaisée. Ses yeux pétillaient de joie, toute raideur a quitté ses épaules.

Ils sont restés ainsi si longtemps que j'ai commencé à me sentir un peu gênée. J'aurais tellement voulu les voir réunis ! Ils allaient parfaitement bien ensemble…

Mais je pensais aussi à Deidre, je ne voulais pas la voir souffrir.

— Viens Afton, on doit se préparer pour la soirée !

Ils se sont enfin séparés.

— Ça fait du bien de se retrouver tous les trois ! s'est réjoui Nick.

Elle a souri avant de lui étreindre la main.

— Je te retrouve bientôt !

Une fois dans ma chambre avec ma meilleure amie, je me suis trouvée ramenée au bon vieux temps, quand on se préparait toutes les deux pour sortir. Mais elle a refusé impitoyablement toutes les tenues que j'avais envisagées pour la fête.

On a toqué doucement à la porte.

— Oui ?

— C'est Deidre. Je peux entrer ?

— Bien sûr ! C'est aussi ta chambre.

Elle semblait un peu mal à l'aise. Sa robe rouge rehaussait le carmin de ses joues et ses lèvres. Ses cheveux courts, blond platine, étaient bouclés au fer : on aurait dit Marilyn Monroe. En observant ma jumelle, ma copie conforme, je me suis demandé si j'arriverais à dégager une telle impression en portant les mêmes vêtements. Sûrement pas. Même si nous avions le même physique, Deidre avait beaucoup plus d'allure que moi – et ça, c'était inné.

— Tu n'es pas encore habillée ? m'a-t-elle demandé en s'asseyant sur mon lit.

— Je ne trouve rien à me mettre !

Tout en recourbant ses cils, Afton m'a regardée dans le miroir :

— Elle n'a que des robes d'été, pas une seule de soirée…

— J'ai exactement ce qu'il lui faut ! a répondu Deidre en plongeant dans son armoire.

— Je vais finir par m'habituer à te piquer des fringues…

— Oh, ce n'est pas grave ! Que penses-tu de ça ?

Elle a brandi un cintre sur lequel était passée une robe vert émeraude au col en V, avec un corset cousu de perles et une jupe bouffante en taffetas.

Sinead et Deidre sortaient souvent faire du shopping ensemble. Elles m'avaient invitée à de nombreuses reprises, mais j'avais toujours trouvé une excuse pour éviter de les accompagner.

— Oh ! s'est écriée Afton. J'adore ! Avec un chignon de côté, tu seras irrésistible !

— Est-ce que je peux au moins porter mes ballerines ?

Afton a froncé les sourcils quelques secondes en m'examinant :

— Ce serait plus joli avec des talons… et un autre collier. Qu'est-ce que c'est que cette espèce de broche ?

— Oncle Philip me l'a donnée, ai-je dit en l'enveloppant dans ma main comme pour la protéger. C'est important, je ne peux pas l'enlever.

— Des ballerines pourraient faire l'affaire, a dit Deidre. J'en ai en satin noir qui seraient du plus bel effet.

— Tu as probablement raison ! D'autant que Gia n'a jamais su se tenir sur des talons.

— Gia est ici, je te rappelle… ai-je grommelé. Et Gia pense qu'elle va en porter !

Au sourire d'Afton, j'ai compris qu'elle m'avait bien eue. Il suffisait qu'on dise que j'étais incapable de faire quoi que ce soit pour que je m'évertue à prouver le contraire.

J'ai appliqué une couche de baume sur ma bouche et me suis dirigée vers la porte :

— Alors, on y va ?

— Tu n'as toujours pas adopté le rouge à lèvres ? a demandé Afton en lissant sa robe.

— Le *nude* est indémodable, ai-je répondu comme si je m'y connaissais. Et j'ai mis du fard à paupières avec du mascara, ce n'est déjà pas mal.

— Vous êtes toutes les deux superbes, a dit Deidre en sortant.

La table de la salle à manger, poussée contre un mur, croulait sous les plateaux de nourriture et un grand bol de punch. La place libérée permettait de danser. Deidre a connecté son smartphone aux enceintes et la musique s'est déversée dans la pièce. On se serait cru au pôle Nord, tant la maison était décorée avec minutie, du sol au plafond, avec des boules à neige, des figurines et des stalactites. Un sapin décoré avec un goût sûr trônait au coin de la grande baie vitrée. Les boules rouge et or dansaient au bout de ses branches, reflétant les éclats de lumière blanche.

Arik, Demos et les autres Sentinelles se tenaient devant la table, avec chacun une assiette pleine de hors-d'œuvre à la main. Lei et Kale étaient assis sur deux chaises contre le mur, enlacés. Pop, Kayla et Nana occupaient d'autres chaises un peu plus loin, et semblaient en grande conversation. Il ne manquait plus que Jaran, et, fort heureusement, Emily.

Faith a apporté un plateau de flûtes de champagne en plastique. Sa robe noire chatoyait le long de sa silhouette fine. Elle s'est approchée avec précaution d'Afton et moi pour nous féliciter :

— Vous êtes splendides !

— Merci, cette touche de glamour te va à ravir ! ai-je répondu.

En modifiant son apparence, elle avait choisi de se montrer plus voluptueuse qu'à son habitude, ce qui lui donnait un petit air de Jennifer Lopez.

— Dommage que l'effet ne soit que provisoire ! a-t-elle soupiré en nous tendant un plateau. Tenez, c'est un mélange soda et sorbet, pas d'alcool ce soir, bien sûr.

— Merci Faith, ai-je répondu en me servant. Tu as fait un travail incroyable.

— C'est vrai, a renchéri Afton. Tu pourrais te lancer dans l'organisation de fêtes !

Le visage de la Laniar s'est illuminé.

— Vous êtes adorables ! Nana m'a beaucoup appris… J'aimerais qu'elle reste avec nous pour toujours !

Pour toujours ? Je n'avais jamais envisagé la possibilité de nous cacher pour toujours. Je me disais que cette situation était temporaire… Mon ventre s'est noué. Boston, c'était chez moi, et je ne me sentais pas à ma place depuis que nous avions quitté ma ville. Comment imaginer ne plus y retourner ? Ne plus manger dans le quartier du North End, ne plus me balader dans les jardins du Common, ne plus voir Afton dès que j'en ai envie ?

La porte d'entrée s'est ouverte, laissant s'engouffrer une bourrasque de fraîcheur qui a redressé les poils de mes avant-bras. Tous les regards se sont braqués sur les nouveaux arrivants : Jaran, suivi de Cole Jensen. Mon ami a entrepris de présenter son compagnon à toute l'assemblée.

J'ai souri, derrière ma flûte à champagne. Souri devant tant de courage, devant l'acceptation naturelle de tous les convives. Souri grâce à l'absence d'Emily.

Souri encore lorsqu'Arik s'est dirigé vers nous en m'observant d'un air appréciateur.

Son pas était détendu, comme à l'accoutumée. Sa chemise bleue et son pantalon noir moulaient parfaitement son corps. Ses cheveux étaient plus longs qu'avant, ils touchaient le col dans son cou. Je les préférais plus court. Il les laissait sûrement pousser pour plaire à Emily.

— Tu es superbe ce soir, m'a-t-il dit.

— Je parie que tu dis ça à toutes les filles.

— Non, pas à toutes.

Ces derniers temps, lorsqu'il n'était pas accompagné de sa copine, il semblait redevenir naturel.

— Mettez donc des fers à ce jeune homme !

J'ai ressorti une plaisanterie que Pop avait l'habitude de dire au père de Nick.

Ses sourcils se sont relevés :

— Je ne comprends pas.

Les lumières se sont tamisées, la musique s'est amplifiée, Deidre a entraîné Nick sur la piste de danse.

— Pourquoi Emily n'est-elle pas là ? ai-je demandé en haussant le ton pour couvrir la musique.

— Elle est partie fêter Noël dans sa famille avec son oncle.

Le bruit était trop fort pour continuer la conversation, aussi nous sommes-nous contentés de regarder tout ce petit monde danser. Pour moi, ils étaient devenus ma famille. Une famille aux couleurs bigarrées, issue de bien des lieux différents. Nous n'avions pas les mêmes racines, mais nous formions une famille. À ce moment précis, j'ai compris qu'Arik aurait toujours une place dans mon cœur, même si c'était en tant que frère, et rien de plus.

La musique s'est changée en slow.

— Tu veux danser ? m'a-t-il proposé.

J'ai cligné des yeux, pensant avoir rêvé. Peut-être que j'entendais des voix ?

— Pardon ?

Il a désigné les autres du menton.

— On danse ?

— Je ne pense pas que ce soit une bonne idée.

— Pourquoi ?

Pourquoi ? Sérieusement ? J'avais envie de le secouer.

— Tu n'as qu'à demander à ta copine.

Il me manquait.

Notre couple me manquait.

Des larmes ont roulé sur mes joues, qu'il a essuyées de son pouce. Mon regard embrumé a rencontré ses chaleureux yeux noisette. Arik, le garçon que je connaissais et que j'aimais, était revenu.

— Gia… a-t-il murmuré, en me caressant la joue.

J'ai avalé ma salive avec difficulté.

— Arik…

La porte s'est ouverte et de nouveau, une bourrasque de vent s'est engouffrée dans le salon. D'instinct, je me suis détachée d'Arik avant de reculer de plusieurs pas.

— Salut ! a claironné la voix aiguë d'Emily.

Aussitôt, toute douceur s'est évanouie dans les yeux d'Arik. Elle s'est ruée sur lui pour coller les lèvres contre les siennes.

— La tempête nous a empêchés de partir, alors on va fêter Noël ensemble ! J'espère que cela ne vous dérange pas, mais je suis venue avec mon oncle.

Elle a désigné un grand homme chauve aux épaules voûtées qui était resté près de la porte.

— Bien sûr que non, s'est écriée Faith en se précipitant vers lui. Puis-je vous débarrasser de votre manteau ?

— C'est bien aimable à vous, a-t-il dit en le retirant.

J'avais les deux pieds coulés dans du béton. Je voulais bouger mais restais pétrifiée. Emily tripotait Arik sous mes yeux et je ne pouvais pas lever le petit doigt. Il venait de me caresser les joues, de me regarder longuement dans les yeux, et il avait commencé à parler… Que voulait-il me dire ? J'ai serré les poings, mais même la douleur des ongles mordant la chair de mes paumes n'a pas réussi à me faire réagir.

— Tu as besoin de quelque chose, Gia ?

Le sourire d'Emily était tellement faux qu'une simple pichenette l'aurait brisé en morceaux.

Afton a gentiment glissé sa main dans la mienne.

— Alors Gia ? Tu devais me montrer la chambre de Faith… J'ai trop hâte de voir ces œuvres !

Afton, ma sauveuse devant l'éternel, m'a guidée à travers les convives, jusqu'au deuxième étage. Mes jambes flageolantes menaçaient de me lâcher à chaque marche.

Je me suis affalée sur le futon de Faith. Pendant qu'Afton admirait les peintures, j'ai repensé à ce bref instant où Arik m'était revenu. Une seconde après, il avait de nouveau disparu.

Afton est revenue vers moi :

— C'est très beau. Faith a beaucoup de talent.

— Je suis d'accord.

— Tout va bien ?

— Hmm... Je crois qu'il est temps d'abandonner tout espoir qu'Arik me revienne un jour.

Je me suis raclé la gorge pour tenter d'anéantir les trémolos humides qui me guettaient.

— Guérir prend du temps, a dit Afton en s'asseyant près de moi. Et oublier, encore plus.

— Je suis tellement contente que tu sois là...

— Ça tombe bien, on est coincées ensemble ! (Elle m'a tapoté le genou.) Mais qu'as-tu fais de ton esprit de guerrière ? Allez Gia, envoie tout balader, retrouve ton courage et profite de cette soirée !

J'ai soupiré.

— D'accord. Au point où j'en suis...

Elle m'a donné un coup d'épaule :

— Bravo !

Nous avons rejoint les autres, nous sommes empiffrées de mets délicieux, bu du faux champagne et ri aux pitreries de Demos jusqu'à en avoir les côtes douloureuses. J'ai surpris Afton – et moi-même –, en dansant avec elle, Jaran et Cole des heures durant. Je n'ai même pas remarqué lorsque Arik, Emily et son oncle ont quitté les lieux.

J'ai serré fort Jaran dans mes bras tandis que nous exécutions un slow. Mes talons me faisaient souffrir mille morts.

— Balance-les ! m'a-t-il conseillé.

— Bonne idée ! (Je me suis déchaussée pour les envoyer valser dans un coin de la pièce avant de repasser les bras autour de son cou.) Tu es heureux, Jaran ?

— Bien plus que je ne l'ai été ces dernières années ! (Il a déposé un baiser sur mon crâne.) Merci, mon amie, de m'avoir donné le courage d'être moi-même.

— Tu l'avais en toi. Il te fallait juste un petit coup de pouce.

Il m'a fait tourner entre ses bras et je me suis plongée dans le bonheur qui l'enveloppait. J'étais prête. Prête à vivre ma vie.

Sans Arik.

Chapitre 18

Un claquement de bottes suivi d'un bruit indiquant que quelqu'un fouillait dans un tiroir m'a réveillée. J'ai soulevé mes paupières alourdies de sommeil. Deidre, penchée sur sa commode, cherchait quelque chose. Afton s'est redressée sur ses coudes.

— Que se passe-t-il ? ai-je réussi à croasser.

— C'est le dernier jour de shopping avant Noël, et il me manque encore un tas de cadeaux.

Je n'avais pas encore commencé mes achats de Noël, ce qui sur le coup, m'a fait paniquer, mais pas assez pour décider mon corps à réagir. Les effets de la nuit dansante se faisaient sentir.

— Tu y vas avec qui ? ai-je demandé en me frottant les yeux. Si tu attends un peu, on t'accompagne…

— J'ai un rencard. (Elle s'est immobilisée avant de se retourner.) Zut. Je n'étais pas censée en parler.

Je me suis assise pour jeter un œil à mon téléphone :

— Nick ne se lève jamais aussi tôt.

— Ce n'est pas avec Nick.

— O.K. Attends. Je ne te suis plus, là. (J'ai enfilé mes pantoufles.) Si tu as un rencard et que ce n'est pas avec Nick, c'est avec qui ? Et qu'est-il advenu de Nick ?

— On a rompu, l'autre soir. Il a encore pété les plombs après la soirée. Je ne peux plus supporter ses sautes d'humeur, a-t-elle dit en sortant une étole grise et mauve.

— Pourquoi n'avez-vous rien dit ?

— On ne voulait pas gâcher les festivités, a-t-elle répondu en enroulant l'étole autour de son cou.

— Qui a rompu ?

— Ça ne fonctionnait plus. Ses caprices, nos différences… C'est O.K. pour lui aussi. (Elle a regardé Afton dans les yeux.) En fait, je crois qu'il y a toujours eu quelqu'un d'autre pour lui.

Afton a baissé la tête pour éviter son regard.

— De toute façon, on se quitte en bons termes. On sera bien mieux amis. (Elle a soulevé son sac posé sur une chaise.) Alors, on se croisera peut-être au centre commercial ?

Une fois mon changelin parti, j'ai observé Afton d'un air étrange.

— Bon, à la douche ! a-t-elle dit en grimaçant pour s'empêcher de sourire. Ce n'est pas tout, mais on a du pain sur la planche !

Pendant qu'elle investissait la salle de bains, j'ai envoyé un texto à Nick pour lui dire de nous rejoindre au centre commercial. Un petit coup de pouce était de mise.

Ils avaient toujours souffert d'un timing désespérant. Nick était tombé amoureux d'elle dès son arrivée en cours d'anglais en troisième. Pour elle, il n'était qu'un frimeur sarcastique. Plus tard, nous avons formé un trio d'amis inséparable. Les sentiments de Nick n'avaient jamais faibli, bien au contraire, et ce malgré le fait qu'il ait tenté de les dissimuler – ce qui ne fonctionnait pas avec quiconque le connaissait bien. Il a abandonné en rencontrant Deidre. C'est à ce moment qu'Afton a réalisé à quel point ses sentiments pour lui étaient bien plus qu'amicaux. Au fil de leurs joutes verbales interminables, elle était devenue dingue de lui. Deidre écartée, ils avaient enfin une chance de se trouver.

Dans le centre commercial envahi par les clients lancés à la course effrénée aux achats de dernière minute, les haut-parleurs déversaient des musiques de Noël à tue-tête. Tandis qu'Afton essayait des rouges à lèvres au rayon maquillage, je ne pouvais m'empêcher de jeter des regards inquiets en tous sens : et si Nick n'avait pas reçu mon texto ? Nous étions là depuis une heure.

— Qu'est-ce que tu cherches comme ça ? m'a-t-elle demandé en étalant du rouge sur son sourire.

J'ai sursauté, faisant dangereusement valser des bouteilles de lotion. Tout en évitant son regard, j'ai entrepris de les remettre d'aplomb.

— De quoi tu parles ?

— Tu cherches Arik ? J'espérais que tu commencerais à l'oublier…

— Non, enfin, si…

— Pas possible, vous deux ici ? s'est exclamé Nick. Quelle surprise !

N'en fais pas trop non plus, idiot !

Afton a lâché son bâtonnet :

— Mince, Nick ! Inutile de nous faire peur !

— Cette couleur te va à ravir, a-t-il répondu avec un grand sourire.

Je devais les laisser seul : rien n'est plus néfaste aux idylles naissantes qu'une cinquième roue du carrosse.

— Bon, j'ai encore plein de cadeaux à acheter… Nick, aide Afton à choisir une couleur, je suis complètement nulle pour ça.

— Pas de soucis. (Il s'est penché sur le comptoir, tout près d'elle.) J'ai oublié de te le dire, hier soir, mais tu es ravissante avec ta nouvelle coiffure.

— Vraiment ? J'avais tellement peur que ça n'aille pas du tout avec mon visage, a-t-elle répondu en passant les doigts à l'arrière de sa tête.

Je me suis éclipsée avant d'entamer mon marathon de cadeaux : une figurine de fée pour Faith, quelques sweat-shirts pour Pop, une casquette en tweed pour Deidre, un bracelet pour Afton, une lotion parfumée pour Kayla. Je suis sortie des magasins pour me mêler à la foule, au milieu de laquelle j'ai retrouvé mes deux amis, assis sur un banc entre deux bacs à fleurs. J'ai réussi à m'extraire du flot de passants pour m'approcher d'eux.

— Tu as terminé tes achats ? m'a demandé Afton.

— Non, il en reste encore quelques-uns sur ma liste… et toi ?

— Moi non plus… on avait plein de chose à se dire… a-t-elle répondu en souriant à Nick.

— Bon, je vous laisse, les filles. Je dois me pointer au restau : ce soir, ça va être sportif ! À demain !

Le cristal d'humeur faisait des merveilles sur lui. Sa mère avait décidé de lui rendre son petit boulot au restaurant.

Afton l'a regardé s'éloigner sans cesser de sourire. Il y avait de l'entrain dans les pas de notre Nick, ce que je n'avais plus vu depuis longtemps.

J'ai passé mon bras sous celui de mon amie et l'ai dirigée vers le magasin de sport.

— Je veux des détails.

— Pourquoi va-t-on dans ce truc ? a-t-elle demandé en plissant le nez.

— J'aimerais offrir quelque chose aux Sentinelles. Des sous-vêtements en élasthanne ou des gourdes...

Le côté gauche de mon lit penchait. J'ai rampé sous ma couette afin de trouver un emplacement plus confortable.

— Tu vas te réveiller, oui ou non ? (La voix de Faith semblait à bout de patience.) C'est le matin de Noël et je suis encore debout, je t'attendais !

J'ai grogné en me retournant vers le mur.

— Rien qu'une heure, s'il te plaît...

Elle s'est levée et m'a attrapée par le bras :

— Debout ! Tout le monde est déjà en bas, en pyjama ! C'est super excitant, et Nana a fait des roulés à la cannelle !

— Il fallait le dire tout de suite !

J'ai bondi hors du lit. Faith était vêtue de vert des pieds à la tête, avec de la moumoute blanche aux poignets et au col.

— C'est un déguisement ?

— Je suis un elfe du Père Noël !

Elle portait même un chapeau pointu, vert, bien entendu.

— Qu'est-ce que c'est ?

Elle avait ramassé le morceau de papier où était inscrit le nom de Ruth Ann Proctor.

— Oh, rien d'important, c'est pour Nana. J'ai dû le faire tomber.

J'ai enfilé ma robe de chambre et glissé les orteils dans mes pantoufles. Cette recherche avait-elle encore un sens ? Après tout, qu'importait qu'Emily fût une sorcière ou pas ? Elle n'avait pas marqué Arik pour qu'il tombe amoureux d'elle. Il s'était épris d'elle tout seul. Comme aurait dit Carrig, je devais « laisser tomber mon biberon et faire face, comme une grande fille ».

Elle m'a rendu le papier.

— Devine ce que je t'ai préparé !

— Je ne suis pas sûre de vouloir savoir, ai-je rétorqué en le fourrant dans ma poche. Ça se porte ?

— Non, mais c'est une bonne idée ! Je m'en souviendrai pour l'année prochaine…

Ne sachant pas si elle plaisantait ou non, je commençais à m'inquiéter.

— Des pancakes en forme de rennes !

— Génial ! (J'ai descendu les escaliers à sa suite.) On peut dire que tu apprécies Noël, pas vrai ?

— C'est la plus belle des fêtes. J'aimerais que ce soit Noël tous les jours !

Nana, Afton, Pop et Kayla étaient assis autour du sapin. Deidre, qui fêtait la Nativité avec Sinead et Carrig, était absente. Ne souhaitant pas croiser Arik, j'avais remis à mon changelin mes cadeaux pour les occupants du pensionnat McCabe. Je m'habituais doucement à l'idée que notre histoire d'amour était morte et enterrée ; il était inutile de tenter le diable pour risquer de rouvrir les blessures.

Je me suis assise sur une chaise et Faith a fait de même. Un bon feu craquait dans la cheminée. La scène était digne d'une illustration de Norman Rockwell.

— Maintenant que tout le monde est là, nous pouvons distribuer les cadeaux ! a déclaré Faith en s'emparant du premier à ses pieds. Afton, c'est pour toi !

Un par un, les cadeaux ont trouvé leur destinataire. Mon butin était conséquent : Faith m'avait offert un T-shirt Docteur Who, Afton un pull noir, Nana une pile de livres, et Pop un ordinateur portable. Mon précédent n'avait pas survécu à la destruction de notre appartement par les hommes de Conemar.

— Et voici le dernier ! s'est exclamée Faith en me passant un gros paquet de la taille d'une boîte à bottes, joliment enrubanné.

J'ai retourné le cadeau, étonnamment lourd.

— C'est de la part de Kayla…

Son sourire remontait jusqu'à ses yeux. Le bras de Pop passait derrière son dos, contre le sofa. À mesure que leur relation s'affirmait, il émanait d'eux une atmosphère confortable et rassurante.

— Nous pouvons nous tutoyer désormais, ne crois-tu pas ?

— Ça marche.

J'ai dénoué le ruban pour découvrir une très ancienne édition, une des premières et ma préférée, du *Jardin secret*.

— Comment as-tu deviné ?

— Je t'ai vue le lire plusieurs fois à la bibliothèque.

— Logique…

À chaque fois que Nick et moi prenions une pause dans notre recherche des *Chiavi*, je me réfugiais dans ce livre.

Le Jardin secret me rappelait ma rencontre avec Arik, à la bibliothèque de Boston. Je le portais quand je lui suis littéralement rentrée dedans. Il l'avait ramassé en me récitant un passage de l'ouvrage. À chaque fois que je relisais cette phrase, je ravivais l'espoir qu'il me revienne. Juste au moment où je commençais enfin à me débarrasser de cette certitude, ce cadeau allait-il me replonger dans des affres de souffrance ?

Non.

J'étais sur la voie de la guérison, je le sentais. Cette fois-ci, le sentiment de tristesse à l'évocation d'un souvenir de notre histoire ne s'est pas manifesté.

Kayla a posé sa main sur le genou de Pop :

— J'espère que ça te plaît.

— Alors là, oui ! C'est génial, merci !

— Tant mieux.

Si Kayla avait été sévère avec Nick et moi ces derniers temps, ce cadeau la dédommageait en totalité. En tant que Mage à Gages, elle ne montrait pas facilement ses émotions, mais la présence de Pop la rendait toujours plus douce.

— Mangeons ! a enjoint Faith en se relevant.

Le pied de l'arbre de Noël débarrassé de ses cadeaux, les chats se sont prélassés sur le sac à sapin. La maison était parcourue de courants d'air. J'ai plongé les mains dans mes poches, où j'ai retrouvé mon morceau de papier.

Avant que Nana n'entre dans la salle à manger, je lui ai glissé le ruban entre les doigts.

— J'avais oublié de te remettre le nom de la jeune fille enterrée. Ça n'a sûrement pas d'importance, étant donné qu'Arik ne porte aucune marque. Mais je suis toujours curieuse de savoir si Emily est vraiment une descendante de cette sorcière.

— Moi de même.

Elle a caché le papier dans son soutien-gorge.

— Euh...

Je n'étais pas sûre de la réaction à adopter face à ce comportement déroutant. Quand il a été clair que je n'avais rien d'autre à ajouter, elle a continué :

— Je n'ai pas mes mots de passe ici ; je me connecterai une fois rentrée à la maison.

— Super, merci, ai-je répondu en essayant de ne pas fixer sa poitrine. Je t'ai déjà dit que tu étais la plus fantastique des grands-mères ?

— Inutile de le dire, mon enfant, a-t-elle répondu en me tapotant la joue. Les actions parlent bien plus que les mots. Et tout l'honneur est pour moi !

Je me suis dirigée vers la grande baie vitrée en traînant des pieds sur le plancher. Faith avait orné les vitres de guirlandes lumineuses. La maison d'Emily, large et imposante, était juste en face de la nôtre. Toutes les fenêtres étaient sombres et la seule décoration observable était la gigantesque couronne de Noël, clouée à la porte d'entrée.

Emily était-elle seule avec son oncle en ce matin de Noël ? Une part de moi ressentait de la compassion pour elle, pour avoir perdu ses parents. Je connaissais cette douleur. Désirer de tout son cœur un Noël avec sa mère... J'étais si jeune, lorsqu'elle nous a quittés, que je n'avais pas même un souvenir d'elle en train de déballer les cadeaux avec moi.

Une berline argentée s'est engagée dans l'allée. J'ai failli ne pas reconnaître le visage sombre et émacié de la conductrice. *Mme Wilson ?*

— Afton ! Ta mère est là ! ai-je crié.

La frêle femme marchait avec précaution dans la neige, fermement agrippée à un sac de courses.

Mon amie a foncé dehors et sauté dans les bras de Mme Wilson avant qu'elle ait pu poser un pied sur les marches du porche. Afton, sublime résultat d'un père noir et d'une mère latine, tenait plus de son père niveau taille et dépassait sa mère. Juste derrière eux, j'ai remarqué Arik qui s'approchait, un petit paquet mal ficelé entre les mains.

Je suis sortie sous le porche.

— Joyeux Noël, a-t-il souhaité.

Afton et sa mère lui ont répondu avant de s'éclipser pour nous laisser seuls.

Frissonnante sous ma robe de chambre, je me suis adossée au pilier.

— Joyeux Noël à toi aussi.

— Merci pour la gourde.

— De rien. Elle est sans bisphénol-A.

— Ah. C'est une bonne chose ?

— Euh oui, plutôt.

Même si tôt le matin, il était d'une beauté aveuglante.

— Tu vas chez Emily ?

— Oui. (Il s'est retourné pour jeter un coup d'œil à la grande maison.) Mais auparavant, je souhaitais te donner ceci.

Il m'a tendu le présent couvert de papier doré.

— C'est un livre ?

Bon sang, ne me dites pas qu'il m'a fait le coup du Jardin secret, *lui aussi ! Ou plutôt… s'il me l'offrait, ça voudrait dire qu'il tient toujours à moi ?*

Je voulais lui arracher le paquet des mains mais j'ai réussi à me contenir.

Ses sourcils se sont relevés en examinant le cadeau :

— Comment as-tu deviné ?

— La forme.

— Ah, oui.

Nos doigts se sont frôlés lorsque j'ai pris le paquet. J'ai tremblé sans savoir si c'était à cause du contact ou de l'air glacial. Le thermomètre était tombé tout près de zéro.

— Vas-y, ouvre-le !

De toute évidence, il était très fier de sa trouvaille.

J'ai déballé le livre, qui s'est avéré être un journal relié en cuir, gravé du monogramme doré GMB. J'ai tourné les pages, écrites à la main, avec précaution tant l'objet semblait ancien et fragile.

Je lui ai lancé un regard interrogateur.

— Un journal ?

Je me suis affaissée. Quelle idiote d'avoir cru qu'il m'offrirait un livre qui célébrait notre rencontre !

— C'est le journal de Gian. Je l'ai découvert dans une vente aux enchères à Asile, la fois où j'ai escorté Pia et Reya, avant…

Avant que tu ne me laisses tomber.

Il s'est éclairci la gorge.

— Avant qu'elles attaquent le Conseil des mages.

— Oh.

Il n'y a même pas pensé.

— Alors, ai-je continué, ils vendent les affaires de Gian ?

— Non, pas vraiment : c'était lors d'une vente de propriété de quelqu'un d'autre. La plupart des effets personnels de ton arrière-grand-père ont été liquidés après sa mort, et les prix ont atteint des sommes faramineuses. Ce journal était dans un lot de plusieurs bouquins, je parie que le commissaire-priseur n'était même pas au courant.

Ma vision s'est troublée. Il l'avait acheté alors que nous étions toujours ensemble. En accompagnant Carrig à Asile, il avait pensé à moi. Un sentiment doux-amer s'est répandu dans ma poitrine avant de laisser un goût rance sur ma langue.

Soucieux, il a froncé les sourcils :

— Ça ne te plaît pas…

— Si, j'adore. Merci.

— Je dois y aller, a-t-il enchaîné avant de se retourner.

— Arik… l'ai-je interrompu alors qu'il descendait les escaliers. Je suis contente qu'on soit amis, tu sais.

Je le pensais vraiment.

— Moi aussi, a-t-il répondu en souriant, faisant apparaître ses fossettes.

Derrière moi, la porte s'est ouverte et refermée, mais je ne me suis pas retournée pour voir qui c'était. J'ai suivi Arik des yeux. Il a glissé sur une plaque de verglas dans le jardin d'Emily et s'est rétabli sans effort, de manière extrêmement athlétique.

— Ça va ? m'a demandé Afton.

— Je crois que oui.

Elle est venue à côté de moi.

— Ça me fait plaisir de t'entendre dire ça.

J'ai détourné les yeux et me suis dirigée vers la porte.

— Allez, viens, notre film de Noël nous attend.

J'avais un besoin vital de noyer mon chagrin dans un mug de chocolat géant sous une montagne de marshmallows de toutes les couleurs.

Chapitre 19

Mes jambes, repliées sous moi, ont commencé à s'engourdir. J'étais plongée dans le journal de Gian depuis des heures. Il ne restait plus que trois jours de vacances avant la rentrée et je ne désirais rien d'autre qu'hiberner. Afton et sa mère étaient rentrées à Boston juste après le nouvel an. J'aurais tout donné pour pouvoir les suivre. Au moins, Nana restait un jour de plus.

Elle était assise sur une chaise à haut dossier, les jambes posées sur un repose-pied, Baron étalé dans son dos et Cléo sur ses genoux. Tout comme moi, elle était encore en pyjama et tricotait une écharpe pour Deidre, qui broyait du noir dans la chambre à cause d'un garçon. C'était son troisième petit copain depuis sa rupture avec Nick. Jaran et moi avions placé des paris en cachette : combien en aurait-elle d'ici la rentrée ? Il avait misé sur quatre et moi trois : je sentais que je perdais.

L'ouvrage de Gian tenait plus du registre que du journal intime. Il y consignait un grand nombre de bibliothèques, accompagnées de dates, certaines antérieures à son époque. Quelques-unes remontaient au XVIIe siècle. Le mot « faille » se répétait plusieurs fois sur la page, j'ai essayé de comprendre ce qu'il pouvait bien signifier. Par exemple :

4 janvier. 22h30, soirée. J'ai décelé une faille sous la « Maison des Livres » à Gall.

J'ai frappé la carte de prières qui me servait de marque-pages contre ma cuisse.

— Cesse de froncer les sourcils, ma chérie, ou à mon âge, c'est un cratère que tu auras entre les deux yeux. Sur quoi t'acharnes-tu ?

— Une carte que j'ai trouvée dans le bouquin.

Elle représentait une immense église pointue.

— C'est l'église Saint Patrick de New York. Quelqu'un a noté « *Cierges, septième rangée, trois allumés* ». Les gens notent lorsqu'ils allument des cierges ?

Nana a fait glisser une maille sur son aiguille.

— Pourquoi pas ? Ils ont parfois de drôles d'habitudes.

J'ai replacé la carte entre deux pages à la fin du livre.

— Je ne comprends rien aux notes de ce journal. Il ne parle que de « failles », et je ne vois pas ce que ça signifie.

— Peut-être un simple changement dans l'air…

J'ai attrapé ma fenêtre de communication pour appeler oncle Philip, qui m'a aussitôt répondu.

— Que me vaut l'honneur ? J'imagine que tu as bien commencé la nouvelle année. Tu as passé une bonne soirée ?

— Oui, merci. J'espère que c'était bien aussi de ton côté.

— C'était formidable : tranquille et sans incident.

— Désolée de te déranger…

— Tu ne me déranges jamais.

Son ton était un peu sec, comme à son habitude, mais il me semblait aussi y percevoir une certaine anxiété.

— Arik m'a offert un vieux journal tenu par Gian pour Noël. Il y consignait des bibliothèques, des dates… Un mot revient sans arrêt : « faille ». Tu sais ce que ça veut dire ?

— C'est un vieux terme pour désigner ce que nous avons vu ensemble à la bibliothèque John Rylands : la détection des trappes. Je serais très curieux de jeter un œil à ce livre.

— Je te l'apporterai la prochaine fois. Et la *Maison des Livres*, ça te dit quelque chose ?

— Non, pourquoi ?

— Il a écrit avoir découvert une faille sous la *Maison des Livres*.

Il s'est frotté le menton, perdu dans ses réflexions.

— Très intéressant… Je n'ai pas le souvenir d'une faille reconnue sous ce nom. Il a dû en faire une liste, dont certaines ne sont pas encore officiellement enregistrées…

Une détonation a retenti derrière lui. L'image de la fenêtre de communication a commencé à ramer. Quelque part, Pip s'est mis à jaser comme un fou. Oncle Philip s'est retourné pour l'écouter. Une seconde détonation a retenti, et l'image a montré une pluie de débris avant de se figer presque totalement.

— Gia ! Préviens Carrig… Asile est attaqué ! À l'aide !

L'écran est devenu noir.

J'ai sauté sur mes pieds, posé le journal sur la table basse et me suis ruée sur mon téléphone portable.

Carrig a répondu à la deuxième sonnerie :

— Bonjour Gia !

Mon cœur pulsait jusque dans ma gorge.

— Nous devons… nous devons… Asile est…

— Calme-toi, j'écoute.

— Je parlais avec oncle Philip et il y a eu des explosions. Il a appelé à l'aide, Asile est attaqué !

— Équipe-toi. Il y a quelqu'un avec toi ?

— Nana est ici.

— Elle t'accompagnera à la bibliothèque. Rendez-vous là-bas.

J'ai balancé mon portable avant de foncer au premier pour me changer, Nana sur les talons. J'ai attrapé la boîte argentée que Kayla m'avait confiée afin que je puisse la joindre à la bibliothèque. J'ai fait le signal d'urgence, deux pressions sur le cristal, et celui-ci est devenu rouge.

J'ai passé mes atours de Sentinelle plus vite que Superman enfile son caleçon bleu. Nana était juste derrière moi, ce qui était assez impressionnant pour son âge.

J'ai soulevé mon bouclier, l'ai suspendu dans mon dos et accroché mon fourreau à ma taille. Nana m'a fait enfiler mon pardessus, que j'ai boutonné en dévalant les escaliers.

J'ai réussi à ne pas vomir sur le tableau de bord tandis qu'elle nous conduisait à la bibliothèque. Nous étions les premières arrivées et avons attendu les autres.

Le van du Pensionnat a déboulé et les Sentinelles ont sauté à terre avant même que Carrig ait éteint le moteur. Sous leurs pardessus, elles avaient revêtu leurs armures aux allures de carapaces de motards : bottes, pantalons en cuir, plastrons métalliques retenus par des chaînes, plus les boucliers dans leurs dos et les épées à leur côté. Kale, qui portait ses gants à lame rétractable et ses protections de poignets, était le seul à ne pas être muni d'une épée.

J'ai quitté la Nexus de Nana pour les rejoindre à l'entrée de la bibliothèque.

— Où est Kayla ? a voulu savoir Carrig.

Lei a pris la parole :

— J'ai essayé de l'appeler mais elle ne répond pas.

— Est-elle avec Brian ? a-t-il demandé, à moi cette fois.

— Non, il est au boulot.

— Très bien, dans ce cas, Arik, fais-nous entrer. (Il s'est retourné vers Nana, prête à repartir.) Madame Kearns, puis-je vous demander d'informer Sinead des événements ? Elle est au cinéma avec Deidre.

Nana a hoché la tête avant de coller le pied au plancher.

Arik a sorti une fine carte de sa poche, qu'il a passée dans l'encadrement de la porte afin de nous laisser entrer par magie.

— Comment allons-nous voyager à travers la porte-livre s'il est bouclé ? ai-je questionné Carrig.

— J'ai toujours connu le charme qui l'ouvre, même si je ne vous l'ai jamais dit.

Jaran s'est emparé du livre.

Notre Maître a levé la main au-dessus avant de réciter :

— *Sbloccare il gateway.* Écoutez-moi tous. Cette mission est périlleuse. Vous allez sauter deux par deux avec votre partenaire. Comme nous sommes en nombre impair, je pars seul.

— Nous partons les premiers, a offert Arik. Gia peut nous protéger avant même qu'on arrive dans la bibliothèque.

— Gia ?

— Ça marche.

J'étais très inquiète, notamment pour oncle Philip, et je priais pour qu'il fût en sécurité.

Nous avons lié nos mains.

— *Aprire la porta !* a entonné Arik.

Le livre s'est secoué et nous avons sauté dedans. Je me suis sentie comme chez moi dans le passage, les ténèbres m'enveloppant, l'air frais me caressant le visage… Mais l'angoisse ne m'a pas quittée. Je n'avais jamais été aussi terrifiée durant un saut, mise à part la toute première fois, qui avait été accidentelle.

Tandis que nous tombions, Arik a formé une boule de feu dans sa paume. Les reflets jaunes et orange dansant sur son visage m'ont donné l'impression qu'il était lui-même en flammes. Pour ma part, j'ai créé un globe de protection de la taille d'une balle de base-ball. Lorsque nous avons commencé à ralentir, j'ai lancé la boule rose et l'ai regardée atterrir sous nos pieds. Arik s'est réceptionné sur le sol de la bibliothèque de Bodley juste avant moi. Mon globe avait formé une membrane protectrice qui s'étendait du sol au plafond.

— Délivre-nous, m'a demandé Arik.

J'ai passé les doigts à travers la matière rose, qui a éclaté comme une bulle.

La bibliothèque était calme. L'épée pointée en avant, nous nous sommes assurés qu'il n'y avait aucun danger tandis que les autres arrivaient. Puis, nous avons suivi Carrig à travers les rangées de livres.

J'avançais avec prudence, épiant chaque bureau disposé entre les étagères, chacun des entrelacs des arches en bois sombre finement sculptées au-dessus de nos têtes. Un mouvement m'a fait tressaillir, avant que je me rende compte qu'il s'agissait simplement de notre ombre.

Carrig a tourné à la troisième rangée d'étagères sur sa gauche et s'est arrêté devant une petite boîte en bois en forme de maison. Il a appuyé de chaque côté en récitant :

— *Ammettere il pura !*

Il n'y a eu aucun résultat.

Il a encore essayé plusieurs fois avant d'abandonner :

— Quelqu'un a utilisé un sort pour bloquer le passage.

— Gia, essaie ton globe ! s'est exclamé Arik.

J'en ai lancé un petit contre l'étagère tout en chantant la formule. La bulle rose s'est infiltrée dans le bois, brisant le charme. Tremblante, l'étagère s'est tournée sur elle-même, révélant un escalier dont les marches s'enfonçaient profondément dans les ténèbres.

Nos globes de lumières ont jeté leurs reflets tremblotants sur les murs de pierre durant toute la traversée du tunnel, jusqu'aux dépendances d'Asile. Là, nous nous sommes débarrassés de nos pardessus et Carrig a poussé la porte de sortie. La vision de l'extérieur, en haut de la colline, nous a tétanisés.

Asile brûlait.

Les cris qui nous parvenaient nous ont sortis de notre stupéfaction. J'ai sprinté vers la cité au milieu des autres Sentinelles, le chemin ne formant plus qu'une image floue sous mes bottes. J'ai pris la mesure du chaos qui nous entourait. Les villageois vivant à la périphérie de la cité étaient dépassés. Certains tentaient de se battre contre les incendies, d'autres de porter secours aux blessés, d'autres encore se rassemblaient en petits groupes hébétés aux coins des rues.

Carrig a lancé un charme derrière nous, afin de bloquer l'entrée aux dépendances.

Je ne pensais plus qu'à oncle Philip. Je devais le trouver. Il devait être en sécurité. Absolument.

Et s'il est blessé ? S'il est... Je ne pouvais pas même prononcer le mot dans ma tête.

Mes pieds ont martelé le sol à une cadence effrénée, le souffle me brûlait les poumons.

Nous avons formé deux groupes : Carrig emmenait les Sentinelles des autres refuges sécuriser la ville tandis que notre groupe de Sentinelles d'Asile, sous les ordres d'Arik, pénétrait dans le château. Notre chef a donné un grand coup dans la lourde porte d'entrée et je l'ai suivi comme son ombre dans l'entrée majestueuse. Lei et Kale ont pris le corridor de gauche, Demos et Jaran celui de droite, et avec Arik, nous avons foncé droit sur l'aile scolaire du bâtiment.

Nous avons gravi l'escalier menant au bureau du professeur Attwood en un clin d'œil. Tout était sens dessus dessous : bibliothèques renversées, documents éparpillés, marques de brûlures, bureau mouillé... Quelqu'un avait tenté d'éteindre l'incendie. À chaque respiration, la fumée irritait un peu plus ma gorge. J'ai protégé ma bouche tout en avançant parmi les décombres. Quelque chose a gratté sous l'une des étagères. Immobile, j'ai tendu l'oreille.

— *Aaaark ! Au secours ! Attaque ! Aaark !*

— Pip ! (Je me suis précipitée à un coin du meuble.) Aide-moi à le sortir de là !

Arik a soulevé l'étagère et j'ai tâtonné au milieu des livres pour trouver l'oiseau. Sa tête a doucement frotté contre mes doigts ; je l'ai sorti avec précaution. Ses plumes étaient un peu désordonnées et tachées de suie, mais il semblait n'avoir rien de cassé. Je l'ai déposé sur son perchoir.

— Qu'ont-ils fait à oncle Philip ?

— *Arrrk ! Parti !*

— Je sais, mais où ? As-tu entendu quelque chose ?

Pip a étiré ses ailes avant de les replier.

— *Chiavi ! Aaaaark ! Vite !*

J'ai regardé Arik :

— Où conservent-ils les *Chiavi* ?

Il a blêmi.

— Dans la chambre forte de Merl…

Sans m'attendre, il s'est élancé. Après l'assassinat de ses parents fées, Merl avait été comme un père pour mon ami. Il a sauté par-dessus les débris et a disparu derrière la porte grande ouverte. J'ai failli déraper en me lançant à sa poursuite, virage après virage, en haut d'une volée de marche, et le long de nouveaux corridors. Sans ralentir, j'ai décroché mon bouclier et dégainé mon épée. Arik, tout entier tendu vers Merl, ne s'était pas préparé au combat.

— Arik ! Ton épée ! ai-je crié.

Il m'a lancé un regard avant de sortir sa lame et disparaître au bout du couloir.

— Et ton bouclier ! Non !

Un homme est apparu sur ma droite et m'a plaquée au sol. Ma tête a violemment heurté mon bouclier. Malgré la douleur, j'ai attrapé sa veste et l'ai fait tomber. Je me suis hissée sur lui. Il m'a décroché une droite dans le menton qui m'a de nouveau envoyée au tapis. Je n'ai pas eu le temps de me relever : il était déjà sur moi et commençait à m'étrangler.

J'ai plongé mes ongles dans sa peau, espérant lui faire lâcher prise. Il m'a envoyé un coup de boule et j'ai vu trente-six chandelles. C'est alors que quelque chose l'a heurté par-derrière ; son visage s'est décomposé, il a vacillé avant de s'étaler à côté de moi.

J'ai toussé, encore dans les vapes, tandis que l'air revenait dans mes poumons.

Arik a retiré son épée du corps de mon assaillant.

— Qu'est-ce qui t'a pris, bordel ? On doit rester ensemble ! me suis-je exclamée en suffoquant. On reste ensemble !

— Je suis désolé, je n'ai pas…

— Réfléchi ? Tu n'as pas pris la peine de réfléchir ? (Je me suis relevée péniblement.) Reprends-toi, Arik ! Je dois te faire confiance pour assurer mes arrières. C'est ce que tu dis tout le temps. Ça te revient ? (J'ai ramassé mon attirail de combat.) Et ralentis, on doit conserver notre énergie.

— Je suis désolé. C'est juste que…

Il a soupiré. J'ai posé une main tremblante sur son épaule.

— Je comprends. Je suis terrifiée pour oncle Philip, mais nous devons absolument garder notre sang-froid. Si on laisse nos émotions prendre le dessus, on a moins de chances de les secourir. C'est toi qui me l'as appris !

Ce n'était pas dans les habitudes d'Arik d'agir ainsi. Je comprenais qu'il s'inquiète pour Merl, mais il était entraîné spécialement pour mettre ses émotions de côté. C'était moi qui, d'habitude, perdais le contrôle, pas lui !

— O.K., tu peux continuer ?

— Je me sens super mal mais ça va aller.

— D'accord. On reste ensemble. Concentrons-nous chacun d'un côté.

Il a décroché son bouclier.

Un homme cornu, à la peau couleur rouille, et un Laniar massif nous ont chargés, épées en avant. Arik et moi nous sommes élancés vers eux épaule contre épaule.

Malgré mon ventre rongé par la peur, mon pied n'a pas tremblé. À chaque pas, je me suis agrippée plus fort à la garde de mon épée, me préparant à la collision.

La lame du Laniar a rencontré la mienne avant que nous nous heurtions de plein fouet. Aussitôt, je me suis reculée afin de lui décocher un coup, qu'il a esquivé.

Il a découvert ses canines acérées :

— Pose ton épée, fillette. Tu ne peux rien contre moi. Je te dévorerai toute crue.

Je me suis rétractée.

Que fais-tu ? Ne montre jamais ta peur. Reste forte.

Les pieds fermement campés, je l'ai visé de la pointe de mon épée.

Juste à côté de moi, Arik a grogné. Je ne pouvais détacher mes yeux de mon adversaire, et pourtant, je mourais d'envie de savoir si mon partenaire avait besoin d'aide. J'ai sauté par-dessus des décombres du plafond.

Le sourire retors du Laniar m'a donné envie de reculer, mais je me suis forcée à ne pas bouger d'un millimètre.

Concentre-toi, Gia. C'est comme à l'entraînement. En plus sanglant et mortel. J'ai ravalé cette dure réalité avec le reste et ai fixé mon adversaire des yeux.

C'est alors qu'il a commis une erreur fatale : hasarder un regard vers son compagnon à cornes. J'ai souri. Je lui ai administré un croc-en-jambe qui l'a envoyé au plancher. Une expression hébétée a déformé ses traits lorsqu'il a vu son épée lui échapper des mains. J'en ai profité pour lui envoyer un coup de genou dans la face. Il est tombé en arrière. Je me suis ruée sur lui pour l'assommer d'un coup du pommeau de mon épée en pleine tête. J'aurais dû le tuer, mais je n'ai pas pu. Je ne voulais tuer personne, qu'il s'agisse d'une créature ou non.

Je n'étais pas comme ça. D'un autre côté, je me demandais si je ne me mentais pas à moi-même en agissant ainsi.

Non loin, mon compagnon s'est fait projeter au sol.

L'homme cornu a abaissé son épée, mais Arik a roulé sur le côté. La lame s'est encastrée dans le carrelage, faisant voler des éclats à quelques centimètres de son crâne. J'ai envoyé un coup de pied dans la face de notre assaillant. Il a titubé en arrière mais s'est très vite rétabli, laissant néanmoins le temps à Arik de se redresser pour lui passer son épée à travers le corps.

L'homme couleur de rouille a fait quelques pas en soulevant son arme. Dans la paume d'Arik, un lasso de feu s'est formé. Le Laniar, à terre, a rampé jusqu'à son épée. Il s'est apprêté à la lancer sur Arik. J'ai formé mon globe. La lame a fendu les airs en direction du dos de mon partenaire, mais j'ai lancé la boule de manière à l'intercepter. L'arme, enveloppée de matière protectrice, a mollement heurté Arik avant de retomber parmi les décombres du plafond, lame pointée vers le ciel.

Arik a frappé le Laniar en plein cœur avec son lasso de feu jusqu'à le faire décamper ; il s'est enfui et a disparu dans un trou formé dans le mur. Mon compagnon a hésité à le poursuivre avant de se raviser. Derrière lui, l'homme aux cornes, le flanc ensanglanté et les pupilles dilatées par la haine, se tenait fermement agrippé à son épée.

— Arik, attention ! ai-je crié.

Une boule de feu dans les mains, il s'est retourné. Il l'a envoyée dans la poitrine de l'adversaire qui, sous le choc, est venu s'empaler sur l'épée du Laniar. Quelques spasmes l'ont traversé avant de le laisser inerte.

Tentant de reprendre mon souffle, j'ai posé les mains sur mes genoux.

Arik a posé sa main sur mon dos :

— Rien de cassé ?

J'ai secoué la tête.

— Bon. Allons-y.

Je me suis redressée. Il m'a entraînée à travers les pièces dévastées du palais.

— Où est passé ton casque ?, m'a-t-il demandé en jetant un regard en arrière.

— Quelque part, dans les salles précédentes. Continuons. On n'a pas le temps de retourner le chercher.

Nous avons avancé en silence au milieu des débris. Au fur et à mesure que nous approchions des appartements de l'Archimage d'Asile, de la fumée noire s'épaississait dans le couloir. Nous avons croisé des corps de soldats de la garde tombés au combat. De l'eau inondait le sol. La porte de chez Merl était grande ouverte.

Kale et Lei nous ont rejoints à ce moment-là.

Comme chez oncle Philip, tout avait été détruit chez Merl. Arik s'est introduit dans la pièce, moi sur ses talons. La chambre forte était ouverte, et une main humaine dépassait d'une pile de pierres et de mortier. J'ai retenu mon souffle tandis que mon compagnon s'agenouillait pour dégager la victime ensevelie. J'ai jeté mon épée et mon bouclier pour l'aider à creuser parmi les briques et les débris, jusqu'à découvrir un visage.

Mon cœur a manqué un battement.

Merl nous fixait de ses yeux dont toute vie s'était échappée. Arik s'est effondré avec un gémissement sourd qui a résonné dans la pièce dévastée. Dans un sanglot de douleur, je me suis pris la tête dans les mains. Comment en était-on donc arrivé là ? Comment pouvait-il être parti ?

— Non ! a hurlé Lei sur le pas de la porte.

À travers mes larmes, je l'ai vue, le visage bouleversé par la peine, se jeter dans les bras de Kale.

J'ai découvert mon visage et me suis remise sur pieds. Arik était dans un état lamentable. Il était encore sous le choc. Cela ne lui ressemblait vraiment pas, mais j'avais d'autres soucis en tête et n'avais pas le temps de me demander ce qui clochait chez lui. Il fallait que j'aille de l'avant. Que je retrouve oncle Philip. Je me suis frayée un chemin parmi les décombres pour ressortir.

Kale a desserré son étreinte. Aussitôt, Lei s'est précipitée pour prendre Arik dans ses bras. Dans cet état, ils n'étaient plus opérationnels pour le combat.

— Où vas-tu ? m'a demandé Kale, les yeux rougis.

Je n'avais ramassé que mon épée : je devais me mouvoir avec rapidité et le bouclier m'aurait encombrée.

— Je vais enfermer Arik ici. Il a vraiment un comportement étrange. Il n'arrive pas à contrôler ses émotions. S'il doit se battre, il va se faire tuer. Tu restes avec lui ou tu viens ?

— Je te suis, a-t-il répondu en jetant un dernier regard à Lei. Fais attention à lui. Et si quelqu'un franchit le seuil, tue-le.

Elle a hoché la tête en se frottant les yeux.

Nous sommes sortis en refermant la porte derrière nous et Kale a récité un charme pour la sécuriser.

— Seul un mage pourra l'ouvrir, a-t-il dit. Espérons qu'aucun d'entre eux ne soit derrière cette attaque.

Un autre cri déchirant d'Arik nous est parvenu. J'ai placé une paume sur la porte de bois, et de l'autre, j'ai essuyé mes larmes.

Je suis tellement désolée pour toi, Arik.

Chapitre 20

Notre course effrénée dans le chaos n'a pas effacé les images terribles du visage inerte de Merl, de son corps disloqué sous les gravats. Je ne pouvais pas perdre oncle Philip. Il était mon seul lien avec ma mère, et je l'aimais tellement. Le retrouver mort m'aurait brisée, tout comme Arik devant le corps de Merl.

J'étais lancée. Une véritable machine de guerre en mission.

— Quel est ton plan ? ai-je demandé à Kale, en le rattrapant.

— Je n'en ai pas.

Dehors, la nuit commençait à tomber. Autour de nous, dans les couloirs, le silence était roi. Tout le monde devait se cacher, attendant les secours. Le Rouge était probablement responsable de ce massacre. Je me suis juré de lui faire la peau avant le lever du jour.

Nous sommes retournés à l'étage où le cadavre de l'homme cornu gisait toujours. Je me suis souvenue du trou par lequel le Laniar s'était échappé. M'accroupissant devant, j'ai tendu la paume à l'intérieur.

— *Sia la luce !*

Mon globe lumineux s'est formé et je m'apprêtais à pénétrer dans l'ouverture quand je me suis rendu compte qu'il ne s'agissait pas d'un tunnel, mais d'une simple cavité.

Le Laniar était terré contre le mur du fond. Ma lumière l'éblouissait.

— Dis-moi où ils ont emmené le professeur Attwood, ou je t'achève immédiatement !

— Je ne peux pas.

J'ai appuyé le fil de mon épée contre sa gorge.

Il a grimacé.

— Je sens que je perds patience.

Le Laniar a tenté de tourner la tête pour échapper à la lame :

— Si je parle, je signe mon arrêt de mort !

— Oh quel dommage, il ne te reste plus qu'une alternative : mourir maintenant, ou mourir plus tard. (J'ai augmenté la pression et son sang a commencé à perler.) Quoique… si tu me dis où se trouve le Rouge, je peux peut-être lui régler son compte avant qu'il ne mette la main sur toi ?

Une colère féroce bouillonnait dans mes veines, j'en étais effrayée.

Incapable de détacher ses yeux de la sphère de lumière, il a répondu :

— Ce n'est pas de lui dont j'ai peur.

— De qui, alors ? Sans importance, dis-moi où ils ont emmené le professeur Attwood !

— Tu n'arriveras à rien comme ça, est intervenu Kale en m'écartant.

Il a jeté un globe au Laniar qui s'est écroulé, le souffle court.

— Tu vas tout nous dire ou bien je te laisse stupéfié. C'est une sensation intéressante, proche de la noyade, n'est-ce pas ? Nous allons recommencer autant de fois que nécessaire. (Il s'est tourné vers moi.) Vas-y.

J'ai jeté un globe rose sur notre ennemi. Hébété, il a repris son souffle.

— Je… je ne peux pas…

Aussitôt, Kale lui a lancé une autre sphère. Cette fois-ci, il a attendu plus longtemps avant de me demander de la neutraliser.

Le Laniar, a toussé, la respiration sifflante.

— D'accord… D'accord ! Il est en ville… une taverne… Un truc comme « mouton solitaire ».

J'ai lancé un regard à Kale.

— Ça te dit quelque chose ?

— Non, il faut dire qu'il y a beaucoup de bars à Asile.

Il a resserré les lanières des cuirasses qui protégeaient ses avant-bras. Du sang maculait les jointures d'acier de ses gants.

— Nous n'allons pas laisser ce larbin s'échapper, tout de même ?

— Je ne crois pas qu'il irait bien loin, de toute façon, ai-je répondu. Carrig a fait en sorte que personne ne puisse sortir d'Asile.

J'ai rajusté mon épée autour de ma taille avant de me diriger vers l'extérieur du palais, Kale sur les talons.

Les lumières de la cité, qui d'ordinaire infusaient doucement dans le ciel nocturne, étaient éteintes. La lune nous a guidés jusqu'à la ville chimérienne qui s'étendait au pied du palais. Des chien-garous et des Sentinelles patrouillaient dans les rues pavées, des visages qui m'étaient inconnus, si bien que je restais les sens en alerte.

Deux Sentinelles nous ont barré la route.

— Déclinez votre identité ! a tonné le plus grand des deux, avec un fort accent africain.

— Kale et Gianna, d'Asile, a répondu mon compagnon. Vous êtes sur nos terres. Laissez-nous passer.

Nous les avons contournés.

— Attends ! (Je suis retournée vers eux.) Avez-vous vu Carrig ?

— Il mène un escadron de traque avec les Emeritus, a répondu le second, plus musclé. Les issues d'Asile sont bouclées, les responsables de l'attaque sont piégés.

— Les Emeritus ? ai-je demandé en douce à Kale.

— Ce sont les anciennes Sentinelles appelées en renfort depuis notre retrait dans le monde des humains, m'a-t-il soufflé.

— Connaissez-vous une taverne dont l'enseigne serait le Mouton Solitaire, ou quelque chose d'approchant ?

— L'Agneau Solitaire ? Oui, je connais.

C'était bien le nom de la taverne, et non un canular…

— Où est-ce ?

— Trois pâtés de maison dans cette direction, puis à droite, c'est au bout de la rue.

— Merci !

J'ai suivi ses indications, manquant de me tordre les chevilles sur les pavés défoncés. Ça grimpait encore plus raide que dans le quartier de Beacon Hill, à Boston.

— On devrait peut-être demander du renfort ? a proposé Kale, qui peinait à côté de moi.

— On n'a pas le temps. Oncle Philip pourrait être mort d'ici là. (Ma gorge s'est resserrée.) Et puis, venir en nombre les alerterait. Je préconise de nous infiltrer et de les prendre par surprise. Tu pourrais en pétrifier une bonne partie avant qu'ils n'aient le temps de comprendre quoi que ce soit.

— Ils le détiennent sûrement à l'arrière, ou au sous-sol du bâtiment. On va devoir être prudents…

— Ah bon ? Parce que je comptais me lancer dans le tas en priant pour que tout se passe bien.

Il m'a lancé un regard interrogateur.

— Humour noir ?

— À ton avis !

Les ruelles étaient plus étroites dans cet endroit de la ville. Aucune voiture ne tenterait, de toute façon, de s'y aventurer, puisque les véhicules étaient proscrits dans les refuges. C'était une façon de préserver ces lieux des plaies qui ravageaient le monde humain. Des gens et des créatures de toutes sortes voyageaient à pied et poussaient leurs bagages dans des carrioles.

Nous avons enfin aperçu une enseigne suspendue au-dessus de la route. L'écriteau qui surmontait la taverne représentait un agneau au regard triste.

Kale a replié un doigt pour enclencher le mécanisme de ses gants : une lame acérée a surgi de chaque coque sur ses poings. Nous avons ralenti l'allure et avons fait mine de nous arrêter devant un tailleur tout en observant les murs.

J'ai plissé le nez.

— Beurk, ça sent la pisse…

— Les ivrognes se soucient rarement de l'endroit où ils se soulagent, a répondu Kale, aux aguets derrière moi.

Une autre ruelle courait à l'arrière de l'Agneau Solitaire. Nous l'avons empruntée. De ce côté, l'accès au bâtiment efflanqué, haut de trois étages, se faisait par une lourde porte en bois. Chaque étage était troué de deux fenêtres munies de balcons.

Kale a observé la façade.

— Que devrions-nous faire ? ai-je murmuré. Tenter la porte, ou les fenêtres ?

— C'est ce que je me demande… Peux-tu grimper ?

— Pas certain. Je n'ai rien escaladé depuis mes dix ans. Enfin, j'ai aussi fait de l'accrobranche l'an dernier, mais j'étais assurée et…

Nerveuse, je faisais les cent pas et mes mains tremblaient.

Kale ne m'écoutait plus.

— Dans ce cas, on essaie la porte. (Il a poussé la poignée de l'entrée.) C'est fermé.

J'ai secoué la tête :

— Parce que tu t'attendais à l'inverse ?

Nous nous sommes accroupis contre le mur.

— Tu n'as pas un de ces gadgets magiques qui ouvrent les portes, comme celui d'Arik ? ai-je demandé.

— Si, mais dans la précipitation, je n'ai pas pensé à l'emporter.

— J'imagine que nous allons devoir grimper. (J'ai levé les yeux vers les murs.) Que penses-tu de la descente de gouttière ? Elle n'a pas l'air très solide… Je vais grimper d'abord, et je trouverai un moyen pour te faire entrer, O.K. ?

— D'accord. Je reste ici pour te rattraper, au cas où.

— Tu me servirais de matelas ? C'est vraiment adorable.

J'ai passé mon épée dans son fourreau et me suis séché les paumes sur mon pantalon.

J'ai enserré la descente de gouttière entre mes mains, et les pieds collés contre le mur, j'ai tenté de grimper. Une main à la fois, un pied après l'autre, j'ai commencé à prendre un peu de hauteur. Le tuyau branlait à chacun de mes mouvements.

Ne regarde pas en bas. Ne regarde pas... Bon sang ! Pourquoi j'ai regardé en bas ? Je me suis immobilisée, pantelante, pour reprendre mon souffle. Tous mes muscles étaient douloureux. *Je ne mourrai pas si je tombe. Au pire, je me briserais tous les os ou un truc dans le genre.*

J'ai continué mon ascension. Au-dessus de moi, l'un des boulons qui maintenaient la gouttière contre le mur s'est détaché. Je me suis décalée pour l'éviter, et en bas, Kale l'a intercepté afin que l'objet n'alerte personne en tombant à terre.

Quelques avancées plus tard, j'ai atteint le premier balcon. J'ai tendu le bras vers le garde-fou : mes doigts le caressaient à peine. Tandis que je me penchais pour tenter de m'y agripper, d'autres boulons ont sauté. J'ai forcé de tout mon poids vers la fenêtre, et finalement la gouttière a cédé, ployant vers le balcon.

Je crois que j'ai réussi à réveiller tout le monde sur des kilomètres à la ronde. Tout ceci allait très mal finir, je n'en doutais plus. Enfin cramponnée à la balustrade, j'ai balancé une jambe par-dessus et réussi à me rétablir sur le balcon.

Aussitôt que je l'ai relâché, le tuyau s'est complètement détaché de la façade et Kale a dû se précipiter pour amortir sa chute avec son propre corps, afin d'assourdir le bruit terrible que le métal aurait produit en claquant sur les pavés. Le choc n'a pas été tendre. J'ai retenu ma respiration jusqu'à ce qu'il me fasse signe que tout allait bien. J'ai agrippé la rambarde d'une main, et d'un bond, ai atterri sur le balcon.

À pas de velours, je me suis approchée de la fenêtre pour épier à travers les rideaux. Des membres de l'armée du Rouge étaient réunis en petit comité dans une sorte de salon, buvant et discutant autour d'un jeu. Ils étaient si bruyants que le ramdam n'avait alerté personne, même si deux d'entre eux étaient de faction à l'entrée de la pièce, côté enseigne, là où débouchait l'escalier principal. Nulle trace d'oncle Philip : les voyous devaient être éparpillés dans tout le bâtiment.

Je devais tenter les fenêtres du deuxième étage. Avec précaution, je me suis mise en équilibre entre les deux balcons du premier, et ai tendu les mains pour atteindre la balustrade supérieure. Mes doigts se sont enroulés autour d'un barreau ; à la seule force de mes bras, j'ai réussi à me hisser jusqu'au balcon. La pièce qu'il desservait était vide, et la fenêtre entrouverte, j'ai donc décidé de m'y glisser. La chambre empestait la mort. Sur le lit, un drap crasseux et ensanglanté recouvrait un corps. Mon cœur s'est arrêté.

Pitié. Pitié. Faites que ce ne soit pas oncle Philip.

Retenant mon souffle, j'ai soulevé le tissu pour découvrir le cadavre d'un chien-garou, tué au moment de sa métamorphose : il était encore mi-chien, mi-homme. Prise de nausée, j'ai reposé le drap. Je me suis dirigée vers la porte et l'ai poussée avec mille précautions pour risquer un œil dans l'entrebâillement. Il y avait pas mal de monde qui traînait sur le palier. J'ai refermé la porte tandis qu'une femme en tenue de Sentinelle passait tout près. J'avais besoin de Kale.

Rien, dans la pièce, ne pouvait décemment servir de corde. Le cadavre me flanquait la frousse, mais avais-je le choix ? J'ai réquisitionné son linceul de fortune et entrepris de le lacérer en bandes larges que j'ai solidement nouées entre elles. Le résultat n'était pas assez long.

Les rideaux !

D'un coup d'épée, je les ai déchirés et ils ont vite connu le même sort que le drap.

Je suis revenue à la fenêtre, ai enroulé une extrémité de mon œuvre au balcon et lancé l'autre à Kale. Il s'est cramponné à ma corde improvisée et bientôt, je l'aidais à se hisser sur le balcon.

— C'est quoi, ce sang ? a-t-il demandé en reprenant sa respiration.

J'ai haussé les épaules.

— C'était sur un gars mort. Y'avait rien d'autre.

— Merveilleux, a-t-il répondu, sarcastique. Quelle est la situation ?

— Il y a trop de types du gang pour espérer s'infiltrer en douce.

Il est passé par la fenêtre et s'est dirigé vers la porte pour jeter un œil de l'autre côté, avant de me faire signe.

— Viens voir... Il y a deux escaliers, a-t-il dit dans un murmure à peine audible. Le principal est juste en face de nous, l'autre est à notre droite. Dès qu'on en a l'occasion, on s'y précipite.

J'ai attendu derrière lui sans rien dire, tout occupée à calmer ma respiration. Au bout de quelques minutes, Kale a entrouvert la porte, juste assez pour s'y faufiler. Courbée en avant, je me suis hâtée de le suivre sur la pointe des pieds.

Devant les marches, il m'a demandé du regard si nous montions ou descendions. J'ai relevé le menton. Chaque étage n'était sûrement pourvu que d'une large pièce, et nous connaissions déjà le contenu des premier et deuxième. Au boucan, on pouvait deviner que le reste de la troupe se tenait au rez-de-chaussée, probablement prête à en découdre en cas d'attaque extérieure. Tout ce que je voulais, c'était retrouver mon oncle. S'il était encore en vie… Dans un souffle, nous avons grimpé les marches jusqu'au troisième étage.

Kale a épié le palier au-dessus avant de préparer un globe violet. Un homme chauve, dont le faciès rappelait une chauve-souris, montait la garde devant la porte. Il avait la peau noire et épaisse et un nez plat avec des narines en fente. Kale lui a lancé le globe de stupéfaction. Il s'est écroulé.

La porte devant laquelle il était en faction s'est ouverte à la volée en réaction au bruit de sa chute. La femme qui venait d'apparaître, celle que j'avais vue à l'étage inférieur, s'est pris le deuxième globe de stupéfaction de Kale. Nous avons traîné les deux corps inertes dans la pièce et avons refermé derrière nous. J'ai failli pleurer en voyant oncle Philip ligoté à une chaise. Une tige de caoutchouc, fixée par des liens de cuir, passait entre ses dents et l'empêchait de parler.

Je me suis précipitée vers lui pour le détacher, mais les nœuds étaient serrés.

— On devrait les entraver, non ? ai-je demandé à Kale en désignant les deux cerbères étendus. Si on ne contre pas l'effet de la stupéfaction, ils vont mourir.

— Aucune importance. (Son visage ne reflétait aucune émotion.) Ils ont choisi le mauvais camp.

À l'aide du poignard caché dans ma botte, j'ai délivré oncle Philip de ses liens et de son bâillon, qu'il a aussitôt recraché avant de se mettre à tousser. J'ai manqué de renverser sa chaise en me précipitant dans ses bras.

Kale faisait le guet à la porte.

— Dieu merci, tu vas bien ! (Je l'ai aidé à se débarrasser des morceaux de cordes. Le bâillon lui avait laissé des marques sur les joues.) Ces brutes ont serré comme des malades !

— C'était pour m'empêcher d'utiliser la magie.

— Tu es blessé ?

— Rien de grave. (Au milieu de son visage couvert de bleus et de sang, il a levé des yeux plein d'espoir vers moi.) Et Merl ?

J'ai secoué la tête, incapable de prononcer les mots, encore moins de les entendre. Merl n'était plus. Ils l'avaient tué. La tête plongée dans ses mains, le souffle rauque, oncle Philip a encaissé le choc de la nouvelle. Les yeux moites, je me suis occupée à ranger mon poignard dans ma botte.

J'ai inspiré et expiré lentement.

— Tu peux marcher ?

— Je crois, oui.

Les bras tremblants, il s'est relevé en prenant appui sur sa chaise.

— Sais-tu ce qu'ils ont fait des *Chiavi* ? ai-je demandé.

Il a désigné une table.

— Dans ce sac.

— Ce n'est pas vrai… En plus du reste, ce sont des idiots finis. On ne cache pas le butin avec le prisonnier !

J'ai fouillé le sac en question : la couronne, le parchemin, la croix et l'épée… tout y était.

Oncle Philip s'est détendu la mâchoire en l'étirant.

— Ils pensaient probablement que personne n'arriverait vivant jusqu'à cet étage.

J'ai jeté un œil par la fenêtre. Devant la porte, en bas, deux hommes s'affairaient à écorcher un animal. J'ai failli vomir sur leurs têtes. Le Rouge est sorti leur parler. Il a allumé sa pipe et s'est appuyé contre le battant. Une petite femme, bossue et affublée d'un long nez muni d'antennes qui s'agitaient, s'est approchée dans l'allée. Le Laniar s'est redressé en la voyant.

La voix du chef des bandits a résonné jusqu'à mes oreilles :

— Et que ça saute ! Finissons-en, la guide est arrivée. Dès qu'on a le ventre plein, on déguerpit.

— Oh non ! (J'ai soufflé sur ma frange.) Le Rouge et ses hommes sont devant la porte, on ne peut pas redescendre ! Avec eux, il y a une femme avec un grand nez et des antennes qui en sortent…

Je me suis retournée vers Kale et oncle Philip.

— Qui ça peut-être ?

— Une Talpar, m'a répondu Kale. Ils l'ont sûrement engagée pour leur servir de guide dans les tunnels secrets.

— Il existe des tunnels secrets ?

— Oui, les Talpars les avaient creusés il y a des siècles. Seuls des membres de leur tribu peuvent en détecter les entrées.

Kale s'est dirigé vers la porte :

— On doit partir. On a une stratégie ?

— Je ne sais pas… (J'ai dégainé mon épée.) Si ! On rentre dans le tas, on stupéfie tout le monde et on s'enfuit avant que le Rouge ait terminé sa pipe. Rapidité, efficacité, ils ne nous verront pas venir.

Kale et le professeur Attwood m'ont dévisagée comme si j'avais un trou au milieu de la figure.

J'ai froncé les sourcils.

— O.K., je vous écoute, vous avez un meilleur plan ?

— Attends, je digère ce que tu viens de dire, a répondu Kale.

J'ai échangé mon épée contre la *Chiave*.

— Qu'est-ce que tu fabriques ? m'a-t-il demandé, les yeux ronds.

— Cette épée passe à travers tous les métaux. En plus, s'ils arrivaient à nous dérober le sac de *Chiavi*, celle-ci au moins resterait avec moi, et adieu, la domination du monde !

Après avoir introduit mon épée dans le sac, j'en ai refermé les cordons avant de le tendre à oncle Philip.

— Reste derrière nous. Fais ce que tu peux pour nous aider, mais concentre-toi sur la sauvegarde du sac.

— Je n'ai toujours pas approuvé ton plan, a dit Kale en observant à travers la porte.

— Désolée, mais nous n'avons pas le temps de te laisser « digérer », Kale. Le Rouge est en pleine distraction.

Oncle Philip a abondé en mon sens :

— Gia a raison, ne laissons pas passer cette chance.

— Nous sommes bien d'accord, a répondu Kale en ouvrant un peu plus la porte. Si l'un d'entre nous tombe, les autres continuent. Zéro hésitation. On ne s'arrête pas. Pas même une seconde…

Il commençait à jouer dangereusement avec mes nerfs.

— O.K. ! On a compris. C'est parti !

Dès la seconde où j'ai franchi la porte, derrière Kale et devant mon oncle, le temps s'est étiré, tout s'est déroulé au ralenti. Nous nous sommes rués dans les escaliers. Tout en bas, la lumière de la lune, entrée par la porte de derrière, illuminait un petit hall. J'ai formé une sphère rose pour l'envoyer dans l'encadrement de la porte, afin de nous protéger du Rouge et de ses hommes restés dehors.

Kale a lancé ses globes de stupéfaction les uns après les autres tandis que nous entrions dans la taverne au rez-de-chaussée. Des hommes attablés se sont effondrés sur leur chaise. D'autres, accoudés au bar, se sont étalés au sol. Un client s'est levé, un globe vert à la main ; je lui ai lancé une sphère rose qui l'a envoyé au tapis tout en annulant son sort. J'en ai ensuite envoyé à tous ceux qui portaient des vêtements de Sentinelles, les empêchant ainsi d'avoir recours à leur propre globe.

Juste avant la sortie, Kale s'est tourné vers nos poursuivants en me faisant signe de m'échapper. J'ai donné un grand coup dans la porte avant de m'élancer sur les pavés de la rue. Oncle Philip me talonnait, et enfin, Kale s'est élancé sur nos traces après avoir refermé la porte du repaire de nos ennemis.

Derrière nous, je pouvais entendre la troupe du Rouge se lancer à nos trousses. Un globe de lumière a explosé entre nous, créant un mur de projection de débris qui m'a séparée des autres. Une autre bombe a évité Kale de peu et m'a forcée à sauter pour l'éviter. En retombant, j'ai violemment heurté une colonne.

Voyant Kale courir vers moi, j'ai hurlé :

— Emmène oncle Philip en sécurité ! Je vous rattrape !

À son expression, j'ai compris qu'il n'en ferait rien.

— Partez !

Il m'a lancé un dernier regard avant de tourner les talons. Quant à moi, je me suis relevée tant bien que mal. J'ai pris de longues inspirations, essayant ainsi de faire reculer la douleur. Une fois remise sur pieds, je me suis engouffrée dans une ruelle sur ma droite. Comme perdue dans un labyrinthe, j'ai couru aux coins des pâtés de maisons sans savoir où je me trouvais. Plusieurs fois, je me suis retrouvée bloquée dans un cul-de-sac, forcée de faire demi-tour. Quelque part, non loin, j'entendais la troupe du Rouge comme un équipage de chasse à courre sordide. Ils se rapprochaient. Je devais trouver une cachette. Toutes les portes auxquelles je frappais étaient désespérément fermées.

— Bon sang ! Les gens sont tellement renfermés sur eux-mêmes de nos jours !

Je n'étais par rationnelle : durant une attaque, il était bien normal que tout un chacun scelle sa porte à clé.

C'est alors qu'un objet m'a percutée dans le dos, me coupant la respiration. Sous ma peau, qui émettait une douce lueur bleue, tous mes muscles se sont figés. J'ai vacillé comme un arbre au tronc entaillé avant de tomber raide, ne pouvant empêcher ma tête de cogner contre les pavés. Clouée au sol, paralysée, assommée par la douleur, j'essayais en vain de faire entrer de l'air dans mes poumons.

Chapitre 21

J'avais l'impression d'avoir la poitrine écrasée sous un rocher, mais je ne pouvais rien faire. La sueur dégoulinait sur mon visage et me brûlait les yeux. Mes hurlements, coincés à l'intérieur de mon corps, me ravageaient. Pierre tombée parmi les pavés, j'ai attendu de mourir.

— Annule la stupéfaction, a ordonné le Rouge.

— Tu ne veux pas qu'on la tue ? a demandé une voix éraillée. C'est la fille de la légende.

— Non. C'est la descendante de Gian.

Quelque chose a atterri sur mon ventre et mes poumons se sont remplis d'oxygène. J'ai roulé sur le côté et me suis ramassée à genoux, toussant, pleurant, avalant l'air comme une affamée.

— Où est le professeur ? a demandé le Rouge.

— Il s'est enfui avec l'autre type, a répondu l'autre dont la voix était atroce à entendre.

Oncle Philip et Kale ont réussi. Ils sont en sécurité.

— On en fait quoi alors ? a demandé la créature à moitié chauve-souris.

— On la laisse. Il est temps pour nous de tirer notre révérence. L'alerte est retombée, la Talpar pourra nous conduire tranquillement à Darkten.

Des globes de lumière ont éclairé le ciel. Non loin de là, dans ce labyrinthe de ruelles, Carrig a crié mon nom. Au prix de grands efforts, j'ai réussi à me remettre sur pieds. Ma vision, était troublée par la sueur et le sang, et ma tête tenait à peine sur mes épaules. La douleur qui me traversait le corps de part en part était quasiment insupportable.

Le Rouge m'a observée.

— Elle va s'en sortir.

J'ai hésité avant de tenter quelques mots :

— Pourquoi ? (On aurait dit que ma gorge était ensablée.) Pourquoi avez-vous tué Merl ?

— Ils approchent, a grogné l'homme chauve-souris.

Avant de s'enfuir avec ses sbires, le Rouge s'est retourné vers moi :

— Parfois, les choses ne sont pas ce qu'elles semblent être.

— Attendez ! Faith. Vous la connaissez ?

Il m'a lancé un regard interloqué.

— Oui.

— Pourquoi avez-vous tué ses parents ?

— C'est ma sœur… (Il a émis une sorte de grondement.) Où est-elle ?

Qu'est-ce que c'est que cette histoire ? Le Rouge, frère de Faith ?

— Maître ! a plaidé un de ses hommes. Ils arrivent !

Je suis restée à les fixer tandis qu'ils disparaissaient au coin de la rue. Pouvais-je le croire ? Bientôt, les Sentinelles ont envahi la ruelle et la lueur de leurs globes m'a enveloppée. Incapable de me soutenir plus longtemps, je me suis écroulée.

Faith.

*

Athela, debout devant une fenêtre, observait un ciel humide et menaçant. Elle avait vieilli. Ses cheveux étaient gris, la ligne de sa mâchoire avait perdu la netteté d'antan.

— Madame ?

La servante de l'épisode du pique-nique venait d'entrer dans la pièce. Elle semblait anxieuse et hésitait à s'approcher.

— A-t-il été retrouvé ?

— Non, madame, je suis terriblement navrée.

Athela s'est détachée de la fenêtre pour lui faire face :

— Ne le sois pas. Il est protégé de ceux qui veulent sa mort.

J'ai ouvert les yeux. Les rideaux de dentelle flottaient doucement au vent. Dehors, les oiseaux gazouillaient gaiement sur les arbres. Mon rêve, bien qu'incompréhensible, était une trêve bienvenue au milieu de mes innombrables cauchemars où le Rouge jouait le premier rôle. J'ai repositionné mon oreiller. Le temps ne passe pas vite quand on est alité d'office pour une semaine, mais peu à peu, je retrouvais la santé.

Je me suis tournée sur le côté. Faith, assise sur une charmante méridienne tout près de mon lit, tenait dans ses mains une enveloppe déchirée. Je me suis levée pour m'asseoir auprès d'elle.

— C'est la lettre que je t'ai envoyée ?

Elle l'a fixée des yeux.

— Oui. Alors, il a dit qu'il était mon frère…

— C'est ce qu'il prétend, ai-je répondu sans savoir comment déchiffrer son expression solennelle.

De ses doigts tremblants, elle a retiré une vieille photographie de l'enveloppe. Une famille Laniar. J'ai reconnu Faith, debout à côté d'une femme plus âgée. Elle devait avoir une douzaine d'années. Un homme était assis à la droite de la femme, et debout près de lui se tenait un jeune garçon qui devait avoir seize ans, pas plus. Son visage, ses cheveux roux ainsi que ses yeux profondément enfoncés offraient beaucoup de ressemblance avec le Rouge.

Elle a touché le visage du garçon.

— C'est mon frère, Falto. Il est mort.

— Tu dis que le Rouge a tué tes parents. Mais as-tu vu son visage ce jour-là ?

— Non.

Sa voix était faible et son visage, lessivé par la tristesse. Aux funérailles de Merl, elle n'avait cessé de gémir comme un animal blessé. J'avais craint de lui faire trop mal en lui apprenant la vérité, mais je la lui devais.

— Le garçon sur cette photo et le Rouge sont la même personne.

Elle a brusquement tourné la tête vers moi, les yeux écarquillés, l'enveloppe écrasée dans son poing.

— Tu en es sûre ?

— Certaine.

— Alors il est vivant ! (Elle a baissé la tête.) Et… c'est un monstre.

— Oui.

Son expression hagarde et douloureuse m'a fendu le cœur. Les souvenirs du jour où elle avait perdu sa famille devaient être atroces. Comment pouvait-on se remettre d'un drame pareil ?

Soudain, elle s'est levée et dirigée vers le couloir :

— Il faut que j'y aille. Il y a une réunion sur la sécurité aujourd'hui. Merci de m'avoir dit la vérité sur mon frère. Je ne sais plus trop quoi penser. Je le pensais mort depuis des années. Il a tué mes parents, m'a laissée pour morte... J'aurais préféré qu'il soit vraiment mort, je crois.

— Tu as besoin de temps pour digérer la nouvelle, c'est normal.

Lei a passé la tête dans l'entrebâillement de la porte :

— Je vois que tu es debout, parfait ! Tenue de gala exigée pour ce soir !

— Bon, j'y vais ! a conclu Faith. On aura l'occasion d'en reparler...

Elle s'est glissée derrière la jeune Sentinelle avant de refermer le battant derrière elle.

— Tu devrais prendre un bain, a déclaré mon amie.

J'ai étiré les bras pour délier mes muscles engourdis.

— Vous en faites, des chichis ! On ne va pas à un mariage, que je sache ? Les robes longues, c'est vraiment obligatoire ?

— Parfaitement. Le couronnement d'un Archimage est bien plus important qu'un simple mariage ! Quel dommage que Nick ne puisse pas être là.

Il était le bienvenu, naturellement, mais la présidente, au procès de Crapaud, avait tellement insisté sur son lien de parenté avec Conemar qu'il n'avait aucune envie de retourner dans un refuge. Il craignait l'opinion que les Chimères avaient de lui.

Lei s'est laissée tomber à côté de moi.

— Je m'occupe de ta coiffure et de ton maquillage.

— Ah mais ça change tout... Je suis partante !

Rien ne me plaisait plus que de me faire pomponner.

— C'est notre troisième cérémonie, a-t-elle marmonné en lissant mes cheveux. Après trois enterrements. La situation ne s'arrange pas dans les refuges…

Ma conversation avec Faith m'avait rappelé les paroles de Pia, juste avant son arrestation.

— Lei… Tu as déjà entendu parler d'un groupe d'humains qui œuvre à la destruction du monde des Chimères ?

Ses mains ont cessé de tresser mes cheveux.

— Oui… Qui t'en a parlé ?

— Pia. Alors c'est vrai ?

Je m'étais tournée vers elle. Elle a posé les mains sur mes épaules pour me faire pivoter face au mur et continuer son travail.

— Personne ne le sait. Des rumeurs courent sur ce groupe depuis le XVIIe siècle. On dit qu'ils pourchassent et tuent toutes les Chimères qui s'aventureraient dans le monde des humains. Ils seraient à l'origine des massacres de sorcières au Moyen-Âge.

— Je vois.

— Ne t'inquiète pas pour ça, c'est probablement une histoire à dormir debout, un conte que les parents racontaient aux enfants pour les empêcher de s'aventurer trop près des humains. Et même si ce groupe existait, comme seules les Chimères sont capables d'emprunter les portes-livres, nous sommes à l'abri. Sans compter les nombreux espions qui surveillent le monde des Hommes pour nous en permanence.

Peut-être que Pia avait raison, après tout. Pourquoi enverrait-on des espions s'il n'y avait pas de menace ? Je n'avais pas particulièrement envie de demander à Lei si d'après elle, le Conseil des mages était corrompu. J'allais devoir le découvrir par moi-même.

Lorsqu'elle a eu fini, mes cheveux formaient un délicat entrelacs de tresses fines rassemblées sur le haut de mon crâne. J'ai ressorti ma luxueuse robe argentée au long jupon bouffant de taffetas et aux manches drapées cousues de perles. Quant à Lei, elle avait revêtu une robe d'un jaune lumineux et bouclé ses cheveux avant de les assembler en une queue de cheval très haut sur la tête. Je craignais qu'elle ne lui couvre le visage au moindre mouvement.

Les couleurs d'Asile, le rouge et l'or, paraient la cité tout entière : des fanions flottaient aux fenêtres, les murs étaient décorés, et la livrée des gardes n'était pas en reste.

Dans la prairie, magiciens, Sentinelles et autres Chimères s'étaient rassemblés pour assister à la cérémonie.

La nuit de l'attaque, des Sentinelles du monde entier s'étaient précipitées à la poursuite du Rouge et de sa troupe, mais ces derniers avaient réussi à leur filer entre les doigts. Les groupes de rebelles de Mantello avaient été démantelés et leurs leaders placés sous les verrous. Tout le monde n'avait plus que le mot « paix » à la bouche. Les gens croyaient toute menace écartée. J'en doutais fortement, ce qui ne m'a pas empêchée de profiter de cette accalmie.

Les trompettes ont retenti, couvrant les murmures de l'assistance. Les Archimages de chaque refuge sont entrés en scène, vêtus de tuniques colorées et drapés dans des capes aux broderies qui rappelaient leur allégeance. Oncle Philip les suivait : c'était le plus jeune du groupe.

— C'est génial ! s'est exclamée Lei à côté de moi. À ton avis, pourquoi Bastien nous évite-t-il ?

— Il est là ?

J'ai lancé un regard à la ronde, tentant de le trouver au milieu de la foule.

— C'est bien ce que je dis : si tu n'es pas consciente de sa présence, c'est qu'il nous évite.

Je me suis haussée sur la pointe des pieds et ai fini par le trouver : il était assis dans une tribune réservée aux magiciens de haut rang. Il était vêtu du même genre de tunique que celles des Archimages sur scène, bien plus seyante sur lui, cela dit.

— Salut, a dit Arik derrière nous.

J'ai reposé les talons au sol. Son costume élégant, qui me rappelait les tuniques rouges de la guerre d'Indépendance, lui allait très bien.

Kale, Demos et Jaran le suivaient, tous plus beaux les uns que les autres dans leurs uniformes. Kale a passé son bras autour de la taille de Lei et lui a caressé le cou.

— Gia, tu es à croquer dans cette robe ! m'a complimentée Demos. Maintenant que tu es libre, ça te dirait qu'on passe plus de temps ensemble ?

Pour une raison inconnue, Demos n'arrivait pas bien à imiter l'ado américain moyen. Ses tentatives sonnaient faux.

— Sans façon, ai-je dit en reportant mon attention vers la tribune, où je ne voyais plus Bastien.

— Fais-moi signe si tu changes d'avis.

— Ce serait comme sortir avec un frère. C'est un non définitif.

— On aurait dû arriver plus tôt, a dit Lei. Je n'y vois rien !

Un homme a poussé Jaran contre moi en tentant de se rapprocher de la scène.

— Faites attention, inutile d'être malpoli ! a protesté mon ami. Ça alors, on se croirait à un concert de rock.

— Ce n'est pas loin d'en être un, a dit Arik.

Lei a repoussé une mèche évadée de sa queue-de -cheval derrière son oreille :

— Ce n'est pas tous les jours qu'on établit un nouvel Archimage ! L'intronisation de Merl remonte à des dizaines d'années…

Tous les sourires sont aussitôt retombés. Merl nous avait quittés à peine une semaine auparavant et nous étions déjà en train de festoyer en l'honneur de son successeur. Nous étions partagés entre la culpabilité et l'évidence de la vie qui devait continuer, coûte que coûte.

— Vous arrivez à entendre quelque chose ? ai-je dit pour tenter de nous concentrer sur la cérémonie et oublier les mauvais souvenirs. Je ne capte pas un mot !

Demos a tenté plusieurs bonds en l'air.

— Hum… Pas terrible. On devrait se trouver de meilleures places. Après tout, nous protégeons ce refuge !

— Suivez-moi, a dit Jaran en m'entraînant à travers la foule.

— Attention derrière ! Excusez-nous, laissez passer Gianna Bianchi !

Dans les refuges, je n'étais pas connue sous le patronyme de Kearns, mais sous celui de mon arrière-grand-père.

On aurait dit que la mer s'ouvrait devant nous. J'ai jeté un coup d'œil en arrière pour m'assurer qu'Arik et les autres nous suivaient bien. Les gens m'ont touchée au passage, marmonnant quelques mots de bénédiction et de gratitude. Finalement, nous avons réussi à traverser toute la foule jusqu'au pied de l'estrade.

Juste à ce moment-là, oncle Philip s'est levé pour s'approcher du public. Il s'est assis sur une chaise à haut dossier au beau milieu de la scène. Il m'a adressé un petit signe en me voyant. J'étais sa famille la plus proche. À l'exception de tante Mae, bien sûr, qui ronflait dans la tribune, à quelques rangées de Bastien, un peu plus bas.

Les yeux du jeune mage ont rencontré les miens. Ses lèvres ont prononcé quelque chose que je n'ai pas saisi. Je n'avais jamais appris à lire sur les lèvres et ne comprenais pas pourquoi les gens s'entêtaient à me confronter à cet exercice. J'ai haussé les épaules pour lui signifier mon incompréhension. Il a froncé les sourcils avant de se pencher vers sa mère. Elle a alors fouillé dans son sac pour lui dégoter un stylo et un carton. Il a griffonné quelques mots avant de passer le message à la personne assise à côté de lui en me désignant.

S'est alors avancé vers le podium le nouveau président du Conseil des mages, un homme mince qui était à la tête du refuge africain, Veilig.

J'avais vu de nombreuses photographies de ce refuge magnifique, que j'avais hâte de visiter un jour. On s'y rendait par la Bibliothèque publique de Port Elizabeth, en Afrique du Sud.

L'orateur s'est adressé à la foule :

— Ce jour marquera l'intronisation du nouvel Archimage d'Asile, j'ai nommé Philip Raston Merlin Attwood, précédemment recteur du département éducation d'Asile.

La carte de Bastien passait de main en main. Finalement, un homme âgé me l'a tendue d'un air dédaigneux, sans doute furieux que je perturbe la cérémonie. Arik a fixé la missive d'un air curieux avant de me la passer. J'ai souri quand ses yeux ont croisé les miens. Mais une lueur étrange, au fond de son regard, m'a fait froncer les sourcils.

Était-il mécontent ? Non, impossible. Je me faisais des idées.

> Tu es tout simplement éblouissante aujourd'hui, Gia. Je dois partir avec ma mère juste après la cérémonie, mais je ne manquerai pas de te rendre visite bientôt.
>
> Bastien.

J'étais sur un petit nuage : j'ai décoché mon plus beau sourire à l'auteur du message. Il a incliné la tête discrètement avant de reporter son attention sur la scène.

Le président du Conseil a prononcé le discours d'intronisation en latin, puis a tendu à mon oncle un sceptre incrusté de pierres précieuses.

— Peuple d'Asile ! Voici votre nouvel Archimage, Philip Raston Merlin Attwood ! Puisse-t-il régner avec discernement et empathie !

Une clameur formidable s'est élevée de la prairie, des milliers de cris ont empli le ciel. Beaucoup de Chimères, autour de moi, pleuraient. C'était à la fois une cérémonie d'adieux à un Archimage très aimé du peuple, et un rituel qui permettait d'accueillir son successeur. Le bruit courait qu'oncle Philip serait le meilleur Archimage de tous les temps. Tout fraîchement intronisé, loin de prendre de la distance avec la foule, il n'a pas hésité à s'en approcher. J'avais bien aimé Merl, mais sans l'avoir vraiment connu, et il m'avait toujours semblé distant. Oncle Philip avait risqué sa propre vie bien des fois pour sauver Asile. Il ne se cacherait jamais derrière les murs de son palais.

C'est vrai que je ne connaissais pas beaucoup Merl. En pensant à Arik et à Faith, qui l'aimaient tant et l'avaient mieux connu que quiconque, j'ai eu les larmes aux yeux. Il avait été un père pour eux. Mon ami avait la tête baissée.

La main dans la sienne, j'ai resserré mon emprise.

Un doux sourire a égayé son visage, mais son regard restait indiciblement triste.

— Tout est dans l'ordre des choses. C'est ce que Merl aurait dit.

— Je suis désolée, Arik. C'était un grand homme, et je sais qu'il était très fier de toi.

— Il me l'a dit à plusieurs reprises. Il aurait été fier de toi aussi, tu sais. Grâce à toi, nous sommes en paix maintenant, a-t-il murmuré d'une voix tremblotante. Je n'ai jamais admiré et respecté quelqu'un autant que toi en ce moment même. Je ne te laisserai plus jamais tomber, Gia. Je ne te décevrai plus jamais, je te le promets.

— Tu ne m'as pas déçue.

— Si. Quand j'ai vu Merl, j'ai baissé la garde et mes émotions ont pris le dessus.

Il a inspiré un grand coup. J'ai posé la main sur son bras.

— Ne dis pas ça. Si ça avait été oncle Philip, j'aurais été paralysée par la peur, moi aussi.

Il a baissé la tête pour essuyer les larmes qui roulaient sur ses joues. Sur la scène, oncle Philip s'est approché du podium.

— Merci à tous ! a-t-il lancé. C'est le cœur lourd que je me présente devant vous en ce jour. J'ai perdu un mentor et un ami, qui a rejoint un monde au-delà de nos deux mondes. Je le révérais comme un père. Ainsi que vous tous, j'avais confiance en son jugement et je savais ses lois justes. Des chasseurs de prime ont capturé le Rouge et ses sbires, qui ont été envoyés à Somnium. Le monde des Chimères est entré dans une période de paix.

La foule a hurlé son approbation. Le professeur Attwood m'a cherché du regard dans l'assistance.

— Je ne suis pas réputé pour ma gentillesse ou mon sens du pardon, a-t-il repris.

Une joyeuse hilarité a secoué son auditoire.

— Il a fallu une jeune femme qui ne recule jamais devant l'adversité pour m'apprendre la bonté. Je lui en suis reconnaissant chaque jour. Sans elle, je ne serais pas là aujourd'hui. Gianna, *al caldo il moi cuore.*

« Tu me réchauffes le cœur. »

Deux torrents de larmes se sont échappés de mes yeux. J'ai lâché la main d'Arik pour les essuyer du bout des doigts. J'aurais voulu crier à oncle Philip que lui aussi me réchauffait le cœur. Je pouvais bien attendre encore un peu.

— L'attaque nous a causé des pertes terribles et irrémédiables, a continué oncle Philip. Rendons hommage à celles et ceux qui nous ont quittés et accueillons avec espoir cette nouvelle ère, ce nouveau départ qui s'offre à nous. Puisse sainte Agnès veiller sur nous ! Et maintenant, place aux festivités !

Au milieu des invités d'honneur, Bastien et sa mère se sont levés pour se joindre aux hourras. Il lui a glissé quelques mots à l'oreille, après quoi ils se sont frayés un chemin au milieu de leurs augustes voisins. Ils se sont éclipsés en passant derrière une tenture à l'arrière de la loge royale. Quand le jeune homme a disparu de la scène, j'ai ressenti un vide immense. C'était comme si le sol se dérobait sous mes pieds. J'aurais voulu le rattraper, le supplier de rester. J'en suis restée bouche bée.

— On mange ? a demandé Lei par-dessus le brouhaha ambiant. Je meurs de faim !

Un peu sonnée, je l'ai suivie sans mot dire.

— Je crois que mon estomac est en train de se digérer lui-même, a renchéri Demos.

— Dommage que Faith n'ait pas pu venir ! a soupiré Jaran.

Nous nous sommes dirigés vers des tables de banquet abritées sous des tentures multicolores. Petit à petit, je sortais de ma stupeur.

— La mort de Merl l'a bien ébranlée, ai-je fini par répondre. Heureusement, Pop est avec elle.

— Je comprends ce qu'elle ressent, a dit Arik.

J'ai reconnu un homme dans la foule : il continuait à scruter la scène alors que tout le monde s'éparpillait. Ses cheveux raides et blonds encadraient un front large, son corps était massif et puissant. Une expression extrêmement grave se lisait sur son visage.

— Edgar ?

J'ai couru vers lui. Je ne l'avais pas revu depuis le sauvetage de Carrig à Estril. Il était en mission secrète et j'avais – par mégarde – fait voler sa couverture en éclats. Il avait dû tuer le garde russe avec qui il patrouillait pour sauver nos deux vies.

— Gia ! a-t-il lancé, plutôt froid. Alors, tu n'es pas fatiguée de causer des problèmes ?

— Qu'est-ce que tu… Ce n'est pas grave. Que fais-tu là ? Je te croyais de retour à Estril pour superviser la reconstruction, entre autres…

Son expression n'en finissait pas de m'inquiéter. Je savais que redresser le refuge russe, après la disparition de Conemar, demandait un travail titanesque. D'après les informations, Estril revenait peu à peu à la vie tandis que les Estriliens reprenaient les rênes de leur pays. Beaucoup avaient haï le règne de Conemar et ressentaient de la gratitude envers les refuges qui les aidaient.

— En effet, j'étais là-bas. Ça avance plutôt bien, même s'il y a toujours un noyau d'irréductibles encore loyaux envers Conemar, qui ne décolèrent pas. (Il a observé les Sentinelles.) Ne baisse jamais la garde, quoi que puissent raconter les gens à propos de cette prétendue paix. (Il a scruté la foule qui s'amenuisait autour d'oncle Philip.) Je dois y aller. Très heureux de t'avoir revue.

— Edgar, attends !

Il s'est immobilisé, le regard fixé sur le professeur Attwood.

— Qu'y a-t-il ? Je suis attendu…

Je me suis approchée pour lui souffler à l'oreille :

— Certaines rumeurs prétendent que le Conseil des mages serait corrompu. Qu'en sais-tu ?

— Où as-tu entendu ça ?

Il m'a attrapée par le coude et tirée à l'écart des autres. Jaran nous a dévisagés en haussant un sourcil. Je lui ai souri pour lui faire comprendre que tout allait bien.

— Suite aux meurtres de plusieurs membres du Conseil, il y a eu un remaniement dans l'équipe de gardes chargée de les protéger, a continué Edgar. Je ne sais pas encore ce qui s'est réellement passé… Toujours est-il qu'on m'a mis à la tête d'un escadron dont la mission est d'évaluer la menace et de débusquer les responsables de ces attaques. Tu ne dois pas t'inquiéter : je protégerai Philip au péril de ma vie s'il le faut. Maintenant retourne auprès des autres et reste prudente.

Incapable de retrouver ma voix, la gorge serrée par l'angoisse, je n'ai réussi qu'à hocher la tête.

Edgar a couru vers oncle Philip et je suis allée retrouver mes amis.

L'idée qu'il soit la cible de nouvelles attaques me terrorisait. Quelqu'un voulait la peau des Archimages, ce qu'il était désormais. Il courait donc un grave danger.

— Eh bien, a remarqué Demos, ton copain le garde a besoin de se dérider un peu.

— Il a été espion pendant trop longtemps, a dit Jaran. Un peu de vacances ne lui ferait pas de mal.

Je me suis mordue les lèvres, sans quitter le garde du corps des yeux. Arik est venu se poster à mes côtés.

— Edgar affronte trop souvent les maux de notre monde. Il a oublié qu'il pouvait y avoir du bien en chacun de nous. Mais dans sa profession, une telle prudence s'avère souvent très utile.

— Bien dit ! a approuvé Kale.

— Je suis cent pour cent d'accord, mais je n'ai même plus la force de m'inquiéter tellement j'ai faim, s'est plaint Lei. Apprécions la paix de cette belle soirée, et sus au banquet !

Kale a passé un bras autour de la taille de sa petite amie.

— Lei a raison. Il n'y a aucun mal à profiter un peu du buffet et de la fête.

— Très bien, a consenti Arik. On s'amuse ce soir, et demain, réunion.

Nous sommes partis en trombe en direction des tentes. J'ai pris la ferme résolution d'oublier les paroles d'Edgar jusqu'au lendemain. Le reste de cette journée mémorable a été riche en poulets rôtis, en desserts extravagants et en rires, avec oncle Philip et les Sentinelles. Avec Arik. Comme si rien n'avait changé entre nous. Mis à part que nous étions amis désormais. Et que je m'y faisais.

Chapitre 22

La cafétéria s'est mise à bourdonner comme une ruche dès l'annonce de la fin des cours ennuyeux et des calculs fastidieux. Arik et Emily, assis côte à côte, partageaient le butin de leurs paniers-repas. Faith m'avait préparé un sandwich aux marshmallows en forme de cœur. Avec les fraises trempées dans le chocolat, les brochettes artistiques de concombre et de carottes, et ma bouteille d'eau ornée d'un smiley peint, mon panier semblait avoir été préparé par un grand chef.

— Elle a vraiment pris goût à l'art de préparer les déjeuners à emporter, a remarqué Emily.

— Oui, ai-je répondu. C'est dingue.

Mon téléphone a vibré. Texto de Nana. Elle avait quelque chose à me dire et viendrait ce week-end pour m'en faire part. Je lui ai demandé de quoi il s'agissait, mais elle a insisté pour m'en parler en personne. Je me suis interdit d'y penser… D'ailleurs, ça concernait probablement l'anniversaire de Pop. Avec Kayla et Faith, on était en train de lui concocter un bel anniversaire surprise.

Lei, son plateau à la main, s'est frayé un chemin jusqu'à la table.

— Salut, mon chou.

J'ai lorgné son plateau.

— Tu as acheté un repas ?

— C'est le jour du poisson pané…

— Oh non, ai-je gémi. Ne me dis pas que toi aussi…

— Demos avait raison, ce n'est vraiment pas mauvais.

— Bien sûr que j'avais raison ! s'est exclamé l'intéressé en posant deux plateaux sur la table. Pourquoi personne ne me fait-il jamais confiance ?

Kale est arrivé à son tour et a planté un baiser sur le crâne de Lei.

— J'ai hâte que la journée se termine… a-t-il soupiré.

— Et moi donc ! ai-je grogné. J'ai des tonnes de devoirs à rattraper…

Comme Emily était là, j'ai enchaîné sur le mensonge gribouillé par Pop à l'intention de l'administration du lycée :

— On devrait nous dispenser d'une partie des interros en cas de maladie !

— Moi, je préfère rattraper tout mon retard, c'est plus sérieux ! est intervenue Emily.

Je m'apprêtais à lui faire une réponse bien sentie quand j'ai repéré Deidre, assise de l'autre côté de la cafétéria en compagnie des Sentinelles venues des autres refuges. Ses doigts étaient pris dans une sangle arrière du pantalon de Ludo.

J'ai mordu dans mon sandwich.

— Deidre sort avec Ludo ? Ça expliquerait la mode de la nourriture italienne à la maison ces derniers temps…

Lei leur a lancé un regard en coin.

— Oui… elle en est à combien, maintenant ? Elle doit être complètement paumée.

— Je crois qu'elle cherche juste à s'amuser, après avoir vécu des périodes si difficiles avec Nick… Tiens d'ailleurs, où est-il ?

— Je l'ai vu, il mange dehors, a répondu Jaran en arrivant avec son panier-déjeuner.

J'ai balancé ma jambe par-dessus le banc pour me relever.

— Bon, je vais voir où il en est.

Capricieux, le temps hivernal était passé de la neige à la boue et finalement, au grand beau temps. Nick se prélassait sur les marches de l'entrée. Le soleil illuminait de ses rayons les mèches dorées de sa chevelure.

— Coucou, toi. On n'est plus assez bien pour toi ou quoi ?

— J'avais besoin de réfléchir.

— Au sujet d'une certaine personne ?

Il a louché sur son portable.

— Oui. Elle me manque beaucoup. On s'écrit, là, alors je ne voulais pas paraître impoli en faisant ça devant les autres.

— Arrête, tous les ados sont impolis par définition. Les téléphones sont des extensions de nos mains.

— On dirait ton Pop…

— C'est normal, je le paraphrase !

J'ai ri avant de fouiller dans mon panier :

— Tiens, tu veux une fraise au chocolat ?

— Faith prend les déjeuners très au sérieux… a-t-il dit en attrapant le fruit.

— Ouais, je l'adore !

J'ai enfourné une énorme fraise, trop grosse pour ma bouche, et ai manqué de m'étouffer avec.

Nick, occupé à lécher le chocolat sur ses doigts, s'est moqué de moi.

— Au cas où tu n'aurais pas remarqué, ce n'est pas adapté à ta morphologie.

— Je chais, ai-je répondu la bouche pleine. T'inquiète, Afton sera de retour pour les vacances de printemps.

— Autant me dire d'attendre une éternité…

Il a mordu dans son sandwich à pleines dents et a enfourné dans sa bouche un morceau de jambon qui menaçait de tomber du pain.

Il semblait tellement plus calme depuis la visite d'Afton. Plus heureux, aussi.

— Vous pouvez toujours vous appeler avec la vidéo.

— Oui… Est-ce qu'elle t'a dit qu'on s'était embrassés ?

— Non ! (Je lui ai donné un coup d'épaule.) Plus de détails !

Ce bon vieux Nick, qui faisait des histoires de chacun de ses baisers, était de retour. Ses descriptions frisaient souvent la limite du tolérable.

— Bah, ce n'était rien qu'un *putti* bisou…

— Très drôle. On avait choisi de dire « chérubins ».

— Ouais, mais *putti* est bien plus drôle.

Nous avons déjeuné ensemble, rien que tous les deux, comme avant, de notre naissance à l'arrivée d'Afton. Ces moments à deux me manquaient. Nous avions toujours été là l'un pour l'autre. Je me souviens lorsqu'il me volait mon biberon dans notre parc à bébé, tandis que nos mères papotaient autour d'un café. Ou lorsqu'il avait cogné un méchant garçon pour m'avoir bousculée en C.E.1. Et il m'avait tenu la main à chaque fois que la mort de ma mère me causait du chagrin. Je n'avais pas besoin d'un grand frère : j'avais Nick.

— Dis, tu sais que je t'aime ? ai-je dit en sortant un kebab végétalien de mon sac.

Il a retiré les croûtes de son pain de mie.

— Ouais, je crois que je t'ai dans la peau, moi aussi.

La bibliothèque de l'abbaye de Saint-Gall, toute de bois sombre poli, ressemblait par endroits à des pistes de bowling. Les étagères de livres formaient comme des piliers de deux étages entre les immenses fenêtres arrondies. Des entrelacs de feuillages dorés couraient un peu partout, jusqu'au sommet de chaque colonne de la vaste pièce. Beaucoup de vitrines exposaient d'antiques ouvrages.

Les yeux rivés au plafond, j'ai fait quelques pas au milieu de la salle de lecture. Les dorures élaborées qui encadraient chaque peinture me rappelaient des œufs de Fabergé.

— Eh oh ! Qu'est-ce que tu fiches ?

Nick m'a sortie de ma rêverie.

— Je prends un instant pour m'imprégner de la beauté des lieux. Tu devrais essayer, de temps en temps.

— Déjà fait. Ma faculté d'observation est bien plus rapide que la tienne.

J'ai tenté de redonner du volume à mes cheveux.

— Je ressemble à un cocker mouillé à cause de ton casque. Tu aurais dû accepter la Coccinelle que tes parents voulaient t'offrir.

— J'ai l'air bien plus cool à califourchon sur du métal.

— Tu parles bien de ton vieux tas de ferraille ?

Il a porté la main à son cœur.

— Je suis blessé.

— Bon, si on se mettait au travail ?

— *Putti* ! s'est-il écrié. *Putti*, *putti*, *putti* !

Je lui ai lancé un regard assassin.

— Qu'est-ce que tu peux être gamin !

— Avoue que tu trouves ça drôle.

— Hilarant, ai-je répondu en levant les yeux au ciel.

La porte-livre s'est mise à remuer derrière nous. Un homme en a sauté, suivi d'une femme, d'un garçon et d'une fille.

— Bonsoir, a dit le premier arrivé.

— Salut, ai-je répondu.

— Pourriez-vous me dire quelle étagère mène au… (Il a jeté un œil à sa carte.) Sabbat de Greyhill ?

C'était le quatrième groupe de voyageurs que nous croisions depuis notre arrivée dans la bibliothèque. Dès lors que le Conseil des mages avait levé le blocage des portes-livres et réduit le niveau d'alerte à son minimum, les bibliothèques étaient de nouveau pleines après les heures d'ouverture. Un nouveau système avait été instauré afin de prévenir les bouchons : on demandait désormais aux voyageurs de se munir de billets délivrés dans les refuges.

— C'est dans cette pièce, a répondu Nick en tendant le bras. Mur est, troisième étagère.

— Vous êtes bien aimable !

L'homme s'est précipité vers le lieu indiqué avec sa petite troupe.

— D'après toi, c'est un magicien ou une Sentinelle ? m'a demandé Nick.

— Ni l'un ni l'autre. Je penche pour un garde en vacances avec sa famille.

Il s'est gratté la nuque :

— Qu'est-ce qui te fait dire ça ?

— Ils vont visiter le Sabbat de Greyhill. Les sorciers vont plutôt explorer des lieux du monde humain. Ils vivent si longtemps qu'ils finissent vite blasés du monde des Chimères.

Sur la table, la porte-livre s'est remise à gigoter. Deux femmes d'une soixantaine d'années en sont sorties.

Nick a montré la même direction que quelques minutes plus tôt :

— De ce côté, mur est, troisième étagère.

— *Grazie !* se sont-elles exclamées à l'unisson.

— Comment savais-tu qu'elles s'y rendaient ? ai-je demandé à mon ami.

— La brochure dans la main de la plus petite. Il doit y avoir un festival ou un truc dans le genre.

— Bien vu !

Il a remonté son col.

— J'explose tout le temps Demos à son jeu du Détective. Il aurait dû apprendre à ne plus me défier, mais c'est plus fort que lui. Il me doit déjà quarante dollars.

— Il vient d'un autre monde, vas-y mollo. Allez, finissons-en et rentrons.

Nous avons cherché pendant cinquante minutes au moins avant que Nick débusque enfin ces *putti*. Ils nous fixaient de leurs yeux de bois peint. Plusieurs d'entre eux occupaient des niches au-dessus des étagères. Chacun détenait le symbole d'un art ou d'une science.

— Ils sont trop flippants, a remarqué Nick.

— Je les trouve plutôt mignons… (L'un des angelots portait un télescope.) Et voici notre petit gars !

— Bon, comment va-t-on s'y prendre pour récupérer la *Chiave* sans se faire remarquer ?

— On n'a qu'à maintenir le livre fermé le temps de l'attraper.

— Je m'en occupe ! a-t-il dit en s'éclipsant.

— Crie quand c'est bon !

— O.K. !

J'ai entendu ses pieds traîner dans la pièce principale.

— Ne te presse pas surtout… ai-je marmotté entre mes dents.

Quelques minutes plus tard, sa voix a retenti :

— C'est bon !

J'ai observé le *putto*. Il portait le télescope devant son œil comme s'il scrutait le plafond de la bibliothèque. J'espérais que le drapé qui constituait ses langes ne tomberait pas lorsqu'il prendrait vie.

J'ai attrapé mon pendentif avant de réciter :

— *Libere il tesoro.*

Le souffle de vent qui accompagnait la récupération des clés s'est enroulé autour de moi. La fraîcheur m'a flanqué la chair de poule. Le *putto* a abaissé son télescope dans un bruit de bois qui craque. Heureusement, son vêtement est resté comme suspendu par magie, pile au bon endroit, tandis qu'il baissait la tête vers moi.

— *Benvenuto*, fille du septième mage. Je suis Scopices, gardien de la *Chiave* que tu cherches. Ce télescope permet à son propriétaire de voir à travers toutes les barrières.

Il a lâché son instrument avant de retrouver sa pose originelle. J'ai tendu les mains, mais j'ai toujours été nulle pour rattraper au vol. La *Chiave* a effectué des tours sur elle-même avant de glisser entre mes doigts pour tomber avec fracas sur le sol.

— Grandiose, a jugé Nick en me rejoignant.

— Il a super mal lancé, j'aurais aimé t'y voir !

Soudain, dans l'autre pièce, le livre s'est mis à remuer.

— Partons d'ici, ai-je dit en tendant le télescope à Nick pour qu'il le mette dans son sac à dos.

— Tous les visiteurs ne sont pas inopportuns, a dit la voix de Bastien.

Non loin du livre, il se tenait adossé à une colonne, bras et jambes croisés, dans une pose toute digne d'un calendrier de beaux mâles.

— Oh, ça alors ! Qu'est-ce que tu fais ici ?

J'avais pris le ton le plus tarte de mon répertoire.

— Je ne fais que passer, a-t-il répondu en m'aveuglant de son sourire malicieux. Il y a un festival à Greyhill et je dois y faire une apparition à la place de ma mère.

Nick a posé notre artefact dans son sac et l'a fermé avant de le jeter sur son dos.

— Bon, je vais m'imprégner de la beauté des lieux, ne vous occupez pas de moi…

Lorsque mon ami a disparu, j'ai tenté de lancer la conversation :

— Les portes-livres sont très empruntés en ce moment…

Je n'arrivais pas à détacher mon regard du sien. Le bleu de sa chemise soulignait avec intensité les tonalités sombres de ses iris. On aurait dit du smalt pris dans les ténèbres. Sa lèvre inférieure était plus charnue que la supérieure. Je ne l'avais jamais remarqué. Tout comme je n'avais jamais remarqué sa tache de naissance au-dessus de son sourcil gauche.

Désormais, j'avais les yeux grands ouverts. Je voyais tout ce qu'il y avait de magnifique chez lui. Même ses petits défauts étaient sublimes.

Il a traversé la pièce pour me rejoindre et son sourire indiquait clairement qu'il avait conscience de mon émoi.

— Désolée, je ne m'attendais pas à te voir…

Je lui ai jeté un nouveau regard à travers ma frange. Son expression amusée a réveillé toutes les cellules de mon corps. J'ai plongé les mains dans les poches arrière de mon jean pour tenter de paraître détendue, nullement affectée par sa proximité.

— Qu'en dis-tu, Gia ? (Il a continué de s'approcher, si bien que je pouvais sentir son parfum.) Aimerais-tu aller au festival avec moi ?

J'ai reculé, louvoyant entre les étagères de livres. Il m'a suivie.

— Je ne sais pas trop… J'ai des tonnes de devoirs à faire…

Il a pris ma main.

Je l'ai regardé dans les yeux. Ma peau picotait au contact de la sienne.

— As-tu déjà goûté une pêche si sucrée qu'elle rend euphorique ?

— Non, ai-je répondu, mais c'est tentant.

Il a caressé mes doigts.

— Viens, juste quelques heures. Je te promets de te ramener à temps pour que tu puisses finir tes devoirs.

Pourquoi hésitais-je ? Il était temps pour moi de profiter de ma jeunesse. J'en avais assez de souffrir et de subir. Je pouvais me perdre en Bastien. M'amuser. Panser mes blessures. Peut-être même éradiquer mes cauchemars.

— Ce serait chouette. (J'ai récupéré ma main et repris mon chemin pour cacher ma nervosité.) Mais… Et Nick ?

— Ne t'en fais pas pour moi, est intervenu l'intéressé. Je suis un grand garçon, je trouverai le chemin de la maison tout seul.

— Te voici à court d'excuses, a dit Bastien.

Il continuait de me suivre, le sourire toujours fiché sur ses lèvres.

La porte-livre a frémi plusieurs fois. Au son des voix, on pouvait déduire qu'un groupe de jeunes filles venait de sauter.

Nick a jeté un regard en arrière.

— Si vous voulez bien m'excuser, mon devoir m'appelle. Fais-moi savoir ce que tu décides.

— Alors ? a demandé Bastien.

— Mesdemoiselles, bonsoir, a entonné la voix de Nick dans l'autre pièce.

Nous nous sommes dirigés vers une porte surmontée d'une plaque gravée.

— Je me demande bien ce qu'il y a d'écrit, ai-je dit pour parler de n'importe quoi, sauf de nous.

— C'est du grec. On pourrait le traduire soit par « Sanatorium des Âmes », soit par « Maison des Livres ».

— Hein ?

J'ai fait un pas en avant pour observer l'inscription.

J'avais l'esprit tellement embrumé que j'ai à peine ressenti le courant électrique qui crépitait contre ma peau. Je ne m'en suis vraiment aperçue que lorsqu'un froid immense m'a submergée. Je me suis retournée pour pousser Bastien loin de moi, mais il a retenu ma main, le regard affolé.

— Laisse-moi ! ai-je hurlé.

Il ne m'a pas lâchée.

Des milliers d'échardes de glaces se sont infiltrées dans mon corps. Une puissante aspiration m'a entraînée en arrière. J'ai tiré de toutes mes forces pour me détacher de Bastien.

— Gia, que se passe-t-il ?

La terreur se lisait sur ses traits, mais il n'a pas desserré l'étreinte autour de mon poignet.

— C'est une trappe ! Lâche-moi !

— Non ! Accroche-toi à moi, je ne te laisserai pas tomber !

Il a tiré comme un fou, mais j'étais aspirée avec une telle force qu'il ne pouvait l'emporter.

— Nick ! a-t-il hurlé, un accent de désespoir dans la voix.

— Je t'en prie ! Tu dois me lâcher !

Mes doigts ont glissé. Il perdait prise.

Dans ses yeux, la terreur a laissé place à la colère. Il a sauté en avant, laissant le vide le happer en même temps que moi.

Chapitre 23

Mes joues me brûlaient. L'air glacial lacérait chaque parcelle non couverte de mon corps aussi bien que des centaines de coups de fouet. J'étais étalée face contre terre sur une surface extrêmement froide, lisse, et humide sous mes doigts. J'ai tremblé violemment. Étais-je dans une chambre froide ?

— Gia, lève-toi.

La voix de Bastien a retenti quelque part, loin.

— Allez, dépêche-toi, nous n'avons pas beaucoup de temps, a-t-il insisté en me secouant par les épaules.

J'ai relevé la tête et entrouvert les yeux. La blancheur étincelante m'a aveuglée, causant une douleur fulgurante dans l'œil droit qui s'est propagée à tout mon crâne. J'ai fermé les yeux très fort.

— Que… s'est-t-t-il pass-ssé ?

Mes dents tremblaient avec tant de vigueur que j'en ressentais les chocs dans ma colonne vertébrale. Chaque flocon qui tombait du ciel était un calvaire de plus.

— Tu es tombée dans une trappe.

Il a attrapé mon bras pour me remettre sur pieds. Je pouvais ressentir la froideur de sa main glacée à travers la manche de mes vêtements. Son souffle se muait en un nuage qui stagnait au niveau de son front.

— Nous devons trouver un abri ou nous sommes perdus, a-t-il dit en boutonnant sa veste de cuir.

Vacillante, j'ai regardé une lueur bleutée au-dessus de nos têtes.

— Qu'est-ce que… c'est ?

Les pierres gelées roulaient sous mes pieds, m'empêchant de maintenir mon équilibre.

— Ce doit être la faille par laquelle nous sommes tombés.

Le terrain, plat, était désert. Le vent formait des vagues dans la neige. Bastien a boutonné mon manteau avant d'en serrer fermement la ceinture autour de ma taille.

— De quel abri parles-tu ? Il n'y a rien ici.

— Là-bas !

J'ai plissé les yeux à l'horizon. Entre deux furieuses bourrasques de vent, j'ai repéré une rangée d'arbres.

— On doit rester en mouvement, et trouver de quoi s'abriter pour la nuit.

J'ai hoché la tête avant de le suivre. Chacun de mes pas s'enfonçait profondément dans la neige, ralentissant ma progression. Devant moi, Bastien avait du mal à ressortir ses pieds d'un piège de glace. J'avais extrêmement mal aux doigts ; je les ai coincés sous mes aisselles pour les protéger d'un vent démoniaque. Le bois a commencé à apparaître au loin. Toutes les articulations de mon corps étaient coincées par le froid, je souffrais le martyre, et chaque pas était plus dur que le précédent. Je suis tombée à genoux dans la neige. Bastien s'est retourné :

— Debout ! Ne t'arrête surtout pas !

J'ai lutté pour me relever avant de retomber. On y était. Voici donc comment je devais finir ma vie : sur une terre désertique et gelée. L'air que je respirais me brûlait les poumons, si bien que je commençais à haleter.

Bastien s'est penché au-dessus de moi, la main tendue en avant :

— Tu ne dois pas t'arrêter. Ce n'est pas si terrible si on reste en mouvement.

— Pas si terrible ? Mais nous allons mourir ! me suis-je écriée en attrapant sa main.

Il m'a soulevée.

— Tu es une battante. C'est juste une question de volonté.

— Tu ne peux pas utiliser ta magie ?

— Nous essaierons une fois en sécurité.

— N'importe quoi ! Nous sommes en train de crever de froid ! Essaie maintenant !

Il ne s'est pas arrêté.

— Tout ce que nous savons à propos des Somniums, c'est que ce sont des endroits peuplés de créatures pour le moins inamicales. On ne s'arrête pas avant d'avoir trouvé un abri.

J'ai lancé un regard à la ronde, la main postée sur la garde de mon épée. Le métal frigorifié a mordu mes doigts. Enfin, sous mes pieds, la glace a laissé place à la terre. Les arbres étaient massifs et très resserrés. Nous ne nous sommes pas arrêtés avant de nous retrouver en sûreté au beau milieu des troncs.

Tandis que nous nous enfoncions au plus profond de la forêt, Bastien ne cessait de regarder devant lui, puis vers moi, derrière lui. Il s'est arrêté devant deux grands rochers adossés l'un contre l'autre.

— Ça fera l'affaire.

Il a entrepris de ramasser des branchages aux pieds des arbres et les a empilés à l'entrée de la fissure, puis a invoqué une boule de feu au creux de sa main. Le bois, au contact de la chaleur, a instantanément pris feu.

— Réchauffons-nous un peu avant de nous construire un abri.

Je me suis penchée sur le feu en approchant mes mains au plus près.

— Pourquoi ne pas m'avoir laissée partir ? Tu as fait une terrible erreur. Tu es coincé ici désormais…

Il a frotté ses mains l'une contre l'autre.

— Je ne pouvais pas te laisser affronter cette épreuve toute seule.

Ces quelques mots ont allumé un grand brasier dans ma poitrine. Son sens du sacrifice me laissait sans voix. N'importe qui d'autre, à une ou deux exceptions près, m'aurait laissée partir et préféré sauver sa vie. Il n'est rien de plus puissant que la peur. Elle vous insuffle un désir acharné de vivre. On n'y renonce que pour ceux qu'on aime vraiment profondément. J'ai hoqueté de surprise. *Est-ce à dire que…*

Une branche a craqué sous les pas de Bastien, et j'ai levé la tête comme un animal pris au piège.

— Tout va s'arranger, j'en suis sûr, a-t-il murmuré.

— J'espère que tu dis vrai. Alors… Comment va-t-on sortir d'ici ?

L'air glacé me brûlait la gorge. Il s'est accroupi, les bras tendus au-dessus du feu, les yeux rivés aux miens.

— Si le petit peuple arrive à déterminer dans quelle trappe nous sommes tombés, ils pourront nous retrouver, mais…

Il a fixé les flammes dansantes sans terminer sa phrase.

— Mais quoi ?

— Il est pratiquement impossible de trouver une trappe non répertoriée. Les portes ne sont pas stables. Elles s'ouvrent et se referment. Sans compter qu'il en existe des centaines.

J'ai serré les dents. Je savais depuis le départ que nos chances de survie étaient plus que faibles.

— Bref, on ne sortira jamais d'ici… ai-je chuchoté.

— À ma connaissance, personne n'en est jamais revenu, à une exception près.

J'ai baissé la tête, laissant les flammes réchauffer mes joues.

— Il doit y avoir un moyen…

Toujours accroupi, Bastien s'est rapproché de moi et a glissé son bras autour de mes épaules.

— Gia, a-t-il dit d'une voix douce. Nous sommes là, l'un pour l'autre. Tout ce que nous avons à faire, c'est survivre. Ils vont nous chercher, nous devons garder espoir. Et puis, nous devons absolument rentrer pour aller à un festival ensemble.

J'ai souri, touchée par sa tentative de rendre notre situation moins désespérée.

— O.K.

— Super. (Il a serré mes épaules.) Mission numéro un : rassembler le plus possible de branchages et de feuillage.

Il s'est relevé et a cassé les branches basses des arbres autour de nous. Bien que ressemblant à des conifères au feuillage persistant, ces arbres étaient pourvus de feuilles plates.

— Je n'ai jamais vu de tels arbres…

— Moi non plus, a répondu Bastien. Leurs feuilles sont extraordinairement épaisses.

Une fois notre petit tas de branchages formé, Bastien en a séparé le bois des feuilles. Frissonnante, j'ai continué à rapporter quelques rameaux. Lorsque nous avons eu fini, la pile de feuille nous arrivait aux genoux.

— Que fait-on maintenant ? ai-je demandé en retournant près du foyer à la hâte.

Un bouquet de feuilles à la main, il m'a demandé de lever les bras. J'ai relevé un sourcil.

— Je vais rembourrer ta veste avec ; ça servira d'isolant thermique. Tu me rendras la pareille ensuite.

Il en a fourré quelques poignées dans mon dos, sous mon manteau. Une senteur florale inconnue m'a chatouillé les narines.

— J'espère que ce n'est pas toxique…

— Je ne suis pas contre risquer une irritation de la peau si c'est pour éviter la mort. Tourne-toi.

Je me suis exécutée. Il a de nouveau passé le bras sous mon manteau pour le remplir de feuilles. Ses mains froides ont glissé le long de ma chemise avant de rencontrer l'arrondi de mes seins. Ma respiration s'est accélérée, de conserve avec mon cœur.

— Toutes mes excuses, a-t-il dit en me souriant. Peut-être vaut-il mieux que tu t'occupes de l'avant toi-même ?

— En effet.

J'ai terminé de rembourrer mon manteau.

— Comment as-tu appris à faire ça ?

— C'est un Indien d'Amérique, un guérisseur, qui me l'a enseigné pendant un camp de survie au Nouveau Mexique. (Il a commencé à débarrasser une branche de son écorce.) Ils savent survivre aux situations les plus extrêmes.

— Que fait-on maintenant ? ai-je demandé les lèvres tremblantes.

Je ne souhaitais plus qu'une chose : retourner auprès des flammes. Il m'a tendu une poignée de feuilles et s'est retourné. J'ai entrepris de rembourrer sa veste comme il avait fait avec la mienne. Sous mes doigts, j'ai senti le tracé ferme de ses muscles.

Bastien a frissonné.

— Ah ! Tes mains sont gelées !

— Je peux en dire autant des tiennes !

— O.K., maintenant, construisons notre abri.

Nous avons pris une pile de branches chacun. Il a d'abord déposé les siennes au sol entre les deux rochers, puis il a calé les miennes à l'entrée de façon à fermer la crevasse. Notre petit nid douillet était prêt.

— Pourrais-tu me prêter ton fourreau ?

— Pourquoi ?

Il a froncé les sourcils :

— Je ne vais pas l'abimer, voyons. Nous avons besoin d'un récipient.

J'ai défait ma ceinture, dégainé mon épée et lui ai tendu le fourreau.

— Entre dans l'abri. Il devrait y faire moins froid.

J'ai déposé mon épée à l'entrée et me suis faufilée à l'intérieur, où il faisait déjà plus chaud. Bastien a rempli le fourreau de neige et l'a porté au-dessus des flammes.

— Que fais-tu ?

Il a levé les yeux de son ouvrage et m'a observée à travers les flammes.

— Nous devons nous hydrater.

Les lueurs dansantes chatoyaient sur son beau visage. Ses joues et son nez étaient d'un rouge vif. Sa façon si délicate de tenir le fourreau de métal entre ses mains m'a rappelé à quel point ce garçon était gentil. Je me sentais en sécurité avec lui. Quitte à être coincée avec quelqu'un, Bastien était un partenaire particulièrement recommandé – et fort agréable à regarder, ce qui ne gâchait rien.

— Tu-tu-tu sais, N-Nick v-va voir qu'on a dis-is-parus. (Je tremblais si fort que mes dents s'entrechoquaient à tout rompre.) Tout le m-monde va n-nous chercher. Les se-secours ne-ne devraient p-pas tarder.

— Je l'espère de tout cœur. (Son sourire forcé indiquait qu'il n'y croyait pourtant pas.) Tiens, bois ça. Attrape-le par le haut pour ne pas te brûler. (Il m'a tendu le fourreau tout en s'approchant de moi.) Fais attention, c'est chaud.

Il a agité sa main au-dessus des flammes et l'a tendue vers les branches empilées à l'entrée. Elles ont pris feu.

— Bien. S'il existe des créatures dans cette lande oubliée des dieux, elles ne passeront pas ce seuil.

J'ai avalé une gorgée de neige fondue. Le liquide a réchauffé mon œsophage et ma poitrine.

— J'aurais aimé avoir le temps de trouver quelque chose à manger, mais le jour tombe. Nous allons devoir attendre que le soleil se lève demain.

J'ai fouillé dans ma poche et lui ai tendu les trois barres énergétiques que je gardais toujours en cas d'utilisation de mon globe de combat.

— Fantastique ! Nous en partagerons une ce soir, et les deux autres demain. (Il a défait le papier de la première.)

J'espère que nous trouverons une montagne, ou une grotte. Nous n'arriverons pas à survivre sans provisions.

— Nous ne resterons pas si longtemps. Tu vas voir : ils nous auront retrouvés d'ici demain matin.

— Je l'espère aussi, mais nous devons nous préparer à la possibilité inverse.

Il a tiré une branche par-dessus nous, et je l'ai imité jusqu'à ce que nous soyons ensevelis sous les feuilles. Bientôt, je n'ai plus entendu que le souffle calme de Bastien et les craquements du feu. Nul bruissement d'insecte, nul cri d'animal ne troublait la nuit : au-dehors, seul le vent semblait exister. Je me suis raidie lorsque Bastien s'est serré contre moi. Il a enroulé ses bras autour de mon corps, serrant fortement afin que je ne puisse me relever.

— Calme-toi. Nous devons nous réchauffer.

Son murmure m'a chatouillé l'oreille. Il se trouvait si près de mois que tous mes muscles étaient tendus à craquer. Et puis, l'endroit n'était guère propice à la relaxation. Je pouvais prétendre tant que je voulais que les secours ne tarderaient pas, au fond de moi je connaissais la vérité. J'avais lu un chapitre à ce sujet dans un ouvrage intitulé *Lieux Invisibles*, d'un certain… Gian Bianchi, éminent professeur en sorcellerie en plus d'être mon arrière-grand-père. Les trappes étaient pratiquement impossibles à localiser. Il fallait se trouver à l'endroit exact où elles devaient apparaître et attendre patiemment leur ouverture… Un magicien devait alors la baptiser sur-le-champ afin de pouvoir ensuite la rouvrir, ou bien elle retombait dans les limbes, en général pour toujours.

Je tremblais convulsivement, les yeux levés vers les frondaisons. Notre feu n'irradiait qu'une faible lumière.

J'avais bravé bien des dangers jusqu'alors, mais face à cette vaste étendue hostile et inconnue, la peur m'étranglait. Je me suis retenue de pleurer : je me refusais à laisser Bastien voir mes faiblesses. Sans compter que mes larmes auraient sans doute gelé sur mes joues.

Piégés dans ce lieu abandonné, nous n'avions presque aucune chance d'en réchapper un jour. Cependant, j'ai décidé que je consacrerai chaque seconde de ma vie à trouver un moyen pour nous en sortir. Retrouver Pop, Nana et mes amis. Arik, aussi. Même s'il m'avait rejetée pour Blanche Neige, j'avais toujours de l'affection pour lui et l'idée de ne plus jamais le revoir m'attristait au plus haut point.

La respiration de Bastien caressait doucement mes cheveux. À travers notre mur de branches, j'ai regardé le soleil couchant étirer les ombres des arbres. La chaleur, enfin, m'a enveloppée et je me suis laissée aller contre le corps du jeune magicien.

— Et si le feu s'éteignait ? ai-je chuchoté.

— Ça n'arrivera pas. Ce sont des flammes magiques, simplement accrochées sur les bûches.

— Comment ça se fait ?

— On ne peut expliquer la magie. On ne peut qu'y croire et faire confiance.

— Faire confiance à la magie. Bien noté.

Il a ri doucement.

Un hurlement a déchiré la nuit tombante. Mes doigts se sont crispés autour de la poignée de mon épée.

— Tu as entendu ?

— Oui. C'est peut-être notre chance de ne pas mourir de faim. Nous le prendrons en chasse dès demain.

Il s'est encore rapproché de moi. Les hurlements se sont succédé la nuit durant. Je me souviens avoir piqué du nez quelques fois, mais la plupart du temps, je surveillais les flammes, tous mes sens en alerte, à l'affût du moindre mouvement de Bastien. Son souffle profond et régulier était à la fois rassurant et excitant.

J'ai repassé en mémoire tout ce que je savais des Somniums. Lorsque les magiciens avaient séparé les refuges du reste du monde, plusieurs siècles plus tôt, la cassure avait provoqué plus d'une centaine de failles entre le monde des humains et celui des Chimères : les Somniums. La magie les rendait quasiment étanches et inaccessibles.

— Bastien ?

— Tu ne dors pas ? a-t-il grogné.

— Comment peux-tu dormir dans un endroit pareil ?

— J'ai été préparé toute ma vie à des situations semblables à celle-ci. (Il a retiré son bras pour l'étirer au-dessus de sa tête, créant une vive sensation de froid à l'endroit où il était posé.) Le monde des humains est protégé de toutes sortes de dangers, mais chez les Chimères, on connaît leur existence et on y fait face tous les jours.

— J'ai lu un livre sur les Somniums. Un vieux bouquin, mais qui faisait mention d'une personne qui serait revenue d'une trappe. Tu es sûr de n'en avoir jamais entendu parler ?

Son bras a retrouvé sa place contre ma hanche et tout mon ventre s'est tendu.

— Il y a bien un homme, en effet, qui disait s'être extrait d'une trappe. Mais il est mort peu après des suites de blessures causées par une créature, avant que l'on puisse apprendre quoi que ce soit de plus.

— Il y a donc un moyen.

— C'est possible.

Il a rapproché sa tête de la mienne. Ses lèvres touchaient presque mes joues. Sous la peau, mon sang bouillonnait, comme aimanté au sien.

— Essaie de dormir. Lorsque nous aurons trouvé comment survivre, nous nous occuperons de sortir d'ici.

J'ai fermé les yeux en essayant d'imposer le silence au vacarme dans ma tête. Les abords de mon esprit se sont enténébrés peu à peu, comme l'ombre aux pieds des arbres, et tout est devenu noir.

Le chant des oiseaux et la chaleur m'ont réveillée. Une chaleur étouffante. La zone autour de ma hanche, sous le bras de Bastien, était trempée de sueur. J'ai repoussé les branchages qui nous recouvraient et me suis assise. Le feu continuait de flamber sur le bois, sans que celui-ci n'accuse une seule trace de brûlure. La neige avait fondu, et la forêt bruissait d'oiseaux et de petits animaux. Le temps hivernal était devenu printanier en une nuit.

— Qu'est-ce que…

Bastien s'est redressé parmi les branches et a bâillé :

— C'est étrange.

— Sans blague ? Tu parles de conditions extrêmes… Peux-tu nous délivrer de ce mur de feu ?

— Oh, bien sûr.

Il a tourné sa main en l'air et aussitôt, les flammes se sont volatilisées.

J'ai avancé à quatre pattes sur notre tapis de branches pour atteindre le mur encore chaud. Bastien m'a suivie, brisant les brindilles sous son poids. Nous sommes restés plantés à l'entrée, bouches béantes. Au-dehors, tout était d'un vert éclatant, parsemé de fleurs colorées. Des animaux adorables, couverts de fourrure, sautillaient d'arbre en arbre. Tout semblait irréel.

— On se croirait dans le jardin d'Eden, a soufflé Bastien.

— Alors c'était quoi hier ? L'enfer ?

Il a pouffé doucement :

— Peut-être bien…

Je me suis dirigée vers un arbre, où les oiseaux pépiaient par centaines, pour en cueillir un fruit ovale de couleur violette. C'était plus gros qu'un grain de raisin, mais plus petit qu'une prune. La peau a éclaté lorsque j'ai mordu dedans, laissant gicler un jus au goût de cerises au miel.

Bastien s'est rué sur moi pour m'arracher le fruit des mains.

— Non mais… Ça ne va pas ? ai-je protesté.

— Toi, tu es une fille de la ville, pas vrai ?

— En quoi c'est un problème ?

— On ne t'a jamais appris à ne pas manger la végétation avant d'être sûre qu'elle n'est pas empoisonnée ?

— J'ai beau être une fille de la ville, je ne suis pas totalement débile, ai-je rétorqué les poings sur les hanches. Regarde, les oiseaux s'en gavent et ils n'ont pas l'air empoisonnés.

Il a observé les volatiles, qui sautillaient joyeusement parmi les feuilles en picorant les fruits.

— Ils sont peut-être immunisés. (Il m'a lancé un regard sévère.) On va poser une règle…

— Une règle ? Tu peux bien être le futur Archimage de Couve dans ton refuge, ici ça n'a aucune importance, et tu ne me réglementes surtout pas, moi !

— Je n'ai pas dit « je », mais « on », ce qui veut dire « toi et moi ». Comme dans : « Toi et moi allons poser une règle ».

— Oh vraiment ? ai-je répondu en me dirigeant vers l'arbre suivant. Merci pour la leçon de grammaire, mais c'est le ton de ta voix qui m'a laissé entendre « je » derrière ton « on ». (J'ai tendu le bras très haut pour attraper un nouveau fruit.) Par ailleurs, il me semble que je ne suis toujours pas morte.

J'ai arraché le fruit de la branche et une nuée d'oiseaux s'est envolée vers le ciel dans un chant harmonieux. Plusieurs petites boules, violettes et bien juteuses, sont tombées sur moi, dégoulinant sur mes cheveux et ma peau.

Bastien, le visage illuminé par l'hilarité, est parti d'un grand fou-rire. J'ai pris un fruit dans chaque main avant d'en lancer un sur lui. Le projectile l'a heurté au niveau de la jambe. *Échec cuisant.* Alors que mes globes de combats trouvaient toujours leur cible, lancer un fruit semblait au-dessus de mes forces !

Sinead m'avait enseigné que les globes étaient connectés à mon esprit, et qu'il suffisait de se concentrer assez pour qu'ils prennent la direction souhaitée. Sur le moment, j'aurais aimé avoir le même contrôle sur ces petits fruits violets. J'ai retenté ma chance : la bombe végétale a heurté la poitrine de Bastien en plein cœur, éclaboussant son cou et son visage.

— Tu vas réveiller le monstre qui sommeille en moi !

Il a pouffé, et c'était tellement mignon que je n'ai pas pu m'empêcher de recommencer.

J'ai tendu les bras vers un nouveau fruit, lorsque les yeux de mon compagnon se sont écarquillés. Je lui ai adressé un petit sourire en coin.

— Qu'est-ce qu'il y a ? Tu as vu un poulet ?

Un grondement sourd a retenti derrière moi. Je me suis figée.

Chapitre 24

La main portée à mon épée s'est refermée dans le vide. Je suis restée parfaitement immobile, trop effrayée pour me retourner, mais j'entendais plusieurs paires de pattes se rapprocher dans mon dos. Les yeux de Bastien ont rencontré les miens. Sans parler, il m'a fait signe de ne pas bouger tandis qu'un tourbillon de feu s'étirait entre ses paumes. Toujours posée dans l'abri, la lame de mon épée luisait sous le soleil. J'ai décidé de foncer dessus aussitôt que Bastien aurait lancé son projectile sur les créatures.

Les grognements se sont faits de plus en plus féroces. Bastien a jeté sa boule de feu sur les bêtes : j'ai piqué un sprint, osant un regard par-dessus mon épaule. L'arbre brûlait, et les fourrures enchevêtrées de deux créatures fumaient. J'ai freiné. Bastien était à terre et il tirait sur les oreilles d'un animal pour éloigner la mâchoire acérée de son cou. J'ai attrapé mon épée et me suis ruée vers eux. D'un coup, j'ai égorgé la bête, éclaboussant Bastien de sang.

Il a grogné en repoussant le cadavre.

Cinq autres de ces animaux nous encerclaient. On aurait dit des croisements entre des chats énormes et des tigres à dents de sabre. Leurs yeux hideux, presque dissimulés derrière leurs longs museaux, nous regardaient de haut. Très lentement, j'ai élevé ma paume et invoqué un globe rose. Je l'ai projeté sur Bastien et moi, créant un bouclier protecteur pile au moment où la meute fondait sur nous. La membrane rose a accusé des signes de faiblesse sous les assauts répétés des bêtes. J'ai crié, rassemblant toute ma puissance mentale afin de la maintenir en place. L'épée m'est tombée des mains.

Les animaux mordaient à pleines dents dans notre bouclier et se jetaient dessus de toutes leurs forces. Le globe m'échappait. Je suis tombée à genoux.

— Ça va aller ?

— Attrape mon épée ! Je ne vais pas tenir plus longtemps…

Bastien s'est exécuté.

— Gia, je doute qu'une lame soit suffisante pour s'attaquer à cinq fauves. (Il a préparé une boule de feu dans sa main libre.) Je t'en prie, ne flanche pas ! Tu peux y arriver !

J'ai serré les dents si fort que ma mâchoire menaçait de craquer. Mes bras tremblaient, la force les avait quittés. J'allais lâcher. Une autre bête s'est lancée sur le globe. Je suis tombée à quatre pattes mais ai réussi à sauvegarder notre protection au dernier moment. Des rides se formaient à la périphérie de la membrane, qui s'amenuisait. C'est alors que des éclairs ont crépités au-dehors de notre bouclier. Les bêtes se sont enfuies dans la forêt en poussant des gémissements et glapissement plaintifs. Le globe a explosé, et je me suis étalée au sol.

Je ne pouvais plus bouger. Des flocons de neige tombaient du ciel pour atterrir en douceur contre mon visage après avoir scintillé dans les rayons du soleil. Un vieil homme, aux cheveux en bataille et à la barbe broussailleuse, se tenait devant moi, en contre-jour.

— Pas le temps de se reposer, a-t-il déclaré d'une voix rauque. Les bêtes sont parties. Debout. Le changement va bientôt arriver.

J'ai relevé la tête :

— Qui êtes-vous ?

— Pas le temps. (Il s'est dirigé vers moi, sans quitter les environs des yeux.) Pas le temps. On doit rentrer. C'est bien d'avoir mis le feu à cet arbre, ça nous a alertés.

Bastien s'est agenouillé à côté de moi.

— Elle a besoin d'un moment pour récupérer de son globe.

— Il faut qu'elle se lève.

L'homme s'est immobilisé : de l'autre côté de l'arbre aux fruits violets, un puissant bruit de raclement nous est parvenu.

Slalomant entre les arbres, un traîneau se dirigeait vers nous. Construit de branches et de rondins de bois, tiré par des sortes de chèvres aux longs poils et aux pattes courtes, il était conduit par un homme plus jeune que le premier. Sa cargaison se composait de fourrures et de fruits ovales entassés dans des paniers tressés.

— Attache les bêtes mortes au traîneau, a commandé notre sauveur au nouveau venu avant de s'adresser à Bastien. Hisse la fille à l'intérieur. (Il a scruté le ciel.) Il nous reste une heure, peut-être moins.

Mon compagnon m'a soulevée dans ses bras.

— On ne peut pas les suivre ! ai-je protesté en serrant mes bras autour de son cou. Et s'ils étaient dangereux ?

— Ils ont sauvé nos vies. Ils n'auraient probablement pas risqué la leur pour le simple plaisir de nous tuer à la place de ces fauves.

Il marquait un point. J'étais trop épuisée pour penser logiquement. Un éclat de lumière a accroché le coin de mon œil.

— Mon épée et mon bouclier ! ai-je pratiquement pleurniché en tendant le bras, comme s'ils allaient s'y encastrer par magie.

Bastien m'a déposée au milieu des fourrures et, après avoir marqué une pause, a écarté une mèche de cheveux coincée dans mes cils.

— Chut, a-t-il dit. Repose-toi, je m'occupe de rassembler nos affaires.

Le vent s'est intensifié. Une bourrasque neigeuse s'est engouffrée à travers les troncs. L'air glacial me réfrigérait. Une fois les bêtes mortes attachées à l'arrière, le vieil homme a claqué la langue. Les chèvres aux longs poils se sont mises en route, tirant sur les harnais qui couvraient leur poitrail, ébranlant le traîneau. Dans la tempête furieuse, le vent me griffait le visage.

— Qu'est-ce qui se passe avec la météo, ici ? ai-je demandé au vieil homme. Il y a quelques minutes, il faisait un temps radieux, et maintenant, il gèle à pierre fendre.

— C'est le cycle des Somniums, m'a-t-il répondu par-dessus les hurlements du vent. Il ne fait chaud que quelques heures par jour, le reste du temps, il règne un froid mortel.

Bastien m'a tendu mon manteau. L'attraper n'a pas été une mince affaire, car j'avais l'impression de ne plus avoir d'os dans les bras. Je n'étais pas aidée par les cahots terribles de notre véhicule, qui filait en sautant par-dessus les pierres et les racines, mais j'ai réussi à l'enfiler.

La forêt ressemblait désormais à celles que l'on peut voir dans les films d'horreur. Le vent sifflait furieusement entre les branches tandis que les animaux et insectes étaient redevenus silencieux. Les arbres, en conservant leurs feuilles vertes, semblaient défier la folie arctique qui s'emparait du temps.

Le traîneau a bondi hors de la forêt et s'est engagé sur les contreforts rocheux d'une falaise qui se perdait dans le ciel gris. L'homme plus jeune s'est élancé à l'avant du véhicule pour s'emparer de la corde, faite de roseaux ou autre fibre végétale, à laquelle étaient attachées les chèvres. Il leur a fait contourner un imposant rocher avant de stopper leur course à l'entrée d'une grotte.

— Par ici, a dit le plus vieux en s'engouffrant à l'intérieur.

Je me suis efforcée de tenir sur mes jambes en coton pour le suivre, avec Bastien, dans les ténèbres de l'abri. L'autre homme est resté en arrière pour détacher les chèvres.

La cavité se prolongeait en un long tunnel que notre guide a éclairé en invoquant un globe lumineux.

C'est un magicien.

Il a tourné à gauche, dans une petite cavité qui sentait le fumier. Le sol était jonché d'herbes sèches et de feuilles. Cette pièce devait servir d'étable pour les chèvres. Nous avons ensuite tourné à droite, où le tunnel débouchait dans une plus vaste salle.

On se serait cru dans l'attraction de l'Arbre des Robinson à Disneyland… à ceci près qu'il s'agissait d'une caverne. Comme dans une cabane de chasseurs, des fourrures tapissaient le sol et les murs. Une table construite en rondins et flanquée de deux bancs occupait tout un côté de la pièce. De la vaisselle sculptée dans le bois était posée dessus. Deux larges fauteuils rembourrés de coussins en peau étaient installés auprès d'une flambée. Entre les deux s'élevait une pile de livres.

— Entrez, entrez, mettez-vous à l'aise, a dit l'homme en tendant ses mains au-dessus du feu, qui ne dégageait aucune fumée.

— Vous êtes un magicien.

Bastien venait d'énoncer tout haut l'évidence. Debout à côté de l'homme, il a réchauffé ses mains comme lui. Je suis allée m'effondrer dans un fauteuil. Affamée, je me sentais affaiblie.

— Avez-vous quelque chose à manger ?

J'ai croisé les bras pour tenter de dissimuler les tremblements qui me secouaient. Bastien a sorti l'une de mes barres énergétiques de la poche de sa veste et me l'a tendue.

— Que fait votre ami dehors ? ai-je demandé en déchirant le papier avec mes dents avant de tirer une fourrure autour de mes épaules. Il gèle !

— Il met nos animaux à l'abri et stocke nos provisions. Il ne pourra pas dépecer nos prises avant que le temps ne se radoucisse.

L'idée d'écorcher un animal me donnait envie de vomir. Où trouvaient-ils le courage de faire un truc pareil ? Bastien s'est de nouveau approché de l'âtre.

— Depuis combien de temps êtes-vous ici ? a-t-il demandé.

— Un morceau de néant est supportable, faire la somme de tous est intolérable, a répondu l'homme en penchant sa tête vers Bastien. Depuis trop longtemps pour garder le compte. Quant à mon ami, depuis plus longtemps encore. C'est un sujet que nous préférons éviter, une sorte de tabou, si vous voulez.

Ses mots ont plombé mon estomac.

— Avez-vous déjà essayé de vous échapper ?

Il s'est retourné pour me fixer. Sous ses sourcils broussailleux et ses paupières tombantes, son regard était triste.

— J'ai essayé tous les sorts, tous les charmes, jusqu'à la dernière incantation magique que je connaissais. La trappe reste fermée.

Je me suis levée.

— Alors, vous avez renoncé ?

La fourrure a glissé de mes épaules et le froid s'est instantanément emparé de moi. Je me suis précipitée devant le feu, à côté de Bastien.

— Non, mais je n'ai plus d'autre choix, a répondu l'homme en portant son regard sur les flammes dansantes. (Il a froncé les sourcils, et toutes les rides de son visage se sont creusées.) Je suis coincé dans ce trou oublié des dieux depuis si longtemps que j'en ai perdu mes bonnes manières. (Il s'est redressé face à nous.) Veuillez me pardonner mes élucubrations. Nous n'avons pas encore eu le plaisir de nous présenter : je suis Gian Bianchi, du refuge de Mantello.

Je suis restée bouche bée. *Mon arrière-grand-père ? Impossible. Il est mort. Tout le monde sait qu'il est mort. Comment cet homme pourrait être Gian Bianchi ?*

— Impossible, a dit Bastien en écho à mes pensées. Il a été assassiné.

— Et pourtant, je vous assure que c'est moi. J'ai utilisé une illusion magique pour simuler mon décès.

Il a tendu la main au-dessus du feu. Les flammes ont gagné en ardeur, m'enveloppant dans leur chaleur. J'étais sûre qu'il avait joué ce tour pour donner plus d'effet à sa déclaration.

Incrédule, j'ai regardé Bastien :

— Une illusion magique ?

Mon compagnon a levé sa paume devant mes yeux et une pomme parfaitement rouge y est apparue. J'ai voulu m'en emparer mais mes doigts sont passés au travers. Je n'ai ressenti qu'une sensation de picotement.

Bastien a abaissé sa main.

— Les magiciens peuvent créer des illusions à partir de leurs souvenirs.

— C'est complètement dément ! me suis-je exclamée en approchant d'un pas. Cela ferait soixante-quinze ans que vous…

— Tout ce temps ? (Il a marqué une pause.) Et ma femme… est-elle… partie ?

J'ai hoché la tête et des larmes ont perlé à mes yeux en voyant les siens s'humidifier.

— Je, heu… Je suis votre arrière-petite-fille. Ma mère m'a donné votre nom. Je m'appelle Gianna, et voici Bastien, de Couve.

Il s'est immobilisé alors qu'il allait attraper un pot en argile et a contemplé sa main.

— Je devrais nous préparer un peu de thé, a-t-il conclu finalement avant de s'emparer du pot. Cela va nous réchauffer les os, pour ça, oui. (Il s'est retourné.) Vous aimeriez un peu de thé ?

— Oui, volontiers, ai-je répondu en l'observant avec attention.

Il s'est mis à la tâche, versant le contenu d'une carafe en bois dans son pot. J'ai lancé un regard interrogateur à Bastien. Ou bien le pauvre homme était sous le choc, ou bien rencontrer un nouveau membre de sa famille ne lui faisait ni chaud ni froid. Je me disais aussi qu'il tentait peut-être de reprendre contenance, le temps d'encaisser la terrible nouvelle concernant sa femme. Il avait probablement cru qu'elle était toujours en vie.

— Donc, a repris Bastien, vous avez mis en scène votre propre mort. Mais pourquoi ?

— Je parcourais les bibliothèques pour y cacher les *Chiavi*, a répondu l'homme en versant quelques feuilles dans son eau chaude. Mais je suis tombé dans une embuscade tendue par Conemar. Il m'a planté sa dague dans la poitrine. J'avais marqué cette faille auparavant, je savais où elle se trouvait.

— Vous l'avez marquée ? me suis-je exclamée. Alors, ils peuvent nous retrouver !

Il a secoué la tête.

— Non. Je ne l'ai jamais enregistrée. Il n'y a que moi qui sache où elle se trouve.

Mes épaules sont retombées. La lueur d'espoir que j'avais entraperçue s'est anéantie telle une fleur séchée broyée entre les pages d'un livre.

— Conemar n'a pas réussi à s'emparer du parchemin, a continué Bastien.

— Je l'ai donné à Crapaud en le suppliant de le cacher. Pendant que Conemar était occupé à fouiller mes affaires, j'ai créé un doppelganger de moi-même avant de me glisser dans la faille.

J'avais envie de pleurer. Mon arrière-grand-père était là, vivant. Juste sous mes yeux. Et il ne semblait pas le moins du monde se soucier de mon existence.

Bastien a serré ma main dans la sienne avant de reprendre la parole :

— Que cherchiez-vous, dans les bibliothèques ?

— Je suivais les traces de quelqu'un d'autre. J'ai retrouvé des notes de sauts entre bibliothèques, consignées dans un vieux document. Leur auteur est voué à changer nos deux mondes. C'est cette personne qui nous sauvera. Lorsque les présages se présenteront, tout doit être fait pour protéger l'être désigné pour stopper la Tétrade. (Il a suspendu le pot par l'anse au-dessus du feu.) Je dois le ramener aux refuges. Il doit être protégé par tous les moyens.

— De qui parlez-vous ? a demandé Bastien.

— De mon compagnon. Le garçon à l'extérieur. (Gian a regardé par-dessus son épaule comme pour s'assurer que l'intéressé n'était pas à portée d'oreille.) Son nom est Royston.

— Royston ?

J'ai titubé avant de retomber dans le fauteuil. Alors, c'était vrai… C'était bien le nom inscrit sur le parchemin que Crapaud nous avait donné.

— Comment avez-vous réussi à le retrouver ? ai-je voulu savoir.

Il s'est dirigé vers la pile de livres pour en sortir un vieux journal dont la couverture bleue tombait en lambeaux.

— Grâce à ceci : les Notes d'Agnost. (Il l'a replacé sur le haut de la pile.) Il y est dit qu'un descendant du septième mage sera notre salut. Or, j'ai découvert en compulsant des écrits anciens que Royston était tombé dans une Somnium sous les yeux de ses gardes. J'ai compris que s'il était toujours en vie dans la faille, alors il serait le plus proche descendant du septième mage, et donc notre sauveur. Dès lors, je n'ai eu qu'un seul et unique objectif : le retrouver.

— Je n'ai jamais entendu parler de ce journal, a avoué Bastien. L'avez-vous montré au Conseil ?

— Non. Je suspectais certains membres d'être animés de mauvaises intentions. (Il a traversé la pièce et j'ai remarqué qu'il boitait.) Je suppose que je suis le gardien de secrets dont je ne peux révéler la teneur à quiconque, faute de confiance.

Il est revenu chercher le pot sur le feu et a versé l'eau chaude à travers un tissu dans les bols en bois alignés sur la table.

— Si seulement j'avais été capable d'enregistrer cette trappe… Pip aurait retrouvé le marquage sur son globe, et mon saut dans cette Somnium aurait été enregistré. Maintenant, m'y voilà prisonnier à mon tour. Mais il y a un espoir ! Chaque mois, la lumière bleue qui encadre la trappe devient argentée pendant quelques jours. J'ai même réussi à l'ouvrir l'espace de quelques secondes ! J'ai vu au travers, j'ai vu l'intérieur de la bibliothèque, mais nous n'avons jamais eu le temps de franchir ce passage. La prochaine occurrence sera dans trois semaines. Deux sorciers auront peut-être suffisamment de force pour l'ouvrir assez longtemps. Si ça ne marche pas les premières fois, nous persévérerons ! Nous pouvons encore faire sortir Royston avant que ne survienne la fin des temps.

— Gian ? (Je n'ai réussi qu'à croasser son nom.) Comment dire, euh… C'est *moi* le présage. Votre petite-fille était ma mère. Elle et mon père étaient tous deux des Sentinelles. La fin a déjà commencé. Nous devons rentrer, et vite.

— Qui est le second ? a demandé Gian en s'essuyant les mains sur son pantalon.

Bastien et moi avons échangé un regard, mal à l'aise. Décidément, rien ne touchait cet homme. Je venais de lui apprendre que j'étais son arrière-petite-fille, que j'étais le présage par-dessus le marché, et en échange, rien. Pas de larmes ni même d'yeux écarquillés. Aucune émotion.

— Il existe deux protecteurs. (Il a tendu un bol à Bastien.) L'un restera vertueux, l'autre non. L'autre s'est-il révélé ?

Nick.

— Vous avez eu un arrière-petit-fils des suites de votre aventure avec Anise.

Je voulais le confronter à ce détail de son histoire que ma mère et Jacqueline n'avaient appris qu'après sa disparition.

— Ainsi donc, mes mémoires ont été retrouvés, a-t-il deviné en me tendant un bol.

Je l'ai regardé droit dans les yeux. Toujours aucun signe de trouble.

— C'est le fils de Conemar.

Bastien m'a dévisagée, stupéfait.

J'aurais voulu me donner des baffes. Je ne faisais que lui balancer des informations à la tête. Mais je souhaitais jouer franc-jeu avec lui.

Gian a bu une gorgée de son infusion.

— Voilà qui est regrettable. Si Conemar a un fils, celui-ci peut trouver les *Chiavi* et libérer la Tétrade pour lui.

Ses traits, figés dans une expression catastrophée, m'ont terrorisée.

— Non : Nick est de notre côté. Il hait son père pour avoir tué sa mère. Il n'aiderait jamais Conemar. De plus, Bastien a expédié Conemar dans une Somnium non marquée ; il est techniquement emprisonné.

— La prophétie est en marche, a murmuré Gian dans son bol. As-tu utilisé un charme ancien pour l'y envoyer ?

— Oui… a répondu mon compagnon. Comment l'avez-vous su ?

Bastien commençait à montrer des signes de nervosité.

— C'est dans la prophétie. Celle de ce petit livret bleu.

— Au moment des faits, je n'étais pas au courant que cet exil lui permettrait de récupérer des forces. J'essayais juste de sauver Gia et les autres.

Pour toute réaction, Gian a bu une nouvelle gorgée.

— Le journal d'Agnost ne mentionne pas le lieu où Conemar a été envoyé. Tout ce dont je suis sûr, c'est qu'il reviendra.

— Sympathique, ai-je grommelé. Et pendant ce temps, nous sommes coincés dans ce trou.

Royston est alors entré dans la pièce, six furets galopant à ses trousses. Son visage était encadré de cheveux bonds emmêlés qui lui arrivaient au menton. Ses yeux, d'un bleu d'acier, m'ont détaillée comme si j'étais un morceau de steak. Certes, le type était plutôt bien bâti, avec des épaules de bûcherons, mais trop poilu et bien trop sale à mon goût. Je me suis discrètement décalée derrière

Bastien pour éviter son regard. On aurait dit qu'il n'avait jamais vu de fille de sa vie.

Ou juste qu'il n'en a pas vu depuis des siècles ? Je me suis mentalement frappé le front.

L'un des furets a trottiné jusqu'à moi pour renifler mes chaussures.

— Trop mignon ! D'où viennent-ils ?

— Ils étaient là. Ce sont des amis, a répondu Royston. Nous les nourrissons, et en échange, ils nous avertissent de l'approche des fauves.

Gian a bruyamment reposé son bol sur la table.

— Bien ! Mangeons, et pendant ce temps, vous me raconterez tout ce qui s'est passé dans le monde depuis mon départ. Nous devrions nous coucher tôt afin de ne rien rater du printemps de demain.

J'ai observé la grotte d'un œil nouveau. C'était bien la seule pièce de la caverne, ce qui signifiait que nous allions tous dormir ensemble. Et qu'il n'y aurait qu'une seule fille : moi.

Génial.

Chapitre 25

Un sixième sens m'a alerté : quelqu'un me fixait. J'ai ouvert grand les yeux. Royston était penché au-dessus de moi, son visage si proche du mien que je pouvais sentir son haleine pas tout à fait fraîche. Je me suis redressée d'un coup, si vite que nos têtes se sont heurtées. J'ai remonté une fourrure jusque sous mon menton, ce qui était parfaitement inutile étant donné que j'avais gardé tous mes vêtements sur moi.

— Qu'est-ce que tu fiches, exactement ? lui ai-je lancé d'un ton aussi cinglant que mon regard, la main crispée sur mon fourreau.

Bastien s'est redressé.

— Que se passe-t-il ?

— Vous avez faim ? a grogné Royston en se grattant la tête à l'endroit où nous nous étions cognés. Gian a dit de manger. Le soleil se lève. C'est le temps chaud. Dépêchez-vous.

Il est parti s'asseoir sur le banc.

— Ce garçon a besoin d'un bon bain, ai-je murmuré à Bastien. Et d'un coiffeur.

Il a ricané :

— Pour nous aussi, un bain ne serait pas du luxe ! Je suis encore tout collant à cause de ces fruits. Je me demande s'il n'y aurait pas un plan d'eau dans les parages, où nous pourrions nous baigner dans notre plus simple appareil, avant que la prochaine période glaciaire ne surgisse…

— Que ce soit bien clair : je ne me baignerai jamais nue ici !

— Ai-je bien compris ? Tu veux dire qu'ailleurs, tu accepterais ? a-t-il plaisanté en me chatouillant les côtes.

— Arrête ! (J'ai évité son attaque suivante.) Qu'est-ce qui te fait croire ça ? Jamais de la vie, tu entends !

— Il ne faut jamais dire jamais, a-t-il conclu en allant s'asseoir sur le banc, à côté de Gian.

Je me suis installée en face de Bastien. Des œufs, des lamelles de viande, des fruits et des bol d'infusion bien fumants étaient disposés sur la table.

— Tout ça m'a l'air délicieux ! ai-je soupiré, ravie.

Royston s'est assis à ma droite.

— Mangez vite ! a lancé Gian. Le dégel ne va pas tarder, et nous pourrons sortir un peu.

Après le petit-déjeuner, il nous a confié à chacun une tâche et un furet. Les petits carnassiers devaient nous alerter en cas de danger. J'ai reçu pour mission d'aller cueillir les fruits violacés, et rien que ceux-là, sur les arbustes de la colline. D'après Gian, tous les autres fruits de la contrée étaient empoisonnés. Sous le soleil luisant, je commençais à transpirer et mon T-shirt collait à mon dos. Mon furet, blanc comme neige, gravitait entre mes bottes, menaçant de me faire trébucher.

— Désolée, je ne peux pas jouer, j'ai du boulot.

Je me suis penchée pour récolter une baie, mais le petit rongeur me l'a chipée. J'aurais juré l'entendre rire en se carapatant à travers les rochers.

J'ai repéré une crevasse dans la paroi de la falaise. De l'autre côté de la cavité, le soleil brillait sur une étendue d'herbe et se reflétait sur des vaguelettes. Je me suis faufilée dans le boyau rocheux pour y accéder. Un bassin d'eau pure se trouvait là, encadré de hautes falaises et d'arbres aux feuilles épaisses.

J'ai jeté un regard alentours : excepté mon ami le furet, j'étais bel et bien seule. Assise sur un rocher, j'ai retiré mes bottes, mes chaussettes, et roulé le bas de mon pantalon. L'eau chaude a accueilli mes orteils. J'ai posé mon fourreau et me suis déshabillée, ne gardant que mes sous-vêtements, avant de me glisser dans le petit étang. Le furet jouait dans l'eau peu profonde.

— Je devrais te baptiser. Ce n'est pas normal de ne pas avoir de nom, tu ne trouves pas ? Que dirais-tu de Momo ? J'aime bien la sonorité. J'ai entendu ce nom à la télé.

Je me suis renversée en arrière pour me laisser flotter sur le dos, les yeux fermés sous le soleil implacable, tandis que les vaguelettes me léchaient les joues.

Quelque chose a plongé dans l'eau et je me suis redressée.

— Tu as entendu ça, Momo ? (L'animal me regardait de ses yeux mignons.) Tu n'étais pas censé m'alerter en cas de danger ?

J'ai tourné sur moi-même pour inspecter les alentours de la mare.

Deux bras puissants m'ont encerclée par-derrière.

— Bastien, je t'ai déjà dit que je ne voulais pas me baigner avec toi, ai-je crié en me retournant. Royston ? Lâche-moi !

J'ai poussé des deux mains contre son torse afin de m'écarter de lui.

— Tu préfères mon apparence, à présent ? a-t-il demandé sans desserrer son étreinte. J'ai fini mes tâches à l'avance, et puis je me suis rasé avec un couteau, et coupé les cheveux, pour ressembler à ton ami.

J'ai cessé de lutter à l'instant où j'ai reconnu son visage. C'était lui. L'homme que j'avais vu en rêve. Le fils d'Athela.

Reste calme. J'ai pris une grande inspiration.

— Tu es très beau. Maintenant, veux-tu bien me lâcher, s'il te plaît ?

Il s'est exécuté et je me suis éloignée. Mille questions se bousculaient dans mon esprit. Comment était-il arrivé là ? Devrais-je lui parler de sa mère ? *Non, pas maintenant.* Il était encore trop tôt.

Un cri strident a déchiré le ciel, et je me suis aussitôt rapprochée de lui. Il a ri, me serrant contre son torse nu.

— Ce n'est qu'un oiseau.

— Mais tu es nu !

Je ne parvenais pas à détacher mon regard de sa poitrine musculeuse : sur l'un de ses pectoraux se dessinait une cicatrice en forme de croissant de lune. *Exactement comme la mienne ! Quelqu'un a donc lancé sur lui un sort de protection…*

— C'est normal pour prendre un bain, non ? a-t-il demandé, le visage grave.

— Certes, mais quand on est seul, ai-je répondu en nageant vers mes habits.

— C'est toi qui as débarqué ici sans prévenir. Cet endroit m'est réservé, d'habitude. (Il m'a suivie.) Tu es tellement belle.

J'ai levé les yeux au ciel.

— Venant d'un type qui n'a pas vu de fille depuis l'âge de pierre, je ne suis pas sûre de très bien le prendre.

— Veux-tu m'épouser ?

Je me suis arrêtée en pleine brasse. *C'est quoi son problème ?*

— Non, sans façon. Merci pour la proposition, mais j'ai bien peur de devoir refuser.

— Tu es promise à quelqu'un d'autre ?

J'ai pensé à Bastien qui, dans le monde des Chimères, m'était effectivement fiancé.

— Eh bien, techniquement, oui. D'ailleurs, j'espère que tu te rends compte que tu es au moins mon millième arrière-grand-père ? Il doit y avoir un tabou pour ce genre de choses. C'est de l'inceste.

— Ma mère a épousé son cousin.

— Hum… De nos jours, on a découvert que la consanguinité cause des malformations à la naissance.

— Tu parles si bien…

Il a posé pied au fond de l'eau ; on aurait dit un dieu scandinave sortant des flots. L'eau lui arrivait juste au-dessus du pelvis. Ses abdos bien dessinés et ses obliques luisaient au soleil.

— J'ai des besoins, et il me faut une femme.

Tu m'en diras tant.

Il avait été enfermé dans cette Somnium depuis bien trop longtemps. J'ai inspiré une grande goulée d'air et me suis retournée.

— Je suis trop jeune pour me marier.

— Quel âge as-tu ?

— Seize ans.

— C'est l'âge idéal pour se marier.

— À ton époque, peut-être, mais certainement pas de nos jours. Et toi, tu as quel âge ?

— Je suis dans ma vingtième année. Je ferais un bon mari. J'ai de l'expérience : j'ai été marié avant de glisser dans cette trappe. Elle m'a donné un fils.

— Tu étais marié ? Et père ? C'est de mieux en mieux…

J'ai croisé les bras pour couvrir mon soutien-gorge, qu'il fixait sans vergogne.

— Je suis sûr qu'ils sont tous morts désormais. Je l'ai compris lorsque Gian m'a dit en quelle année il est lui-même tombé.

— Je suis sincèrement désolée. Bon, il est tard, nous devons rentrer à la grotte. Passe devant, je vais attendre que tu sois parti.

— Je ne te ferai jamais de mal, Gianna. Mais nous devrons reparler de ma proposition plus tard.

— Il n'y a rien de plus à dire. Je suis promise à un autre, point.

— Tu l'as bien entendue, a dit Bastien qui se tenait sur la rive en me tendant mon manteau. Elle est promise.

— C'est lui, ton promis ? m'a demandé Royston en évaluant mon compagnon.

— Oui, ai-je répondu un peu trop vite.

— Je peux t'offrir bien plus que lui. Je suis de sang royal.

— Eh bien, vous êtes deux : Bastien sera le prochain Archimage de Couve.

Royston est sorti de l'eau, offrant à ma vue un aperçu de ses fesses tandis qu'il enfilait son pantalon. Un postérieur qui pourrait remporter bien des concours.

Les deux garçons, l'un à côté de l'autre, étaient superbes. J'aurais tellement aimé avoir mon portable, pour pouvoir envoyer une photo à Afton ! Royston me dévorait des yeux comme un chat sauvage qui n'aurait pas mangé depuis des jours.

Bastien a invoqué un éclair de lumière au creux de sa main, et, la poitrine gonflée, s'est avancé vers Royston.

— Cesse de la regarder. Et si tu t'approches de nouveau d'elle, je te fais frire.

La lueur bleue illuminait le visage de Royston, qui pourtant ne trahissait aucune émotion.

— Excuse-moi. Je ne savais pas qu'elle t'appartenait.

Il a baissé la tête pour s'engouffrer dans la crevasse.

Je me suis dépêchée de rejoindre la berge et ai couru vers Bastien pour lui arracher mon manteau des mains.

— Merci, ai-je dit en frissonnant. (Je me suis emmitouflée dedans comme si c'était une couverture.) Et merci de m'avoir sorti des griffes de cet homme de Néandertal.

— Que faisais-tu ici avec lui ?

J'ai décelé de la colère dans ses yeux.

— Je suis arrivée la première, et il est apparu de manière soudaine. (J'ai resserré les pans de ma veste autour de moi.) Tu m'en veux ?

— Non, mais à lui, oui. Même si je sais que tu aurais pu t'en sortir seule.

— J'étais dans une position délicate, sans mon épée.

— Lui n'était pas venu sans la sienne, en tout cas.

Il a éclaté de rire, les yeux brillant de joie.

— Ce n'est pas drôle.

— Gia…

Son visage était redevenu sérieux. Il s'est approché, a soulevé mon menton et m'a embrassée. Mon manteau m'a échappé et s'est retrouvé à terre. Il a pressé mon corps à moitié nu contre le sien, tendu à l'extrême. Mon cœur a cogné dans ma poitrine lorsque sa langue s'est frayé un passage entre mes lèvres. Sa bouche avait un goût tiède et sucré.

— Tu as mangé mes fruits ! ai-je protesté.

— Ne dis rien, a-t-il murmuré tout contre ma bouche. J'attends ce moment depuis si longtemps.

J'ai enroulé mes bras autour de son cou et lui ai rendu son baiser. Tous nos coups de langues et de dents étaient à la fois tendres et passionnés. C'était si bon de tout oublier. Où nous étions. Les dangers qui nous guettaient. Le rejet d'Arik.

Bastien s'est arrêté pour me fixer d'un air grave.

— Je te veux sans réserve. Sans Arik dans ton cœur.

— Il n'y est plus.

Il m'a crue. Sa bouche a retrouvé la mienne, ses mains ont dégringolé le long de mes courbes. Ses baisers ont effacé tous les mauvais souvenirs, toutes les images d'Arik et Emily enlacés dans les couloirs du lycée, toute la douleur, toutes les larmes que j'avais versées des nuits durant. Bastien me désirait.

De la neige s'est détachée du ciel et le vent s'est frayé un chemin jusqu'à nous. Bastien s'est reculé.

— Nous devrions y aller, a-t-il murmuré dans un souffle. Habille-toi.

Super. Cet endroit avait décidément le chic pour interrompre les bons moments. J'ai enfilé mes vêtements à la hâte avant de chausser mes bottes.

— Je hais ce temps complètement détraqué. (J'ai enfilé mon manteau avant de serrer la ceinture de mon fourreau par-dessus.) Si on reste ici trop longtemps, je vais devenir folle, je te jure !

Momo, ainsi que le furet de Bastien, ont émis de petits cris, nous alertant que des bêtes se tenaient non loin.

J'ai sorti l'épée de mon fourreau, faisant hurler le métal.

— Où sont-elles ?

— Je ne vois pas... a répondu Bastien en scrutant les falaises. Si ! Regarde, là-haut, sur la corniche !

J'ai accordé mon regard sur le sien. En effet, trois bêtes longeaient la falaise, les yeux fixés sur nous.

— Dis-moi qu'elles ne peuvent pas descendre à pic...

— Qui sait ce dont elles sont capables, a répondu Bastien.

— Dans ce cas, inutile de moisir ici.

Je me suis ruée dans la crevasse, ai longé l'étroit boyau rocheux et nous ne sommes pas ressortis avant d'étudier soigneusement la colline. Rien ne bougeait. Momo a déboulé du tunnel, suivi par l'autre furet. Nous avons fait de même, épée et éclairs en main tandis que nous remontions les contreforts de la falaise pour atteindre notre caverne. Nos bottes claquaient sur les pierres.

Quelque chose est tombé sur le sol, tout près de nous. Je me suis retournée en agitant mon épée. Un tigre à dents de sabre avançait droit sur nous, les yeux plissés sur son futur repas. L'électricité a crépité entre les mains de Bastien juste avant qu'il ne la dirige sur le prédateur. La charge a zigzagué dans les airs pour atteindre le derrière de la bête. Un peu de fourrure a brûlé en dégageant de la fumée. J'avais déjà vu les effets de ces éclairs sur des Chimères : c'était autrement plus terrible. Le fauve, quant à lui, était déjà prêt à attaquer, encore plus énervé.

C'est quoi ce délire ? La décharge aurait dû le tuer !

Quelques-uns des compagnons de la bête se sont joints à elle pour prendre part aux festivités qui s'annonçaient.

— Ça a marché du tonnerre, ai-je remarqué avec une pointe de sarcasme, prête à déguerpir.

— Pars devant, a-t-il répondu en ramassant une pierre.

— Non. Toi, pars devant.

J'ai serré la poignée de mon épée dans une main et invoqué mon globe de combat dans l'autre.

— Gia !

J'ai ignoré ses protestations.

L'une des bêtes s'est appuyée sur ses pattes arrière, comme pour se préparer à sauter. J'ai lancé mon globe sur elle juste au moment où elle effectuait sa détente. Elle s'est retrouvée enfermée dans une bulle rose qui a dévalé la pente avant de finir sa course contre un rocher en saillie. Ni le globe ni les os de la bête n'ont survécu au choc.

Bastien a lancé une boule de feu qui a enflammé un buisson entre les fauves et nous. À la faveur du mur de flammes, nous avons couru vers le refuge. J'ai jeté un œil par-dessus mon épaule, espérant que le brasier les retienne. Une bête, plus brave que les autres, a franchi l'obstacle d'un bond avant de charger dans notre direction. Bastien a trébuché et effectué un vol-plané, tête la première dans la pente rocheuse.

Mon cœur battait à tout rompre. J'ai équilibré mon poids sur mes appuis, prête pour la confrontation. La neige, emportée par le vent, glissait à toute allure sur les rochers. L'hiver arrivait. J'ai fixé la bête qui se ruait vers nous, observant ses pattes, essayant de prévoir par où elle attaquerait. La droite. J'ai préparé ma garde.

La créature s'est propulsée en prenant de l'élan sur un rocher. Tandis qu'elle sautait sur moi, je me suis fendue et mon épée a traversé son ventre. Elle m'a heurtée et nous sommes retombées violemment au sol. Une douleur atroce m'a parcouru le dos. Momo tournait comme une folle autour de moi, comme si elle voulait aider. De nouveau debout, j'ai vu Bastien, la face ensanglantée, qui tentait de se remettre sur pieds.

Trois des bêtes qui nous encerclaient ont alors fondu sur nous. J'ai lancé une série de globes roses afin de créer un mur de protection autour de nous, mais l'une d'elle a réussi à les éviter et se rapprochait à toute vitesse. Ses griffes ont failli me laminer, mais je me suis décalée au dernier moment. Elle a bondi pour une seconde attaque, lorsque Royston, armé d'une longue dague, l'a poignardée à de multiples reprises. La bête s'est débattue en tous sens avant de battre en retraite, m'envoyant une volée de terre dans la face.

— Mon Dieu, ai-je murmuré en m'essuyant les yeux.

Royston, étendu à terre, m'observait avec amusement.

— Lève-toi ! me suis-je écriée.

J'étais excédée qu'il risque sa vie pour si peu. S'il venait à mourir, c'en était fini de l'espoir, et ce, pour nos deux mondes.

— Tu aurais pu te faire tuer ! À quoi pensais-tu ?

Deux éclairs, venant de directions différentes, ont fait détaler les deux bêtes restantes. Bastien s'était relevé et Gian était venu à notre rescousse. Les fauves ont filé au loin, leurs fourrures parcourues d'étincelles encore fumantes.

Un mur de neige humide, emporté par un vent furieux, balayait la lande. J'ai attrapé Momo et l'ai glissée dans mon manteau pour affronter le blizzard avec les autres. L'air glacial mordait chaque millimètre de peau à nu. Jamais caverne ne m'avait parue plus accueillante que lorsque nous sommes enfin parvenus à l'abri.

Nous nous sommes rassemblés devant le feu sans échanger un mot. J'ai épié Royston du coin de l'œil. Impossible de m'imaginer vivre dans ces conditions pendant des siècles, ou même soixante-quinze ans. À se battre pour sa vie. Je n'étais plus si dubitative à son égard : il était sans aucun doute celui qui sauverait nos deux mondes. Comment pourrait-il en être autrement ? Il avait survécu à tout. Il était fort et courageux. Un peu fou aussi, ce qui n'était pas étonnant… Je me sentais déjà gagnée par la folie alors que j'étais tombée dans cette faille hors du temps depuis à peine plus de vingt-quatre heures.

Momo a gigoté dans mon manteau. Je l'ai déposée par terre. Mes pensées fusaient en tous sens. Il devait y avoir un problème. Cette stupide prophétie avait forcément été mal interprétée. Comment pourrais-je jamais protéger Royston ? Il n'avait absolument pas besoin de ma protection. J'ai alors pensé que la meilleure façon dont je pourrais l'aider serait de lui enseigner tout ce qui s'était passé dans le monde, tout ce qu'il avait besoin de savoir pour se mettre à jour. La vie avait tellement changé qu'une petite préparation s'imposait. Il aurait été pour le moins regrettable que le choc des cultures le rende irrémédiablement fou…

— Bien. (Gian a brisé le silence.) Si nous buvions un peu de thé ?

Il s'est emparé de son pot à eau. Royston a croisé les bras.

— Les bêtes se font de plus en plus téméraires, a-t-il noté. Je ne les avais encore jamais vues si loin de leurs tanières, et c'est la première fois qu'elles s'aventurent dans les falaises.

Gian a relevé la tête de sa préparation pour répondre :

— C'est bien ce que je pensais.

Dehors, un hurlement a traversé la tempête. J'ai tressailli.

— Elles sont encore dehors par ce temps… a remarqué Royston.

— Je crains qu'elles ne soient en train d'évoluer, a répondu Gian. Elles se sont un peu plus acclimatées aux températures extrêmes. C'était déjà le cas lorsque j'ai débarqué ici, et ça a empiré avec l'arrivée de Bastien. Le monde change lorsque l'on y introduit de la magie. Nous devons partir d'ici. Le prochain essai doit être le bon, nous ne pouvons pas nous permettre d'échouer.

— Nous n'échouerons pas, a promis Bastien.

Chapitre 26

Peu à peu, le soleil effaçait les heures de froid qui s'étaient accumulées dans mon corps. Nous étions tombés dans la Somnium depuis trois semaines. J'y avais appris à apprécier le soleil à sa juste valeur. Ma tête reposait sur le ventre de Bastien. Nous étions en train de lézarder sur une large pierre, non loin de l'entrée de la caverne. Momo s'était enroulée contre mon flanc. Point de corvées ce jour-là : nous attendions la tombée de la nuit pour marcher vers la trappe. En effet, la lumière argentée devait briller le soir-même.

J'avais l'impression d'être bloquée dans des vacances horribles qui n'en finissaient pas. Sans la présence de Bastien, j'aurais renoncé depuis longtemps. Je me suis retournée pour lui faire face. Momo en a profité pour foncer retrouver les autres furets qui batifolaient au pied du rocher.

— Sais-tu à quel point cette barbe négligée te va bien ?

Il s'est frotté le menton.

— Non, mais je sais qu'elle te gratte quand tu m'embrasses.

J'ai tendu le bras pour passer mes doigts entre ses mèches brunes.

— Et tu devrais garder tes cheveux longs comme ça, c'est super sexy.

— Tu es d'humeur badine, ce matin…

— Ce soir, nous serons à la maison ! J'ai juste du mal à contenir ma joie…

Il m'a sérrée contre lui.

— Je ne suis pas certain d'être aussi joyeux que toi à cette idée… (Il s'est penché et m'a embrassée avec fougue.) En fait, je crois que j'apprécie de monopoliser toute ton attention.

J'ai soupiré.

— Mais ta mère doit bien te manquer, non ?

— Si, beaucoup, mais…

Je savais ce qui le tracassait. Il craignait que je ne l'oublie aussitôt que je reverrais Arik. Mais à mes yeux, le chef des Sentinelles d'Asile n'était plus qu'un lointain souvenir, désormais.

Je puisais ma force dans celle de Bastien, avec qui je me sentais en sécurité. Nous prenions soin l'un de l'autre, nous combattions les bêtes ensemble et cherchions notre nourriture de concert. Il ne m'avait pas laissée tomber alors que je glissais dans la faille. En comprenant qu'il ne pourrait pas m'en sortir, il avait sauté. Son sacrifice avait de quoi émouvoir. Je ne comptais pas me séparer de Bastien de sitôt, non.

Il a caressé ma joue de ses mains puissantes.

— Tu as ce regard et cette moue qui m'indiquent que tu te fais du souci. Dis-moi ce qui te tracasse.

J'aime tout ce que tu es. Tes yeux bleus qui me regardent avec tant d'attention. Tes cheveux bruns qui retombent sur ton front. J'ai tourné la tête pour embrasser sa main.

— Non, tout va bien, je stresse à propos de ce soir, c'est tout. Pas toi ?

Il m'a collé un baiser sur la tempe.

— Quoi que nous ayons à affronter, nous n'abandonnerons pas. Je serai avec toi. Et puis, avec tes talents d'escrimeuse, je ne m'inquiéterais de rien si j'étais toi… Tu es tellement sexy lorsque tu décapites des fauves !

— Alors on aime les filles violentes, c'est ça ? ai-je gloussé.

Il m'a lancé un sourire espiègle.

— C'est ce que je préfère.

Gian est sorti de la caverne en nous jetant un regard sévère. Je me suis aussitôt relevée en tortillant les mains. Mon arrière-grand-père n'appréciait guère les marques d'affection publiques. Même si notre rocher n'était pas exactement ce que l'on aurait pu qualifier de « public ».

Bastien, parfaitement à l'aise, l'a salué.

— Bonjour, Gian !

Bien que très humble, il y avait quelque chose en lui d'indéniablement royal. L'attitude dédaigneuse de Gian ne l'ébranlait jamais.

— Oui, espérons que ce sera un bon jour, a grommelé Gian. Gianna, puis-je te parler un instant ?

Ne sachant que faire, j'ai regardé mon compagnon, qui a haussé les épaules.

— Bien sûr, ai-je répondu avant de descendre du rocher pour le suivre. On s'éloigne de la caverne ?

Depuis qu'une bête avait fauché une de nos chèvres à l'entrée de la grotte deux jours plus tôt, il nous avait interdit à tous de nous aventurer au-delà d'un périmètre restreint.

— Ici, ça ira.

Il s'était arrêté sans prévenir et j'ai dû faire quelques pas de côté pour ne pas lui rentrer dedans.

Je me suis retournée pour lui faire face.

— À quoi rime cette cachotterie ?

— Tu es particulière, Gia. Tu as affronté l'adversité avec ténacité. Je sais que je ne montre pas facilement mes émotions…

Que tu ne les montres jamais, oui.

Il m'a lancé un regard qui m'a fait douter : pouvait-il déchiffrer les esprits comme le faisait oncle Philip ?

— Oui, j'ai cette faculté intuitive comparable à celle du professeur auquel tu penses, avec juste ceci de différent : j'ai beau avoir l'air d'un homme de cinquante ans…

Soixante, oui.

Il a dû intercepter ma pensée car il est parti d'un grand rire, scène complètement inédite depuis notre arrivée dans la Somnium. L'hilarité lui allait vraiment bien.

— L'idée qu'on se fait de soi ne correspond pas toujours à celle que se font les autres, n'est-ce pas ? Eh bien, j'ai quelques centaines d'années, ce qui explique que ma faculté soit encore plus développée que celle de ton professeur. D'ailleurs, ton jeune compagnon en est lui aussi doté.

— Bastien ? Il sait ce que je pense ?

J'ai jeté un regard en arrière : perché sur le rocher, il nous observait avec attention.

— Il ressent des émotions, mais doute encore de la manière dont il faut les interpréter. Il est encore très jeune.

— Alors vous entendez toutes mes réflexions ?

— Seulement quand je décide d'écouter.

J'ai rougi. *Oups… A-t-il été témoin de mes atermoiements vis-à-vis de Bastien ?*

Il a poussé un petit rire rauque.

— Ce sont tout particulièrement ce genre de pensées que je choisis d'ignorer. Cependant je puis te dire ceci : les sentiments qu'on étouffe ne sont jamais complètement enterrés. Ce sont des graines, plantées au plus profond dans le terreau du déni, et qui germeront un jour, arrosées de vérité.

J'ai tenté de ne penser à rien, mais je savais qu'il parlait d'Arik. En l'occurrence, il avait tort : j'étais bel et bien passée à autre chose.

— Vous ne m'avez pas emmenée jusqu'ici pour me parler de ma vie sentimentale, si ?

Les yeux plissés, il m'a souri.

— Non, je voulais te dire à quel point je suis fier de toi. J'aurais tant aimé connaître ta mère. Sa propre mère, Rosetta, ma fille, n'était encore qu'une enfant lorsque j'ai disparu. Mon premier enfant… J'aimais profondément ma seconde épouse. Tu lui ressembles beaucoup, Gianna.

— Vous avez été marié une première fois ?

— Oh oui, mais avec une femme terrible. Un mariage arrangé. Nous n'avons jamais eu d'enfants, et elle est morte assez jeune. J'ai alors été libre de suivre le choix de mon cœur : Constance. Elle m'a donné une fille merveilleuse… Que lui est-il arrivé ?

Je ne pouvais me résoudre à lui apprendre que ma grand-mère, ainsi que ma mère, étaient mortes, mais mon silence lui a tout révélé.

— Je vois. Nous aurons le temps d'en reparler lorsque nous sortirons d'ici. (Il a baissé la tête.) Je m'estime heureux de t'avoir, toi. J'espère qu'avec le temps nous apprendrons à nous connaître. Pardonne mon excentricité. J'étais un homme plutôt joyeux autrefois, mais je suis ici depuis si longtemps que je ne suis pas sûr de…

Il a laissé sa phrase en suspens et a scruté la vallée. La température baissait. J'ai croisé les bras pour me réchauffer.

— J'aimerais en savoir plus sur mon arrière-petit-fils.

— Que voulez-vous savoir sur Nick ?

— Où en est-il avec ses pouvoirs ?

— Ils étaient scellés jusqu'à l'année dernière.

Il a enroulé le bout de sa barbe entre ses doigts.

— D'accord… Et qu'en est-il de son tempérament ? Est-il contrôlable ?

Je l'ai dévisagé, tentant de comprendre où il voulait en venir.

— Il n'est plus tout à fait le même depuis. Il est devenu plus colérique.

— Garde un œil sur lui. Je suis conscient que tu tiens à ce jeune homme, mais tu ne dois pas lui faire confiance. Il pourrait te trahir.

— Impossible.

— Entends mon avertissement. Conemar sait prendre des chemins tortueux pour parvenir à ses fins. Reste vigilante et ne baisse pas ta garde devant lui.

— D'accord, d'accord, mais c'est inutile.

— Bon. Ce n'était pas non plus ce dont je souhaitais t'entretenir. J'aimerais te parler de ce soir. (Il a laissé échapper un long soupir.) Quoi qu'il advienne, tu dois faire en sorte que Royston passe la trappe. Pour tous ceux que tu aimes sur terre, tu dois l'emmener en lieu sûr, même si cela implique de perdre Bastien… ou même moi.

J'ai péniblement avalé ma salive.

— Je ne peux… je ne peux pas vous laisser tomber.

— Ton destin est de protéger l'Élu. Protéger Royston. Si tu échoues, beaucoup mourront. Une simple seconde d'hésitation, un mauvais choix pourraient te coûter bien plus que tous les sacrifices.

J'ai acquiescé, des larmes plein les yeux. Je n'étais pas sûre d'être capable de les abandonner. Pas dans ce trou perdu hors de l'espace et du temps.

Abandonner Bastien…

À cet instant précis, désespérée à l'idée de le perdre pour toujours, j'ai enfin saisi toute l'étendue des sentiments que je nourrissais à son égard. Je l'aimais. J'aurais fait n'importe quoi pour le sauver.

— Lorsque nous aurons ouvert la porte, Bastien et moi, tu sauteras avec Royston. La trappe ne s'ouvrira peut-être que l'espace de quelques secondes, nous ne pourrons pas tous passer. Tu ne devras pas te retourner.

— Pourquoi Royston ne peut-il pas aider ? Il n'est pas mage ?

— Sa mère était une enchanteresse. Trahie par son propre père, elle a jeté un sort sur le refuge d'Estril. Depuis ce jour, tous les magiciens naissent sans pouvoir là-bas. Elle n'avait pas réalisé à l'époque que cela affecterait son propre enfant. Royston, son fils, est né dénué de toute magie.

— Attendez. Vous parlez bien d'Athela ?

— Tu as déjà lu des choses à son sujet ?

— Disons plutôt qu'elle hante mes rêves.

Une bourrasque glacée a galopé dans la vallée avant de se jeter sur mon visage, emmêlant mes cheveux. J'ai retiré l'élastique accroché à mon poignet pour les nouer en queue de cheval.

— Son père était complètement narcissique, ai-je raconté. Il a utilisé des corps de guerriers morts au combat pour créer la Tétrade. L'un d'entre eux se nommait Barnum.

Gian m'a dévisagée, médusé.

— En es-tu sûre ?

— Je ne pourrais pas jurer que tout s'est déroulé ainsi ; simplement, ce sont des rêves que je fais. Oncle Philip dit que ça vient d'un esprit prophète. À chaque fois, j'ai l'impression d'être Athela elle-même.

— C'était une enchanteresse très puissante. Certains disaient qu'elle avait don de prophétie. (Il a plongé ses yeux dans les miens.) Et son esprit t'a trouvée, toi, afin de te montrer la vérité.

Le vent cinglant m'a giflée. J'ai inspiré une goulée d'air glaciale.

— Oh mon Dieu, c'est affreux…

— Pourquoi donc ?

— Barnum était le mari d'Athela, et donc, le père de Royston ! Est-il au courant de la terrible destinée de son géniteur ?

— Si c'est le cas, il ne m'en a jamais parlé. Mais Athela te l'a certainement révélée pour une raison en particulier.

— Royston doit tuer son propre père. Or, Athela s'est enfuie de son refuge avec un portrait de son mari. Royston a grandi en connaissant le visage de son père.

Les paroles de Royston, dans un de mes derniers rêves, me sont revenues en mémoire : « Ôtez-moi cette croix que je ne saurais souffrir. »

— Elle a préparé Royston à se sacrifier pour détruire la Tétrade, ai-je révélé.

Gian a étudié le ciel. Juste au-dessus de nous flottait un nuage en forme de lune.

— Il faut que tu trouves un moyen de le sauver, a-t-il dit.

Comme nos marques, à Royston et moi. Athela m'avait montré un souvenir d'elle en train d'écrire dans un gros livre tandis qu'elle pique-niquait avec son fils et sa servante. *L'ancien grimoire de charmes de Nana a dû appartenir à Athela. Elle souhaite que je le lise, il doit contenir des indices.*

— Rentrons. Tu m'en apprendras plus à propos de tes rêves, ça nous occupera en attendant que le soleil se couche.

Il a rebroussé chemin vers la caverne.

Lui en apprendre plus ? Il doit avoir lu dans mes pensées…

Je suis restée en arrière un instant, le temps de songer à nos destins liés, à Royston et moi, et à la possibilité de perdre Bastien.

Impossible. Nous sortirons tous d'ici. Je ne pourrais pas vivre en sachant Bastien prisonnier de cet enfer pour l'éternité, seul sans moi.

Mon amoureux a surgi derrière moi et m'a étreinte.

— Alors, mon amour ? m'a-t-il dit. Que fais-tu ? Il est temps de rentrer.

J'ai posé mon menton sur ses bras.

— Je t'aime, tu sais, ai-je murmuré.

Si nous passions nos dernières heures ensemble, je voulais qu'il sache la vérité sur mes sentiments. Il n'avait pas besoin de savoir que je ne cernais pas bien cet amour.

J'aimais tout un tas de personnes : Pop, Nana, Afton, Nick, oncle Philip, et Arik. Je les aimais tous d'une manière différente. Et je n'avais aucune idée de la place à accorder à Bastien sur mon spectre de l'amour.

— Je t'aime aussi. (Un long soupir a soulevé sa poitrine.) Tu veux me raconter ce qu'il t'a dit ?

Je me suis retournée pour lui faire face.

— Nous avons seulement parlé du saut de ce soir. Il m'a dit que je devais aider Royston à passer, que c'était mon destin de le protéger.

— Nous survivrons, quoi qu'il arrive. Suis bien les instructions de Gian.

Il m'a embrassée sur le front. J'ai hoché la tête sans rien dire, en suivant des yeux Momo et ses amis qui sautillaient entre les rochers. J'espérais qu'il avait raison.

Avant que nous nous mettions en route pour les lumières, Royston a détaché les chèvres. J'étais triste en pensant à ce qui les attendait. Les laisser entravées les aurait condamnées à une mort certaine, mais dans la nature, elles serviraient très vite de repas aux fauves. Aussitôt relâchées, elles sont revenues d'elles-mêmes dans la caverne.

Chaussée de bottes conçues par Royston, je marchais dans la neige épaisse. Ce type avait un don pour créer toutes sortes de choses à l'aide de bâtons taillés ou noués. Mes os gelaient dans le froid. Les lueurs bleues de la trappe illuminaient le sommet de la colline. Ça m'a rappelé une vidéo sur les aurores boréales que Mme Anderson nous avait montrée en cours de géographie.

Les furets fusaient autour de nous, Momo ne s'éloignant jamais de moi. Je me suis demandé ce qu'il adviendrait d'elle une fois que nous aurions passé la porte, et mon cœur a flanché. Mes muscles frigorifiés me soutenaient avec peine, un pas laborieux après l'autre. Au fur et à mesure que nous approchions, les ténèbres se sont diluées en reflets bleutés dansant sur la neige.

Gian s'est arrêté juste en dessous de la source de lumière. Pour un pluri-centenaire, il avait bon pied. Se battre pour sa propre survie chaque jour avait au moins l'avantage de vous maintenir en forme. Mes biceps ainsi que les muscles de mes cuisses s'étaient redéfinis pendant cette période de labeur. Ce n'était pas mal pour l'endurance non plus, étant donné que nous accomplissions toutes nos tâches dans un laps de temps très restreint, durant les quelques heures d'été.

La lumière bleue a clignoté avant de virer à l'argenté.

— Ça a commencé ! a hurlé Gian par-dessus le gémissement du vent. Retirez vos bottes !

Il m'a semblé que tous les éléments étaient contre moi. Mes bras étaient comme lestés, mais j'ai enfin réussi à me débarrasser de mes godillots.

— Bastien ! a appelé Gian. Cette fois-ci, au lieu de concentrer notre énergie au milieu de la trappe, tu vas viser ce côté ! (Il a montré la porte du doigt.) Moi, je m'occupe de l'autre ! Gianna, reste avec Royston, bien au milieu ! Lorsque la trappe s'ouvrira, tu te sentiras aspirée, un peu comme lorsque tu sautes avec la porte-livre. À ce moment-là, bondis, et laisse l'énergie t'emporter ! Et ne te retourne pas ! (Son regard ne souffrait aucune contradiction.) Tu m'entends, Gianna ? Tu ne te retourneras pas, quoi qu'il arrive !

J'ai avancé jusque dans la lumière, suivie de Royston. Momo trottinait à mes côtés et sautait contre mes jambes ;

j'ai décidé de la fourrer à l'intérieur de mon manteau. Comment aurai-je pu la laisser là-bas, alors qu'elle m'avait protégée durant tout ce temps ? C'était la moindre des choses que je pouvais faire pour elle. Et puis, je m'étais entichée de la petite créature.

Les charges électriques de Bastien et Gian ont frappé les côtés de la source de lumière. À chaque heurt, la lueur vacillait pour laisser place à une image d'étagère remplie de livres… L'impact suivant a déchiré tout un pan de lumière et la bibliothèque est apparue, là, juste sous nos yeux.

Une énergie intense m'a aspirée en avant.

— Maintenant ! ai-je hurlé en agrippant fermement le bras de Royston.

Nous avons sauté, volé à travers la porte, et atterri avec violence sur le sol de marbre de la bibliothèque, où nous avons roulé avant d'entrer en collision avec une vitrine.

Je me suis relevée d'un bond pour me précipiter vers la trappe. J'entendais les rugissements d'une horde de bêtes. Bastien et Gian, ensevelis sous la neige, continuaient de lutter tandis que les fauves les encerclaient de toutes parts. La trappe a commencé à clignoter.

— NON !

J'ai hurlé de toutes mes forces, comme si je pouvais l'empêcher de se refermer. Royston s'est glissé à mes côtés.

— On doit les aider. Les bêtes vont les massacrer.

Je n'ai pas eu le temps de réfléchir. Mon globe de combat s'est formé sur ma paume et je l'ai lancé sur la trappe. La membrane rose s'est étirée dans l'ouverture. Une explosion de lumière a jailli à travers la bibliothèque, secouant les étagères, repoussant les vitrines d'exposition. La terre a tremblé et les fenêtres ont volé en éclats.

Royston et moi avons plongé ensemble en nous couvrant la tête afin de nous protéger de l'avalanche de débris. Je suis tombée sur le dos, les membres agités de mouvements compulsifs. Bastien et Gian ont alors sauté dans la bibliothèque, une bête sur les talons.

Chapitre 27

— Ferme la trappe ! a hurlé Bastien.

— Pourquoi reste-t-elle ouverte ?

J'ai lancé un autre globe, qui a frappé le fauve, mais la porte ne s'est pas fermée pour autant. Deux autres bêtes sont passées au travers. Bastien en a électrifié une, mais la dernière s'est ruée sur Gian. Royston lui a sauté dessus et l'a poignardée de la dague qu'il portait à la ceinture.

— Bastien ! a haleté Gian qui repoussait les crocs de la bête sur lui. Invoque une charge électrique, et referme cette trappe !

Mon compagnon a créé un tissu d'électricité entre ses mains qu'il a ensuite projeté sur l'ouverture béante. Cet écran d'énergie a réussi à refermer la trappe. Royston continuait de poignarder la bête, qui a fini par s'écrouler sur Gian. Le jeune homme a délivré le vieux magicien avant de s'affaler par terre.

Bastien a passé la main dans ses cheveux en jaugeant les dégâts causés dans la bibliothèque.

— Pour un plan chaotique, on s'en est plutôt bien sortis.

Il m'a alors vue, prise de convulsions, et a fondu sur moi.

— Qu'est-ce qu'elle a ? a-t-il demandé en s'agenouillant à côté de moi.

— Je ne suis pas sûr, a répondu Gian en m'observant d'un air soucieux sous ses sourcils broussailleux. L'énergie dégagée par son globe a été spectaculaire ; elle a dû desceller le charme de la trappe.

— S-s-s'il vous p-p-plaît, arr-r-r-êtez ça, ai-je imploré avec peine, toute secouée que j'étais.

— Nous devons l'emmener voir un guérisseur, a dit Gian.

Bastien m'a caressé la joue :

— Je vais te porter, d'accord ?

J'ai hoché la tête en enroulant mes bras autour de son cou. Il m'a soulevée.

— Gian, la porte-livre est dans cette étagère, a continué Bastien en désignant le rayonnage en question.

J'ai posé la tête contre la poitrine de mon porteur avant de fermer les yeux. Ses vêtements sentaient la fumée et le grand air. Les battements réguliers de son cœur m'ont détendue tandis qu'il bondissait à travers la porte-livre.

La salle des guérisseurs, à Asile, me faisait penser au laboratoire du docteur Frankenstein. Bouteilles, vases à bec et fioles de toutes formes s'alignaient sur les étagères, des piles de vieux grimoires encombraient les tables, et plusieurs récipients bouillonnaient au-dessus d'un vieux poêle. Toute la pièce sentait le souffre et l'alcool à friction.

Je me suis redressée contre mes oreillers et ai étiré les bras. Mes tremblements fous avaient cessé. Je me trouvais dans une chambre d'hôpital, dotée de deux lits, dont les murs transparents donnaient sur la salle des guérisseurs. Une fenêtre laissait entrer la lumière vive de l'extérieur. Tout, dans cette chambre, était blanc et propre tandis que de l'autre côté de la paroi de verre, tout était brun et vieillot.

Une femme âgée, assise à l'une des tables, a relevé le nez de son travail.

— Ah ! Tu es réveillée.

Elle s'est approchée en s'aidant d'une canne.

— J'en connais un qui va être content. Il est venu tant de fois à ton chevet…

Bastien. J'ai souri.

— Depuis combien de temps suis-je ici ?

— À peine deux jours. (Elle m'a rendu mon sourire, dévoilant des dents jaunes et tordues.) Tu dois être assoiffée, mon cœur. Et si on t'apportait à manger, aussi ?

— Merci, je meurs de faim !

— Je serai de retour dans une minute ! m'a-t-elle assuré en claudiquant vers le fond de la pièce. Ah tiens ! Quand on parle du loup… Voici le garçon dont je te parlais. La jeune fille est réveillée, et elle va fort bien, ma foi.

J'ai failli tomber du lit. Sur le pas de la porte se trouvait, non pas Bastien, mais Arik. J'en suis restée muette de stupeur. Jamais je ne me serais imaginée que « le garçon » n'était autre que lui. Il s'est déplacé avec précaution jusqu'à ma chambre.

— Tu as l'air en pleine forme… Tout le monde se fait beaucoup de souci pour toi. Jamais je n'aurais dû donner à Nick de fenêtre de communication. Il n'arrête pas de m'appeler pour me demander de tes nouvelles.

Nick. J'aurais donné n'importe quoi pour qu'il soit là. J'ai ravalé l'émotion qui me submergeait.

— Où… où sont les autres ?

— Je peux ?

Il demandait l'autorisation de s'asseoir au bout de mon lit. J'ai acquiescé.

— Bastien a été convoqué à Couve. Gian et Royston sont passés par ici, on les a soignés pour diverses infections mineures qu'ils avaient contractées durant leur séjour dans la Somnium. Royston souffrait d'un abcès dans la bouche et d'oignons aux pieds, quant à Gian, il était infesté de poux. Pour leur protection, on les a transférés en secret auprès d'un Guérisseur dans le monde des humains.

— On est quel mois ?

— On est le 14 mars, aujourd'hui.

— J'ai l'impression d'être partie depuis une éternité.

Je me suis gratté le crâne. Il a souri.

— Tu n'as pas un seul pou.

— Dieu merci… ai-je soupiré. Et Momo ?

Il m'a regardée sans comprendre.

— Le furet qui était avec moi !

— Oh ! Royston s'en occupe.

— Alors, tout le monde est sauvé…

— Oui, et ils sont entre de bonnes mains, a-t-il confirmé avec un sourire. Ton père et les autres vont sauter de joie à l'idée de te récupérer bientôt. Je te raccompagnerai auprès d'eux dans quelques jours.

Quelque chose avait changé chez lui, mais je n'arrivais pas à déterminer quoi, exactement. Ou peut-être était-ce moi qui n'étais plus la même : je ne ressentais plus du tout la même émotion, en sa présence.

— J'ai tellement hâte de les revoir ! Tout le monde va bien à la maison ?

— Oui, tout le monde va bien. Ça a été un grand soulagement de vous retrouver. On croyait que… (Il s'est éclairci la gorge.) Bon, je ne peux pas rester trop longtemps, je dois retourner dans le monde des humains. Lorsque tu as utilisé ton globe sur la trappe, tu as descellé toutes les Somniums. Nous les avons toutes refermées et capturé la plupart des créatures qui s'en étaient échappées. Les prisonniers évadés, par contre, nous donnent plus de fil à retordre.

J'ai porté la main à ma bouche.

— Oh, non… Ont-ils fait du mal à quiconque ?

Un voile de tristesse a assombri son visage.

— Malheureusement, nous avons eu à déplorer quelques victimes.

— C'est de ma faute… des personnes sont mortes à cause de moi. J'aurais dû écouter Gian. J'ai désobéi.

Arik s'est approché pour poser sa main sur mon épaule. Surprise, j'ai reculé.

— Tu ne pouvais pas savoir. Tu as fait ce que tu pouvais pour sauver Gian et Bastien. Tu as ramené Royston ici. Nous avons un espoir de vaincre la Tétrade, à présent.

J'ai levé les yeux vers lui.

— Je veux aider.

— Tu dois te reposer.

— Je vais très bien ! me suis-je écriée. Ne me dis pas que je dois rester clouée au lit alors que tu réagirais de la même manière si tu étais à ma place. Ne m'empêche pas d'accomplir le devoir pour lequel je suis née.

Ses yeux aux profondes teintes veloutées m'ont sondée l'espace de plusieurs battements de cœur.

— Compris. Mange quelque chose le temps que je te trouve un équipement.

— Merci.

Il allait se relever mais s'est ravisé.

— Gia, il faut qu'on parle d'Emily. Je ne voulais pas te blesser…

— Tu n'as rien à expliquer, l'ai-je coupé. Je suis passée à autre chose et j'espère que vous serez heureux, tous les deux.

— À ce propos…

Il a tendu les bras vers ma main mais je l'ai retirée. Une expression de tristesse blessée est revenue tordre ses traits, avant qu'il ne la cache derrière un sourire.

— Bon, j'imagine que ça peut attendre.

J'ai fixé la couverture, entreprenant de récolter de petites bouloches blanches.

— Non, pardonne-moi. Vas-y, je t'écoute.

— Je n'étais pas moi-même.

— Ah, ça ! ai-je rétorqué.

— Tu vas ponctuer chacune de mes phrases d'un sarcasme ?

— Non.

Enfin, ça dépend.

— Donc, je n'étais pas moi-même, littéralement. (Il a froncé les sourcils lorsque j'ai levé les yeux au ciel.) J'ai été victime d'un sortilège. Ta grand-mère a découvert le pot aux roses. Elle a remarqué que mon comportement manquait de cohérence et en a déduit que c'était un effet secondaire d'un charme d'amour.

Assise bien droite, j'ai laissé mon esprit absorber ces paroles.

— Elle a confié le soin de chercher une marque sur mon corps à Lei, qui l'a trouvée, bien sûr : j'avais un minuscule tatouage sur la nuque. (Il a frotté l'endroit en question.) Juste à la naissance des cheveux. Une marque d'amour. Nana me l'a retirée.

— Alors, Emily est une sorcière ?

— Oui. Ta grand-mère a retrouvé son nom dans le Registre de la Sorcellerie.

Il continuait de se frotter le cou.

— Comment a-t-elle pu te tatouer sans que tu t'en aperçoives ?

— Nana pense que j'ai été drogué.

Le regard vide, je l'ai fixé. En deux enjambées, il a réduit la distance entre nous et m'a prise dans ses bras.

— Gia, j'ai cru que je t'avais perdue pour toujours... Je suis devenu fou de douleur, obsédé par tous les dangers auxquels tu devais faire face !

Il m'a embrassé le front et son souffle chaud a électrisé ma peau. Un grand vide s'est creusé dans mon ventre et ma gorge s'est serrée convulsivement. Ses révélations étaient comme autant d'aiguilles qui me perçaient le cœur. Comment Emily avait-elle pu nous faire une chose pareille ? Je ne savais plus quoi penser, ni ce que je ressentais au juste.

— Le dernier souvenir que j'avais de toi, c'était à l'entraînement, a-t-il murmuré dans mes cheveux. Tu étais tellement en colère... J'ai essayé de te courir après mais mes pieds étaient coulés dans du béton. Je voulais te dire que quelque chose ne tournait pas rond, mais je ne savais pas quoi ! Je n'avais qu'une certitude : j'avais un besoin impérieux d'être auprès d'Emily et de faire tout ce qu'elle me demandait. Mais au-dedans, mon âme se décomposait, comme si la mort me dévorait de l'intérieur.

— Je vais la tuer, ai-je soufflé si bas, si calmement que j'ai été surprise qu'il m'entende.

— Elle a été punie et s'est repentie. Nous devrions avoir pitié d'elle…

— Elle s'est repentie ? (Je me suis écartée de lui et l'ai fixé.) Et envers qui a-t-elle exprimé ses excuses ? Envers toi ? Elle a ruiné ma vie ! Je ne lui pardonnerai jamais ! Elle est mauvaise, je n'aurai jamais aucune pitié pour une peste pareille !

— Gia, elle n'a pas ruiné ta vie : nous sommes réunis maintenant…

Il a posé sa main sur ma joue, où ruisselaient les larmes. J'ai secoué la tête.

— Arik, c'est à moi de te révéler quelque chose…

La porte s'est ouverte avec fracas, laissant place à la guérisseuse chargée d'un plateau de fruits, de viande et de fromages. Le pichet sur le bord menaçait de culbuter à chacun de ses pas inégaux.

— Le cuisinier doit penser que tu vas rattraper le temps perdu en une seule bouchée ! Je lui ai dit que c'était beaucoup trop, mais il ne m'a pas écoutée.

Arik a pressé ses lèvres contre les miennes pour y déposer un baiser.

— Quoi que tu aies à me révéler, ça peut bien attendre un peu, le temps que tu manges ! Je serai vite de retour, je vais te chercher des vêtements. (Il a sauté sur ses pieds avant de passer derrière la guérisseuse.) Quel jour merveilleux, n'est-ce pas, Morta ?

— Merveilleux ? a-t-elle croassé. On est en guerre, je te rappelle ! Tu n'aurais pas pris un coup à la tête ? Je devrais y jeter un œil.

— Ah ! L'amour illumine même les jours les plus gris ! a-t-il chantonné avant de disparaître.

Mon cœur a sombré au fond de mes entrailles. J'aurais dû lui dire tout de suite, pour Bastien et moi.

Je n'ai jamais été du genre à me laisser mourir de faim à cause d'un quelconque souci, mais plutôt du genre à compenser le stress par la nourriture. J'ai attaqué le contenu du plateau d'un bon coup de fourchette. Après des mois de lamelles de viande et de fruits violacés étranges, manger du pain et du fromage m'a fait l'effet de succomber à un péché capital.

J'ai décidé de tout révéler à Arik aussitôt qu'il reviendrait avec mes vêtements. Mieux valait qu'il apprenne la vérité le plus tôt possible. Une terreur sourde a retourné la nourriture que je venais d'enfourner. Je me suis rallongée en réfléchissant aux mots que j'emploierais. Me pardonnerait-il ? Après tout, je ne savais pas qu'il était victime d'un enchantement.

La porte s'est rouverte. J'ai déposé mon plateau sur la table de chevet et me suis lissé les cheveux.

— Qu'est-ce que c'est ? a demandé la guérisseuse.

— Un colis pour votre patiente ! a claironné la voix de Lei.

— Elle ne peut pas sortir, elle n'a pas encore récupéré.

— Je ne fais que suivre les ordres qui viennent d'en haut ! a rétorqué Lei sans s'arrêter.

Elle m'apportait tout un attirail de Sentinelles, des bottes au fourreau. Mes épaules sont retombées.

— Où est Arik ?

— Il y a eu du grabuge, il est en train de rassembler les Sentinelles et m'a chargée de t'apporter ça.

Elle a déposé le tout sur ma couverture.

— Alors, comment te sens-tu ?

— Bien, merci.

— C'est bon de t'avoir de retour parmi nous, a-t-elle répondu avec un sourire en coin. Allez, mets-toi ça sur le dos, je t'attends dehors !

Comme mes muscles étaient figés comme du bois sec, chacun de mes mouvements était une torture. J'ai tout de même réussi à me débarrasser de ma chemise de nuit pour enfiler le costume de cuir noir. Les bottes m'allaient un peu justes, mais elles feraient l'affaire. Je suis sortie de la chambre transparente avant de traverser le semblant de laboratoire.

— Merci encore, euh… (J'ai fouillé dans ma mémoire à la recherche du nom de ma guérisseuse.) Morta.

— Tu devrais garder le lit, a-t-elle grommelé sans lever le nez d'un pot où elle préparait une mixture. Mais si tu dois à tout prix livrer bataille, n'utilise pas ton globe de combat. Il a été complètement désaxé et nul ne peut dire ce qui en résulterait. (Elle a plongé une louche dans le pot pour reverser le liquide dans une fiole métallique.) Tiens. Si tu te sens faible, avale ça. Attention, juste une gorgée : c'est puissant.

— Compris, ai-je répondu.

J'ai examiné le liquide bleu et épais avant de le glisser dans la poche de poitrine de ma veste.

Elle a attrapé une petite tasse qu'elle m'a tendue.

— Et bois ceci avant de partir : c'est à peu près la même chose et ça devrait t'aider à tenir.

J'ai avalé la potion amère en grimaçant.

— Merci d'avoir pris soin de moi.

— C'était un honneur.

J'ai noué la ceinture de mon fourreau avant de rejoindre Lei, adossée au mur dans le couloir.

— J'avais peur que grand-maman ne te laisse pas aller jouer dehors ! a-t-elle plaisanté en me guidant.

— Où allons-nous ?

— Dans les bibliothèques. On a réussi à capturer les bêtes échappées des Somniums, mais pas les Chimères qui y étaient enfermées. Certaines anomalies ont été détectées à travers les portes-livres. Nous allons suivre toutes les pistes, botter les fesses de ces malotrus et les renvoyer direct en enfer, où est leur place !

— Bien dit !

Nos pas nous ont menées près de la section éducation du palais, et j'ai repensé à oncle Philip.

— Ça te dérangerait que je fasse un petit détour pour voir le professeur Attwood ?

— Il n'est pas là. Il a été appelé à un Conseil des mages qui se tient à Couve aujourd'hui. Il est venu te rendre visite, mais tu dormais encore.

— Comment le sais-tu ?

— J'étais là, je bouquinais.

— Vraiment ? (Ma surprise n'était pas feinte.) Mais, ça veut dire que tu te faisais du souci pour moi !

— Le devoir avant tout, m'a-t-elle répondu en tournant au bout d'un couloir. Arik t'a raconté ce que cette petite garce qui te sert de voisine lui a fait ?

— Oui…

J'ai fixé mes pieds pour ne pas qu'elle s'aperçoive de ma confusion. Qu'allais-je faire, désormais ? J'ai empli d'air mes poumons, faisant gémir mes côtes douloureuses.

Elle a jeté un œil en arrière :

— Tout va bien ?

— Ouais… j'ai juste un peu de mal à respirer.

Lorsque nous avons débarqué dans la bibliothèque bodléienne, Arik se trouvait au milieu d'un groupe composé de Demos, Kale, Jaran ainsi que quelques autres Sentinelles que je ne connaissais pas. Ils avaient tous revêtu leurs tenues de combats et leurs casques. J'ai resserré les liens du mien et de mon bouclier. Le bruit métallique a alerté nos camarades de notre arrivée. Un grand sourire s'est étiré sur les lèvres d'Arik, qui s'est dirigé vers nous à grandes enjambées.

Il m'a enlacée étroitement avant de m'embrasser avec fougue.

— Oh, ne vous en faites pas pour nous, a commenté Demos. Les démonstrations d'affection publiques ne sont qu'à peine gênantes.

Je me suis éloignée d'Arik.

— Arrête, je t'en prie.

Il a froncé les sourcils, étonné.

— Qu'y a-t-il ?

— Écoute, il faut qu'on parle.

— Vas-y, je t'en prie.

J'ai jeté un regard à Lei, puis à Demos, puis aux autres.

— Seule à seul.

La porte-livre s'est mise à remuer et tout le monde a braqué ses yeux dessus. Bastien a atterri dans la pièce, suivi de ses Sentinelles. Après quelques secondes, il m'a aperçue au milieu du rassemblement.

— Pourquoi es-tu sortie du lit ? a-t-il demandé en se précipitant vers moi pour m'enlacer. Tu m'as tellement manqué... Je suis désolé de ne pas avoir été là à ton réveil. Je n'ai escorté mes hommes ici que pour te voir !

Il a posé son menton sur ma tête et embrassé le front.

— Quelqu'un peut-il m'expliquer ? s'est écrié Arik.

Je me suis détachée de Bastien, qui a laissé sa main dans la mienne.

— Tu ne m'as pas laissé le temps de t'expliquer !

J'étais sous le feu des projecteurs. Lei a froncé les sourcils en ma direction. Les yeux de Demos, Kale et Jaran n'en finissaient plus de faire des allers-retours entre les trois protagonistes de ce drame sentimental.

— Attends, a dit Demos. Vous sortez ensemble ?

— Qui et qui ? a demandé Kale. Je ne suis plus, là.

— Gia ? a appelé Arik en faisant un pas vers moi.

J'ai croisé le regard de Bastien. Ses yeux bleus étaient voilés d'angoisse.

— Le choix t'appartient, Gia. Écoute ton cœur.

J'ai acquiescé avant de ravaler définitivement les larmes qui menaçaient de s'échapper.

— Je dois retourner à Couve, a dit Bastien à Arik. Je suis simplement venu vous confier un détachement de Sentinelles.

J'ai pressé sa main pour le rassurer, sans mot dire. Il m'a effleuré la joue et réchauffée d'un beau sourire avant de replonger dans la porte-livre.

— Arik, j'aimerais te parler en privé s'il te plaît.

J'ai marché le long des étagères pour me réfugier dans une plus petite salle de lecture. Le son de ses bottes, qui claquaient sur le parquet, me suivait.

Une fois à l'abri des oreilles indiscrètes, je me suis retournée vers lui.

— J'ai essayé de te le dire mais...

— Mais je ne t'ai pas laissée faire. Toi, et Bastien ?

— Tu étais avec Emily. Ça m'a brisé le cœur. Et puis, l'expérience dans la Somnium nous a rapprochés, Bastien et moi. On pensait ne jamais revenir…

— Est-ce que tu l'aimes ?

Les larmes sont revenues à la charge. J'aimais Bastien, mais mon cœur battait aussi pour Arik. Je l'ai fixé, les joues ruisselantes, incapable de lui répondre. Effrayée de lui répondre.

— Tu m'aimes. Un amour comme le nôtre ne disparaît jamais. Admets-le.

Ses paroles étaient tellement chargées d'émotions que j'ai failli m'effondrer au sol.

— Arik…

Ma voix s'est désagrégée alors même que je tentais de maîtriser mon trouble.

Arik a passé la main dans ses cheveux en me fixant, les yeux humides.

— Oh, Gia… Tu l'aimes…

J'ai fait un pas vers lui.

— Je suis tellement désolée !

Un sourire triste a dansé sur ses lèvres.

— Et moi donc… Tu n'es pas à blâmer. Comment aurais-tu pu te douter des intentions malveillantes d'Emily ? Les autres m'ont raconté à quel point tu avais souffert en nous voyant ensemble, elle et moi. Je voudrais juste que tu saches que ce n'était pas ma faute non plus, que je n'avais aucun contrôle sur mes sentiments.

J'ai réprimé un sanglot.

— Je vivais un véritable cauchemar. Je ne sais plus quoi faire, mais je dois lui laisser sa chance !

— Je déteste te voir déchirée ainsi. (Il m'a serrée dans ses bras et j'ai reposé ma tête contre son torse.) Bien que cela me fende le cœur, je vais me mettre en retrait. Pour un temps. Bastien est un gars bien, mais tu n'es pas faite pour lui. Tu verras, avec le temps. Nos cœurs sont connectés, et nous n'y pouvons rien.

— Je suis complètement perdue, ai-je dit en reniflant.

Il m'a caressé les cheveux.

— Suis ton cœur, Gia. Tu peux te fier à lui.

Scène de déjà-vu. Bastien avait prononcé quasiment les mêmes mots. Penser à lui m'a remis les idées en place. Je ne pouvais pas lui faire de mal. Nous avions survécu ensemble, surmonté tant d'épreuves ensemble.

— Je dois continuer avec Bastien, voir où ça nous mène. Je le lui dois.

— Sache seulement que mon cœur t'appartient, et que plus jamais je ne te décevrai. (Il a reculé avant de se retourner.) Notre mission cette fois est très délicate. (De sa manche, il a essuyé ses yeux.) Es-tu sûre de pouvoir faire face ?

— J'ai connu pire.

— Personne ne sait précisément ce qui est sorti des Somniums. Ta définition de « pire » pourrait être revue à la hausse. (Il a fait mine de rejoindre les autres avant de revenir vers moi.) Et, quoi que tu décides, je ne t'en voudrai pas. Je t'aime, Gianna.

Il est parti.

Mon souffle est resté en suspens ; en le voyant disparaître entre les rangées de livres, j'étais incapable de respirer. J'ai pris ma tête entre mes mains pour sangloter et là, j'ai entendu mon cœur se briser en deux.

Chapitre 28

Le sol de la bibliothèque publique de New York était jonché de livres, de papiers et de plâtre. Les longues rangées de tables étaient renversées, les lampes brisées. Arik a sorti son épée du fourreau. Je l'ai imité, lame pointée en avant. J'avais du mal à bien tenir mon bouclier avec mes mains moites de sueur. Le casque d'emprunt que je portais ne m'allait pas. La tête d'aigle penchait et forçait sur mon nez à chaque pas.

— Que s'est-il passé, ici ? a demandé Kale.

Les lames de ses gants étaient déployées et sa visière d'argent ombrageait son visage.

— Une bête des Somniums, a répondu Arik en me fixant à travers son casque.

Au moindre de ses mouvements, les ailes qui l'ornaient reluisaient sous la lumière tamisée de la bibliothèque.

— Nous les avons toutes tuées, a-t-il poursuivi.

Mes yeux se sont posés sur une tache de sang séché au sol.

— Pourquoi les Effaceurs ne sont-ils pas passés ? ai-je demandé.

— Ils ne sont pas assez nombreux pour faire face à toutes les attaques, m'a-t-il répondu. Ils ont lâché l'affaire. Les informations ont déjà reporté les incidents.

Les Effaceurs se contentent d'éliminer tout ce qui pourrait faire penser à des créatures surnaturelles. Nos chefs ont même lancé des rumeurs d'attaques terroristes sur Twitter et Facebook, et incitent les gens à ne pas sortir de chez eux.

Nous avons avancé en cercle, pour être sûrs de ne pas se laisser surprendre.

— L'intox a circulé ?

— Plutôt bien, oui, a répondu Kale. On a utilisé la technique de la terreur pour empêcher les gens de s'approcher des bibliothèques où la situation n'est pas encore maîtrisée. Le problème, c'est qu'on n'a pas retrouvé tant de prisonniers que ça. On dirait qu'ils se sont évanouis dans la nature. Certains disent qu'ils auraient été dévorés par les bêtes. Lorsque la trappe a explosé, la plupart des Surveillants sont morts. Il y a eu tant de sauts enregistrés que les données sont illisibles.

Ma gorge s'est serrée.

— Et Pip ?

— Il a survécu, a répondu Arik.

J'ai froncé les sourcils. C'était de pire en pire. J'étais même responsable de la mort de Surveillants.

— Bon, que fait-on ? ai-je fini par demander.

— Pip a relevé le saut d'un prisonnier ici, il y a un peu plus de quinze minutes.

— Comment sait-il qu'il s'agit d'un prisonnier ?

Arik, sur le qui-vive, s'est arrêté pour me répondre.

— Avant d'être envoyé dans une Somnium, chaque condamné est doté d'une puce que les Surveillants peuvent lire.

Un bruit de carillon a résonné au-dessus de nos têtes. Un homme vêtu d'un pardessus, affublé de lunettes de plongée, chaussé de lourdes bottes jaunes, et doté d'ailes en peau se balançait suspendu à un chandelier. L'un de ses bras était enroulé autour de la chaîne qui fixait le luminaire au plafond.

— Qu'est-ce que c'est que ça ?

— Un Malailes, m'a répondu Kale. Une race éteinte. Nous avons retrouvé quelques spécimens de créatures que nous croyions disparues depuis longtemps…

— C'est bon pour le cours d'histoire ? Finissons-en !

Arik a pointé son épée en direction de la Chimère, qui s'est énervée.

Elle a quitté son chandelier pour s'élancer dans les airs, tout au bout de la pièce.

— Kale, à gauche ! a aboyé Arik. Gia, à droite !

Nous nous sommes lancés à la poursuite de la créature.

J'ai vu le Malailes disparaître dans une ouverture à droite des bureaux ; je me suis précipitée à ses trousses, sautant par-dessus les chaises et autres objets en travers de mon chemin. Je me suis faufilée entre les battants d'une double porte qui desservait une petite boutique de souvenirs. Juste en face de moi, perché sur la rambarde du balcon, la créature ailée me regardait.

— *Et nolo pati ut noceret,* s'est-il écrié d'une voix à faire trembler les os.

— Désolée, mais je ne *comprende* pas, mon pote. Viens sans opposer de résistance, et je ne te blesserai pas.

Ses yeux sanguins et globuleux me fixaient intensément.

— *Alium Gressum… et occuret vobis cultro.*

— *Gesundheit,* ai-je lancé en m'approchant d'un pas.

Quel langage utilise donc cet énergumène ? Serait-ce du latin ?

C'est alors qu'il a effectué un plongeon en piqué pour me précipiter au sol avant de s'asseoir sur moi. Mon épée a volé à quelques mètres de là.

— *Gia ! Ne lui fais pas de mal,* a soudain résonné la voix d'Athela, directement dans mon esprit. *C'est un ami. Son nom est Cadby. Il est le garde de Royston.*

— *C'est quoi ce délire ? Comment se fait-il que vous soyez dans ma tête ?*

— *Je ne sais pas vraiment,* a-t-elle répondu d'un filet de voix si faible qu'on l'aurait crue à des kilomètres de là. *Il doit s'être passé quelque chose lorsque tu as désenchanté les trappes.*

— *Oh, bien sûr, c'est évident.*

— *Dis-lui ceci :* ego sum pretector. *Et il sait parler anglais, ce rat volant.*

Cadby continuait de me regarder bizarrement lorsqu'il a entrepris de m'étrangler.

— *Ego sum protector !* ai-je réussi à articuler malgré ses mains autour de mon cou. Cadby ! *Ego protector* !

Il a desserré sa prise.

— Voilà, c'est mieux… et je sais que tu parles anglais, Athela me l'a dit.

— Athela te l'a dit ?

Sa voix était si grave qu'elle me terrorisait.

— Oui. Son esprit est en contact avec moi.

— Alors, tu es la protectrice ? a-t-il demandé en se redressant.

— Exact.

Il m'a ensuite proposé son bras, à la peau jaune et à l'aspect de cuir. Je l'ai ignoré pour me remettre sur pieds.

— *Dis-lui que tu as trouvé Royston.*

— D'accord, mais pourriez-vous cesser de parler dans ma tête, si ça ne vous dérange pas ? Ça craint.

L'homme-oiseau a pouffé.

— Elle sait se montrer assez insistante, n'est-ce pas ?

— C'est un euphémisme. Elle m'a demandé de te dire que j'ai retrouvé son fils.

Ses ailes ont battu l'air.

— Quand ? Il avait disparu depuis si longtemps !

— Il faisait partie des gens piégés dans les Somniums. C'est en le libérant que j'ai ouvert toutes les trappes.

Arik et Kale ont déboulé dans la boutique, épées au clair.

— Vous n'êtes pas très rapides, ai-je remarqué en me plaçant devant Cadby pour le protéger. S'il n'avait pas été un allié, je serais morte depuis longtemps.

Arik s'est avancé avec prudence, sans baisser sa garde.

— Comment sais-tu qu'il est un allié ?

— C'est mon petit doigt qui l'a dit... (J'ai soupiré.) Non, c'est Athela. Elle m'a révélé son nom : Cadby, et qu'il était le garde de Royston.

— Je sais bien qu'il était son garde, a répondu Arik. Il a été inculpé pour la mort de Royston.

J'ai froncé les sourcils :

— Et puisque ce dernier est en vie, il me semble évident que Cadby a été victime d'un coup monté.

— Elle marque un point, a noté Kale.

— Alors, le Conseil des mages doit le disculper.

— Je ne comprends pas bien, est intervenu Cadby. Je saute de porte-livre en porte-livre, mais je finis toujours par retomber dans ces endroits...

— Nous sommes au XXIe siècle, a expliqué Kale. Les entrées ont changé.

Ses paroles ont déconcerté l'homme-oiseau.

— Je savais bien qu'il s'était écoulé un bout de temps pendant mon séjour en prison… Mais des siècles… J'irai avec joie au-devant du Conseil. J'ai une ou deux choses à leur dire.

Arik a relâché un peu la pression sur la poignée de son épée.

— Quoi donc ?

— Il y avait un homme malveillant qui tentait de rassembler les prisonniers de ma Somnium. Il a promis richesse et pouvoir à quiconque le soutenait. Et il les a emmenés à Estril. Certaines des créatures qui le suivaient sont bien plus terrifiantes que moi.

Kale s'est retourné vers Arik :

— Aucun doute, c'est Conemar.

— C'est bien son nom, a confirmé Cadby.

— On est dedans jusqu'au cou, ai-je dit. (J'ai ramassé mon épée en faisant levier avec mon pied.) Il faut tout de suite prévenir Carrig.

— Ce n'est pas tout, a continué Cadby. Conemar est à la recherche de son fils, lui aussi protecteur. Une sorcière l'a informé de l'endroit où il se cache. Un lieu nommé Branford, si ma mémoire est exacte.

J'ai de nouveau lâché mon épée, qui a tinté bruyamment au sol.

— Nom d'un chien ! Que peux-tu nous dire d'autre, Cadby ? Sais-tu quand ils comptent débarquer ?

— Calme-toi, m'a prévenue Arik.

Les ailes du garde royal ont tressailli derrière son dos.

— Il est passé par ici, avec ses troupes. C'est la raison pour laquelle je me cachais au plafond. Ils sont en avance sur vous.

Fulminante, j'ai de nouveau ramassé mon épée avant de sortir de la boutique.

— Où vas-tu ? m'a demandé Arik derrière moi. Garde ton sang-froid. Pourquoi fonces-tu toujours dans les situations les plus improbables sans même prendre le temps de réfléchir ?

— Et toi pourquoi perds-tu toujours ton temps en tergiversations lorsque des vies sont en jeu ? ai-je hurlé par-dessus mon épaule. Je ne laisserai pas tomber Nick ! Il ferait la même chose pour moi.

— Gia ! a crié Kale. Stop !

Je me suis arrêtée, et retournée.

— Arik a raison. Nous devons monter un plan avant de foncer tête baissée.

J'ai fixé Kale, puis Arik, de mon regard le plus féroce.

— Ne me dites pas une fois de plus de me calmer. J'ai tous les droits de ne pas être calme. Notre devoir est de trouver Nick avant Conemar.

— Ton impétuosité finira par nous coûter la vie à tous ! a répondu Arik. Nous ne pouvons nous précipiter à l'aveugle.

— Pour ma part, est intervenu Cadby, je pense que c'est exactement ce qu'il faut faire. Nous n'avons pas de temps à perdre ! Ce garçon est un protecteur. Si Conemar met la main dessus, à lui les *Chiavi*.

Arik a semblé peser le pour et le contre.

— C'est pour aujourd'hui ou pour demain ? ai-je grincé.

Notre chef a ignoré mon commentaire sarcastique.

— Kale ! Rassemble les autres Sentinelles. Nous vous attendrons ici.

Aussitôt, j'ai vu rouge :

— Attendre ? Non mais ça ne va pas ? Je pars maintenant !

Arik s'est campé devant moi.

— Je sais que tu n'approuves pas ma décision. Ce n'est pas la première fois. Je te demande néanmoins d'obéir à ton supérieur. Si tu ne m'écoutes pas, tu seras coupable d'une infraction.

— Non, vraiment ? Tu crois que je me soucie encore d'une infraction ? (Je lui ai lancé un regard mauvais.) J'y vais sans vous.

— Tu es vraiment la fille la plus têtue que je connaisse ! a-t-il grogné. Il ne t'est pas venu à l'esprit que Conemar te suivra aussitôt que tu auras mis les pieds à Branford ? Crois-tu qu'il envisage de te laisser vivre, alors que tu peux nous conduire aux *Chiavi* ? En plus, Nick est rarement chez lui : la plupart du temps, il est chez toi, en balade sur sa moto, ou à la plage.

— Qu'est-ce que tu en sais ?

— Nous avons passé beaucoup de temps ensemble après ta disparition.

Il me coûtait d'admettre qu'il avait raison. Mais je n'étais pas prête à baisser les armes pour autant !

— Parfait, dans ce cas, je mettrai la main sur Nick bien avant Conemar.

— Bon sang, Gia ! Tu vas me tuer ! s'est-il écrié en levant les bras en l'air. Très bien… Kale, rassemble les autres et rejoignez-nous chez Nick. Envoie Demos et quelques gardes assurer la protection de Royston.

J'ai rangé mon épée.

— Qu'allons-nous faire de Cadby ?

— Je viens avec vous, et je me bats, a répondu l'intéressé.

Je n'avais aucune objection ; au moment de partir au combat, avoir un cauchemar ailé parmi ses alliés ne serait probablement pas inutile.

Kale est reparti vers Asile tandis qu'Arik, Cadby et moi avons sauté dans la porte-livre. L'air frais a fait voltiger mes cheveux. Lorsque j'ai atterri à la bibliothèque de Branford, j'ai découvert la porte-livre non pas rangée dans une bibliothèque, mais à terre, signe qu'elle avait été utilisée avant nous. Il n'était pas tout à fait quinze heures, mais les lieux étaient plongés dans la pénombre. Toutes les lumières étaient éteintes et les stores tirés.

Arik a sauté après moi, suivi de Cadby. Les seuls sons qui parvenaient à nos oreilles étaient nos respirations et le tressaillement régulier des ailes de l'homme-oiseau.

— C'est un tic nerveux ? ai-je fini par demander.

— Oh, ça demande un effort constant de les garder immobiles, a-t-il répondu.

— C'est étrange, ai-je remarqué en déambulant avec précautions entre les étagères. La bibliothèque ne ferme jamais si tôt.

— C'est peut-être un jour férié, aux États-Unis ? a demandé Arik.

Il me talonnait de si près que son souffle me chatouillait la nuque.

— Pas que je sache, ai-je répondu.

La porte d'entrée était verrouillée de l'extérieur.

— Il est probablement déjà trop tard… (J'ai tourné les verrous.) Cadby, es-tu prêt à faire sensation dans les rues ?

Je parie que les citoyens de Branford seront ravis de faire ta connaissance.

Cadby a lancé un regard interrogateur à Arik.

— C'est du sarcasme, a-t-il expliqué. Personne ne sera ravi de voir une créature humanoïde ailée.

L'alarme s'est déclenchée lorsque j'ai poussé le battant de la porte.

— Je n'ai pas le code, nous allons devoir courir.

J'ai descendu la volée de marches en un clin d'œil. Il n'y avait pas une voiture, pas un passant dans les rues. Pas un mouvement. J'ai ralenti.

Cadby a bondi à mes côtés :

— Je prends de la hauteur, pour avoir un aperçu de la situation.

Il a piqué un sprint sur le trottoir avant de s'élancer dans les airs.

— Je regarde à gauche, toi à droite, d'accord ? m'a ordonné Arik, qui s'était approché.

Du coin de l'œil, j'ai aperçu un mouvement qui a retenu mon attention. À la fenêtre d'un immeuble, un rideau avait bougé.

— Ils tentent d'échapper à l'Apocalypse, si tu veux mon avis.

Nous avons longé le quartier des affaires puis le quartier résidentiel avant d'arriver dans le voisinage des D'Marco. La porte de leur maison était à moitié arrachée, la plupart des fenêtres explosées et le jardin piétiné.

Arik et moi avons fini de détacher la porte et nous sommes risqués au milieu des débris qui encombraient l'intérieur de la maison ravagée. Nous avons fouillé chaque pièce à la recherche de Nick et de ses parents, mais les lieux étaient vides.

Je suis ressortie sous le porche.

— On fait quoi, maintenant ?

— On peut vérifier au lycée, ou chez toi.

Cadby est descendu en piqué sur le toit de la batisse avant de se poser au sol.

— Les troupes de Conemar encerclent une maison au nord d'ici !

— Ma maison !

J'ai dévalé les quelques marches du perron, traversé la pelouse en un rien de temps et sauté par-dessus l'épais grillage blanc qui entourait le jardin. Mes bottes claquaient fortement sur les pavés. La terreur qu'il arrive malheur à Pop, Faith et Deidre m'aiguillonnait.

— Gia ! a crié Arik dans mon dos.

Je l'ai ignoré ; la main agrippée à la poignée de mon épée, j'ai trouvé mon allure. Mon cœur malmené battait si fort qu'il m'éclatait les oreilles. À chaque claquement de talons contre le sol, je sentais tout mon squelette s'ébranler. La rue désignée par la pancarte tordue est arrivée dans mon champ de vision.

Cadby s'est posé juste devant moi en un courant d'air. Je l'ai évité au dernier moment avant de foncer pour dépasser les deux dernières maisons avant ma rue, et tourner. Je voyais la tourelle pointue de notre grise demeure victorienne dominer le faîte des arbres qui l'entouraient. Arrivée devant la maison d'Emily, j'ai aperçu plusieurs silhouettes qui occupaient notre jardin.

La main levée, prête à former un globe, je me suis arrêtée. Sur ma paume, une boule translucide et iridescente s'était formée. Elle était plus lourde que la rose.

Arik s'est posté à côté de moi, les yeux écarquillés :

— Qu'est-ce que c'est que ça ?

— Je ne sais pas, mais je crois que mon globe de combat habituel a été détruit lorsque je l'ai jeté dans la trappe.

Il y avait une foule de créatures et de Sentinelles dans mon jardin.

— Mais que fait la police ? Les voisins l'ont forcément appelée !

Arik a désigné le ciel, au-dessus de notre maison.

— Tu vois cette lumière bleue là-haut ? C'est un charme de protection. Il contrôle les ondes sonores et empêche tous les téléphones de la zone de fonctionner.

Quelques-uns des hommes de Conemar nous ont remarqués. L'un d'entre eux était sans conteste une Sentinelle. Grand, large, il portait un pardessus noir et un globe fumant se formait au creux de sa main. Il nous l'a lancé. Le projectile a explosé juste à nos pieds, soulevant terre et bouts de gazon. De ma main libre, j'ai protégé mon visage, et de l'autre, j'ai riposté avec mon nouveau globe. La sphère lancée a grossi au fur et à mesure qu'elle traversait l'atmosphère. La Sentinelle l'a évitée, mais pas plusieurs de ses comparses qui se sont retrouvés à terre. La boule a fini son vol contre un rocher avant d'éclater dans un nuage de fumée et d'herbe.

— Alors ça, c'était bizarre, ai-je dit en dégainant mon épée.

Je me suis préparée à la confrontation. L'adrénaline cavalait dans mes veines et me nouait les tripes.

La Sentinelle ennemie a foncé sur nous. Arik a invoqué son globe de feu, qu'il a aussitôt transformé en fouet.

Il l'a lancé afin qu'il s'enroule autour du bras de notre assaillant. Le feu a consumé la manche de ce dernier, qui s'est mis à hurler de douleur. Le cri a alerté les quelques gredins à la solde de Conemar qui n'étaient pas encore au courant de notre arrivée.

Au milieu des Sentinelles, des magiciens et des chasseurs se trouvaient tout un déploiement de Chimères variées, dont certaines que je n'avais jamais vues, ou seulement dans les livres. Un homme chauve à la peau bleue brandissait une hache d'armes. Une fée aux oreilles pointues et aux cheveux roses me fixait d'un air rogue en tapotant son fouet enroulé contre sa cuisse. Un homme-taureau, doté d'un seul œil au milieu du front, les dominait tous d'une tête. Plusieurs des créations de Conemar, les Méduses démoniaques, se sont glissées parmi leurs rangs.

Une fine membrane, qui chatoyait sous le soleil, englobait la maison. J'ai tout de suite su qu'il s'agissait d'une prouesse de Sinead. J'ai tenté d'apercevoir des visages aux fenêtres mais je n'ai rien vu. Conemar nous fixait, hagard. Véronique se tenait à sa droite. À sa gauche, le frère de Bastien, Olivier, préparait une boule de feu dans sa main. Le magicien rebelle a fini par enregistrer notre présence : une grimace renfrognée a déformé ses traits.

— Pourquoi restez-vous plantés là ! s'est-il énervé. Occupez-vous-en !

Un chasseur s'est détaché du groupe pour se ruer sur nous. Cadby a plongé droit sur lui et l'a arraché au sol avant de remonter en flèche et de le relâcher. Le brigand s'est écrasé, brisé en mille morceaux.

Le reste de la troupe a alors chargé en direction d'Arik et moi, mais ils se sont tous arrêtés d'un coup en fixant quelque chose derrière nous. J'ai jeté un regard par-dessus mon épaule. Kale, Lei, Jaran et les autres Sentinelles arrivaient en renfort, suivis de Gian et d'oncle Philip, qui remontaient la rue à toute allure.

Il y a eu plusieurs secondes de flottement, durant lesquelles chacun a évalué la situation, et puis notre jardin s'est transformé en un véritable champ de bataille. Le métal a hurlé contre le métal, les poings ont brutalisé les corps, les cris et les plaintes ont déchiré la quiétude du quartier. Le sol vibrait sous nos pas, l'air s'est chargé de terre et de poussière.

Carrig et Nick se sont précipités hors de la maison, Sinead et Faith sur leurs talons, pour prendre part au combat.

Je me suis ruée sur la fée aux cheveux roses. D'un coup de poignet, le fouet dans sa main s'est déroulé. Elle a projeté son bras en arrière avant de le lancer dans ma direction. J'ai relevé mon bouclier. La lanière de cuir l'a heurté et glissé sur le bord, non sans m'égratigner le côté du cou en passant. La douleur était cuisante. Avant qu'elle puisse la ramener à elle, je me suis emparée de la courroie et ai tiré dessus. Le choc m'a fait tomber un genou à terre, tandis que la fée, à l'autre bout, a été happée en avant.

Jaran, qui était au corps à corps avec une Sentinelle ennemie, m'est rentré dedans.

— Aïe ! me suis-je écriée en prenant son coude en plein dans la joue.

Son pied avait heurté mon épée, et je l'avais lâchée sous le coup.

— Oh, mille pardons !

Il a glissé sur l'herbe mouillée et les feuilles pour se retrouver face à l'homme à la peau bleue.

L'air mauvais, la fée a tiré sur son fouet. Je me suis jetée à terre pour récupérer mon épée et mon bouclier. Elle en a profité pour me tirer par la queue de cheval, me relevant sur mes genoux. J'ai vu sa dague fondre sur moi. J'ai fermé les yeux, prête à recevoir le coup fatal, lorsque quelque chose l'a tirée en arrière.

Des lianes de vignes, celles qui couraient habituellement sur le grillage autour de notre jardin, s'étaient étirées pour ligoter la fée. Toutes les autres lianes, comme mues par leur propre volonté, s'étendaient dans la cour, claquaient et garrottaient nos ennemis. Elles avaient neutralisé une partie des troupes de Conemar.

J'ai regardé derrière moi.

Emily, les mains en l'air, manipulait la vigne du bout de ses doigts dansants.

Chapitre 29

— Relève-toi, et combats ! m'a-t-elle crié.

— Je devrais te tuer pour ce que tu as fait…

— Parfait. Tu en auras l'occasion plus tard. (D'un geste de la main, elle a envoyé la terre d'un pot de fleur sur une Méduse qui se ruait sur moi.) Pour l'instant, on fait équipe, et si j'étais toi, je volerais au secours de ton papa.

— On fait équipe ? Alors que tu as révélé à Conemar notre cachette ?

— Faux.

— Vrai. Cadby nous a dit qu'une sorcière avait vendu la mèche, ai-je dit en dégainant mon épée.

— Eh bien, tu t'es trompée de sorcière, a-t-elle répondu en chassant une mèche de cheveux noirs du coin de sa bouche. M'as-tu entendue ? Ton père a besoin d'aide !

J'ai regardé dans la direction qu'elle m'indiquait.

Pop, armé d'une batte de baseball, tentait de protéger Deidre des attaques d'une Sentinelle. J'ai couru sur eux tout en lançant mon étrange globe de combat.

— Pop ! Recule !

Il a levé les yeux et vu le projectile qui fonçait sur eux. Il s'est propulsé hors du porche tandis que la sphère, en touchant la Sentinelle, l'a envoyé valser à l'intérieur de la maison.

Deidre s'est précipitée pour aider Pop à se relever. Sinead est accourue pour soulever son autre bras.

— Gia, nous devons partir d'ici, m'a dit Carrig en courant nous rejoindre sous le porche, la chemise tachée de sang.

J'ai embrassé du regard la scène de carnage qui se jouait sur les plates-bandes de soucis. *C'est terrible. Horrible.*

J'ai muselé mes peurs.

— Emmène Pop et les autres à l'arrière. La voiture est au garage : partez sans attendre. Ils doivent être mis en sécurité.

Carrig a guidé Pop, Sinead et Deidre à l'intérieur de la maison.

— Courage, m'a-t-il dit. Je reviens dès qu'ils seront en sûreté.

— Fais attention, Gia, a ajouté Sinead juste avant de s'engouffrer à la suite des autres.

J'ai acquiescé, le regard concentré sur le champ de bataille, tentant de déterminer ma prochaine action. C'est alors que je l'ai vu. Le Rouge dévalait la rue avec cinq de ses hommes. La terreur m'a transpercé le cœur. Le combat penchait déjà en faveur de Conemar... Nous n'avions plus aucune chance.

Et Faith ? Qu'adviendra-t-il lorsqu'elle le verra ? Je l'ai cherchée dans la mêlée.

De l'autre côté du jardin, Arik croisait le fer avec le cyclope, qui saignait de partout mais ne semblait pas disposé pour autant à rendre les armes. Il continuait d'asséner coup sur coup de son énorme hache. J'en ai eu le souffle coupé. Je devais aider Arik.

Cadby effectuait des cercles au-dessus de nous. Il a finalement jeté son dévolu sur une Méduse démoniaque, qu'il a emporté au loin dans le ciel avant de la relâcher. La créature a battu des mains et des pieds sans pouvoir retarder sa fin inévitable. Elle a failli tomber sur oncle Philip, qui faisait sauter une boule de feu d'une main à l'autre d'un air railleur devant un Laniar aux longs cheveux noirs vêtu d'un costume 1920.

J'ai enfin repéré Faith, qui maintenait la tête de Véronique contre sa hanche. La Sentinelle traîtresse a réussi à se dégager de la prise avant d'envoyer son poing dans la figure de Faith, qui a titubé en arrière. Véronique l'a clouée au sol d'un coup de pied avant de se ruer vers Conemar.

Celui-ci faisait face à oncle Philip. Les deux mages se tournaient autour en s'envoyant des courants magiques qu'ils bloquaient à tour de rôle. Kale a lancé une série de globes sur deux Méduses qui en avaient après Lei. Les créatures, touchées, sont tombées au sol, paralysées. Mon amie s'est retournée pour lancer un globe de lumière à une troisième Méduse, perçant un trou béant dans son torse.

J'ai dérapé sur un tas de terre et me suis tordu la cheville. Faith s'est précipitée pour me rejoindre. Haletante, j'ai attrapé sa main tendue. Je ne voyais plus Arik. Je l'ai cherché des yeux : il combattait toujours le terrible cyclope.

— Tout va bien ? m'a demandé Faith en me tapotant la joue.

J'ai hoché la tête, le souffle court.

— Oui, oui… Faith, ton frère est ici.

— Il est venu ? Aider Conemar ?

Ses yeux se sont écarquillés en tombant sur une scène au beau milieu de la cour : le Rouge et ses hommes combattaient les effectifs de Conemar !

— Alors, il serait avec nous ?

Sa voix était pleine d'incertitude, et d'espoir.

— On dirait bien, ai-je répondu sans réussir à y croire.

Faith s'est remise en position de combat et a dévoilé ses crocs.

— Il est temps de replonger dans la bataille !

Elle a repéré Véronique et a fondu dessus à toute vitesse, sur ses quatre pattes.

J'ai regardé autour de moi.

Nick a lancé des éclairs à une chasseuse à la carrure athlétique. Elle s'est roulée au sol, son corps fumant parcouru d'étincelles. La grimace sur le visage de Nick m'a semblé menaçante, comme si quelque part, il prenait plaisir à la brutaliser. J'ai chassé cette vision de mes pensées et ai couru à travers la pelouse.

Je suis arrivée aux côtés d'Arik pile au moment où l'homme-taureau lui assénait son poing dans la figure. Mon ami est tombé au sol, tel un arbre abattu. L'autre a continué à le frapper de son énorme bras, lui coupant le souffle. Avant qu'il cogne une troisième fois, je lui ai tranché le bras d'un coup d'épée au niveau du coude. La créature a rugi de douleur et m'a envoyée au tapis d'un violent revers. Je suis retombée lourdement sur le dos.

— Bon sang ! ai-je grogné en roulant.

Une fois à l'abri de ses pas lourds et désordonnés, je me suis relevée, l'épée bien calée dans mes mains ruisselantes de sueur. C'est alors qu'il a foncé sur moi.

Patience, Gia. Mon cœur battait à tout rompre par anticipation.

Il arrivait à toute allure, le sang giclant de son bras amputé. J'ai avalé ma salive avec peine.

Laisse-le venir.

Il a levé son bras, mais à la seconde où il avait franchi ma zone de frappe, j'ai visé son œil de la pointe de mon épée. Il a hurlé, s'est démené comme un beau diable, brassant l'air de son poing. J'ai esquivé un coup avant d'aller secourir Arik.

Oh non, oh, non… Tu ne peux pas mourir.

— Arik ? ai-je prononcé d'une voix défaillante, les yeux gonflés de larmes.

Il a toussé plusieurs fois, et ouvert ses yeux noisette sur moi. L'air est revenu emplir mes poumons.

Dieu merci, il va bien.

— Ça va, a-t-il dit. J'ai juste pris un mauvais coup. Va aider les autres.

— Ne reste pas planté là comme une princesse endormie, dans ce cas, ai-je répondu en me redressant. Je ne peux pas venir à ta rescousse toutes les vingt secondes.

— Tu me dois encore pas mal de rescousses, a-t-il rétorqué tout sourire en tentant de se remettre sur pieds.

Je l'ai aidé en lui prenant le bras.

— Tu es sûr ? Cette espèce de minotaure doit en valoir plusieurs à lui tout seul.

— Plutôt moche, pas vrai ?

— Tu parles d'un euphémisme ! (J'ai souri.) Allez, à plus Marcus !

— Je ne m'appelle pas Marcus, a-t-il répondu en m'interrogeant du regard.

— Non, je sais… c'est une expression. Fais attention à toi.

Je me suis replongée dans la bataille, mais non sans lui avoir jeté un dernier regard par-dessus mon épaule.

Son beau visage était couvert de plaies et de saletés. Il a écarquillé les yeux :

— Attention !

Je me suis retournée pour voir arriver une masse à quelques centimètres de mon visage. Je me suis accroupie pour effectuer un croc-en-jambe à son propriétaire, un chasseur qui est tombé en arrière. Sa tête a frappé le sol sans ménagement, et aussitôt trois lianes de vigne se sont entortillées autour de ses membres.

Emily était tout près.

— Tu me remercieras plus tard, a-t-elle dit avant de retourner à ses sortilèges.

— O.K., ai-je crié. Je ne te tuerai pas, mais je suis toujours très en colère contre toi !

J'ai foncé vers Nick. Je devais l'emmener en lieu sûr, avec Carrig et les autres qui partiraient en Volvo. Il n'avait pas encore appris à maîtriser sa magie. Dans une bataille, il faisait une cible facile.

— De rien, a répondu Emily tandis que je passais devant elle.

J'imagine qu'elle avait pris ma promesse de ne pas la tuer pour un remerciement…

Je me suis arrêtée net en voyant Conemar surgir derrière elle.

— Emily ! Attention !

Elle s'est retournée pour voir le mage démoniaque l'agripper par le cou.

Sa prise ferme m'a ramenée un an arrière, dans la bibliothèque du Sénat, en France, alors que je me trouvais dans la même situation. J'ai foncé vers eux.

— Tu m'as déçu, Ruth Ann, a dit Conemar.

Ruth Ann ?

Quelqu'un m'a stoppée dans ma course en me tirant les bras en arrière :

— Tout doux, Élue de mon cœur... a susurré Véronique à mon oreille.

— Mon nom est Emily ! a répondu ma voisine en enfonçant ses ongles dans le bras du misérable.

Conemar a grimacé sans desserrer sa prise. Il s'est contenté de la regarder de haut tandis qu'il élevait son autre main devant le visage de la captive.

J'essayais de toutes mes forces de me libérer de Véronique.

— Qu'est-il arrivé à ton accent ? ai-je dit pour détourner son attention. Tu l'as perdu en chemin ?

Elle a resserré la pression sur mes bras.

— Oh, tu as remarqué ? Les tatouages de sortilège font fureur en ce moment. J'ai même entendu dire qu'Arik a succombé à la mode !

La tête d'Emily est retombée en arrière tandis que Conemar faisait tournoyer sa main devant son visage.

— Je t'avais dit de ne plus croiser mon chemin, sorcière, car je te reprendrai tout le pouvoir que je t'ai donné !

— Laisse-la tranquille ! ai-je hurlé en me débattant. Qu'est-ce qu'il lui fait ?

— Il lui avait insufflé l'esprit d'une Sorcière noire afin de la rendre plus puissante. Mais cette fois, il va le lui reprendre pour la punir. Perte de temps, si tu veux mon avis : dès que je t'aurai tuée, je la massacrerai. Bah, il aime bien torturer, et cette opération est parfaite pour ça !

Un hurlement terrifiant s'est élevé de la gorge d'Emily.

Conemar a sorti une sinistre substance noire de la sorcière avant de la relâcher. Elle s'est effondrée au sol. On aurait dit qu'un visage se matérialisait dans la fumée sombre, qu'il a fait entrer dans un flacon. Une fois le récipient refermé, il l'a rangé dans la poche de poitrine de sa veste.

— Puisque vous en avez fini avec la sorcière, s'est exclamée Véronique, voici un autre présent pour vous !

Un globe bleu a violemment heurté le dos de ma tortionnaire, qui est tombée en avant, sur moi, dans une vague déferlante.

— Aïe ! a-t-elle hurlé.

Elle a roulé pour voir Jaran la dominer de toute sa hauteur. Il lui a assené une deuxième sphère et elle s'est presque étouffée dans le petit tsunami.

Mon ami m'a redressée en me tirant par le poignet.

— Je m'occupe de celle-là, m'a-t-il assuré en dégainant son épée. Continue.

Je me suis retournée, des mèches de cheveux mouillées collées au visage. Conemar n'était plus là mais Emily gisait toujours au sol, immobile. J'ai pataugé dans la boue jusqu'à elle.

— Emily ? ai-je appelé en écartant les cheveux de son visage.

Elle a gémi et fini par ouvrir les yeux avec difficulté.

— Tu es vivante…

— Oui, on dirait, a-t-elle répondu en se rasseyant.

— Je ne sais pas ce qui s'est passé ici, et nous n'avons pas le temps d'en parler. Alors pour l'instant, tu vas te relever et courir t'enfermer chez toi, compris ?

La main crispée sur mon épée, j'ai analysé la situation sur le champ de bataille. Conemar et sa troupe cauchemardesque perdaient du terrain.

Des pneus ont crissé dans la rue. La Subaru noire de Kayla a surgi dans l'allée avant de s'arrêter brutalement. La portière s'est ouverte à la volée et elle est sortie, ébahie par la scène qui se déroulait sous ses yeux.

Super… Que fait-elle ici ?

Il me fallait la protéger, c'était tout de même la petite amie de mon père. J'ai foncé dans sa direction, évitant les coups, sautant par-dessus les corps tombés à terre.

Je me suis jetée sur un chasseur qui se ruait sur Faith. L'homme m'a fait une clé au bras et je me suis retrouvée sous lui, les épaules clouées au sol par ses genoux. J'ai réussi à libérer une de mes mains pour former un globe que je lui ai envoyé en pleine figure. L'homme s'est effondré sur-le-champ – j'ai dû le repousser pour me relever. C'est alors que je me suis figée.

Deux des soldats à la solde de Conemar tenaient Nick par les bras. Kayla leur a fait signe. Une jeune fille en uniforme de Sentinelle a couvert ses compagnons pendant qu'ils faisaient entrer Nick dans la Subaru. La bibliothécaire a observé un instant la mêlée, et nos regards se sont croisés. Une expression résignée se dessinait sur ses traits. Elle a secoué la tête sans me quitter des yeux. De manière si imperceptible que j'ai cru rêver.

Que fait-elle ?

— Conemar ! a-t-elle crié. C'est une bataille perdue ! Suis-nous, j'ai ton fils !

J'ai foncé vers la voiture où se débattait Nick.

Gian était à genoux devant Conemar, tête baissée, le corps ensanglanté. Au sol, à côté de lui, oncle Philip se tordait de douleur : son épaule démise, à la chair déchiquetée, ruisselait de sang.

Un éclair d'électricité a frétillé entre les paumes de Conemar. Il l'a pointé sur Gian.

— Non ! ai-je hurlé en me débarrassant d'une Sentinelle française qui tentait de me retenir.

— Arrête ça tout de suite, Gianna ! a hurlé le tyran. Sinon, je le tue.

J'en suis restée clouée sur place.

— D'accord ! Ne le touche pas.

Le regard de Conemar est allé de mon arrière-grand-père à moi.

— Il ne t'a pas fallu longtemps pour t'attacher à lui, on dirait ! Quand comprendras-tu que se soucier des autres ne fait que te rendre plus faible ? Tu ne peux rien pour m'arrêter. Je n'ai besoin que de Nick et des clés pour libérer la Tétrade. J'instaurerai un enfer comme le monde n'en a jamais connu et tous, Chimères et humains, seront contraints de mettre un genou à terre devant moi ! (Les étincelles qui dansaient dans sa main illuminaient son visage d'une lueur maladive.) Tu ne comprends donc pas ? Ils ont tous besoin de moi, toi comprise ! Après l'élimination de ceux qui contestent mon autorité s'ouvrira une période de paix.

Un mélange de colère et de terreur brûlait dans mes veines.

— Tu es fou à lier. Je ne te laisserai pas faire ! Je suis née pour t'empêcher de nuire.

— Fuis, Gia ! s'est écrié mon arrière-grand-père.

— Je ne te laisserai pas enlever Nick.

Mon globe de combat réchauffait déjà la paume de ma main.

— C'est mon fils. Sa place est avec moi. Rejoins-nous, Gianna.

— Plutôt mourir ! ai-je répondu, glaciale.

Un sourire inquiétant a étiré ses lèvres.

— Tu es bien certaine d'être du bon côté ? Les forces qui t'entourent ne luttent pas toutes pour la même chose. Le bien et le mal ne sont jamais très loin l'un de l'autre dans le monde des Chimères. Tu ferais mieux d'examiner de plus près les intentions de ceux à qui tu te fies.

La boule d'électricité qui enflait entre ses mains s'est soudain illuminée d'une lumière aveuglante.

— Non, l'ai-je supplié. Pas ça.

Un feu sacré embrasait ses yeux noir de jais.

— C'est lui ou toi, à toi de choisir.

Gian a lentement relevé la tête pour la tourner vers moi. Il m'a souri, le regard paisible.

— Ce sera moi, a-t-il déclaré.

Il s'est jeté sur Conemar. Sans lui laisser le temps d'atteindre sa cible, la charge l'a touché en plein cœur, l'emportant en arrière.

— Non ! ai-je hurlé. Je te tuerai, je le jure !

J'ai lâché mon globe sur Conemar, mais il s'est brisé comme du verre aux pieds de mon adversaire. Je ne sentais plus mes membres, pourtant j'ai couru à toute vitesse vers le mage maléfique, l'épée levée bien haut. Un nouveau tourbillon électrique s'est formé entre ses mains. Cette fois-ci, il m'était destiné.

Des bras puissants m'ont ceinturée avant de me plaquer au sol, la tête protégée par des mains couvertes de poils roux.

— Pop ?

Il s'est relevé.

— Tu vas bien ?

— Oui, mais tu devrais être parti…

— Pas sans ma fille.

Je me suis remise sur pieds. Pop, interloqué, regardait derrière moi. Je devinais ce qu'il venait d'apercevoir. *Kayla.*

— Ma chérie ? l'a-t-il appelée. Que fais-tu là ?

Elle lui a lancé un regard empreint de tristesse. Pas de doute, elle était du côté de Conemar. Sa trahison était cuisante, mais c'était surtout le visage de Pop qui me déchirait le cœur. À côté de Kayla, une Sentinelle de haute taille a levé une main où brillait un éclat argenté.

— Attention ! a hurlé Faith en se ruant sur nous.

Un long poignard a fendu l'air. Faith a plaqué Pop au sol, et pris en plein dans le dos la lame qui lui était destinée. Un cri horrifié est monté du plus profond de ma gorge :

— Non !

Conemar s'est plié en deux pour entrer dans la voiture, côté passager. Kayla a couru s'installer sur le siège conducteur.

Un rugissement a fait trembler la terre. Le Rouge chargeait le véhicule. La jeune fille en uniforme de Sentinelle a formé un globe électrique au creux de sa paume avant de le lancer sur le Laniar, qui l'a pris en plein cœur. Le choc l'a projeté à terre, non loin de là où reposait Faith. Sa main s'est tendue vers elle, trop loin de quelques centimètres pour l'atteindre.

Les autres soldats se sont précipités à l'intérieur du véhicule qui a démarré sur les chapeaux de roues.

Faith a relevé la tête.

— Falto ! a-t-elle appelé.

Le Rouge s'est traîné à quatre pattes jusqu'à elle pour la prendre dans ses bras. La tête de mon amie reposait dans le creux de son coude.

— Ma sœur…

— Pourquoi ? a-t-elle toussé, faiblement. Pourquoi as-tu tué nos parents ? Pourquoi m'as-tu laissée pour morte ?

Le Laniar a grogné de désespoir.

— Non, non, non… Tes souvenirs sont faussés. Nos parents étaient morts lorsque je suis revenu de la chasse. Nous étions désemparés, acculés par l'ennemi. Je t'ai sauvée de la dague d'un Sagar. C'est son arme qui t'a blessée, pas la mienne.

Elle a touché les cicatrices qui couturaient le visage de son frère.

— Et tu as été blessé, toi aussi. Je le vois bien, maintenant. Je t'en prie, pardonne-moi d'avoir perdu confiance en toi. Je n'étais qu'un jeune chiot…

Il a reposé la tête sur la sienne.

— C'est moi qui te demande pardon.

La vue brouillée par les larmes, je suis tombée à genoux près d'elle.

— Faith !

— Ça va aller, Gia. File, il faut leur reprendre Nick. *Vite ! Ils sont en train de l'emmener !*

Remarquant sa moto étendue dans l'allée, je me suis ruée dessus. J'ai bataillé pour redresser le pesant tas de ferraille et l'appuyer contre ma hanche. Heureusement, Nick m'avait appris à la démarrer. J'ai glissé la clé dans le contact, appuyé sur le bouton « start », enclenché la première et poussé l'engin sur la pente de la colline. Le moteur a rugi : sans prendre le temps de réfléchir, j'ai enfourché l'engin.

Tu vas y arriver. Pense à Nick. J'ai serré les dents, pétrifiée par la peur. Dans un vrombissement assourdissant, j'ai tourné la moto dans la direction qu'avait prise la voiture de Kayla.

Je pouvais entendre derrière moi les cris de Pop et d'Arik qui me suppliaient de faire demi-tour.

Poussée à fond, la moto tremblait. J'avais du mal à garder le contrôle du guidon au fur et à mesure des virages que je prenais de plus en plus raides. J'allais rattraper les ravisseurs lorsque les Sentinelles ont abaissé les vitres arrière pour me lancer des globes de combat. J'ai fait un écart pour éviter une boule de feu, prenant une sphère d'eau de plein fouet qui a failli me renverser de mon siège. Je me suis redressée. J'ai tenté de convoquer mon propre globe, mais à chaque fois que je levais une main, je perdais le contrôle du véhicule et me voyais contrainte de la replacer sur le guidon.

Nick s'est retourné sur le siège arrière du véhicule. Le désespoir déformait ses traits.

— Je suis désolée, a-t-il articulé.

La jeune fille qui l'accompagnait l'a forcé à baisser la tête.

L'un de ses comparses, penché à la fenêtre, faisait danser des flammes entre ses paumes. Il m'a lancé une série de tourbillons de feu que je ne pouvais plus éviter. Quelque chose m'a bousculée avant de m'emporter dans les airs. *Cadby !* Il volait à basse altitude en me tenant dans ses bras.

Les globes enflammés ont trouvé leur cible, et la moto de Nick a explosé envoyant le gros de sa ferraille par-dessus nos têtes. Cadby m'a lâchée, et je suis retombée tête la première sur une pelouse en pente. J'ai dégringolé la colline avant qu'un buisson ne stoppe ma course en débarrassant mes poumons de tout l'air qu'ils contenaient.

La douleur me traversait des épaules jusqu'au dos, et l'un de mes genoux était explosé.

Je suis restée étendue, essayant de retrouver mon souffle. Cadby a descendu la colline à toute allure pour me rejoindre. J'ai rampé jusqu'en haut du taillis, seulement pour apercevoir la Subaru qui disparaissait au coin d'une rue.

Cadby est arrivé près de moi.

— Ils sont partis, ai-je dit les yeux brûlants de saleté et de larmes. Nick est parti. Peux-tu les suivre ?

— Mon aile est brisée.

Je me suis effondrée. Le visage couvert de mes mains souillées, j'ai laissé les sanglots jaillir du plus profond de mon être, me secouant comme un arbrisseau sous la tempête.

Cadby est resté de marbre, comme s'il attendait que j'eusse fini.

J'ai secoué la tête de toutes mes forces, ai essuyé mes yeux et me suis relevée. Pas le temps de s'apitoyer. Je ne savais même pas ce qui m'attendrait, à la maison.

— Nous devrions retourner auprès des autres, m'a-t-il conseillé de sa voix grave et douce.

J'ai acquiescé. Clopin-clopant, semblables à des rescapés de l'Apocalypse, nous avons fait demi-tour.

Le jardin à l'avant de notre maison s'était mué en hôpital de fortune. Pop, Sinead et Emily administraient les premiers soins aux blessés. Des corps avaient été recouverts de draps, de couvertures, de vestes et même de sacs-poubelles. Carrig et Jaran ont soulevé oncle Philip.

— Je peux vous aider ? ai-je demandé.

— Non, a répondu Carrig en l'installant dans la voiture de Pop. On doit le transférer à Asile.

— Ne t'en fais pas pour moi, Gia, a dit oncle Philip. Porte secours aux autres.

Je me suis penchée pour déposer un baiser sur sa joue.

— Prends bien soin de lui, ai-je soufflé à Jaran.

— Bien sûr, a-t-il répondu les yeux rouges et la mâchoire serrée, comme s'il réprimait ses émotions.

J'ai trouvé le Rouge. Il était vivant, et Sinead s'affairait auprès de lui.

— Où est Faith ?

Arik est venu vers moi :

— Gia…

Je me suis jetée à son cou et ai pleuré contre sa poitrine.

— Où est Faith ?

Arik a baissé la tête sur trois corps couverts de draps.

J'ai sondé son regard à travers la mosaïque de larmes qui m'aveuglait.

— Qui… qui d'autre ? ai-je réussi à croasser.

Il a détourné les yeux, incapable de me regarder.

Mon ventre s'est liquéfié.

— *Qui d'autre ?*

Il ne m'a pas répondu.

J'ai détaché les bras de son cou pour m'agenouiller auprès des corps. C'est d'une main tremblante que j'ai soulevé le premier linceul.

Faith.

Un sanglot s'est étranglé au fond de ma gorge. Son visage ressemblait à une sculpture de plâtre. Son corps commençait à raidir, tout comme celui de Ricardo, que j'avais découvert cloué à un arbre à Estril. De petites écorchures n'avaient pas entamé sa beauté. Juste au moment où son visage se morcelait, j'ai senti que mon cœur faisait de même. C'était comme si une fourche m'arrachait les entrailles. Ne pouvant supporter de la voir partir en poussière, j'ai repoussé le drap.

Je savais qui se trouvait étendu à côté d'elle avant même de soulever le linceul. Le visage de Gian, emporté par la mort, semblait calme et serein.

— Je suis tellement désolée, ai-je dit la voix entrecoupée de pleurs, les yeux voilés de larmes. Tu as survécu à tant de dangers, et pendant si longtemps, tout ça pour finir ici… Je suis heureuse d'avoir pu te rencontrer. Je ne te décevrai pas, Gian. Royston accomplira son destin. Tu seras fier de moi.

Je me suis penchée pour embrasser sa joue froide.

J'ai fixé le troisième corps, et ai jeté un regard à la ronde pour deviner de qui il s'agissait. Je savais que Jaran, Carrig et Arik étaient en vie. J'avais vu Sinead et Deidre autour de Pop. Mais aucune trace de Kale ou de Lei. Mon regard est retombé sur la silhouette couverte.

— Non… Lei ?

À quatre pattes, je me suis précipitée devant le cadavre et mes doigts se sont refermés sur le drap de coton.

— Pitié, mon Dieu, ai-je prié en tirant dessus.

Le visage magnifique de Kale semblait aussi paisible que s'il dormait profondément. Ses lèvres entrouvertes étaient bleues, ses cheveux humides de sueur. Je me suis serrée contre lui, recroquevillée, pleurant toutes les larmes de mon corps au rythme pénible de mon cœur en lambeaux. Je manquais d'air et chacune de mes inspirations convulsives me brûlait les poumons. J'ai tenté de me calmer pour reprendre mon souffle. Un gémissement effroyable, né des recoins les plus sombres de mon esprit, s'est échappé de mes lèvres.

J'ai secoué la tête comme une folle :

— Non ! Non, non, non ! Oh, par pitié, non ! Où est Lei ?

Arik m'a soulevée pour me serrer contre lui.

— Comment est-il mort ?

— Véronique, a-t-il répondu.

J'ai reconnu dans sa voix la même douleur qui me lacérait.

— Et Lei ? ai-je répété entre deux sanglots. Lei ! Où est-elle ?

— Ils l'ont transférée à Asile, a-t-il répondu en maîtrisant son émotion. Elle est en état de choc.

J'ai enseveli ma tête sous son bras pour continuer de pleurer. Je ne pouvais plus me détacher de lui. Impossible. J'y étais. C'était le moment de s'apitoyer. Du fin fond de ma douleur, j'ai fait une promesse à Kale, Faith et Gian. *Je déjouerai les plans de Conemar. Je sauverai Nick. Et rien ne m'arrêtera jusqu'à ce qu'il paie pour ce qu'il m'a pris aujourd'hui.*

Chapitre 30

Les jours s'écoulaient, bien sombres : funérailles et guérisons semblaient se succéder sans trêve. Les couchers de soleil d'Asile, un camaïeu de bleu, de rouge et d'orange s'enchaînaient, sublimes. Le ciel aux couleurs chatoyantes contrastait avec mon cœur de cendres.

J'étais à la fenêtre, occupée à triturer le pendentif de Faith, qui clinquait contre le mien, celui où reposait une plume de Pip. C'était le seul objet qui me restait d'elle. Après la bataille, le Rouge s'était volatilisé – je me demandais où il pouvait bien être caché. J'avais tant de questions à lui poser, encore. Il s'opposait au Conseil, mais nous avait tout de même aidés à affronter Conemar. Pourquoi ? Et pourquoi s'était-il rendu à Santara juste avant l'attaque dont ce refuge avait été victime ?

Les recherches pour retrouver Nick, elles aussi, étaient restées vaines. On n'avait décelé aucun passage de Conemar à travers les portes-livres, il n'avait été repéré dans aucun refuge, aucune cité chimérienne. Le mage rebelle et sa bande de détraqués semblaient s'être dissous dans le monde humain.

Des centaines de prisonniers de Somniums s'étaient réfugiés à Estril. La terreur se propageait dans le monde des Chimères. Terreur que le Conseil des mages entretenait en créant un blocus autour du refuge russe. Estril était désormais encerclé de charmes qui empêchaient quiconque d'en sortir. Les innocents étaient enfermés avec les malfrats. Des protestations se sont élevées de tous les refuges, pour libérer les braves gens d'Estril.

Durant la bataille, l'homme qui s'était fait passer pour l'oncle d'Emily avait pris la fuite. Ma voisine s'était retrouvée orpheline pour de bon. Plusieurs années auparavant, Conemar avait dérobé l'âme de Ruth Ann Proctor, enfermée dans le cimetière oublié, et l'avait insérée dans le corps d'Emily. En tant que descendante de Ruth Ann, c'était la seule à pouvoir détenir les pouvoirs de Sorcière noire de son aïeule. Pourtant, Emily était née Sorcière blanche, comme ma grand-mère Nana. Depuis que Conemar lui avait retiré son pouvoir pour la punir de nous avoir soutenus, elle était restée faible, la santé fragile. Nana l'avait prise sous son aile et travaillait à lui trouver un remède.

Les bras musclés de Bastien m'ont enlacée par-derrière et son menton est venu se poser contre mon épaule.

— Tu es bien pensive, mon amour. Dis-moi ce qui te trouble. Je sais qu'à l'intérieur, tu te bats, a-t-il affirmé en embrassant ma nuque. Si tu me laisses faire, j'effacerai toutes tes peurs.

Je me suis tournée vers lui.

— Je suis si triste. Je n'arrive toujours pas à croire que Faith, Kale et Gian… sont partis.

Les larmes ont jailli du coin de mes yeux. Bastien a pris mon visage entre ses mains pour les effacer de ses pouces. Chacun de ses gestes était attentionné et bouleversant d'amour. Sa compassion était la plus grande de ses qualités.

— Le temps du bonheur reviendra un jour, crois-moi. (Il y avait tant de douceur dans ses beaux yeux que je n'ai pu m'en détacher.) Tout sera terminé, et nous fêterons notre victoire. Nous aimerons, nous serons aimés. Pour l'instant, nous pleurons ceux qui nous ont quittés, mais lorsque nous aurons séché nos larmes, nous serons plus forts. Pour eux, pour nos chers disparus, nous ne cesserons de combattre, jusqu'à ce que les meurtriers soient mis hors d'état de nuire.

Il a penché la tête et j'ai relevé la mienne pour rencontrer ses lèvres. La douceur et la chaleur de ses baisers reflétaient exactement mes sentiments pour lui. Il a caressé mes cheveux avant de reprendre mon visage entre ses mains. Je me suis serrée tout contre lui. Mes terminaisons nerveuses avaient repris vie, parcourues d'étincelles, éloignant le froid qui me rongeait à l'intérieur.

On a tout doucement frappé à la porte. J'ai ignoré cette interruption, dévorant les lèvres de Bastien comme s'il pouvait réduire en cendres la douleur immense qui se nichait dans mon cœur. Je ne voulais plus réfléchir à rien, tout me faisait mal, à commencer par le souvenir terrible de ce qui était arrivé à mes amis. Ce qui s'était passé entre Arik et moi me paraissait profondément injuste, mais de l'eau avait coulé sous les ponts. Ma place était auprès de Bastien.

La porte s'est ouverte.

— Gia ?

Sur le seuil, Afton hésitait à entrer. Bastien s'est détaché de moi et aussitôt, un froid polaire est revenu s'installer dans mon cœur. J'ai arraché mes yeux des siens.

— Salut, Afton, ai-je souri.

— Je ne voulais pas vous déranger… Je peux repasser.

— Tu ne nous déranges pas du tout, on était sur le point de se dire au revoir, a répondu Bastien en me déposant un baiser sur la joue. Je dois retourner à Couve. Augustin est tombé malade, et mon peuple a besoin de moi. Je reviendrai très vite. À moins que tu n'aies envie de me rendre visite ?

— Avec plaisir.

Je détestais lui mentir ainsi. Nous repartions dans la clandestinité : ce voyage ne pourrait jamais se faire. L'endroit était bien trop dangereux pour moi.

La foule des manifestants, devant le château d'Asile, se faisait un peu plus nombreuse chaque jour. Ils réclamaient mon arrestation. À leurs yeux, l'évasion de tous les prisonniers retenus dans les Somniums était de ma faute. J'étais responsable des morts causées ensuite par les criminels – ce qui n'était pas loin de la vérité, à vrai dire. Carrig devait donc m'emmener me cacher, et même le Conseil ignorait notre destination.

Le Maître Sentinelle m'avait fait promettre de cacher nos intentions à Bastien. Mieux valait pour lui ignorer nos projets : le prochain Archimage de Couve ne pouvait pas garder un tel secret pour lui sans s'attirer de gros ennuis.

Je l'ai regardé gagner la porte à longues enjambées. Je ne le reverrais peut-être pas de sitôt.

— Oh, Bastien ?

— Oui ?

— Je penserai à toi tout le temps où nous serons séparés.

Son visage s'est illuminé.

— Idem.

Il a franchi le seuil sans un regard en arrière. Je me suis tournée vers la fenêtre le temps de composer mon expression. Afton a traversé la pièce pour se poster à côté de moi.

— C'est calme, aujourd'hui, a-t-elle fait remarquer.

— Oui, j'imagine que même les manifestants doivent se reposer, de temps en temps.

— Comment tu vas ?

— Disons que ça pourrait aller mieux…

Elle m'a montré le vieux sac à dos, fermé par des lanières de cuir, qu'elle tenait à la main.

— Carrig m'a demandé de te transmettre un message. Tiens-toi prête, tu pars ce soir. Le professeur Attwood, enfin, l'Archimage Attwood… À moins qu'il ne faille l'appeler Philip ? Un peu comme on disait Merl… Oh, désolée, je suis vraiment une idiote de l'avoir mentionné…

J'ai serré ses mains dans les miennes.

— Ne t'inquiète pas, c'est une bonne question. Je crois que tu devrais l'appeler Philip.

Elle a acquiescé, sans relever les yeux.

— En tout cas, ce soir, il va nettoyer le perchoir de Pip, qui ne sera donc pas à son poste. C'est à ce moment-là que vous partirez tous.

— Tu es sûre de vouloir rester ici pour l'instant ?

Elle a marqué une hésitation.

— C'est la meilleure solution. Et pour Pop, aussi.

— Tu vas au-devant de bien des problèmes, s'ils découvrent que tu as couvert notre fuite.

— Et que pourraient-ils donc me faire ? a-t-elle répondu, espiègle. Me priver de sorties ? Allons… (Elle m'a donné un petit coup d'épaule.) Viens, je vais t'aider à faire tes bagages. Ce sac appartient à Philip. Je n'ai rien trouvé d'autre.

Je me suis empressée de lui rendre son coup d'épaule.

— Ça fera l'affaire. Pop et toi, vous n'allez pas tarder à quitter Asile, rassure-moi…

— Avec Nana, oui. Elle l'emmènera dans un endroit sûr, une planque aménagée par les sorcières. Avec elle, il ne risque rien.

— Oui, il sera à l'abri jusqu'à ce que…

Mais j'ignorais comment allait se terminer notre histoire, et les divers dénouements possibles n'étaient pas tous heureux, loin de là. Plutôt que de terminer ma phrase, j'ai inspecté le sac.

— Tu veux bien me promettre quelque chose ? m'a demandé Afton.

J'ai relevé le nez.

— Bien sûr.

Elle s'est dirigée vers ma penderie, où elle a commencé à sélectionner quelques tenues.

— Promets-moi de nous ramener Nick. Je n'arrive plus à dormir ou à manger depuis son enlèvement. Gia… Je crois que je ne serai pas capable de vivre sans lui.

J'ai posé le sac sur le lit pour la serrer dans mes bras.

— Je te promets de tout faire pour le retrouver.

Elle a enfoui son nez au creux de mon épaule.

— Je ne peux pas m'empêcher de penser à toutes les atrocités que ce monstre doit lui faire subir…

Moi non plus. Mais je n'ai pas pipé mot. Je me suis bornée à la bercer contre moi en la laissant pleurer. J'ai repoussé mes doutes et mes craintes loin, très loin au fond de mon cœur.

*

Aux premières heures du matin, tandis qu'Asile dormait, une bande de Sentinelles, une fée, un Malailes et un changelin sont passés en secret à travers une porte-livre afin de se rendre dans la bibliothèque du Trinity College de Dublin, en Irlande. Protégée par ma cicatrice en forme de croissant de lune, je suis passée la dernière, au cas où Pip remonterait sur son perchoir plus tôt que prévu. Je n'ai pas invoqué de sphère lumineuse, laissant les froides ténèbres m'envelopper. J'ai dérivé dans le néant bras tendus, libérée de l'apesanteur. L'éclairage tamisé de la bibliothèque, reflété sur le parquet ciré, m'a éblouie à l'arrivée.

Mes bottes ont claqué dans la longue allée encadrée de hautes étagères en bois sombre. Des statues blanches de bustes d'hommes ponctuaient notre chemin de leur présence fantomatique.

Sinead a rabattu son chapeau de pêche sur ses oreilles. Les ailes de Cadby formaient une bosse sous son manteau. Avec son bonnet de laine, il ressemblait à un boxeur à la peau jaune. Deidre s'est mordue les lèvres. Elle n'avait pas beaucoup parlé depuis la capture de Nick. Je ne comprenais que trop ses craintes. Le reverrions-nous un jour ? Et si oui, serait-il toujours le même ?

Sur leurs gardes, Arik et Jaran encadraient notre procession. Lei fermait la marche, le dos droit et le visage dénué d'expression. Bien qu'endeuillée par la disparition de Kale, elle reprenait son devoir de Sentinelle. Elle évitait de parler de son défunt petit ami, et même, de parler tout court. Jaran m'avait confié que les Guérisseurs lui avaient donné de quoi l'aider à surmonter sa douleur.

— C'est l'entrée de Tearmann ? ai-je demandé à Carrig lorsqu'il s'est arrêté devant une lourde porte de bois.

— Nous n'allons pas à Tearmann, a-t-il répondu en sortant un petit outil doré de la poche intérieure de son pardessus. Il est impossible de te garder en sécurité dans les refuges. Personne ne connaît le lieu où nous allons nous cacher. Sauf moi. Un endroit superbe, tu verras.

— Ne te laisse pas impressionner, m'a prévenue Deidre. Ce n'est qu'un cottage, et pas si grand que ça.

Sinead a froncé les sourcils.

— Ne l'écoute pas, Gia, c'est tout à fait pittoresque !

— Tant que personne ne tente d'attenter à nos jours, a dit Demos en réajustant son sac à dos, ça pourrait être un nid à frelons, je ne m'en plaindrais pas.

— Ou tout du moins, une tente avec un bon petit feu, a renchéri Jaran.

Du bout des doigts, Arik a caressé ma main avant de se pencher vers moi :

— Peu importe le lieu, du moment que je suis avec toi.

Son murmure a chatouillé mes oreilles, mon cœur s'est accéléré. J'aurais donné cher pour le garder près de moi. C'était ma seule place sur terre. Nous formions une équipe soudée. Nous étions entraînés à nous battre ensemble, à couvrir chacun son partenaire. Nos petites dissensions ne comptaient pas. Nous avions pour mission d'arrêter l'ascension de Conemar, de détruire la Tétrade et de sauver nos deux mondes. Ou d'y laisser la vie.

Un frisson m'a secoué l'échine, et j'ai refermé le col de mon trench-coat.

Une petite bruine nous a accueillis à l'extérieur de la bibliothèque. Dublin était endormie. Sur les routes pavées de briques humides, seuls quelques rares matinaux nous dépassaient. Les portes et les volets des bâtiments étaient peints de couleurs vives. Les lumières demeuraient encore pour la plupart éteintes. Le soleil ne se lèverait pas avant plusieurs heures, et Carrig voulait que nous ayons quitté la ville d'ici là.

Nous marchions d'un pas pressé entre les quartiers d'affaires et les zones résidentielles, nous rapprochant des limites de la capitale irlandaise. Les rues se sont vite changées en chemins. Des collines herbeuses, parsemées de rochers blancs, vallonnaient jusqu'à l'horizon. Des chiens se répondaient en aboyant dans le lointain. La boue s'accumulait sous mes semelles et ralentissait mes pas.

Je commençais à avoir mal aux pieds.

— On marche depuis près d'une heure, c'est encore loin ?

— Vous avez besoin d'une pause ? a répondu Carrig en mettant sa main en visière pour se protéger du soleil. Nous ne sommes plus qu'à quelques kilomètres.

— Continuons, a répondu Arik. Il faut au plus tôt que Cadby soit à l'abri des regards indiscrets.

Deidre m'a rattrapée pour marcher à côté de moi.

— Ça va ? lui ai-je demandé.

— Je tiens bon. Et toi ?

— Je suis inquiète. Pour Nick.

— Je suis heureuse que tu sois revenue. Nous nous sommes fait tant de soucis. Pop était complètement à côté de ses pompes. (Elle a baissé les yeux.) Et puis, la chambre était plutôt vide sans toi.

Je lui ai lancé un regard en coin en souriant :

— Tu m'as manquée aussi, frangine.

Elle a marché à côté de moi durant tout le reste du voyage. Nous avons parlé de Faith, nous amusant de certaines de ses déclarations légendaires, nous rappelant à quel point sa cuisine avait pu être désastreuse. Lorsque nous n'avons plus rien eu à nous dire, elle s'est éclipsée le temps de distribuer à chacun des scones qu'elle avait préparés avant de partir.

Un gâteau dans la main, j'ai shooté dans un caillou sur la route. Le rythme de mes pas s'est ralenti, et bientôt je me suis retrouvée à l'arrière de la troupe, à admirer les nuages qui voilaient le soleil avant de passer.

Arik a ralenti pour se mettre à ma hauteur.

— Un problème ? Tu veux faire une pause ?

— Non, ça va. Je réfléchissais.

Les autres s'éloignaient déjà. Un rayon de lumière a percé entre deux nuages et nous avons plissé les yeux.

— Tu penses à Bastien ?

— Entre autres.

Nous sommes restés les yeux dans les yeux un long moment avant que les coins de sa bouche ne se relèvent.

— Suis ton cœur, Gia, c'est tout ce que je te demande. S'il te mène à Bastien, je saurai m'incliner. Bon, ne traîne pas trop !

Avec un petit clin d'œil, il m'a laissée seule dans ce paysage magnifique, occupée à ruminer mes pensées.

Carrig nous a guidés jusqu'à une route couverte par les frondaisons des arbres. Je ne pouvais détacher mon regard du dos d'Arik. Les taches d'ombre et de lumières dansaient sur sa silhouette athlétique, et de temps à autre, un rayon faisait briller les mèches dorées cachées dans sa chevelure de jais. Comment m'étais-je débrouillée pour que deux garçons sublimes, à l'intérieur comme à l'extérieur, se battent pour moi ? Je me suis mordue les lèvres.

Le soleil nous a baignés de sa douce lumière lorsque nous sommes sortis du couvert des arbres. J'ai levé le visage vers le ciel pour sentir la chaleur contre ma peau. À la suite des autres, j'ai grimpé une petite colline sans cesser de me repasser les mots d'Arik, suivis des gestes et baisers de Bastien. Mes amis se sont arrêtés au sommet de la butte pour admirer la vallée qui s'étendait à leurs pieds. Je me suis insérée entre Deidre et Carrig.

Trois petits cottages étaient nichés au creux d'une vallée cernée de deux collines qui me semblaient familières. La cheminée de l'une des chaumières fumait. Les murs de pierres se découpaient dans le vert étincelant des prairies.

— J'ai déjà vu cet endroit, ai-je soufflé à mon père biologique. Dans les souvenirs que tu m'as montrés… Tu t'entraînais ici, pas vrai ? C'est ici que tu as grandi !

— Exact. C'est mon chez-moi. (Il m'a tapoté le dos.) C'est donc chez toi aussi. Nous avons vécu ici, avec ta mère, il y a de cela bien longtemps. C'était une des plus heureuses périodes de ma vie.

— Et c'était bien avant qu'il me rencontre, est intervenue Sinead d'un ton taquin. Désormais, chaque jour est le plus heureux de sa vie, enfin, je l'espère…

— Je ne voulais pas dire que je suis moins heureux avec toi ! s'est défendu Carrig.

Elle a passé son bras dans le dos de son mari, qui l'a enlacée à son tour.

— Gros balourd… Tu oublies toujours que je suis une Fée ! Je lis directement dans ton cœur, et je connais tes sentiments. Heureusement, car sans ça, je serais partie depuis longtemps grâce à ce genre de commentaires !

Royston est sorti du cottage dont la fumée s'élevait dans les cieux. Il ne portait pas de chemise, ce qui ne m'a pas surprise.

Deidre en est restée bouche bée.

— Qui est-ce ?

— Je te présente le dieu Thor.

— Hein ?

— Ha ha, je plaisante. C'est Royston.

— Tu veux dire que c'est lui, l'Élu ?

Je l'ai observée de près.

— Ouais. Apparemment, il va sauver l'ensemble des humains et des Chimères à lui tout seul.

— Il est beau comme un dieu, en effet…

En pâmoison elle a descendu l'autre versant de la colline. Demos, qui faisait déjà le tour des cottages, nous a fait signe.

Arik a dévalé la pente et s'est arrêté juste en-dessous de moi, les sourcils relevés pas l'étonnement :

— Alors, tu viens ? a-t-il demandé en me tendant la main.

J'embrassais du regard ce glorieux paysage de campagne irlandaise lorsque j'ai compris ce que je devais faire. Tout était clair à présent.

Ignorant sa main, j'ai couru jusqu'en bas de la colline. Il m'a suivie.

Quels que soient les chemins que le destin me réservait, j'étais sûre de ma destination.

Remerciements

Merci à mon agent, Peter Knapp, qui a été ma force dans mes moments de faiblesse, en particulier quand il a fallu prendre des décisions difficiles concernant la série. Je suis touchée par le soutien et la gentillesse qu'il me témoigne en permanence. Sans son aide, jamais cet ouvrage ne se serait retrouvé entre des mains aussi expertes.

J'éprouve aussi une immense gratitude envers mon éditrice, Liz Pelletier, qui a accueilli ce livre au sein de sa maison. Sans elle, l'histoire ne serait pas ce qu'elle est aujourd'hui. Merci d'avoir cru en la série et travaillé sans relâche pour en faire un succès.

Un remerciement tout spécial à Stacy Abrams pour avoir participé à la relecture du titre. Son talent et son souci du détail ne cessent de me surprendre. Je suis ravie qu'elle ait contribué à l'élaboration de ce livre. Un grand merci à Lydia Sharp pour sa relecture complémentaire, elle aussi a un œil très aiguisé.

Merci à toute l'équipe d'Entangled Publishing pour son travail sur cet ouvrage, sur son texte, sa couverture et sa promotion. Merci de l'avoir fait si beau, et placé aussi largement entre les mains des lecteurs.

Merci à Jami Nord pour la relecture critique de ce volume. Je ne sais pas ce que je ferais sans elle. À Pintip Dunn pour sa lecture du livre et pour son soutien constant quand j'ai besoin d'encouragements pour écrire ou d'une oreille compatissante lorsque l'inquiétude et la peur me saisissent. À Heather Cashman pour avoir parcouru le titre et donné franchement son opinion. Un énorme merci à Marieke Nijkam pour ses annotations, tout au début, concernant l'intrigue. Tu es vraiment la meilleure !

À Laura Jayne et Sabrina Simmonds pour avoir déchiffré le premier jet, pour leurs retours constructifs et leurs encouragements constants. Je suis profondément heureuse d'avoir fait votre rencontre à toutes les deux. Merci de me faire sourire si souvent !

À mes amis écrivains d'Albuquerque qui se retrouvent autour d'un café aussi souvent qu'ils le peuvent (Veronica Bartles, tu nous manques !), à tous les participants et mentors de Pitch Wars, aux lecteurs qui me suivent sur Internet : merci de m'avoir tenu compagnie et d'être tout simplement extraordinaires.

Merci à ma famille et à mes amis pour leur soutien. Ils me rappellent chaque jour ce qui compte vraiment dans la vie.

Et à mon merveilleux époux, Richard Drake, pour tous les sacrifices qu'il a consentis afin que je puisse accomplir mon rêve de devenir écrivain. J'ai beaucoup de chance qu'on se soit un jour rencontrés autour d'une petite soupe et qu'il soit devenu non seulement mon ami, mais l'amour de ma vie. Mon foyer, c'est toi !

Et pour finir, merci, cher lecteur, d'avoir pris le temps de vous pencher sur les aventures de Gia. J'espère qu'elles vous auront procuré au moins autant de plaisir que j'en ai eu à les écrire !

Achevé d'imprimer en France en janvier 2017 par Aubin Imprimeur

Le papier de cet ouvrage est composé de fibres naturelles, renouvelables, recyclables et fabriquées à partir de bois issu de forêts plantées expressément pour la fabrication de pâte à papier.

ISBN : 978-2-37102-090-0
Dépôt légal : janvier 2017

Loi n° 49-956 du 16 juillet 1949 sur les publications destinées à la jeunesse, modifiée par la loi n°2011-525 du 17 mai 2011

Numéro d'édition : 0046-018-02-01

Numéro d'impression : 1611.0185

LUMEN